JN136288

源氏物語越境論

源氏物語越境論

唐物表象と物語享受の諸相

河添房江

岩波書店

序　二つの越境——異文化接触とメディア変奏

現在、『源氏物語』は二十数カ国の言語に翻訳され、世界文学の一つとして流通している。末松謙澄の先駆的な抄訳、アーサー・ウェイリーの英訳を契機に、半世紀後のサイデンステッカーの英訳、平成のロイヤル・タイラーとデニス・ウォッシュバーンの英訳、あるいはドイツ語訳、フランス語訳、ロシア語訳、複数の中国語訳と韓国語訳、アラビア語訳、イタリア語訳、オランダ語訳、クロアチア語訳、スペイン語訳、タミル語訳、チェコ語訳、トルコ語訳、ヒンディー語訳、フィンランド語訳が完成、もしくは進行中である。『源氏物語』はいわば国境と言語を越えて、世界で享受されているといえよう。

翻って、日本語の現代語訳においても、近代の与謝野晶子の『新譯源氏物語』を嚆矢として、同じく『新新譯源氏物語』、戦前から戦後にかけて谷崎潤一郎の三つの訳、戦後の円地文子、田辺聖子、平成の橋本治、瀬戸内寂聴、大塚ひかり、林望、角田光代の訳が出版されてきた。

『源氏物語』はまさに時代と国境、言葉や異文化の壁を越えて現代まで享受されているという意味で、越境文学にほかならない。しかし、この作品の越境はそれにとどまらない。源氏絵や源氏能、源氏取りの和歌・連歌・俳諧と、その幅広い享受の歴史を顧みれば、ジャンルをも越えた越境文学といえるだろう。本書の後半部は、『源氏物語』の絵画・演劇・翻訳などについての考察を収めたが、それは私という主体が学問分野の越境をめざしたというより、

『源氏物語』という存在そのものが時間と空間とジャンルの垣根をしたたかに越えて、メディア変奏されていく文学であるからこそ、そうした研究に導かれていったにほかならない。

一方、本書の前半部は、「唐物」という「唐」を経由して越境してきたモノが古代から中世にかけて、『源氏物語』をはじめとする古典作品にいかに息づき位置づけられてきたか、その異文化接触の軌跡を明らかにする論考を収めた。「唐物」が当初、遣唐使がもたらした貴重な舶載品の呼び方であったことに思いを致せば、それは「唐」という異文化を背負い、それ故に権威性を保ったモノとして存在していたということになろう。唐物はそれを特権的に所有し贈与する権力者の権威や富の表象であり、威信財、権力保持の装置として機能していたのである。

ところで、唐物に対する熱愛や渇望が異文化接触から起こる一種の異国憧憬である以上、人々の唐物に寄せる思いは、「唐」「高麗」やその他の異国に寄せる意識とも密接に響きあっている。唐物は島尾新氏の言葉を借りれば、「日本の中における〈漢〉」であり、〈漢〉の権威を体現する物質的装置であった(「日本美術としての「唐物」」『アジア遊学』一四七号、二〇一一・一一)。

しかし一方で興味深いのは、唐物が越境したモノという異文化性を刻印され、威信財として機能するばかりでなく、加工され、模造される中で和風化し日本文化に溶け込み、いわば「日本の中の〈和〉」と化すこともあるということである。すなわち唐物を俎上に載せることは、「日本の中における〈漢〉」と「日本の中の〈和〉」の均衡、和漢意識の問題にも繫がってくるのである。古典文学に息づくモノの歴史をたどることにとどまらず、古典文学を包みこむ日本文化史がいかなる流れであるのかという、より本質的な問いかけをも内包するものなのである。

以下、本書の展開を具体的に述べれば、第Ⅰ部は古代文学と唐物の関係を異国意識と絡めて考究したものである。

第一編では『竹取物語』『うつほ物語』『枕草子』の世界で、唐物や異国に関する表現を取り上げ、国風文化の時代における異国意識の展開を論じながら、それぞれの作品世界の特質を照射することを心がけた。

第二編は『源氏物語』に絞って、第一章では国風文化の通念の再検討、そして高麗人なる異国人との出会いが主人公の人生をいかに規定したかを論じた。それは『源氏物語』が東アジア世界の国際関係といかに関わり、どのような歴史意識をもって物語の時空を形象しているかを、桐壺巻を起点に考察するものでもある。第二章では、明石の君をはじめ末摘花・女三の宮など唐物派の女君の物語をたどり、唐物における三者それぞれの特徴と共通点を炙り出した。さらに唐物の形容を追いながら、当時の和漢の文化の関係性の中でどのように位置づけられるのか、他の平安文学と比較しながら言及した。第三章では、嵯峨朝・仁明朝の対外関係と文化的営為を振り返りながら、それがいかに梅枝巻に流れこみ、その再演の様相を呈しているかを明らかにした。第四章では、第三章を踏まえながら、梅枝巻の薫物合と草子作りを中心に、和漢を融和させた文化の創造がみられることを論じて、その主導者である光源氏が平清盛や足利義満など後の権力者たちの文化的先駆となる点まで示唆した。

第三編では『源氏物語』以降の時代の作品のなかで、平安後期物語や『栄花物語』、『平家物語』に語られる唐物と異国表現に注目した。それぞれの作品での唐物の描かれ方や異国表現を分析し、「唐土」や「高麗」、またそこからの唐物が権威である一方、相対化され形骸化するという異国意識の変容にまで言及したものである。

第Ⅱ部は『源氏物語』の享受史の諸相を取り上げたものである。第一編には源氏絵関係の論文を集めて、第一章から第三章まで「源氏物語絵巻」について平成の復元模写に関わる研究成果も吸収しながら、時間の重層化と多義的な解釈、抜書的手法と連想のメカニズム、色彩表象について分析した。第四章では、源氏絵の衣装に注目して、原文の読み解きを絵に反映した「源氏物語絵巻」から、図様の美を優先させた土佐派、さらに近世の版本が流通する時代には原文主義に回帰していく源氏絵の歴史を追いかけた。第五章では源氏絵での唐物の描かれ方の歴史を焦点化することで、第Ⅰ部と第Ⅱ部を架橋する試みを展開した。

第二編は『源氏物語』を本説とした謡曲、いわゆる源氏能についての考察である。『葵上』『野宮』『半蔀』『住吉詣』の詞章と『源氏物語』の本文を比較し、謡曲のドラマトゥルギーを明らかにしながらも、そこから『源氏物語』という作品の本性を逆に照らし返そうとした。

第三編は『源氏物語』の明治以降の受容史をたどり見たものである。近代におけるこの作品の評価や、現代語訳や翻訳、翻案の諸相、葛藤を含めたその相互交流の歴史を分析した。時代を越え、空間を越えて、現代にしなやかに蘇る『源氏物語』の訳本や享受作品から源氏文化の総体を考えることも、今日求められている『源氏物語』の研究領域の一つであると考えるからである。

以上のように、『源氏物語』が時間と空間を越えて様々な領域に越境していく作品であること、また越境したモノ＝唐物を抱える物語であること、その諸相をたどりながら、私が目指したのは、むしろこの作品の底知れぬ生命力というか、その本性の解明であり、日本文化史のなかに『源氏物語』がいかに息づくかを明らかにすることであった。そうした試みが少しでも読者を納得させるものであるならば、これにまさる幸いはないと思う次第である。

凡　例

一　引用本文は、『源氏物語』『古今集』『竹取物語』『伊勢物語』『うつほ物語』『枕草子』『紫式部日記』『狭衣物語』『夜の寝覚』『浜松中納言物語』『栄花物語』『大鏡』『平家物語』、謡曲『葵上』『野宮』『半蔀』は『新編日本古典文学全集』(小学館)に拠り、頁数などを示した。それ以外の作品、資料については、その都度、出典を示した。なお表記については適宜、私に改めたところもある。

一　原則として、引用本文中の旧字体は新字体に改め、旧仮名遣いは原文通りとした。

目　次

第Ⅱ部　『源氏物語』のメディア変奏

第Ⅰ部　東アジア世界のなかの平安物語

第一編 威信財としての唐物

第一章 『竹取物語』と東アジア世界——難題求婚譚を中心に

一 はじめに

『竹取物語』は、三上参次・高津鍬三郎『日本文学史』(金港堂、一八九〇)以来、国風文化の創成期の文学作品と位置づけられてきた。[1] その成立年代は明確にはしがたいが、『古今集』の成立の前後、九世紀後半から十世紀の前半とされている。『竹取物語』は『古今集』と並んで、仮名文字による文学の隆盛をあらわす代表作として、近代の国文学史の始発から捉えられてきたし、今日なお高校の日本史の教科書等でも、国風文化の項目で扱われる作品である。

国風文化の時代とは、いうまでもなく仮名文字の発達により和歌が隆盛し、『古今集』の撰集が行われ、『土佐日記』をはじめとする日記文学が成立し、『竹取物語』『伊勢物語』といった物語文学が発達した時期である。平安時代の初期は唐風文化が優勢であったが、寛平六年(八九四)の遣唐使停止から、唐の文物の影響も薄れたことにより、国風文化に推移したというのが、いまもって一般的な理解かもしれない。そこでは、唐文化の「模倣」の時代から、鎖国状態となって国風文化の「創造」に移行した、という言説がまことしやかに語られてきたのである。

しかし、国風文化の勃興の前提となる遣唐使問題は、廃止というより、菅原道真の建議により中止されたまま、再開することがなかったというのが正確なところであり、それは現在の歴史学の成果が教えてくれるところでもある。宇多朝以降、遣唐使のような正式な朝貢使に頼らなくとも、大陸からのモノ・人・情報の流入は確保されていたがゆえに、朝貢を停止したままにできたといえる。遣唐使中止が因で、唐風文化から国風文化への転換が果であるといった単純な関係に置かれているわけではないのである(2)。

そして大陸からのモノ・人・情報の交流を支えたのが、東アジア世界をつなぐ交易圏(3)であった。国風文化とよばれる時代の内実を支えていたのが、東アジア交易圏であり、国風文化とは、鎖国のような文化環境で花開いたものではなく、唐の文物なしでは成り立たない、ある意味では国際色豊かな文化だったのである(4)。

『竹取物語』の世界でも、東アジア規模でのモノ・人・情報との関わりが顕著にみられ、それが重要な契機となり、物語が進行することを忘れてはならない。以下、かぐや姫が五人の求婚者に難題を課した、いわゆる難題求婚譚を中心に、東アジア世界の事象との接点をたどり見ていきたい。

二　「仏の御石の鉢」と入唐僧・入竺僧の聖地巡礼

いまさらめくが、かぐや姫が五人の求婚者たちに提示した難題は次の通りである。

かぐや姫、石作の皇子には、「仏の御石の鉢といふ物あり。それを取りて賜へ」といふ。くらもちの皇子には、「東の海に蓬萊といふ山あるなり。それに、銀を根とし、金を茎とし、白き玉を実として立てる木あり。それ一枝折りて賜はらむ」といふ。いま一人には、「唐土にある火鼠の皮衣を賜へ」。大伴の大納言には、「龍の頸に五色に光る玉あり。それを取りて賜へ」。石上の中納言には、「燕の持たる子安の貝取りて賜へ」といふ。翁、「難きことにこそあなれ。この国に在る物にもあらず。かく難きことをば、いかに申さむ」といふ。

（二四―二五）

五つの難題とされる品は、竹取の翁がいみじくも「この国に在る物にもあらず」と嘆くように、いわゆる「国風」の品物とはいいがたいモノである。これらがすべて漢籍や仏典になんらかの典拠を仰いでいることは、早くは近世の契沖の『河社』(5)や田中大秀の『竹取翁物語解』により注目されてきた。本章では、そうした出典研究(6)に拠りながらも、さらに踏みこんで、難題物と東アジア世界の関わりを考究していきたい。

第一の難題の仏の御石の鉢について、かぐや姫は、それが何処にある品か、その所在を特に指定していないが、石作の皇子は、「天竺に二つとなき鉢」と思い、「今日なむ、天竺に石の鉢取りにまかる」とかぐや姫に宣言していることから、仏の御石の鉢が天竺にあるという情報を得ていたのであろう。さて彼の情報源は、近世以降の出典研究から、どこまで確かめられるだろうか。

契沖の『河社』に拠れば、玄奘の『大唐西域記』の波剌斯国の条に、「釈迦仏ノ鉢、此ノ王宮ニ在リ」とあり、それに従えば、仏の御石の鉢は波剌斯国(ペルシャ)の王宮にあることになる。『河社』は『南山住持感応伝』も挙げて、釈迦が成道の時、四天王が鉢を奉ると、釈迦はそれを重ねて押し、一つの鉢として用いたこと、釈迦の死後は、天竺の霊鷲山(インド東北部のラージギル)にあったとする。また『高僧法顕伝』等によれば、霊鷲山にあった仏の御石の鉢は、さらに西域に入り、仏楼沙国、あるいは月支国にあったという。であるならば、石作の皇子の情報源は、西域の国を示した『大唐西域記』『高僧法顕伝』などではなく、『南山住持感応伝』あたりであろうか。

仏の御石の鉢は、釈迦が所有した仏教上の至宝であるから、天竺にある品と想定されたのであろうし、『南山住持感応伝』に記事があることは、それを証している。石作の皇子は、あたかも仏法伝来の聖地をめざして、入唐する僧のように、「今日なむ、天竺に石の鉢取りにまかる」とかぐや姫に偽の宣言をしたのであろう。当時、入唐をめざす僧は、遣唐使とともに赴くか、博多に来る商船に便乗して渡海するしかない。また当時、海外に赴くには渡海制(7)という禁制もあり、勅許をとって出国しなければならないという掟もあった。石作の皇子が「今日なむ、天竺に石の鉢取りにまかる」と宣言する裏には、異国に赴くにあたっては朝廷に許可をとらねばならないという慣習も多少は意識されているのかもしれない。

もっとも入唐僧、たとえば円仁や円珍などがめざした聖地は、おおむね五台山や天台山止まりであり、石作の皇子が目指さなければならない聖地天竺は、それが仮に霊鷲山であるにしても、さらに遼遠の地である。その行路は、『大唐西域記』の玄奘が、唐の禁をやぶって天竺を目指したような、入竺僧の巡礼の行程を想像するべきかもしれない。『大唐西域記』は、義浄が撰した『大唐西域求法高僧伝』とともに、唐代の仏教史上の重要資料であり、シルクロードを踏破した東西交通史上の記録として、日本にも奈良時代に伝来している。義浄の『大唐西域求法高僧伝』は、玄奘の他にも、唐代の初めより六九〇年頃までに天竺へ求法した六〇人(新羅僧七人を含む)の僧がいたことを伝えている。それらの入竺僧は、仏跡を巡礼して、南海経由で往来した者が多かったとされている。

つまり石作の皇子が仮に天竺を目指すとすれば、その旅程は入唐僧に加えて、入竺僧の行路を加えたものにほかならない。実際、仏の御石の鉢を日本に持ち帰ることは不可能としても、仏の御石の鉢のある聖地を訪れ、それに拝礼することは、入竺僧の巡礼の目的として、いかにも相応しいのである。逆にいえば、仏の御石の鉢を難題物にするという結構は、入竺僧の巡礼の旅をヒントにしているのではないか、という推測が成り立つであろう。

もとより石作の皇子は、入竺僧の行路をたどって本物の鉢を手に入れる事など、はなから断念していて、大和の国の山寺に籠るのである。とはいえ、石作の皇子が山寺に三年間潜伏したというのも、三が聖なる数というばかりでなく、入唐し、そこからさらに天竺を目指して往復する時間をそれなりに計算しての、彼なりの判断なのではないか。また石作の皇子は偽物の鉢に、その山寺の「賓頭盧の前なる鉢の、ひた黒に墨つきたる」を使い、それを「錦のふくろ」に入れている。錦の袋は、偽物の鉢を天竺招来の品として、いかにもそれらしく見せるものとして描かれているので、この「錦」が唐物としてイメージされた可能性もあるかもしれない。

しかし、かぐや姫は、錦の袋の中の鉢を、すぐさま偽物と判断する。その根拠は、「かぐや姫、光やあると見るに、蛍ばかりの光だになし。」とあるように、光っているはずの鉢が、蛍のようなわずかな光でさえもなかったからである。仏の御石の鉢が光ることは、同じく『南山住持感応伝』に、「白毫の光と共に利益を為す」とあり、『水経注』や『大唐西域記』でも、紺青で光っているとされる。(8) かぐや姫は色は問題にしていないが、光輝く鉢であるという情報は、いずれかの典拠から得ていたという設定であろう。ちなみに「白毫の光」は、釈迦の眉間に白い毛があり、その放つ光をいい、仏像では眉間に水晶をはめ込むことで、白毫の光をあらわすとされる。そこで、かぐや姫が、

置く露の光をだにもやどさまし小倉の山にて何もとめけむ

と呆れはてた歌を付けて、その偽物の鉢を返すと、石作の皇子は、なおも厚顔に返歌をし、迫っていく。

白山にあへば光の失するかとはちを捨てても頼まるるかな

近年、この白山を白山の観音とし、光り輝くかぐや姫をそれに喩えたとする説(9)もある。もしそうであるなら、石作

の皇子は仏の御石の鉢が放つ白毫の光も、白山の観音のようなかぐや姫の光明の前では失せたのだと、苦しい弁明をしたのかもしれない。もとより、こうした弁解が通じるはずもなく、かぐや姫に無視されて、

かの鉢を捨てて、またいひけるよりぞ、面なきことをば、「はぢをすつ」とはいひける。（二七）

と「鉢」と「恥」が掛詞の「はちをすつ」の贋語源譚へ物語は収束するのである。

石作の皇子の失敗譚は、東アジア世界との接点からいえば、入唐僧や入竺僧の聖地巡礼の旅を発想のひとつの枠組みとしながら語られたというべきであろう。仏の御石の鉢をめぐる典拠研究の重要性はいうまでもないが、典拠の解明だけでは、作品がリアリティをもって、当時の読者を魅する機微といったものを十分に説明できないのである。国風文化の創生期の作品とよばれる『竹取物語』が、東アジア世界規模での人の移動をめぐる歴史的な記憶により生動的に語られている様を、以下さらに見とどけていきたい。

三　「南海」の記憶

第二の難題物は、くらもちの皇子に課せられた「蓬萊」の玉の枝である。そこには神仙譚への興味がみられるが、「蓬萊」については、『列子』湯問篇が最も詳しく、かつ『竹取物語』の記述に近いとされている。『列子』湯問篇の記述は、以下の通りである。

渤海之東、不知幾億万里、有大壑焉。実惟無底之谷。其下無底。名曰帰墟。八紘九野之水、天漢之流、莫不注之、而無増無減焉。其中有五山焉。一曰、岱輿。二曰、員嶠。三曰、方壺。四曰、瀛洲。五曰、蓬萊。其山、高下周

旋三万里。其頂、平処九千里。山之中間、相去七万里、以為隣居焉。其上台観皆金玉、其上禽獣皆純縞。珠玕之樹皆叢生、華実皆有滋味、食之、皆不老不死。所居之人、皆仙聖之種、一日一夕、飛相往来者、不可数焉。

『列子』湯問篇では、特に渤海という日本と交渉のあった国を起点として、その東と語られていることには深い意味があるとする。「蓬萊」は地図でいえば、東アジアの航海圏の北側、とくに日本海海域の東側と考えられているわけである。(10)

そもそも蓬萊は東の神仙郷で、不死の薬のあるところであり、『史記』始皇帝本紀や淮南衡山列伝には、徐福が東海にある幻の蓬萊山に不死の薬を取りに行った故事がみえる。徐福は莫大な資金を費やして旅立ち、九年が経過したにもかかわらず、空しく帰国した。そのとき徐福は始皇帝に対し、大鮫に邪魔されてたどり着くことができなかったと報告した。不老不死の薬を得たい始皇帝は、徐福の言にしたがい、童男童女三千人と、様ざまな分野の技術者・五穀の種子を託し、徐福は大船団を組織し、再び旅立った。そして「平原広沢」を得て王となり、二度と秦には戻らなかったが、その「平原広沢」が日本という説さえもある。このように『史記』に見える蓬萊訪問譚は、不老不死の薬が目的であるが、(11)『列子』湯問篇では、蓬萊の「珠玕之樹」の「華実」を食べると、不老不死になるとしている。

もっとも、かぐや姫のいうところの「蓬萊」の玉の枝は、「それに、銀を根とし、金を茎とし、白き玉を実として立てる木あり。それ一枝折りて賜はらむ」と、『列子』湯問篇の「珠玕之樹」「華実」より、はるかに具体的である。(12)くらもちの皇子は、かぐや姫の言葉から、文献の中の蓬萊というより、蓬萊の洲浜の飾り物のような奢侈品を具体的に想像して、精巧な贋物を作らせることを思いついたのではないか。「白き玉」は「白珠」(真珠)、「白瑠璃」(白ガラス)の両説があり、これに関わる鍛冶司が、奈良時代の典鋳司(金銀銅鉄・瑠璃・玉の細工に関わる)が再編され内匠寮(または作物所)に所属していた可能性も示唆されている。(13)遣唐使船には、玉生(ガラス工人)・鍛生(鍛冶鍛金工)・鋳生(鋳物師）・細工生など、さまざまな細工師たちが乗りこんで、その技術の輸入に努めたという歴史的経緯があった。[14] いずれにしても、舶来の白瑠璃や白珠の飾り物が日本で模造できる時代となっていたことが、この話の発想の根底にあると思われる。

くらもちの皇子は、心たばかりある人にて、朝廷には、「筑紫の国に湯あみにまからむ」とて暇申して、かぐや姫の家には、「玉の枝取りになむまかる」といはせて、下りたまふに、仕うまつるべき人々、みな難波まで御送りしける。皇子、「いと忍びて」とのたまはせて、人もあまた率ておはしまさず。（二七）

くらもちの皇子の難波行きは、当時、遣唐使など渡航する人たちが、難波から船出し、ひとまず筑紫の博多に落ち着き、良風を待って船出するというルートを意識してのことである。皇子から「玉の枝取りになむまかる」といわれ、難波からの船出を伝え聞いたかぐや姫側では、当然そうしたルートを連想したであろう。しかし、本当に筑紫から渡航するならば、くり返すように当時、渡海制という禁制もあり、勅許をとって出国しなければならない。その気がない皇子は、難波からの船出を正当化するため、筑紫の国での長湯治という名目を立て、朝廷の許可を得るのである。くらもちの皇子が「心たばかりある人」、深慮遠謀の人と語られる所以であろう。[15]

海に漕ぎただよひ歩きて、我が国のうちを離れて歩きまかりしに、ある時は、浪荒れつつ海の底にも入りぬべく、ある時には、風につけて知らぬ国に吹き寄せられて、鬼のやうなるものいで来て、殺さむとしき。ある時には、来し方行く末も知らず、海にまぎれむとしき。ある時には、糧つきて、草の根を食物としき。ある時は、いはむ方なくむくつけげなる物来て、食ひかからむとしき。ある時には、海の貝を取りて命をつぐ。（三一）

続いて、皇子が偽の漂流譚を語って聞かせる条は、当時の遣唐使船や商船の航海でのさまざまな苦労を彷彿とさせるように語られている。遣唐使船は、最初、朝鮮半島の西側を北上するので、「新羅の道」とよばれた北路をとっていたが、新羅との関係が悪化すると、季節風に乗って東シナ海を一気にわたる南路(「呉唐の路」)に転じざるをえなくなる。それを支えたのは、帆船の造船術の発達だが、いったん北九州を離れたら、目標とするべき島も陸もなく、太陽や星を頼りに方位を確かめ、連日連夜の航海を続けねばならない。悪天になれば、「浪荒れつつ海の底にも入りぬべく」と翻弄される艱難辛苦の航海となる。また天気に恵まれても、風まかせの帆走なので、北や南に流されることもしばしばで、「風につけて知らぬ国に吹き寄せられ」ることになる。

斉明五年(六五九)の第四次の遣唐使では、南路をとった遣唐使船二船のうち、一船は逆風に遭って、「爾加委」という南海の島に漂着し、大半はその島人に殺害されたが、わずかに五人が島人の船を盗んで括州に逃げ渡ったという。まさに「ある時には、風につけて知らぬ国に吹き寄せられて、鬼のやうなるものいで来て、殺さむとしき。」「ある時は、いはむ方なくむくつけげなる物来て、食ひかからむとしき。」の世界である。

『竹取物語』の成立に近いところでは、承和の遣唐使[16]が承和六年(八三九)に帰国する際、遣唐第二船が、「南海の賊地」に漂流、船体は破損し、溺死した者、賊地で殺された者、あわせて一四〇余名という被害にあった。菅原梶成や良岑長松がかろうじて、大隅の国に帰還し、「南海の賊地」で得た五尺の鉾などの兵器を献上したという。

遣唐使船の難破の記録は正史に残るが、それ以外でも鑑真の艱難辛苦の末の来日など、その類の話は多かったであろう。当時の遣唐使船や商船の航海のさまざまな苦労を集約したように語られるくらもちの皇子の偽の漂流譚は、東アジア世界の関わりから、以上のように論点を整理できるのである。

*

ちなみに『竹取物語』では、第四の難題物、大納言大伴御行の「龍の頸の玉」を求める話もそれに関わっている。

大伴御行は家臣たちに龍の玉を取りにいかせるのだが、いくら経っても音沙汰がないので、難波の津におもむく。そこにいた楫取に「龍の頸の玉」を求めて船出した者がいなかったかどうか尋ねるが、楫取は、そんな馬鹿なことをする者はないと嘲笑うのである。というのも、龍とは楫取たちにとって海龍王を意味し、海路の安全を祈る対象にほかならなかったからである。

遣唐使や入唐僧、海商など東アジアの航海圏にかかわる者たちにとって、海龍王は、海路の守護神であり、祭ることはあっても、その頸の玉を取ろうなどと不埒なことを考える者などいるはずがない。遣唐使や入唐僧をはじめ、唐との往還に際しては、海龍王経を読むなど、その信仰の記録がしばしばみられる(17)。海州や登州に海龍王廟が設けられたように、唐での海龍王信仰を受けて、九世紀前半の遣唐使船では、船上で海龍王を祭ったり、珠の類を施したという。

海龍王への信仰を熟知し、航海の安全を願う楫取と大伴御行の意識は大きくずれていたのである。大伴御行は、家臣が役立たずであることを知ると憤慨し、みずから航海に乗り出す。しかし、たちまち暴風雨に遭い、楫取も大伴御行も恐怖の体験をする。その際、「南海」という表現がくり返されるのである。

「ここら船に乗りてまかり歩くに、まだかかるわびしき目を見ず。御船海の底に入らずは、雷落ちかかりぬべし。もし、幸に神の助けあらば、南海に吹かれおはしぬべし。うたてある主の御許に仕うまつりて、すずろなる死にをすべかめるかな」と、楫取泣く。（四六）

三四日吹きて、吹き返し寄せたり。浜を見れば、播磨の明石の浜なりけり。大納言、南海の浜に吹き寄せられたるにやあらむと思ひて、息づき臥したまへり。船にある男ども、国に告げたれども、国の司まうでとぶらふにも、え起きあがりたまはで、船底に臥したまへり。

松原に御筵敷きて、おろしたてまつる。その時にぞ、南海にあらざりけりと思ひて、からうじて起きあがりたまへるを見れば、風いと重き人にて、腹いとふくれ、こなたかなたの目には、李を二つつけたるやうなり。

（四七―四八）

遣唐使船が遭難し、「南海」に流された恐怖の体験譚が、最初は楫取の船頭に、続いて大伴御行の脳裏に想起されたのである。それは、いい換えれば、楫取が連想した南海漂着の恐怖の記憶を大伴御行が共有できたということでもあろう。

「海龍王」への畏怖と信仰については、その記憶を楫取と共有できなかったばかりに、暴風雨に巻き込まれた大伴御行であったが、「南海」漂着の恐怖という集団的な記憶は共有できたので、明石の浜に着いたにも関わらず、船底で起き上がることもできなかったのである。ここに楫取と共有できる記憶（＝「南海の恐怖」）と共有できない記憶（＝「海龍王」への畏怖と信仰）の対比を認めることもできるだろう。

ともあれ、大納言大伴御行が暴風雨に巻き込まれ味わう恐怖は、当時の遣唐使船や商船の航海のさまざまな苦労を集約したようなものであり、くらもちの皇子の偽漂流譚と話の根は繋がっているのである。

四　交易、奢侈、禁制

第三の難題物は、右大臣阿倍御主人への「火鼠の皮衣」である。東アジア世界との接点からとりわけ注目されるのが、阿倍御主人と王けい（王慶、王卿とも）との交易の描かれ方であろう。阿倍御主人は、「火鼠の皮衣」をみずから追い求めていくのではなく、砂金を使った私貿易により解決しようとする。私交易の対価財としては、砂金が一般的であり、また砂金をはずめば、何でも手に入るといった意識も阿倍御主人にはあるのであろう。阿倍御主人の行動は、手慣れていて、事務的でさえある。その年、博多にやってきた唐船の船主の王けい(在唐)に宛てて注文の手紙を書き、心利いた家臣である小野房守に金と手紙を持たせて博多へ派遣するというのは、すでに王けいとは過去に交易のやりとりがあったという設定であろう。

東アジアをめぐる交易圏では、唐在住の新羅商人の活躍が八世紀から認められ、入唐した円仁を援助した張宝高などが有名である。続いて、渤海使を名乗る渤海商人の活躍が加わり、そこに唐商人が加わるのが、九世紀半ばといわれる。やはり入唐した円珍を支援した徐公直・公祐なども唐商である。日本に来航した唐商人の記録上の初見は、承和九年(八四二)の李隣徳の商船といわれ、やや時代が下るが、唐商の中には李環のように入京し、直接、宇多天皇に対面したものもあった。(18)

しかし唐商人が入京するのは例外であったらしく、博多湾に来航した唐商人は、おおむね鴻臚館に安置され、そこで朝廷と公貿易した後に民間との交易が許された。このように海商が在住せず、もたらした唐物を買い付けるシステムを波打ち際貿易という。一方、海商が博多に定住し、交易することを住蕃貿易といい、新羅商人では、九世紀初めから住蕃貿易が見られるが、唐商人や宋商人が定住するのは遅れて、十一世紀から顕著になるという。(19)

ここでの唐商人の王けいは唐にいて、博多と唐を商船で往復したのは小野房守だが、すくなくとも朝廷以外の購買層とも私貿易をし、活躍するような商人なのであろう。この場面のやりとりは、海彼からもたらされた唐物を買うだけの波打ち際貿易ではなく、博多在住の海商との住蕃貿易でもなく、波打ち際貿易と住蕃貿易のちょうど中間のような、あえていえば過渡期というべき貿易形態なのである。(20)

さて、阿倍御主人が唐の商人王けいから得た「火鼠の皮衣」は、次のように語られる。

皮衣を見れば、金青の色なり。毛の末には、金の光し輝きたり。宝と見え、うるはしきこと、ならぶべき物なし。火に焼けぬことよりも、けうらなることかぎりなし。

（三九）

「火鼠の皮衣」は、実態としてどのような品を指すのか明らかではなく、田中大秀の『竹取翁物語解』以来、『神異経』『魏志』『水経注』に記された「火浣布」(アスベスト)に関わるものと古来、指摘されてきた。『倭名類聚抄』「毛群部」に火鼠の毛を織って布となすといった表現もあり、「火浣布」の材料として火鼠の存在が想像されたらしい。しかし、漢籍の火浣布は織物で、常に白色であるのに、こちらは皮そのものを使った裘で「金青の色」(明るい藍色)で「金の光」が差すというように、黄金色が強調されている。[21]

織物であるものが皮衣に変化した経緯については、火鼠の毛を使った織物を皮衣とすることで難易度を上げたという説や、皮衣という発想が、平安前期の黒貂の皮衣の流行を受けての着想であることが指摘されている。[22]黒貂の皮衣の流行は、当時着用することへの禁令が出されたことからも、その熱狂ぶりがうかがえる。それを首肯した上で、さらに平安時代には、富貴の象徴として黄金のイメージがあったことに注意したい。[23]「金青の色」「金の光」は、いうまでもなく阿倍御主人が交易の対価財として払った砂金の金のイメージとも響きあっている。

作中で火鼠の皮衣は、難題提示の折には、かぐや姫によって唐土のものであるとされているが、唐の商人王けいが火鼠の皮衣を入手するに際しての、苦労話の情報には次のようにあった。

火鼠の皮衣、この国になき物なり。音には聞けども、いまだ見ぬ物なり。(中略)昔、かしこき天竺の聖、この国に持て渡りてはべりける、西の山寺にありと聞きおよびて、朝廷に申して、からうじて買ひ取りて奉る。

（三八—三九）

つまり天竺からの布教の入唐僧が火鼠の皮衣をもってきて、「西の山寺」に安置したという。「西の山寺」には、これまでの典拠研究では言及がないが、たとえば唐と西域の結節点となる敦煌の莫高窟のような場所をイメージすればよいのであろうか。ともあれ、火鼠の皮衣はシルクロードを経て、西域からもたらされる希少な渡来品として語られる(＝騙られる)ことで、さらに砂金五〇両が交換財として要求されるのである。なお、この火鼠の皮衣の段では、「瑠璃」の用例も見える。

この皮衣入れたる箱を見れば、くさぐさのうるはしき瑠璃を色へて作れり。（三九）

瑠璃(ガラス)は、仏典によれば七宝の一で、白・赤・黒・黄・青・緑・縹・紺・紅・紫等の色があり、『竹取物語抄』に引いた『魏志』の注に「瑠璃本是石。出大秦国。凡十種之色。」とあるように、鉱石にしても、ガラスにしても、やはり西域からの渡来品のイメージをかきたてる。[24]であればこそ凝った瑠璃の箱は、阿倍御主人にその中身をこれぞまことの火鼠の皮衣と思いこませてしまう力を秘めていた。

もとより「火に焼けぬ」とされる皮衣がかぐや姫により燃やされ、これらはすべて王けいの作り話であることが判明する。この物語では、黄金の光を放つ美麗な皮衣や、瑠璃の箱に魅せられ、騙された阿倍御主人の話によって、東アジア交易圏からもたらされる唐物に心酔し、金に糸目をつけない平安貴族の心理を痛烈に批判しているともいえる。[25]

それにしても、「火鼠の皮衣」の難題譚では、博多と唐を商船で往復した小野房守という人の移動があり、それに伴って偽物ではあったが「火鼠の皮衣」というモノと、それにまつわる「西の山寺」の情報がもたらされている。偽物にせよ、東アジア規模でのモノ・人・情報の流れが三拍子そろって現れているのであり、『竹取物語』の中にあって、海彼の接点がもっとも顕著にみられる場面ともいいうるのである。

五　終わりに

これまで『竹取物語』の文学史的な意義については、古伝承や漢文伝、仏典をはじめ、さまざまな典拠を枠とし基盤としながらも、仮名文字の描写により、人間の心理の機微に深く迫り、漢文による伝奇小説を超えて、虚構作品として新境地を開いたことに求められてきた。もとより、仮名文字による自由な創造という視点は抜きがたく重要であろうが、過去の古伝承や漢文伝、仏典の一部をいくつか繋ぎあわせて、仮名文字の物語に移してみせるという営みだけでは、そうした達成が保証されるわけではない。ある型なり、典拠が物語としてふくらみ、仮名表現に定着するにあたり、多様な契機がそこに介入しなければ、作品がリアリティをもって読者を魅することはできないはずである。

その意味で、東アジア世界のモノ・人・情報をめぐる様ざまな歴史の記憶も現在も、また作品世界に溶かしこめられ、その現実性を確保する契機であったことは動かないのではないか。ここでの意図は、『竹取物語』の世界に東アジア交易圏をめぐる諸々の事象を指摘するにとどまらない。漢籍の典拠から、仮名文字による物語創造へ、その飛躍を支えるものとは何か、それを考えるひとつの手がかりとして、東アジア世界との交流をめぐる歴史の記憶の生動を見てきたつもりである。

（1）　もとより『竹取物語』を唐風文化と国風文化のはざまの貞観期の文学とする見方もないわけではないが、現在の日本史の教科書でも、国風文化の項に『竹取物語』を含めるものは多い。

（2）　こうした国風文化の通念の再検討については、本書第Ⅰ部第二編第一章を参照されたい。

（3）　河添房江「鴻臚館に行く光る君」（『源氏物語時空論』東京大学出版会、二〇〇五）。

(4)　榎本淳一「「国風文化」と中国文化」(池田温編『古代を考える　唐と日本』吉川弘文館、一九九二、『唐王朝と古代日本』吉川弘文館、二〇〇八に所収)。
(5)　『日本随筆大成　第二期第13巻』(吉川弘文館、一九九四)。
(6)　上坂信男『竹取物語全評釈　古注釈篇』(右文書院、一九九〇)。
(7)　渡海制については、稲川やよい「「渡海制」と「唐物使」の検討」(『史論』四四集、一九九一・三)他を参照。
(8)　仏の御石の鉢の形状についても『続博物志』によれば、三升ばかりの容量で、青玉あるいは青石という説、雑色にして黒が多いという説がある一方、『水経注』や『大唐西域記』では、紺青で光っているともいう。『竹取物語』では、色は問題にしていないが、光輝く鉢であるという情報は、いずれかの典拠から得ていたのであろう。
(9)　網谷厚子「竹取物語の「しら山」考」(『平安朝文学の構造と解釈』教育出版センター、一九九二)。
(10)　東アジア交易圏は、より厳密にいえば、九世紀半ばに成立したが、それ以前の遣唐使や遣新羅使、渤海国使など、海での往来をふくめて、ここでは東アジアの航海圏という言葉を用いている。
(11)　『うつほ物語』でも吹上下巻では「帝、「仲忠がためは天子の位かひなしや。蓬萊の不老不死の薬の使としてだにこそは、宣旨逃れがたさによりて渡れれ。ともかくもあれ仕うまつれ」と仰せらる」(五二九)と見えて、同一のものとして認識されていると見做し得るが、内侍のかみ巻では優曇華の花と蓬萊の不死薬は並列されつつも弁別されており、『うつほ物語』作者の理解・享受の一例として考えられる。
(12)　蓬萊山の洲浜は、平安の歌合や物語でもしばしば見られる。たとえば『うつほ物語』国譲中巻には、鶴亀に松を配した蓬萊山の洲浜の飾り物が見える。
(13)　網谷厚子「もし天竺にたまさかにもて渡りなば」(『平安朝文学の構造と解釈』教育出版センター、一九九二)。
(14)　東野治之『遣唐使船』(朝日選書、一九九九)五八頁。
(15)　網谷厚子「竹取物語の諸問題」(『平安朝文学の構造と解釈』教育出版センター、一九九二)。
(16)　佐伯有清『最後の遣唐使』(講談社新書、一九七八)一九七頁。
(17)　新川登亀男「入唐求法の諸相」(『日本古代の対外交渉と仏教』吉川弘文館、一九九九)。海龍王寺とも呼ばれる角寺も、光明皇后が入唐僧の玄昉の安全を願って天平年間に建立したという。また新川氏に拠れば、天平の遣唐使の帰国の際、四船がすべて遭難した際、海龍王信仰の高まりがみられるという。
(18)　宇多天皇に遣唐使派遣を迫った唐商の王訥も、保立道久『黄金国家』(青木書店、二〇〇四)に拠れば、宇多天皇と直接、対面したという。
(19)　亀井明徳「唐・新羅商人の来航と大宰府」(土田直鎮・石井正敏編『海外視点・日本の歴史5　平安文化の開花』ぎょうせい、一九八七)。
(20)　貞観十六年(八七四)に香料や薬を購入するため、勅使を唐船に乗せて入唐させた例などは、この話に近いといえるだろう。
(21)　それは黄貂の高級品であったという説もある(三谷邦明「竹取物語の方法と成立時期――〈火鼠の裘〉あるいはアレゴリー」日本文学研究資料刊行会編『平安朝物語Ⅰ』有精堂出版、一九七〇)。
(22)　(21)に同じ。元慶五年(八八一)の火色(深紅色)の禁令や仁和元年(八八五)の貂皮の禁令に明らかなように、贅沢品を嗜好する時代への諷刺意識が加わって、発想された難題であるという。
(23)　佐野みどり「王朝の美意識と造形」(『岩波講座日本通史6　古代5』一九九五、『風流　造形　物語　日本美術の構造と様態』スカイドア、一九九七に所収)、保立道久『黄金国家』(青木書店、二〇〇四)、河添房江「若紫巻の光源氏と唐物」(『源氏物語時空論』東京大学出版会、二〇〇五)。
(24)　遣唐使船の運んだ紺瑠璃の杯、白瑠璃の碗や高杯、弘法大師が瑠璃の碗や箸を唐から将来した話が想起される。
(25)　(21)に同じ。

第二章　『うつほ物語』の異国意識と唐物——「高麗」「唐土」「波斯国」

一　はじめに——異国意識について

『うつほ物語』は、『竹取物語』や『源氏物語』等とともに、かな文字による平安文学の隆盛をあらわす代表作として、近代の国文学史の始発から捉えられてきた。今日、高校の日本史の教科書等でも国風文化の項で扱われる物語である。

平安時代の初期は唐風文化が優勢であったが、寛平六年(八九四)の遣唐使の停止から、唐の文物の影響も薄れたことにより、国風文化に推移したというのが、いまもって一般的な理解かもしれない。そこでは、唐文化の「模倣」の時代から、鎖国状態となって国風文化の「創造」に移行した、という言説がまことしやかに語られてきた。

しかし、『うつほ物語』や『源氏物語』といった平安の物語には、思いのほか異国との接点を語る表現が多くみられる。「唐土」「高麗」「天竺」といった異国の表現がみられる点は、これらの作品にとって、どのような意味があるのか。また国風文化の時代の作品と位置づけられることと、どのように関わるのか。そうした問題は、そもそも国風文化とは何か、といった根源的な問いかけにも繋がるはずである。以下、『うつほ物語』を中心に、その異国意識と異国からのモノ(唐物)の記述をたどり見ることで、改めて国風文化の時代とは何かという問題に接近を試みることにしたい。

＊

『うつほ物語』では、異国の表現の用例として、「高麗」「唐土」「波斯国」「新羅」「天竺」「常世」がある。予めいえば、単に異国の表現が多くみられるだけでなく、それらの条には『うつほ物語』が思い描く異国への空間意識が刻まれている。

そもそも『うつほ物語』の首巻である俊蔭巻も、まさに異国人や異国との邂逅によって、物語が紡がれたことはいうまでもない。清原王の一人息子である俊蔭は、幼くして聡明で、親が漢籍も読ませなかったのに、七歳にして「高麗人」と漢詩を作り交わしたという早熟ぶりである。

七歳になる年、父が高麗人にあふに、この七歳なる子、父をもどきて、高麗人と詩を作り交はしければ、おほやけ聞こしめして、あやしうめづらしきことなり。いかで試みむと思すほどに、十二歳にてかうぶりしつ。（俊蔭　一九）

ここでの「高麗人」は、『うつほ物語』の他の「高麗人」の用例から考えると、九三六年に朝鮮半島を統一した高《こう》麗《らい》国(九一八―一三九二)ではなく、高句麗の遺民によって建国され、日本に対して「高麗」を名乗った渤海(六九八―九二六)からの使節と考えられる。清原王は、式部大輔にして左大弁であったことから、渤海国使の接待役となり、息子の俊蔭とともに鴻臚館におもむいたという設定である。そこで七歳の俊蔭が、漢詩も習っていなかったのに、父をまねて即興で漢詩を作ったという英才ぶりを語る場面であり、『源氏物語』の桐壺巻で、七歳の光源氏が高麗の相人と対面する場面のモデルとなる条でもある。ただし、『うつほ物語』では、高麗人からの予言も贈り物もなく、あるのは俊蔭の漢才の称揚だけである。

そして、その漢才を漏れ聞いた帝により、俊蔭はわずか十六歳で遣唐使の一員に任命されて渡海するところから物語がはじまる。しかし、俊蔭は途中で遭難し、「波斯国」に流れ着く。

ところで、俊蔭が来日した「高麗人」と漢詩を作り交わし、また遣唐使として海を渡るという設定が可能なのは、平安期の先例では桓武朝と仁明朝だけである。そして遣唐使と遭難という点では、仁明朝の承和七年(八四〇)の遣唐使における菅原梶成の漂着との関係が指摘されている。(1) 一方、俊蔭巻以外の『うつほ物語』と関わる歴史的文脈では、涼や忠こその物語と嵯峨朝との関連がいわれることが多い。(2) 承和年間の遣唐使が、仁明朝の出来事とはいえ、嵯峨上皇の意向を反映していたことに鑑みれば、準拠とまではいえないまでも、『うつほ物語』が拠り所とした時代の空気がおのずと浮かび上がってこよう。

それにしても、俊蔭巻ですでに「高麗」「唐土」「波斯国」と三つの異国が、俊蔭の人生に交わっていることは注目される。それらの三つの異国の空間は、俊蔭ひいてはその一族の物語にどのような重みをもって関わっているのか、以下、考察していきたい。

俊蔭は、渤海国使と漢詩を作り交わしたものの、遣渤海使として渤海国に派遣されたわけでもなく、また遣唐使として「唐土」にたどり着いたわけでもない。俊蔭巻では、むしろ俊蔭が漂着した「波斯国」という国を明記することが、史実の菅原梶成の漂着地とも袂を分かつ意味で重要である。

唐土に至らむとするほどに、あたの風吹きて、三つある船二つはそこなはれぬ。多くの人沈みぬる中に、俊蔭が船は、波斯国に放たれぬ。（俊蔭　二一）

かくて、俊蔭、日本へ帰らむとて、波斯国へ渡りぬ。その国の帝、后、儲の君に、この琴を一つづつ奉る。

「波斯国」については、従来ペルシャ説と南海説があり、最近は南海説が有力であるが、ペルシャ説を支持する論者もいる。(3) ただし、『うつほ物語』の終巻、楼の上下巻の「唐土よりあなた、天竺よりはこなた、国々の」（五六七）に、「波斯国」が含まれるとすれば、「唐土」より西、「天竺」より東の空間となり、やはり南海説が有力となろう。(4)

俊蔭巻では少なくとも、北の「高麗」（渤海）や西の「唐土」ではなく、「波斯国」から西という日本からみて南西方向の空間軸が重要である。南西方向の空間軸については、『法顕伝』『宋雲行紀』『大唐西域記』（玄奘）をはじめとする「入竺求法僧の旅行記」をなぞっているという説(5)もあるが、入竺求法僧の起点である唐土を俊蔭が踏んでいない点が、『うつほ物語』の独自性として注目される。

それでは、俊蔭巻以外では、どうであろうか。俊蔭巻に続く藤原の君巻では、三奇人の一人である上野の宮が、あて宮強奪を企てる場面に次のようにあった。

> この親王、よろづに思ほし騒ぎて、陰陽師、巫、博打、京童べ、嫗、翁召し集めてのたまふ。「ほに、われ、この世に生まれてのち、妻とすべき人を、六十余国、唐土、新羅、高麗、天竺まで尋ね求むれど、さらになし。」（藤原の君　一五四）

ここでは「唐土」から「天竺」まで四つの国が列挙され、『うつほ物語』が認識している異国の多くを含んでいる。また、吹上上巻では、吹上の浜に館を構えた神奈備種松の財力について、次のような説明があった。

> 種松、財は天の下の国になきところなし。新羅、高麗、常世の国まで積み納むる財の王なり。（吹上上　三七八）

「常世」は神仙思想と結びついた想像上の仙境であるので、ひとまず措くとして、この条では、俊蔭一族の琴の霊力に関わった「波斯国」から西方という南西の軸とは対照的に、種松の桁外れた財力が、紀伊国牟婁郡という日本の最南端から「新羅」「高麗」という北方の方位により権威づけられている。ただし、種松が「新羅」「高麗」の財宝を手に入れて、四方四季の館の栄華を誇ることは、比喩的な言い回しと考えるか、より現実的に新羅商人や、高麗（渤海国）との交易というルートを想定するしかない。しかし、実際に「波斯国」から西方へという南西の方位を往還した俊蔭に比して、種松の場合は、比喩であるにせよ、交易の問題であるにせよ、異国との関わり方が俊蔭に比べて希薄というか、観念的なのである。(6)

二　渤海国交易との接点

さて、『うつほ物語』における「高麗人」の用例は、俊蔭巻以降の内侍のかみ巻・蔵開上巻・国譲上巻に四例ある。いずれも会話文の中での渤海国使の来朝にまつわる表現であり、比喩的な誇張表現が二例ある。渤海国使と話す時に「通辞」（通訳）が必要であるとか、来年入朝の予定であるとか、沢山の人々が来たことを、一度に二十数名以上はいた使節団に喩えたりしている。渤海国使は、当初、不定期に来朝していたが、弘仁十四年（八二三）以降、十二年に一回としたため、蔵開上巻の条はそれ以降の時代の捉え方でもある。

ちなみに平安期に来朝した渤海国使は、朝貢品や交易品として多量の毛皮を平安京にもたらした。その記録はけっして多くはないが、貞観十三年（八七一）暮に来朝し、翌年五月に入京した大使楊成規の折も、虎・豹・熊皮が信物として、別貢物として貂皮（黒貂の皮衣）がもたらされた。というのも、一つには平安京の冬の寒さをしのぐため、毛皮の需要が高かったからである。

同時に、渤海国の毛皮を入手できたのが貴族層や富裕層など一部の者に限られたことから、一種のステイタス・シンボル、富と高貴と権威の表象となって、もてはやされたのである。延長五年(九二七)の延喜式の弾正令では、毛皮着用の基準を定めており、五位以上は虎皮、豹皮は参議以上と三位の非参議、貂皮は参議以上となっているように、高価な毛皮の中でも貂皮が最高のランクに位置づけられている。

貂皮については、蔵開中巻にも次のように語られている。師走の半ばに宮中に泊まることを余儀なくされた仲忠が、妻の女一の宮に手紙を送り、宿直物を届けてもらった場面である。

赤色の織物の直垂、綾のにも綿入れて、白き綾の袿重ねて、六尺ばかりの黒貂の裘、綾の裏つけて綿入れたる、御包みに包ませたまふ。（蔵開中　四五一）

ここでは、「赤色の織物の直垂」に加えて、「六尺ばかりの黒貂の裘」で綾の裏がつき、綿の入ったものが、防寒用の衣類として送られている。師走の寒さをしのぐ意味で、これ以上ふさわしいものもないが、また一方で、右大将の要職にある仲忠が宮中で身につけてもおかしくない最高級品という意識があるのだろう。『うつほ物語』において、黒貂の皮衣は、防寒用の衣類であると同時に、上流貴族のステイタスを象徴する舶載品であったのである。

三　大宰府交易との接点

ところで、『うつほ物語』で舶載品がもたらされるルートには、渤海国ばかりでなく、唐土から大宰府の出先機関である博多の鴻臚館を経由して平安京にもたらされるルートもあり、後者の方が割合としてはむしろ大きかった。

大宰府経由の唐物交易を少し詳しく見ておくと、唐船が博多周辺に到着すると、大宰府はその報告を朝廷にし、日本での滞在を許可するか否かの伺いを立てる。朝廷から許可されると、唐船の乗員は、大宰府の出先機関である博多の鴻臚館に迎えられる。朝廷からは蔵人所の官人から唐物使が任命され、大宰府に派遣される。そして唐物使が朝廷の必需品をまずは買いつけるという、いわゆる先買権を掌握した形での交易が進められ、その後に民間との交易が許されるのが原則であった[7]。なお蔵人の唐物使が買い上げた唐物は、蔵人所の納殿に収められた。

『うつほ物語』では内侍のかみ巻に、蔵人所に蓄えられた唐物の内容がかなり詳しく語られている。朱雀帝はかねて執心の俊蔭女を仲忠を介して宮中に召し寄せ、秘琴を演奏させ、その褒美として尚侍となした。やがて自邸に退出する俊蔭女に、左大臣が帝の意を受けて、蔵人所に蓄えられた唐物を惜しみなく放出し、贈り物をするのである。

それに、蔵人所にも、すべて唐土の人の来るごとに、唐物の交易したまひて、上り来るごとには、綾、錦、になくめづらしき物は、この唐櫃に選り入れ、香もすぐれたるは、これに選り入れつつ、やむごとなく景迹ならむことのためにとてこそ、櫃と懸籠に積みて、蔵人所に置かせたまへるを、左のおとど、年ごろ、にはかにかうざくならむ折にとて、調ぜさせたまふてあるを、天の下、今宵の御贈り物より越えて、さらにさらにせじ。これよりいつかあらむ。(中略)かの蔵人所の十掛には、綾、錦、花文綾、いろいろの香は色を尽くして、麝香、沈、丁子、麝香も沈も、唐人の度ごとに選り置かせたまへる、蔵人所の十掛、杬、台、覆ひ、さらにもいはず、いといみじくめでたくて、懸け整へて候ひたまふ。（内侍のかみ　二七四―二七五）

ここには、「綾、錦、花文綾」など絹製品、「麝香、沈、丁子」などの香料が唐人の来航ごとに買い付けられ、蔵人所に収められるという唐物交易の実態が反映されているのである。

さて、唐物交易には蔵人の唐物使ばかりでなく、大宰府の役人が密接に関わっていることをうかがわせる例が藤原の君巻にある。「帥」とよばれる前の大宰大弐、滋野真菅をめぐるエピソードである。この巻では、源正頼の娘のあて宮が、身分の上下を問わず数々の男性たちの求婚を受けるが、真菅も年が六十を越えているというのに、あて宮の求婚者の仲間入りをする。

真菅は大宰大弐に任官して、たっぷりと蓄財するが、帰洛の旅の途上で妻を亡くし、都に戻ってあて宮の噂を聞きつけると、息子四人と娘三人もいるというのに、臆面もなく求婚するのである。真菅の好色ぶりを『うつほ物語』は戯画的に描いているが、真菅が胸を張って求婚できるのも、大弐時代の蓄財があり、その財力に自信があればこそである。真菅は、京と筑紫を往復する筑紫船をもち、娘たちには唐物の極上の絹を選ばせている。そして真菅の一家がいかに豪勢な生活ぶりであったかを示す部分に、「秘色」とよばれる舶載の杯が出てくる。

ぬしものまゐる。台二よろひ、秘色の杯ども。娘ども、朱の台、金の杯とりてまうのぼる。（藤原の君　一八四）

「秘色」とは、越州窯の舶来青磁のことで、唐代の漢詩文にも登場し、もともとは神秘的な色、もしくは特別な色という意味であった。ところが、唐の後の呉越国が越州窯の青磁を交易用として確保するために、臣下や庶民の使用を禁止したので、「秘色」と呼ばれたという説も後から加わった。(8) 秘色青磁は、越州に近い明州の港から輸出され、西は遠くエジプトのフスタート遺跡まで、その遺品が確認されるという。『うつほ物語』でも「秘色」は、真菅が大宰府の大弐時代に唐物交易に関わる中で得た高価な食器というイメージで語られる。

なお『うつほ物語』では、食器としての唐物は、「秘色」青磁のほかに、瑠璃とよばれるガラス製品も登場する。蔵開中巻では、藤壺（あて宮）から殿上の間にいる公達たちに食事の差し入れがあり、瑠璃のさまざまな食器や酒器が出てくる。

藤壺より、大きやかなる酒台のほどなる瑠璃の甕に、御膳一盛、同じ皿坏に、生物、乾物、窪坏に、菓物盛りて、同じ瓶の大きなるに、御酒入れて、白銀の結び袋に、信濃梨、干し棗など入れて、白銀の銚子に、麝香煎一銚子入れて奉りたまへり。（蔵開中　四七〇）

藤壺から、大きな酒台ほどのガラスの甕に食事を盛り、同じくガラスの皿状の坏で生物や干物を盛り、くぼんだ坏には菓子を盛り、大きなガラスの瓶には酒を入れて、といった具合に差し入れがあった。当時、輸入されるガラス器は、繊細な中国(宋)製のガラス器と、さらに西方からもたらされる大型で丈夫なイスラム・グラスがあった。(9) イスラム・グラスが、薔薇水や白砂糖や葡萄酒を入れる容器としての需要が大きかったことに鑑みれば、これらはイスラム・グラスであった可能性が高い。

七宝の一つに数えられ、仏舎利の容器となる瑠璃が、『落窪物語』の法華八講や『源氏物語』若紫巻の北山の場面など、他作品でもしばしば仏教行事や仏教空間で使われているのに対して、『うつほ物語』では不思議なほど仏教臭がないのも、その特徴といえよう。

四　俊蔭が招来した唐物

瑠璃に限らず、『うつほ物語』では仏教空間に関わる唐物はほとんど無く、贈り物や盛儀の室礼に関わる唐物が横溢する世界である。(10) また唐物交易や渤海国使の来訪など、交易や外交などの実態をうかがわせる描写があることも注目される。

しかし、『うつほ物語』でさらに重要なのは、実際の交易ルートを通さない舶載品が存在し、物語上ではより重要な意味を担っていることである。それは一言でいえば、俊蔭が異国からもたらし、三条京極の旧邸の蔵に秘蔵されていた品々である。

蔵開上巻、仲忠は久しぶりに訪れた三条京極の旧俊蔭邸の蔵が閉ざされたままであることを知り、先祖の霊に祈念して蔵を開き、祖父俊蔭やその先祖が残した書籍の束や沈香でできた唐櫃、香などを発見する。

見たまへば、書どもうるはしき帙簀どもに包みて、唐組の紐して結ひつつ、ふさに積みつつあり。その中に、沈の長櫃の唐櫃十ばかり重ね置きたり。奥の方に、よきほどの柱ばかりにて、赤く丸きもの積み置きたり。ただ口もとに目録を書きたる書を取りたまひて、ありつるやうに鎖鎖して、多くの殿の人さして、帰りたまひぬ。

（蔵開上　三二九）

この場面でまず第一に重要なのは、俊蔭や俊蔭の父母たちの遺した書籍である。仲忠は妻の女一の宮が懐妊すると、蔵から「産経」を取り出し、それに従って、いぬ宮誕生まで女一の宮を世話する。

また、続く蔵開中巻では、朱雀帝の御前で、俊蔭の詩集、俊蔭の父の詩集、俊蔭の母の歌集を講じて、絶賛される。俊蔭一族の学問の家の優位性が語られ、仲忠が儒臣として据え直される巻でもある。[11]

二つの巻で注意すべきは、俊蔭が「波斯国」ではなく、「唐土」を往還したことになっていることである。蔵開上巻でも、京極の旧邸を訪れた仲忠へ、留守番役の翁・媼は、俊蔭の父の清原王について、「そのゆゑは、むかし、一人子を唐土に渡したまへりし人の御殿になむありし。」（蔵開上　三二五）と語っていた。

これに限らず、蔵開上巻以降の回想表現における「唐」「唐土」は、俊蔭の遣唐使としての側面を強調し、漢学の家の祖としての清原王・俊蔭親子が称揚されている。俊蔭はこの巻から、遣唐使としての成果をみごとに身につけた文人として再定位される必要があったからである。[12]

さらに注目したいのは、俊蔭巻とは違い、俊蔭が唐土から帰還したことが強調されることで、文人の才の称揚ばかりでなく、俊蔭が唐土から持ち帰り、京極の邸の蔵に蓄えた唐物そのものの優越性をも示していることである。

孫の仲忠が受け継いだ俊蔭の莫大な舶載品は、朝廷の蔵人所の納殿に積まれた唐物を上回る素晴らしい品であり、仲忠一族の権威づけにも一役買っている。俊蔭が異国からもたらした品々の身元が「唐」「唐土」と限定されることで、より箔づけられたといえよう。そもそも記録の上での「唐物」という呼び方も、本来は遣唐使がもたらした品々の意であり、「唐土」の品、あるいは「唐土」を経由した品という意味で、舶載品を権威づける表現であった[13]。その意味でも、俊蔭が招来した品々が「唐土」の権威をまとうことは、まさに唐物中の「唐物」のイメージを獲得することであった。

京極旧邸の蔵の唐物の優位性は、たとえば次のような叙述にもあらわれている。

蔵の唐櫃一つに香あり、といへるを取り出でさせたまひて、母北の方にも一の宮にも奉りたまへば、この御族の香どもは、世の常ならずなむ。（蔵開上　三三〇―三三一）

仲忠は、蔵の中から香を納めた唐櫃を取り出し、その香を母の俊蔭女や妻の女一の宮に配ったので、この一族の香りはまたとないものとして評価を受けた。

ただし、その後、香をはじめとする舶載品は、いぬ宮誕生の産養の室礼や贈り物など皇族や他家からの唐物の氾濫により、やや影が薄くなった観もある。京極旧邸の蔵の遺品の優位性がふたたび際立つのは、楼の上上巻で、俊蔭女からいぬ宮への秘琴伝授のため、仲忠が京極邸に高楼を建てた場面である。

楼の高欄など、あらはなる内造りなどは、かの開けたまひし御蔵に置かれたりける蘇枋、紫檀をもちて造らせたまふ。黒鉄には、白銀、黄金に塗り返しをす。連子すべき所には、白く、青く、黄なる木の沈をもちて、色々

に造らせたまふを、さるべき所々には、白銀、黄金、筋やりたり。（楼の上上 四五七）

楼の天井には、鏡形、雲の形を織りたる高麗錦を張りたり。板敷にも、錦を配せさせたまふ。わが御座所には、ただ唐綾の薄香なるを、天井にも張りたる板にも敷かせたまふ。西の楼には、尚侍のおとどのおはし所、東の楼には、いぬ宮のおはし所なり。浜床をのみぞ、いぬ宮の御料は、ささやかにせさせたまへる。その浜床には、紫檀、浅香、白檀、蘇枋をさして、螺鈿摺り、玉入れたり。三尺の屏風四帖、唐綾に唐土の人の絵描きたりけるを、ここにて大将の張らせたまひて、一具づつ、二つの楼の浜床の後ろに立てたり。楼の天井に、三尺の唐紙を、尚侍のおとどの御にもこれにも懸けたまへり。（楼の上上 四五九—四六〇）

まさに唐物尽くしの楼の造営に際して、蔵にあった俊蔭の遺品が使われたことは、「かの開けたまひし御蔵に置かれたりける蘇枋、紫檀をもちて造らせたまふ」という条からも明らかであろう(14)。京極邸の楼の唐風のイメージはしばしば指摘されるが(15)、それは俊蔭がもたらした異国の品々によって荘厳されていたのである。そうであることによって、この世に二つとない空間となり、他家や天皇家の羨望を浴びたのである。

そして、楼の上下巻の終局、俊蔭女といぬ宮の弾琴の場面では、朱雀院と嵯峨院の行幸に対して、俊蔭の絵入りの冊子と高麗笛が返礼の品として贈られている。

「唐土の集の中に、小冊子に、所々絵描きたまひて、歌詠みて、三巻ありしを、一巻を朱雀院に奉らむ」。「嵯峨の院にはいかが」とのたまへば、「高麗笛を好ませたまふめるに、唐土の帝の御返り賜ひけるに賜はせたる高麗笛を奉らむ。（中略）

唐色紙の絵は、一巻といへども四十枚ばかりなり。紫檀の箱の黄金の口置きたるに入れたり。（楼の上下 六一八—六一九）

ここでも、皇族や他家がいくら貴重な唐物を手に入れたにせよ、俊蔭の遺品の素晴らしさには到底およばないという論理が貫かれている。ちなみに嵯峨院に贈られた高麗笛にしても、「高麗」という文化性よりも、「唐土の帝」から授与された権威性の方が重視されている。(16)

いずれにしても、楼の上下巻では、もはや「唐土」ならぬ「波斯国」「高麗」を強調する必要もないのである。むしろ、すべてを「唐土」の権威に統一し、俊蔭一族を荘厳するという比重が大きいのである。それは、漢才の家としての位置づけもあるにせよ、それだけでなく俊蔭が異国で手に入れ、京極旧邸の蔵に納められた舶載品が、蔵人所の納殿に積まれた唐物を凌駕する素晴らしい品であるという権威づけの要素が大きい。『うつほ物語』は、架空の唐物ランドともいうべき唐物が横溢する世界であるが、仲忠は折にふれ、俊蔭から継承した品々を誇示することで、天皇家や他家を圧倒し、一族の優位性を示すのである。

それまで「波斯国」「高麗」「天竺」といった異国への言及があったにせよ、『うつほ物語』はその終局で、むしろすべてを「唐土」の権威に収束し、漢才の血筋の強調と、俊蔭がもたらした唐物の優越性により、仲忠一族が荘厳される物語として完結したともいえよう。

五　終わりに

以上のように『うつほ物語』の世界における異国意識や異国からのモノである唐物との多彩な関係をたどり見る時、それは単に嵯峨朝を意識したという次元で読み解ける問題ではないこともおのずと明らかになろう。『うつほ物語』が成立した国風文化の時代も反映しているとみるべきなのである。(17)国風文化とは、鎖国のような文化環境ではなく、異国からモノ・人・情報がそれなりに確保され、唐物を消費するなかで生まれた洗練された都市文化であったことを改めて確認しておきたい。

もっとも細かく見ていくと、同じ国風文化の時代の文学といっても、『うつほ物語』と『竹取物語』や『源氏物語』ではそれぞれ唐物の扱いや意味合いが変化している。いま概略だけを述べておけば、『竹取物語』では最初から入手不可能な観念的な異国の品として難題物が設定されている。[18]一方、『源氏物語』では、「唐」だけでなく「高麗」という異国のモノの外部性を主人公の権力掌握と失墜の物語に絡ませている。そして異国への言及では、「和」から見た「唐」という意識があり、[19]「和」の中の「唐」というべき唐風の品々を唐物の周縁に位置させて、その組み合わせによって唐物の物語を複雑化しているのである。[20]

それに対して、『うつほ物語』では、威信財としての唐物の価値を、特に晴の場で過剰なほど強調する世界から、やがて異国を流離った俊蔭だけが特権的な唐物を獲得していることが明らかになり、その一族が天皇家や他家を圧倒する物語に転じていく。まずは俊蔭漂流譚や、「財の王」である種松の所有する海彼の富があり、続いて日常化した唐物の氾濫の物語となり、終局ではふたたび俊蔭招来の品々の権威性によって仲忠一族が荘厳される世界へと転位している。つまり、宮廷や貴族の生活に馴致された唐物の物語をはさむようにして、発端と終局では、天皇家でさえも所有できない、まさに外部の唐物の権威を強調するのが『うつほ物語』の世界なのである。

（1）田中隆昭「源氏物語における高麗人の予言」（『論叢源氏物語２　歴史との往還』新典社、二〇〇〇、『交流する平安朝文学』勉誠出版、二〇〇四に所収）。
（2）大井田晴彦「吹上の源氏」（『うつほ物語の世界』風間書房、二〇〇二）、西本香子『『うつほ物語』と嵯峨の時代』（伊藤博・宮崎荘平編『王朝女流文学の新展望』竹林舎、二〇〇三）、江戸英雄「歴史的文脈の形成」（『うつほ物語の表現形成と享受』勉誠出版、二〇〇八)。
(3)　田中隆昭「うつほ物語　俊蔭の波斯国からの旅」(『アジア遊学』三号、一九九九・四、『交流する平安朝文学』勉誠出版、二〇〇四に所収)。
(4)　東野治之「上代文学と異国体験――『うつほ物語』を手がかりに」(『岩波講座日本文学史』第一巻、月報2、一九九五)。
(5)　(3)に同じ。
(6)　室城秀之「「うつほ物語」の空間――吹上の時空をめぐって――」(『うつほ物語の表現と論理』若草書房、一九九六)。
(7)　森克己『日宋貿易の研究』(国立書院、一九四八)、田村圓澄「大宰府、鴻臚館、そして博多商人」(『大宰府探求』吉川弘文館、一九九〇)。
(8)　出川哲朗「法門寺出土の秘色青磁」(『中国の正倉院法門寺地下宮殿の秘宝「唐皇帝からの贈り物」展図録』新潟県立近代美術館・朝日新聞社文化企画局・博報堂編、一九九九)。
(9)　由水常雄『ガラスと文化――その東西交流』(NHK出版、一九九七)。
(10)　河添房江『光源氏が愛した王朝ブランド品』(角川選書、二〇〇八)。
(11)　大井田晴彦「仲忠と藤壺の明暗――「蔵開」の主題と方法――」(『うつほ物語の世界』風間書房、二〇〇二)。
(12)　高橋亨「宇津保物語の絵画的世界」(『物語と絵の遠近法』ぺりかん社、一九九一)。
(13)　皆川雅樹「九世紀日本における「唐物」の史的意義」(『専修史学』第34号、二〇〇三・三)、渡邊誠「日本古代の対外交易および渡海制について」(『東アジア世界史研究センター年報』3号、二〇〇九・一二)。
(14)　伊藤禎子「俊蔭一族の物語と楼」(『中古文学』第七六号、二〇〇五・一〇)は、楼の材料が蔵に保存されていた俊蔭招来の品々であることは、それ自体が「長きにわたる一族の〈歴史〉」を象徴するという。
(15)　(13)、佐野みどり「王朝の美意識と造形」(『岩波講座日本通史6　古代5』一九九五、『風流 造形 物語　日本美術の構造と様態』スカイドア、一九九七に所収)。
(16)　俊蔭所蔵の高麗笛を、「唐土の帝」からの贈与として権威化したことについては、『うつほ物語　全』(室城秀之校注、おうふう、一九九五)の頭注では、「「唐土の帝」は、ここは、波斯国の帝をいうか」としつつも、俊蔭巻にその記事がみえないことを不審とする。いずれにしても、高麗笛の「高麗」という文化性は、贈与者の「唐土の帝」により、曖昧化されている。なお『うつほ物語』全般で「高麗」が「唐土」ほど重要視されていない点については、河添房江「唐物と文化的ジェンダー」（『源氏物語時空論』東京大学出版会、二〇〇五）、金孝淑「権威付けの装置としての「唐土」と「高麗」――『うつほ物語』『源氏物語』『狭衣物語』を通して――」（『源氏物語の言葉と異国』早稲田大学出版部、二〇一〇）を参照されたい。

(17) 河添房江『源氏物語と東アジア世界』（ＮＨＫブックス、二〇〇七）。

(18) 本書第Ⅰ部第一編第一章。

(19) 中嶋尚「うつほ物語から源氏物語へ」（『国語と国文学』一九七七・一一、『平安中期物語文学研究』笠間書院、一九九六に所収）。

(20) (17)に同じ。

第三章　『枕草子』の唐物賛美——一条朝の文学と東アジア

一　唐物という問題系

一条朝の文学と東アジアの関わりについては、さまざまな問題系を立てられるであろうが、ここでは東アジア交易圏から平安京にもたらされた唐物とよばれる舶載品をめぐって、一条朝の文学の位相を考察していきたい。

従来、考えられてきた一条朝の文学と東アジアとの関係は、たとえば『源氏物語』や『枕草子』における『白氏文集』をはじめ、漢籍の摂取の問題など、書物間の関係が中心であった。たしかに当時の貴族たちは、三史五経や『文選』『白氏文集』などの文学に通じ、『初学記』『芸文類聚』といった百科事典を自在に使いこなしていたのである。もとより、それらは平安貴族たちにとって単に知識・教養という次元ではなく、漢籍をどう消化し、みずからの世界を造り上げていったのかという、思想の次元にも達する重要な受容の問題であった。しかし、それゆえに中国の典拠との関係を明らかにすることは、ともすれば超時間的な考証に向っていったことも否めない。

一条朝の文学を東アジア世界の一端に位置する平安京から生み出されたと捉える際に、単に漢籍の輸入の次元ではなく、当時のアクティブな異文化交流の証として、歴史学でも注目されているようなモノ・人・情報の三要素からトータルに考えてみることが、いま求められているのではないか(1)。

ここでは、特にこれまで等閑にされがちであったモノである唐物を媒介として、一条朝の文学である『枕草子』に焦点を当てて、それが『紫式部日記』の世界といかなる相違をみせているのかを捉え直してみたい(2)。そうした手続きにより、『枕草子』『紫式部日記』という二つの作品の対照が判明するばかりではなく、国風文化の極みに成立したとされる一条朝の文学全般がまた異なる相貌をみせるのではないか、というのが本章の見通しである。

二　『枕草子』の類聚章段での唐物

以下、『源氏物語』と並んで一条朝の文学の双璧をなす『枕草子』に描かれた唐物について、その例を一つ一つたどり見ていきたい。『枕草子』の唐物関連の語彙を拾ってみると、「唐鏡」「唐錦」「瑠璃の壺」「皮ぎぬ」「鸚鵡」「沈」「唐の紙」「唐綾」「唐の薄物」などがあり、一条朝の当時に愛好された唐物のオンパレードの感がある。つまり、この作品にみられる品々が一条朝の宮廷生活に浸透している唐物の一つの基準《スタンダード》なのではないか、ということが少なくとも仮説として考えられる。

さらに『枕草子』に登場する唐物は、いわゆる「……は」型や「……もの」型の類聚章段と、日記章段に分かれるので、最初に類聚章段の例を抜き出して、個々に簡単な分析を付けていきたい。

唐鏡

心ときめきするもの　雀の子飼。ちご遊ばする所の前わたる。よき薫物たきて一人臥したる。唐鏡のすこし暗き、見たる。よき男の、車とどめて、案内し問はせたる。頭洗ひ化粧じて、香ばしうしみたる衣など着たる。ことに見る人なき所にても、心のうちは、なほいとをかし。待つ人などのある夜、雨の音、風の吹きゆるがすも、ふとおどろかる。

（二七段　六九―七〇）

「心ときめきするもの」の段の唐鏡であるが、そこでは舶載の、つまり唐物である鏡と唐風の鏡という二通りの意味が考えられる。平安時代に和風の鏡が出現して、唐風の様式の鏡も「唐鏡」と呼ぶようになった。しかし、この段では諸注釈[3]がそろって中国舶来の鏡と注記しているのに従い、舶載品と解しておく。

また同じ段に出てくる薫物も、唐物そのものとはいえないが、原料である香料は、沈・丁子・白檀・甲香・麝香・薫陸・甘松・鬱金などすべて舶載品であり、唐物に準じて考えられるが、その点については後の『紫式部日記』における薫物の考察に譲りたい。

唐錦

めでたきもの　唐錦。飾り太刀。作り仏のもくゑ。色合ひ深く、花房長く咲きたる藤の花、松にかかりたる。

（八四段　一六五）

「めでたきもの」の段に見える唐錦は、舶載品を代表する唐物の一つで、なかでも畳の縁に使われる繧繝錦や、褥の縁に使われる東京錦は高級品といえる。唐錦を大きく衣装として使うのは贅沢であったようで、衣装の例は管見の限りでは見当たらず、調度品に使われた例が多い。『源氏物語』でも、明石の姫君や女三の宮、夕霧の娘六の君などの、裳着や入内の晴の調度に唐錦が使われている。

瑠璃の壺

うつくしきもの　瓜にかきたるちごの顔。(中略)鶏の雛の、足高に、白うをかしげに、衣短かなるさまして、ひよひよとかしがましう鳴きて、人の後先に立ちてありくもをかし。また親の、ともに連れて立ちて走るも、みなうつくし。かりのこ。瑠璃の壺。
（一四五段　二七一―二七二）

ここでの「瑠璃の壺」は、「うつくしきもの」の段の最後をしめ括る品であるが、『新猿楽記』で海商である八郎真人が扱った唐物の品目の一つでもあった。瑠璃壺は唐物を代表する品物といえ、平安文学の中でも、常にプラスの評価で語られるのが特徴である。

『曽禰好忠集』にも、「瑠璃の壺ささ小きははちす葉にたまれる露にさも似たるかな」と詠まれたように、瑠璃壺は、まずは小さくて繊細な芸術品といったイメージがある。平安朝では、蜻蛉《とんぼ》玉といわれるガラス玉を作る技術はあっても、吹きガラスの手法で壺などを製作する技術はまだなかったので、瑠璃壺はすべて舶載品であった。

さて瑠璃壺には、中国製のガラス器と西アジアや中央アジアのイスラム・グラスがあり、その両方が平安文学に登場している。イスラム・グラスは、イスラム教を信仰する国々で七世紀から十九世紀まで作られたガラスを広く総称するものである。中国製のガラス器が、小ぶりで薄手で色鮮やかであるのに対して、それよりも大ぶりで丈夫で食器や酒器などに使われるのが特徴といえる。そもそも中国製のガラスも、イスラム・グラスを模倣して製作されたが、大きなものや厚手のものを作るには、「徐冷」といわれるガラスの歪みを取る技術が必要で、そこまで技術が追いつかなかったのである。

平安貴族たちは、色鮮やかで小ぶりの中国製ガラスと、蕃瑠璃とよばれる大型で実用性に富んだイスラム・グラスという、二種類の舶載品を仏具や贈り物の容器、食器や酒器など用途によって使い分け、鑑賞して楽しんでいた。

そこで、『枕草子』の瑠璃の壺は中国製ガラスかイスラム・グラスのどちらか、ということになるが、やはり小さくて繊細なイメージからは、中国製ガラスとみるべきではないだろうか。中国(宋)で製作されたガラス器の特徴として、小ぶりであることと、薄手で色鮮やかであることに加えて、仏舎利を入れる容器など[4]、仏具としての需要が多かったことが挙げられる。しかし、一条朝では仏具ばかりでなく、奢侈品としても流通していたことがわかるのである。

皮ぎぬ

むつかしげなるもの　縫ひ物の裏。鼠の子の毛もまだ生ひぬを、巣の中よりまろばし出でたる。裏まだつけぬ皮ぎぬの縫ひ目。（一四九段　二七五）

「むつかしげなるもの」の段では、「皮ぎぬ」(毛皮)の例がみえる。「唐」の形容はないものの、新編全集の注では、「中国の北方風俗の輸入という。『源氏物語』に末摘花がこれを着たとある」とあり、舶載品と解釈しているようである。末摘花が着用していたのは、いうまでもなく「黒貂の皮衣」であり、これについて別稿に譲りたいが[5]、渤海国から船載された毛皮であった。毛皮の中では、貂の毛皮が最高級品ではあったが、そのほか虎、豹、羆の毛皮なども、渤海国からもたらされた貴重な毛皮であった。渤海国との交流が盛んであった時期には、これらの毛皮は平安京の寒さを凌ぐ必需品で、男性貴族たちは舶来の毛皮を着用して、冬の戸外の儀礼に参加したのである。

『うつほ物語』の蔵開中巻には、「黒貂の皮衣」に裏をつけて防寒の夜具にした例がみえる。師走の半ばに宮中に泊った仲忠は、妻の女一の宮に手紙を送り、宿直物を届けてもらう。

赤色の織物の直垂、綾のにも綿入れて、白き綾の袿重ねて、六尺ばかりの黒貂の裘、綾の裏つけて綿入れたる、

御包みに包ませたまふ。（蔵開中 四五一）

前章でも言及した条であるが、女一の宮は、赤色の織物の直垂や綾の衾に綿を入れ、さらに六尺ばかりの黒貂の皮衣に綾の裏をつけて綿を入れたものを、宿直物としたのである。右大将の要職にある仲忠が宮中で身につけてもおかしくない最高級品なのであろう。『うつほ物語』において「黒貂の裘」は、防寒用の衣類であると同時に上流貴族のステイタスを象徴する品であった。

『うつほ物語』で綾の裏をつけたというのも、『枕草子』で皮衣に裏がついていない皮衣をイメージする際に参考になる。ただし一条朝では、はるか昔に渤海国も滅亡（九二六）しており、そこからの交易品として貂をはじめ皮衣が入ってくることはありえない。「むつかしげなるもの」の段の皮衣は、『源氏物語』の末摘花が着用していたような昔の皮衣と考えるか、『新猿楽記』で八郎真人が扱った品目にやはり豹皮や虎皮があったように、当時、海商とよばれた商人のもたらした舶載品の毛皮の類と考えるほかないのである。(6)

もっとも、この皮衣を舶載品と考えても、それ以前の唐物の描かれ方との違いは、手放しで絶賛しているわけでなく、『うつほ物語』の仲忠の宿直物のように、裏を付けた整った形でなければ、清少納言の眼鏡に叶わないということなのであろう。

鸚鵡

なお唐物の中には、珍獣の毛皮ばかりでなく、生きた珍獣そのものもふくまれる。

舶載の珍獣とは、唐犬・唐猫・唐馬・鸚鵡・孔雀・鴿・白鵝などで、『枕草子』の中では、「鳥は」の段の最初に鸚鵡がみえる。「こと所のものなれど」というところに、異国の珍獣であることが示されている。

鳥は　こと所のものなれど、鸚鵡いとあはれなり。人の言ふらむことをまねぶらむよ。（三九段　九五）

しかし、これは清少納言が実際、鸚鵡をみて評価しているかどうかは定かではない。新編全集の頭注では、「まねぶらむよ」の「らむ」という言い方は、鸚鵡を直接知っているのではなく、概念的にその習性を推量しているとする。それに従えば、清少納言は鸚鵡の習性を噂に聞いただけで、実際に鸚鵡を見たことがなかったのかもしれない。

鸚鵡の記録は古くは『日本書紀』の大化三年（六四七）十二月の条に、次のようにある。

新羅、上臣大阿飡金春秋等を遣して、博士小徳高向黒麻呂、小山中中臣連押熊を送りて、来りて孔雀一隻・鸚鵡一隻を献る。

右の条は、新羅の使者により一対の孔雀と鸚鵡が献上されたというもので、唐から新羅へしばしば孔雀と鸚鵡が贈られているので、その一部が日本に渡ったという可能性もある。それらの珍獣も元はといえば、南海からもたらされたものであった。

九世紀になると入唐僧が、十世紀以降は中国の海商が、孔雀と鸚鵡を一対のものとしてもたらすことが多くなる。というのも、孔雀と鸚鵡は極楽浄土に住まう鳥獣であり、それらが貴族の庭園にいることが、理想の景をあらわすことになるからである。しかも南海からもたらされた鸚鵡や孔雀は、平安京の寒さでは繁殖しにくく、天皇・皇族・摂関家の庭にしか置けない鳥獣であった。

一条朝の鸚鵡の例で、特に『枕草子』に関わる可能性があるのは、長徳二年（九九六）の閏七月十九日の『小記目録』の記事である。(7) それに拠れば、同十七日に入京した宋人が、鸚鵡と鵞と羊を献上したという。その中で鵞と羊は、翌年の長徳三年（九九七）に宋人に返却されたという。この宋人が大宰府を経由して入京した海商なのか、それとも後で述べるように、前年の長徳元年に若狭国に漂着し、越前国にとどめ置かれていた宋人七十余人のうちの一人なのか、判然としない。ともあれ、鸚鵡だけは、長徳三年以降もしばらく宮中にいたことは確実である。
ただし長徳元年に道隆が病没した後、没落していった中関白家にとって、長徳二年は伊周・隆家が花山院に矢を射かけて流罪となったり、定子の里邸が火災にあったり、と散々な年であった。年末の定子の出産もあり、清少納言が宮中で鸚鵡を実見する機会はなかったであろう。可能性があるのは、定子が宮中の職の御曹司に入った長徳三年以降で、その時期であれば、清少納言が実際に宮中で鸚鵡を見る機会はあったのかもしれない。また、見られないまでも鸚鵡の習性を噂で聞く機会は必ずやあったであろう。

猫

その他に、舶載の珍獣の描写といえるかどうか、やや微妙だが、それに準じる例として、猫についての描写がある。

猫は、上のかぎり黒くて、腹いと白き。（五〇段　一〇九）

なまめかしきもの（中略）簾の外、高欄にいとをかしげなる猫の、赤き首綱に白き札つきて、はかりの緒、組の長きなどつけて、引きあるくも、をかしうなまめきたり。（八五段　一六八―一六九）

「猫は」の段は、この短い一文で終わるが、唐猫か、唐猫が舶載された後に日本で繁殖した猫というイメージが色濃い。続く「なまめかしきもの」の段の猫も、赤い首綱に白い札がついて、当時の高級ペットとしての唐猫のイメージである。首綱に長い組み紐がつけられた猫であるのは、まだよくなつかず、綱をつけられた状態を示していて、『源氏物語』の女三の宮の唐猫に通じる印象がある。宮廷生活にふさわしい、唐猫の血を引く優雅で上品なペットとしての猫がそこに表象されている。(8)

三　日記章段における唐物

『枕草子』の類聚章段からは、清少納言の美意識にかなう唐物と、宮廷生活におけるその浸透ぶりがうかがわれた。奢侈品といわれ高嶺の花であった唐物ではあるが、一条朝の宮廷生活、とくに中関白家の周辺では、それほど珍しいものではなく、触れる機会が多かったといえるだろう。

続いて日記章段での唐物をみていくが、そこでは特に中関白家の富と栄華を表象する例が多いことが注目される。類聚章段では影にまわっていた権力との関わりが顕在化するのである。

沈

御前近くは、例の炭櫃に火こちたくおこして、それにはわざと人もゐず。上臈御まかなひに候ひたまひけるままに、近うゐたまへり。沈の御火桶の梨絵したるにおはします。（一七七段　三〇八）

清少納言の宮仕え体験が、唐物やその加工品との遭遇でもあったことは、「宮にはじめてまゐりたるころ」の段からもうかがわれる。その段で、舶来の沈香で作られた火桶が登場するのである。宮仕えを始めたばかりの清少納言を圧倒する品という描かれ方で、中関白家の富と栄耀を象徴する品といえる。

沈香は南方からの舶載品で、カンボジア（真臘）、ヴェトナム（占城）、西アジア（大食）、マラッカ（三仏斉）の順に良質といわれ、中国や朝鮮からの中継貿易で、平安京にもたらされたのである。(9) 沈香といえば、薫物の原料など香料としてのイメージが強いが、たとえば『うつほ物語』では、沈の調度品、細工物、洲浜などの作り物がしばしば出てくる。

晴の場の調度品であったり、贈り物に使われたりした。『紫式部日記』の晴の場でも、後述するように「沈の懸盤」や「沈の折敷」の例が見えるが、あくまで晴の儀式の食器類である。『紫式部日記』と比較すると、『枕草子』では晴の場に限らず、定子の日常生活に高価な沈の火桶のような品があることが強調されている。むしろ唐物を使った調度品を点描することで、中関白家の財力を誇示した語り方といえよう。貴重な沈で作られた火桶は、当時の中関白家の繁栄の象徴であり、しかも非日常の儀式の場でなく、日常の光景であることで、いよいよその印象を深めるのである。

紅の唐綾

宮は、白き御衣どもに、紅の唐綾をぞ上に奉りたる。御髪のかからせたまへるなど、絵にかきたるをこそ、かかる事は見しに、うつつにはまだ知らぬを、夢の心地ぞする。（一七七段 三一〇）

さらに同じ段では中宮定子が、白い衣の上に「紅の唐綾」の表着を着こなしている姿が、この世のものと思えない優艶美として印象的に描かれている。定子は『枕草子』の中では、紅梅襲などの派手な衣装が好みで、またそれがいかにも似合う女性であった。こうした日常の装いは、中宮定子の美麗さばかりでなく、定子サロン、ひいては中関白家の盛栄をも見事なまでにあらわしているのである。

唐の紙

清水に籠りたりしに、わざと御使して給はせたりし、唐の紙の赤みたるに、さうにて、
「山近き入相の鐘の声ごとに恋ふる心のかずは知るらむ

ものを、こよなの長居や」とぞ書かせたまへる。

紙などのなめげならぬも取り忘れたる旅にて、紫なる蓮の花びらに書きてまゐらす。（二二五段　三六〇）

定子が日常、唐物にとり囲まれた生活を送っていたことは、「唐の紙」の用例によっても、うかがうことができる。「清水に籠りたりしに」の段では、清水寺に参籠した清少納言に、中宮定子から「唐の紙の赤みたる」に草仮名で歌が書かれた、細やかな心遣いの手紙がとどけられた。「唐の紙」は、中国から舶載された紙で、また、その紙質をまねた和製の唐紙もあったが、ここは前者であろう。

唐の紙について少し詳しく見ておくと、それは広くいえば、中国から舶載された紙すべてを指すが、狭義の意味では、北宋から輸入された紋唐紙とか、具引雲母刷紙とよばれる鮮やかな色彩と雲母刷りを特徴とする紙を指している。おもに竹を原料とした紙の表面に胡粉を塗り、さらに唐草や亀甲などの文様を刻んだ版木を用いて、雲母で型文様を摺り出した美しい紙とされる。今日残されている平安の遺品では、舶来の唐の紙が使われたものに、『粘葉本和漢朗詠集』や『巻子本古今集』、また『本阿弥切』『寸松庵色紙』などがある。

和製の唐の紙の遺品には、『元永本古今和歌集』や『東大寺切』があり、またそうした和製の唐紙が多く使われた作品で、もっとも名高いものに、国宝『西本願寺本三十六人家集』がある。三十六歌仙の各家集を集成し、白河法皇に献上したもので、舶載の唐の紙も使われていたが、多くは和製の唐紙で、その最高傑作といわれる。

なお唐の紙の特徴として色紙、つまり染め紙が好まれたようで、絵・詩歌などを書き、扇面や襖障子に用いた。この定子の手紙の例もそれに該当する。『大鏡』伊尹伝には、藤原行成が一条天皇に献上した扇が、「黄なる唐紙の下絵ほのかにをかしきほどなる」（一九〇）であったとする。定子が選んだ唐の紙も染め紙であるが、赤味がかった色彩には、定子の華やかさを好む趣味が反映していると思われる。

青きかめ

高欄のもとに青きかめの大きなるをすゑて、桜の、いみじうおもしろき枝の五尺ばかりなるを、いとおほくさしたれば、高欄の外まで咲きこぼれたる昼方、大納言殿、桜の直衣のすこしなよらかなるに、濃き紫の固紋の指貫、白き御衣ども、うへには濃き綾の、いとあざやかなるを出だして、まゐりたまへるに、（二一段 四九）

名高い「清涼殿の丑寅の隅の」の段でも、清涼殿の東北の隅に置いてある「青きかめ」は、舶載の青磁の瓶であった可能性が高い。ここでの「青きかめ」はさりげない語られ方であるが、諸注釈によれば、青磁の瓶と指摘されている。青磁は当時、日本ではまだ生産できず、大宰府を経由して中国の越州窯からの輸入品が多かった。その中でも優品とされるのが「秘色」と呼ばれるもので、平安の宮中や貴族の屋敷で珍重された品であった。したがって、ここの「青きかめ」＝青磁の瓶も、越州窯青磁であり、「秘色」の可能性がかなり高いといえるだろう。

「秘色」は『源氏物語』の末摘花邸や、『うつほ物語』の藤原の君巻の滋野真菅邸にその例がある。

御台、秘色やうの唐土のものなれど、人わろきに、何のくさはひもなくあはれげなる、まかでて人々食ふ。（末摘花 二九〇）

末摘花邸では、末摘花に出した貧しい食事のお下がりを仕える女房が退出して食べているが、食器だけは、光源氏の遠目にも立派な「秘色やうの唐土のもの」を使っていると見えたのである。また、『うつほ物語』の例は前章でも言及したが、前の大宰大弐である滋野真菅をめぐる舶載品で、真菅は京と筑紫を往復する筑紫船をもっている。その真菅の一家がいかに豪勢な生活ぶりであったかを示す部分に、「秘色」が出てくるのである。

ぬしものまゐる。台二よろひ、秘色の杯ども。娘ども、朱の台、金の杯とりてまうのぼる。（藤原の君　一八四）

この「秘色の杯」も、真菅が大宰府の大弐時代に交易に関わる中で得た高価な食器であったに相違ない。

「清涼殿の丑寅の隅の」の段との関係で、さらに注目されるのは、村上朝の「秘色」との関係である。村上天皇の叔父の重明親王の『吏部王記』の天暦五年（九五一）六月九日の条には、「御膳沈香折敷四枚、瓶用秘色」とあり、文献に見える「秘色」の最古の例となる。それは、宮中で忌火御膳を備える際の作法を記した条とされる。それに拠れば、村上朝では、「秘色」とよばれる青磁の瓶は、宮中の公的儀式に使われるような高級品として扱われていた。

しかも、「清涼殿の丑寅の隅の」段の後半は、定子の村上朝の宣耀殿女御芳子をめぐる訓話であり、中関白家が村上朝の文化水準の再来を意識していたことは、すでに指摘されるところである。仏教儀式を離れた挿花の習慣も村上朝あたりから定着し、青磁の瓶に花を挿させたのは定子という説もある。[10]この段で舶載の越州窯青磁の瓶が出てくることは、意図されたことなのか、それとも偶合なのか、詳らかにはしがたいものの興味ぶかいのである。

唐綾

『枕草子』の「関白殿、二月二十一日に、法興院の」は、中関白家といわれる定子一族の栄華のなかでも、もっとも輝かしい記憶である積善寺供養について語る章段である。定子の父道隆は、法興院のなかに積善寺という寺を建立し、正暦五年（九九四）二月に一切経供養をすることになり、道隆一族ばかりか、一条天皇の母である詮子女院も来臨することになった。そこで中宮定子も髪上げをし、裳を着けるという最高の正装で臨むことになる。その姿は、

まだ御裳、唐の御衣奉りながらおはしますぞいみじき。紅の御衣どもよろしからむやは。中に唐綾の柳の御衣、

葡萄染の五重襲の織物に、赤色の唐の御衣、地摺の唐の薄物に象眼重ねたる御裳など奉りて、物の色などは、さらになべてのに似るべきやうもなし。

（二六〇段 四一一）

であり、「唐綾」や「唐の薄物」など唐物の上に、禁色である赤色の唐衣を着用するという、善美を尽くした豪華な衣装であった。まさに唐物のブランド性を最大限に活かした目もあやな衣装だったのである。奢侈品である唐物を強調することは、中宮定子をはじめ中関白家の当時の富と盛栄の雰囲気をみごとに伝えている。

ところで、『権記』には、定子と唐物の関係をものがたる注目される記事がある。長徳元年（九九五）九月に若狭国に宋人七十余人が交易を求めて漂着した事件があり、その後、一行は越前国に移された。そして、その中の朱仁聡という人物から、中宮定子は唐物を得たらしい。長徳元年といえば、道隆が四月に病没し、五月には道長に内覧の宣旨が下りと、中関白家が坂を転げ落ちるかのように衰運していった転機の年であった。翌長徳二年四月には、花山院に従者が矢を射かけて伊周・隆家が流罪となり、五月一日に定子は衝撃のあまり落飾した。さらに六月八日に定子の里邸である二条の宮が火災にあい焼失する、という悲運に次々と見舞われたのである。

その十二月に脩子内親王が誕生、長徳三年四月になって伊周らの罪は赦され、定子はふたたび宮中に迎え入れられ、中宮職の御曹司に住まうことになる。定子が朱仁聡から唐物を得たのは、長徳三年以降のことなのか、それとも遡って長徳元年の冬から翌年春のことであったのか、判然としない。ともあれ、中関白家の没落期ながら、中宮としての体裁を整えるためには、なおも唐物が不可欠だったのであろうか。

ちなみに長徳二年正月には紫式部の父藤原為時が越前国の国守に任ぜられ、夏頃に下向し、越前国に滞在していた宋人たちと対面したらしい。一条朝に成立した『本朝麗藻』下には、為時が、その宋人の一人である羌世昌（一説に周世昌）に贈った漢詩が残されている。また『紫式部集』には、後に夫となる宣孝とおぼしき人物が、「年返りて、唐人見に行かむ」と紫式部に手紙をよこしたとあるので、この宋人一行と、為時・紫式部親子には何かしら接点があったと考えられる。

ところが、一行の中の朱仁聡はその後、越前国を離れて大宰府に行ってしまったのであり、代金を持参した中宮定子の使者と行き違い、朝廷に代金未払いを訴える一悶着があった。『権記』の長保二年（一〇〇〇）八月二十四日条によれば、事情を尋ねられた定子は、中宮亮の高階明順を召問すべきことを藤原行成に伝えた。この事件は道長も知るところであり、折から懐妊中の定子の心痛はいかばかりであったか。前年の長保元年十一月に待望の第一皇子である敦康親王を出産したものの、長保二年二月には彰子が新たに中宮となり、定子は皇后に転じたが、その勢威に押されがちであった。同年の暮、定子が第二皇女の媄子内親王を出産して崩じたことも、こうした事件をふくめて心労のつもりつもった結果とも推論される。

以上のように見てくると、『枕草子』は唐物賛美の定子サロンに開花した文学であり、また奢侈品である唐物の富を強調することで、あえて中関白家の衰運期の実態を語らず、富と権威と権力が揃った盛栄の象徴としたともいえるのである。

四　『紫式部日記』の唐物からの反照

最後に『紫式部日記』での唐物をたどり、その比較から、あらためて『枕草子』における唐物の位相を浮かび上がらせてみたい。『紫式部日記』で明瞭に唐物とわかる品々は「沈」「唐綾」「羅」「唐の組」などである。『枕草子』はもとより、『源氏物語』に登場する唐物と比較しても、一目で少ないことがわかる。

まず「沈」に注目してみると、くり返しになるが、「沈の懸盤」(一四一)が敦成親王誕生の三日の産養、「沈の折敷」(一六二)が五十日の祝いに使われている。後者に「例の」という形容がつくように、こうした晴儀の折にはつきものの食器類として語られているのである。「沈の櫛」(一八三)も見えるが、それは内大臣公季から中宮彰子への返礼の品である。

装束関係の唐物に注目してみると、彰子ではなく、女房たちの晴儀での唐綾の衣装に限られることは、『枕草子』との相違でもあり注意される。土御門邸行幸での橘の三位の「青いろの唐衣、唐綾の黄なる菊の袿ぞ、表着なんめる」(一五七)であるとか、新年に誕生まもない敦成親王の陪膳役を務めた大納言の君の三日目の衣装、「三日は唐綾の桜がさね、唐衣は蘇芳の織物」(一八七)などである。

彰子腹の敦成皇子誕生という慶事に際して、唐物のような奢侈品を使った衣装を着用することは当然のことであると考えられる。『紫式部日記』における女房たちの装束の挑みあいについて、紫式部の観察眼は、唐綾といった素材よりも、むしろ禁色を守った上でどのような模様なのか、どのように工夫をして着こなしているかを焦点化したといえる。

その他に注目されるのは、出産を終えて宮中に帰還する中宮彰子へ、道長から贈られた草子箱の中身である。

手筥一よろひ、かたつかたには、白き色紙つくりたる御冊子ども、古今、後撰集、拾遺抄、その部どもは五帖につくりつつ、侍従の中納言、延幹と、おのおの冊子ひとつに四巻をあてつつ、書かせたまへり。表紙は羅、紐おなじ唐の組、かけごの上に入れたり。(一七四)

そこに収められた草子の表紙は、羅とよばれる舶来の高級な薄物であり、綴じ紐も唐様の組紐で舶載品の可能性が高い。この条には道長が蓄えていたであろう唐物の富の一端が示されているのである。道長と唐物の関係については、以前に言及した[11]こともあるので詳述はしないが、そこにまさに権力者と唐物の不即不離の関係がうかがえるであろう。しかし、『紫式部日記』のその他の箇所では、道長と唐物の直接的な関係を語る場面はみられない。

その関連で注目されるのは、むしろ出産の近い彰子が、初産の不安をかかえながら、薫物を作らせ、それを女房たちに配った条である。

二十六日、御薫物あはせはてて、人々にもくばらせたまふ。まろがしるたる人々、あまたつどひゐたり。（一二八）

この時の薫物は女房に配っただけでなく、後日、五節の舞姫にも与えたらしい。土御門邸の道長のもとには、唐物である香料が大宰府の高官たちから献上されることも頻繁で、上等な薫物をつくる材料には事欠かなかったはずである。思いやりをもって薫物を作らせ、そう簡単に薫物を調達できないような女房たちに下賜することも、彰子のような立場にある女主人の務めだったのである。

唐物やその加工品である薫物を目下の者に分与するあり方は、そもそも醍醐朝以降、天皇による唐物御覧というシステムが確立され、皇威のデモンストレーションの場となったことに通じるものがある。しかし、この時の描写は、すぐに宰相の君の昼寝姿の場面へと転じていき、彰子の栄華や心遣いを賛美する文脈に深入りすることはないのである。

『枕草子』の唐物の描き方と関連させて考えれば、『紫式部日記』では道長と彰子周辺から唐物をおおむね取り除いた形での主家賛美の文脈となっている。『紫式部日記』を彰子や道長賛美のための女房日記と捉えるにしても、そこでは唐物には執着しない形での語りくちが採られているといえよう。ある意味では唐物による主家賛美の記述を回避しているとも考えられ、そこに『枕草子』ばかりか、『源氏物語』との顕著な相違もみられるのである。

(1) 河添房江『源氏物語と東アジア世界』(NHKブックス、二〇〇七)。
(2) 以下、『枕草子』『紫式部日記』における唐物のデータ検索については、陳令娴氏・和田扶美氏の協力を得たことを記して感謝したい。河添房江編『平成12年度〜平成15年度科学研究費補助金研究成果報告書 交易史から見た上代文学と平安文学の諸相』(二〇〇四)。
(3) ここでの諸注釈とは、『新編日本古典文学全集』、『枕草子解環』、角川ソフィア文庫版などを指す。
(4) 釈迦の遺骨やその代用品である瑪瑙や水晶を指している。
(5) 河添房江「末摘花と唐物」(『源氏物語時空論』東京大学出版会、二〇〇五)。
(6) あるいは国産の皮衣の可能性も考えられなくはないが、当時の国産の皮革は、たとえば牛馬の皮を武具に使用するといった用途で、貴族社会での皮衣の着用となれば、舶載品を考える方が無難であろう。西村三郎『毛皮と人間の歴史』(紀伊國屋書店、二〇〇三)参照。
(7) 皆川雅樹「鸚鵡の贈答——日本古代対外関係史研究の一齣」(矢野建一・李浩編『長安都市文化と朝鮮・日本』汲古書院、二〇〇七、『日本古代王権と唐物交易』吉川弘文館、二〇一四に所収)。
(8) なお類聚章段ではないが、有名な翁丸の段に登場する「命婦のおとど」もまた、唐猫の血を引く高貴な猫と考えられる。詳しくは、河添房江「舶来ペットの功罪」(『光源氏が愛した王朝ブランド品』角川選書、二〇〇八)を参照されたい。
(9) 皆川雅樹「九〜十世紀の「唐物」と東アジア」(『人民の歴史学』一六六、二〇〇五・一二、『日本古代王権と唐物交易』吉川弘文館、二〇一四に所収)。
(10) 清水好子「宮廷文化を創る人」(三田村雅子編『日本文学研究資料新集4 枕草子』有精堂出版、一九九四)。
(11) 河添房江「紫式部の国際意識」(『源氏物語時空論』東京大学出版会、二〇〇五)。

第二編　『源氏物語』の和漢意識

第一章　高麗人観相の場面——東アジア世界の主人公

一　はじめに

これまで考えられてきた『源氏物語』と東アジア世界との接点は、『白氏文集』をはじめとする漢籍の影響や引用など、書物の情報レベルの分析が中心であったといって過言ではないであろう。[1] もとより、それは単なる情報にとどまらず、知識・教養、あるいは思想のレベルともいうべき重要な受容の問題ではある。しかし、そうであるがゆえに、ややもすれば、中国の典拠故実との関係という超時間的な考察に陥りがちであったことも否めない。時代の動きに即したアクティブな異文化交流として、モノ・人・情報の三要素[2]を俎上に載せることが、いま源氏研究においても求められているのではないか。

ここでは、首巻の桐壺巻での主人公と高麗人という異国人の出会いについて、その測りがたい重たさといったものを、東アジア世界の国際関係という視界から捉え直してみたい。特にこれまで等閑にされてきたモノ・人・情報を中心に、光源氏の物語がいかに始発しているかを照らし返すことが、本章での意図するところである。しかし桐壺巻の場面の分析に移る前に、まずは『源氏物語』成立の基盤とされる国風文化について、再検討を試みておきたい。

二　国風文化という概念

『源氏物語』の背景にある十世紀から十一世紀の時代といえば、平安中葉の国風文化の最盛期というイメージが先行するのではないか。

国風文化の時代とは、いうまでもなく仮名文字の発達により和歌が隆盛し、『古今集』の撰集が行われ、『土佐日記』をはじめとする日記文学が成立し、『竹取物語』『伊勢物語』といった物語文学が発達した時期である。平安時代の初期は唐風文化が優勢であったが、寛平六年(八九四)の遣唐使停止から、唐の文物の影響も薄れたことにより、国風文化に推移したというのが、いまもって一般的な理解かもしれない。そこでは、唐文化の「模倣」の時代から、鎖国状態となって国風文化の「創造」に移行したという言説がまことしやかに語られてきた。さらに後代の規範となるような日本人の感性や美意識の確立さえも認められてきた。そして『源氏物語』もまた、平安の国風文化の極みに花開いた、まさにその時代を代表する文学作品という風に考えられてきたのである。

もとより、『源氏物語』を国風文化の枠組みから捉えることが、誤りというわけではない。仮名文字の発達や、洗練された貴族文化が『源氏物語』の土壌であることはいうまでもない。しかし、国風文化という理解の枠組みがなぜ成立したのか、その起源を知ることや、国風文化の達成を東アジアという国際的な視野から捉え返すことは、文学研究にあっては欠落しがちな視点であったと思われる。

たとえば、高校の日本史の教科書は、国風文化について、どのように定義しているであろうか（二〇〇四年の時点）。一般的には、大陸文化の消化・吸収の上で、それを洗練させたものとして、国風文化の成立を説く傾向にある。しかし、中には、「遣唐使が停止され、唐が滅亡すると、大陸文化の影響がしだいにうすれ[3]」といったように、依然として遣唐使の停止、唐の滅亡を枕詞とするような旧来の見解を記すものがある。また、

この時代には、これまで消化・吸収されてきた大陸文化を基礎として、これを日本の社会・風土に適合するよう改めていく動きが一層進んだ。そのなかでも後世にも大きな影響を及ぼす日本人の感性や美意識が、おもに都の貴族によって磨かれていき、同時にそのような感性を表現する手段として、かな文字やさまざまな美術様式が生み出された。さらにはこれらの文化を、中国文化に対して日本独自のものとする認識もみられるようになった。

（東京書籍『日本史B』）

のように、「日本人の感性や美意識」が強調されたり、「日本独自のものとする認識」がみられることも少なくないのである[4]。

そもそも国風文化という概念は、いつから成立したのか。また国風文化を遣唐使の停止や唐の影響の希薄化といった外的な契機と、仮名文字の発達という内的な契機により理解するようになったのは、どの時代のことであろうか。歴史学では「国風文化」を国文学の用語とし、「国風暗黒時代」が一九三〇年代に使われていたことをもって、その濫觴とし、そこから歴史学で「国風文化」の用語が転用されはじめたとする[5]。「国風暗黒時代」の名を世に広めたのは、小島憲之の『国風暗黒時代の文学　中巻上　弘仁期の文学を中心として（上）』（塙書房、一九七三）であるが、その中の「国風暗黒時代――その時代区分をめぐって」（初出は一九六八）によれば、「国風暗黒の語」を学界に流布させたのは、師の吉沢義則であるという。吉沢には、『岩波講座日本文学　第一七回』（一九三二）に収められた「国風暗黒

時代に於ける女子をめぐる国語上の諸問題」といった論文もあるが、昭和十年(一九三五)に「日本文語史」の講義をもち、小島の筆記によれば、「万葉集ガ出テ古今集ガ生レルマデ国文学ノ暗黒時代ヲ生ジタ。」「此ノ暗黒時代ヲ経テ、国風ノ復興、国語ノ認識ガ確カニナッタ」などと述べている。

しかし、これは「国風」「国風文化」の濫觴というより、端的にいえば、「国風暗黒時代」の用語の濫觴なのではないか。用語はともあれ、国風や国風文化の概念が国文学の文脈《コンテクスト》で語られはじめたのは、それより早く、近代国文学の成立時に遡ると思われる。というのも国風文化という概念は、日本文化の自立や優位性という認識と結びついて、近代日本という国民国家が求める文学史の枠組みの中で語られた形跡があるのである。(6)明治二十年代から、文科大学の卒業生や学生によって教科書としての『日本文学史』が相次いで書かれるが、国風文化という名称はなくとも、その中で国風文化の時代と内実が語られはじめる。

まず近代の日本文学史の草分け的な存在である三上参次・高津鍬三郎『日本文学史』(金港堂、一八九〇)から顧みていきたい。その「第三篇　平安朝の文学　第一章　総論」では、

醍醐天皇の朝に遣唐使を止め給ひしよりは、漢学また前日の如く盛んならず。従ひて、漢文を属することも漸く拙くなりぬ。

と、遣唐使の停止と、漢学の衰退を関連づける視点が早くも提示されている。さらに続く「第二章　平仮名の製作」では、平仮名の発明により、さながら朝日の昇るように、物語・日記・紀行・随筆・歌序が現れ、こうした純然たる散文学が、「わが文学史中に曙光を放つ」たとするのである。まさに平仮名という国字の自立が、国民文学の隆盛をもたらしたという位置づけである。この背景には、田口卯吉『日本開化小史』(一八七七―一八八二)第二章の、「漢学の弘まりし後の事件」「唐制を模倣せし事」「朝廷に遊惰の弊始まりし事」「和歌の盛になりし事」といった章立ての影

響があるかもしれない。やや後の岡井慎吾『新体日本文学史』(金港堂、一九〇二)でも、

カク国文ノ勃興セシニハ、内外ニ様ノ原因アリ、外ヨリセルモノニハ、遣唐使廃セラレテ、支那文物ノ輸入ヤミシ事ナリ。(中略)内ヨリセルモノニハ平仮名定マリテ、言語ノ記載容易トナリシコトナリ。

と、外的要素として遣唐使の廃止で、中国の文物の輸入がなくなった点と、内的要素として平仮名の発明が国文の勃興を支えたことを明記しているのである。

さらに、近代国文学の父といわれる芳賀矢一に続いて東京帝大助教授となった藤岡作太郎は、国風文化という概念と「国風」という用語が定着するにあたり、特筆すべき位置にあると思われる。藤岡は、『日本文学史教科書』(開成館、一九〇一)の「第二章　平安朝　二　三代集の撰進」で、

世に、醍醐天皇の代を延喜の聖代と称す。この時国民の自信は益々発達し、絵画には巨勢金岡ありて美術を国風に純化し、文学には和歌の勢盛んになりて漢詩を圧す。まして既に宇多天皇の朝に、唐の乱によりて遣唐使も廃せられたれば、漢文学の研究は漸く衰ふ。紀長谷雄、三善清行等の漢学者老いて、紀貫之、凡河内躬恒等の歌人新たに出で、こゝに弘仁時代の漢詩文隆盛の反動は和歌勃興の時代となりぬ。

と述べている。ここでは日本文学史をまさに国民の精神の歴史として捉えて、遣唐使の廃止に絡めて美術や文学の国風への純化を説いている。しかも国風文化の概念ばかりでなく、美術について「国風」そのものの表現[7]によるレッテルづけも見られるのである。

藤岡は名著といわれる『国文学全史　平安朝篇』(開成館、一九〇五)でも、

延喜天暦は反省自覚の時代なり、国民文学興隆の時代なり。外国文学は漸く排せられて、和歌の勅撰集はこゝに成る。

と述べている。藤岡の著述でさらに注目すべきは、三年後の『国文学史講話』(一九〇八)で、日露戦争後の思潮を意識してか、ますます国民の思想や精神の反映としての国文学史、近代国民国家が要請する国文学史を構築するという意識が強まり、国粋主義的な主張に傾斜している。特に、

道真が詩の特色は著しくその日本趣味を発揮したるにあり、炯眼なる渠は早くも外来のまゝなる詩形作風の模倣のみにては、到底わが国民の思想と枘鑿相容れがたきを看破すると共に、従来の作家を呪詛して、盛に和臭の注入を試みたり。

であるとか、

これを要するに弘仁時代は漢学崇拝の時代にして、日本文学の精髄たるべき和歌がこれに圧倒せられたるは、明かなる事実なりといへども、外国文学は竟に外国文学なり。その異域に完全なる発達を遂げ難きは寧ろ自明のことなるのみ、況んやわが国古来純粋の文学として和歌の厳然として存するをや。物盛なれば必ず衰ふ、反動の旗幟は漸く動けり、国民は漢詩の不自由と束縛とに堪へずしてまた顧みて和歌を思ふに至りぬ。

と漢文学の日本での受容の時代を否定的に捉えているのである。ここに至り、自国の文化を国民が自覚した国風文化の優位と、それ以前の漢学崇拝の時代を劣位とする価値観が不動のものとして示されていることは明らかであろう。(8)

さらに、

弘仁時代に隆盛を極めたる漢詩文は延喜時代に至りて全然日本趣味に同化せられたれど、その隆盛を極めつつありし間におのづから国民的気風を一変したりしなり。滅却せられたる国民的性情とは何ぞや、尚武的気象これなり。

と『古今集』において、『万葉集』における「尚武的気象」が失われたのは、漢詩文の受容による弊害とまで断罪し

ているのである。

以上を要すれば、近代にいたると、まずは西欧文化の流入により、西欧文学を意識し、それと同様の枠組みから、日本文学を発見し、位置づける視点が育まれた。日清戦争前後に、国民文学の概念が成立し、世界文学が意識され、その一環として支那文学と日本文学が分節化する。このあたりから、世界文学史と日本文学史のテキストが多く出版されるようになるのである。さらに日露戦争を経て、支那文学からの影響を否定的に捉えて、そこからの離れを強く意識した国文学史の言述が多くなるのである(9)。

つまり中国文学の影響と離脱が意識化されるようになった段階で、まずは国風、日本化といった言辞がみられた。続いて国風隆盛の時代を賞揚するところから、前代が否定的に捉えられた段階で、逆に吉沢のいう国風暗黒時代の言辞が定着していくのではないか。ここに挙げた資料だけでは、「国風」「国風文化」についての調査は十分とはいいがたいが、ひとまず以上のような見取図を示しておきたい。

ここで強調したいのは、近代日本の国民国家では、他国の文化である漢文化から離脱し、自立した国民文化、国民文学の歴史をいわば一国史的に定立する必要があり、そのため遣唐使もない鎖国体制での国風文化の独自性といったイデオロギーが必要以上に強調されたのではないか、ということである。近代国民国家のアイデンティティーを支える一国史、一国文学史の幻想から生まれた「国風文化」という概念については、だからこそ相対化する必要があるだろう。国風文化というタームは、藤原文化と同様、十世紀から十一世紀の文化のある一面を強調しているにすぎないのである。

九世紀前半の唐風文化から、十世紀前後の国風文化への交代といった図式は、すくなくとも単純な意味では成り立たなくなっている。国風文化といわれる時代こそ、むしろ「唐絵」「唐詩」「唐めく」といった言辞がそれに対置される形で現れ、逆に先鋭的に意識されたという説もある[10]。

美術史の最近の成果は、国風文化といわれる時代においても、公的空間を飾る絵画が唐絵であり、そこで公的な場での文学が漢詩の宴であることを教えてくれる[11]。そのことは、国風文化とよばれる時代が、和漢を内包し、それらが並立しつつ成熟する時代であることを証している[12]。国風文化とは唐風文化の和様化の謂いであり、それは唐風文化の洗練と一般化による浸透にほかならなかったのである。その点からしても、

漢文学の支配に取って代って、仮名文学の和歌や物語日記文学が時代を表現する新文学として創出されるに至ったのであるが、しかしながら、そうした国風の新文学は漢文学を排除する形においてではなく、漢文学によって育成されたのである。あるいは漢文学を日本的に消化する土壌のなかから生い立ったのであるといえよう[13]。

とする秋山虔氏の見解は味読されるべきであろう。

三　国風文化と東アジア世界

その意味でも、国風文化という歴史認識はさらなる更新を必要としているといえよう。その際、国風文化を前代の唐風文化との対比で見るばかりでなく、国風文化の質的な達成を東アジア世界という国際的な視野から照らし返してみることが求められているのではないか。

先に藤岡作太郎の国文学史の叙述について、やや批判的に捉え返したが、藤岡のために弁明しておけば、彼は一方で、そうした視点を有していたとも思われるのである。文科大学では、明治二十六年(一八九三)に講座制度が導入され、明治三十四年(一九〇一)まで国文学科に国史の講座が入っていた時期があった[14]。それ故か、藤岡は『国史綱』(錦

光館、一八九六)、『新編日本史教科書』(一八九九)、『日本史教科書』(開成館、一九〇二)など、いくつかの日本史の教科書の編集にも関わっている。それらの教科書にあっては、国風文化の時代背景について、東アジアの国際関係を踏まえながら、かなり的確な歴史認識が示されているのである。

たとえば、『新編日本史教科書』では、遣唐使を廃したと述べた後、「かくて支那との公けの交通は絶えたれども、商船の来往はなほ止むことなし」と述べていて、遣唐使の停止以降、日本が鎖国状態であったとはしていないのである。遡って三年前の『国史綱』では、遣唐使を止めた後、朝廷が直接、外国と通聘することはなくなっても、「商賈の沿岸を航し、僧侶の行きて法を学ぶことあるのみ」と、商船の来航ばかりか入宋僧の行き来についても記述している。

同じく『国史綱』では、

弘仁の頃、嵯峨帝、僧空海、橘逸勢最も妙なり、世に三筆と称して古今の名手とす。少しく後れて菅原道真、小野道風等あり。道風は篁の孫、これに藤原佐理、藤原行成を併せて三蹟といふ。画は百済河成、大家と称せらる。これに次ぎて巨勢金岡、絶妙の技あり、多く仏画を画き、巨勢派を開く。金岡、紫宸殿の障子に支那歴代名臣の像を画く、これを賢聖障子といふ。

と、小野道風・佐理・行成にしても、国風文化の項の頁ではなく、唐風文化の時代の三筆につづくものとして、連続的に扱われている(15)。

また巨勢金岡にしても、国文学史の叙述における「美術を国風に純化し」(『日本文学史教科書』)とか、「隋唐の画風を日本化したる」(『国文学史講話』)とは違った理解を示している。『国史綱』では、唐風文化の時代の事項として、金岡が多く仏画を描いたことを記し、「金岡、紫宸殿の障子に支那歴代名臣の像を畫く、これを賢聖障子といふ」とする。

賢聖障子とは、漢の宣帝が宮殿に十一人の功臣を描かせた故事に倣い、中国古代の賢者三十二人の肖像を描いたものである。『古今著聞集』三八四は、寛平年間に絵を巨勢金岡、書は小野道風が描いたとする。彼が公的な場ではもっとも格式の高い、晴の空間の極みというべき紫宸殿の障屏画に唐絵を描いたことが明記されているのである。もとより、それは平安の天皇制の荘厳装置として、晴の空間でなおも唐絵の障子がもとめられたのであり、やや和様化された唐絵であったかもしれないが、和様化された唐絵を描いたことをもってして、「美術を国風に純化し」とはいいがたいであろう。金岡は、注文主の要請や絵の用途により、仏画や唐絵、大和絵を描き分けていたというのが、実際のところではないか。

また『国史綱』では、「国風」を、「国風には、神楽、催馬楽、東遊、風俗あり」と和楽の意味に用いていて、これはまさに「くにぶり」本来の意味に拠る適切な使い方であろう。

藤岡が編者となった日本史の教科書において、こうした認識を共有しているのであれば、それがなぜ国文学史の理解に援用されなかったか、それがむしろ惜しまれるのである。

そもそも国風文化とよばれる時代の内実を支えていたのが、東アジア世界をつなぐ交易圏であり、国風文化とは、鎖国のような文化環境で花開いたものではなかった。唐の文物なしでは成り立たない、ある意味では国際色豊かな文化といわれる所以である。(16)

遣唐使の停止後、『古今集』勅撰の宣旨を発し、あたかも国風文化の祖といわれがちな醍醐天皇にしても、東アジア交易圏から博多を経由してもたらされる舶載品を使って、唐物御覧というシステムを確立し、皇威のデモンストレーションの場とした。その父の宇多も譲位後も唐物を蓄え、たとえば承平元年(九三一)、御室から仁和寺宝蔵に移した御物には、唐・渤海・新羅からの舶載品が多量に含まれていたことは興味ぶかい。(17)

国風文化が都市の文化であることを見抜いたのは、村井康彦氏[18]であったが、平安京という都市に富が集中すればするほど、唐物といった奢侈品への欲望が日ましに高まることは必然であったであろう。国風文化の時代とて、朝廷の貿易統制がどうであれ、その網の目をくぐって、私貿易は盛んにならざるをえないのである。国風文化とは、明らかに唐風の奢侈品を享受する環境の中で醸成された文化といえよう。

以上のように、国風文化や『源氏物語』をその背後にある東アジア交易圏から捉えなおす時、国風文化という概念の相対化がなされるばかりでなく、今日なお日本、あるいは日本文化のアイデンティティーを支えるかのように機能する文化装置としての『源氏物語』も、相対化する契機をつかみうるのではないか、というのがここでのパースペクティブである。

四　高麗人との交流

いささか迂路をたどったが、ここから桐壺巻に焦点を移すことにしたい。『源氏物語』の首巻である桐壺巻は、主人公と東アジア世界からのモノ・人・情報との接触を語る巻でもあり、それは、主人公と高麗人《こまうど》の対面の場面に集中して現れている。この出会いによって、桐壺帝と桐壺更衣との間に生まれた第二皇子（後の光源氏）は、まさに東アジア世界に屹立する物語の主人公として位置づけられたといっても過言ではない。首巻桐壺巻での主人公と高麗人なる異国人の出会いについて、その測りがたい重たさといったものを、東アジア世界と日本の国際関係の視界から解き明かしてみたいのである。

そのころ、高麗人の参れる中に、かしこき相人ありけるを聞こしめして、宮の内に召さむことは宇多帝の御誡

あれば、いみじう忍びてこの皇子を鴻臚館に遣はしたり。（桐壺　三九）

桐壺帝は、第二皇子が七歳になった時、その将来を憂い、そのころ都の鴻臚館に滞在していた高麗人の判断を仰ごうとした。ところで鴻臚館という平安の迎賓館に滞在できた高麗人とは、どこの国からの使節としてイメージされているのか。「高麗人」という表記からは、九三五年に新羅を滅ぼし、朝鮮を統一した高麗国からの来訪者をイメージさせる。しかし、高麗国と日本の間では正式な国交は開かれず、平安京の迎賓館ともいうべき鴻臚館に使者が滞在したこともなかった。それでは、高麗人が、新羅からの使節の可能性があるかといえば、新羅と日本の間は、当初の間は、正式な国交があったものの、七世紀後半から険悪な関係になり、平安時代には正式な国交も途絶えていた。桐壺巻の「高麗人」は、高麗でも新羅でもなく、新羅の北方に位置する渤海国（六九八―九二六）からの使者と考えられるのである[19]。

中国の東北部、朝鮮半島よりさらに北の旧満州国の辺に建国された渤海国は、新羅によって滅ぼされた高句麗の遺民が靺鞨族の支持を得て建国された国である。日本に対しても、高句麗の後裔として、高麗国を名乗り、隣国の新羅とは緊張関係に陥りがちであった。それだけに大唐国や日本との外交を積極的に展開することで、文化的な国家を維持しようとしていたのである。

渤海国が最初に日本に使節を派遣したのは、神亀四年（七二七）九月であり、出羽に使節八人が到着し、翌年正月には、渤海郡王の大武芸の啓書（国書）を聖武天皇に差し出した。その際、国書には、高句麗の再興をめざした王権であることと、日本と隣好の交流を求めることを記し、あわせて貂皮三百張を献上した。その後も緊密な使節の往来がおこなわれ、それは平安時代に続いていく。

平安遷都の翌年の延暦十四年（七九五）十一月には、渤海国王の大嵩璘からの使節が出羽に到着し、越後国に移され、翌年、国書と方物を献じている。そして渤海国使の派遣は、醍醐朝の延喜十九年(九一九)まで、じつに二十数回にも及んでいる。渤海国の使節は日本海を渡り、おおむね出羽から若狭にかけて日本海側に寄岸した。そこから正式の使者と認められると、平安京の鴻臚館に迎え入れられた。このように来朝した外国使節に対して、日本側が行う歓待の応接のシステムは「賓礼」とよばれる。森公章氏により、渤海国使への賓礼の流れを詳しく見れば、以下の通りである。[20]

①着地での安置、②存問使の派遣、③領客使による京上、④入京時の郊労、⑤鴻臚館への安置、労問使・慰労使の派遣、掌客使の任命、⑥朝廷での使旨奏上、貢献物奏呈、⑦諸行事への参加、⑧天皇出御の下での賜宴、授位・賜禄、⑨交易、⑩臣下による賜宴、⑪鴻臚館での饗宴(詩宴)、⑫鴻臚館での日本の国書賜与、⑬領帰郷客使により引率され、出京・帰国。

賓礼の中で注目されるのは、⑧の天皇出御の下での賜宴と⑪の鴻臚館での饗宴である。特に弘仁年間(八一〇—八二四)では嵯峨天皇が渤海使の来朝を歓迎したこともあって、宮中で漢詩の宴がしばしば開かれた。渤海国の使節の大使・副使クラスも、武官に替わって漢詩に秀でた文官が任命され、日本でのこうした歓待の詩宴にそなえることが多くなったのである。

日本側も、渤海国使を迎えて入京から帰朝までの接待役となる領客使・労問使・掌客使らに、眉目秀麗で漢詩文に熟達した文人を選び、使節と意志疎通をはかっていた。元慶六年(八八二)に渤海国大使の裴頲が来朝した際にも、菅原道真と嶋田忠臣という当代に並び称される文人がともに接待役となり、鴻臚館での送別の宴で交わした漢詩が『菅家文草』(道真の家集)や『田氏家集』(忠臣の家集)に十六首残されている。菅原道真はこの折、大使の裴頲をはじめ渤海国使が作った漢詩五十九首を軸に編集して、「鴻臚館贈答詩序」という序文をつけ、裴頲に贈ったらしい。その序に拠れば、裴頲には詩才があるので、道真は嶋田忠臣と相談の上、予め準備せず、その場で即興の詩をつくり、日本の風雅の水準の高さを示そうとしたという(『菅家文草』巻七)。

そのように、接待役の男性官人たちが渤海国使の帰国の折にひらいた送別の宴こそ、桐壺巻の高麗人の場面の後半部の発想源といえるのではないか。

弁も、いと才かしこき博士にて、言ひかはしたることどもなむいと興ありける。文など作りかはして、今日明日帰り去りなむとするに、かくありがたき人に対面したるよろこび、かへりては悲しかるべき心ばへをおもしろく作りたるに、皇子もいとあはれなる句を作りたまへるを、限りなうめでたてまつりて、いみじき贈物どもを捧げたてまつる。朝廷よりも多くの物賜す。（桐壺　四〇）

高麗人と右大弁と光源氏は漢詩を作り交わしたと物語にあるが、それは「今日明日帰り去りなむとするに」とあるように、送別の詩である。一説には、右大弁には鴻臚館で活躍した左大弁菅原道真の面影があるという。また右大弁が送別の漢詩を作ったのは、延喜八年(九〇八)六月、鴻臚館で渤海国使の送別の詩宴がひらかれ、掌客使の大江朝綱が「夏夜鴻臚館に於いて北客を餞すの序」(『本朝文粋』『古今著聞集』に所収)を書いたことから連想されたという説もある。その一節、

前途程遠し　思ひを雁山の暮雲に馳す　後会の期遥かなり　纓を鴻臚の暁の涙に霑《うるほ》す

は、大使裴璆を感涙させるほどの名句として人口に膾炙しており、『和漢朗詠集』にも収められた。たしかに相人と右大弁と光源氏の対面の後半部は、天皇主催の賜宴より、日渤を代表する文人たちが、漢詩の才を競った鴻臚館の送別の宴の雰囲気を髣髴とさせるのである。

なお、高麗人が第二皇子（光源氏）を賛美し贈り物をするのは、朝廷への正式な信物や交易品の遠物のほか、渤海国使が別貢物を天皇や皇太子などに献上したことを連想させなくもない。貞観十三年（八七一）暮に来朝し、翌年五月十五日に入京した渤海国使の場合、五月二十三日に、大使の楊成規は、清和天皇と皇太子に別貢物として貂皮や麝香、暗模靴を献上した。その時、朝廷からも賜衣があり、遣わした橘広相や高階令範と鴻臚館での詩宴もあった。つまり鴻臚館でのさまざまな詩宴の記憶を、『源氏物語』では、三者が漢詩を交わすこの場面に溶かしこめたともいいうる。ここに渤海から海を越えて来た異国の「人」との確かな出会いが象られているのである。

また相人が七歳の第二皇子の異能ぶりを賛美して、本国（渤海国）から持参した品々を多く贈ったという一節も興味ぶかい。桐壺巻での高麗の相人の光源氏への贈り物は、むしろ渤海国からの献上品を想起させる。「いみじき贈物ども」とは渤海国使が朝廷に収めた「信物」や交易品の「遠物」の毛皮類というより、かつて渤海国大使の楊成規が清和天皇と皇太子に洒落た品を献上したように、貴人への「別貢物」のようなイメージで捉えるべきかもしれない。この条にも、海彼からのモノとの出会いが確かに語られているともいえよう。ちなみに、この海彼からもたらされたモノの重みは、梅枝巻冒頭の六条院で「故院の御世のはじめつ方、高麗人の奉れりける綾、緋金錦どもなど、今の世の物に似ず、なほさまざま御覧じ当てつつせさせたまひて」（梅枝　四〇三―四〇四）と、ふたたび顧みられることになる。

五　観相説話の系譜

前節では高麗人の対面場面の後半部分から、平安前期の対外関係史に重く位置する渤海国との文化交流や交易をあらあらとたどり見たが、ここでは前半の予言に戻って考察を加えてみたい。というのも、予言とは海外の情報ではないが、海外の技術によってもたらされた情報とも言い換えられるからである。この予言の場面で、あえて高麗人なる人が招来されなければならない意味をさらに掘り下げる必要があろう。

御後見だちて仕うまつる右大弁の子のやうに思はせて率てたてまつるに、相人おどろきて、あまたたび傾きあやしぶ。「国の親となりて、帝王の上なき位にのぼるべき相おはします人の、そなたにて見れば、乱れ憂ふることやあらむ。朝廷のかためとなりて、天の下を輔くる方にて見れば、またその相違ふべし」と言ふ。

（桐壺　三九—四〇）

鴻臚館に身分を秘して赴いた主人公が、高麗の相人から告げられたのは、上記のような摩訶不思議な予言である。直訳すれば、帝位に就くべき天与の相だが、即位すれば「乱憂」の事態をまねくから臣下にしなければならない、だが、その場合でも輔弼の臣下におさまらない相という意味になろうか。

ここで注意しておきたいのは、高麗の相人の予言が、骨法を占う中国式の観相術にもとづき行われている点である。この観相術が日本で行われた記録となると、『懐風藻』の大友皇子伝に、

皇太子は、淡海帝の長子なり。魁岸奇偉、風範弘深、眼中精耀、顧盼煒燁。唐使劉徳高、見て異しびて曰はく、「此の皇子、風骨世間の人に似ず、実に此の国の分に非ず」といふ。(21)

とあり、滞在中の劉徳高が皇子を見て、風采骨格が世の人に似ず、中国ならいざ知らず、日本には過ぎた存在であると述べたのが濫觴となろうか。『日本書紀』に拠れば、天智二年（六六三）の白村江の戦いで、倭国水軍が大敗した後、なおも緊迫した国際状況の中で、天智四年（六六五）に唐から朝散大夫沂州司馬上柱国である劉徳高が二百余名の使節とともに来日し、その三カ月後に帰国した。この唐使を送るため倭国側は守大石らの送唐客使（実質は遣唐使）を派遣したという。劉徳高による観相があったとすれば、この天智四年のことであろう。

次いで『懐風藻』の大津皇子伝には、新羅僧の行心が大津皇子の骨法を占い、将来を予言した例も記されている。[22]

時に新羅僧行心といふもの有り、天文卜筮を解る。皇子に詔げて曰はく、「太子の骨法、是れ人臣の相にあらず、此れを以ちて久しく下位に在らば、恐るらくは身を全くせざらむ」といふ。因りて逆謀を進む。

大友皇子にしても、大津皇子にしても、海彼からの訪問者が、皇位継承権にかかわる皇子を中国式の観相術で見て、その将来の運命に言及するというパターンがみられ、その点では光源氏の先蹤といえなくもない。しかし唐使の劉徳高や新羅僧行心と桐壺巻では相当に時間的な距離もあり、より時代的にも近く、また渤海国人であることが明らかな高麗人の観相の例をさらに探し出して、比較検討を試みていきたい。

六　渤海国使の観相説話

正史に残る渤海国使の観相説話の初例というべきは、『日本文徳天皇実録』嘉祥三年(八五〇)五月、嵯峨の后、仁明の母で檀林皇后と呼ばれた橘嘉智子の葬儀の条にある。宝亀七年(七七六)十二月、渤海国大使の史都蒙が来朝した際は、嘉智子の父となる橘清友が接待役となり、観相術に長けていた史都蒙は「此の人毛骨常に非ず、子孫大貴とならむ」と予言したのである。[23]橘清友はのちに田口氏の娘を娶り、嘉智子が生まれ、嘉智子は予言通り、嵯峨の皇后、さらには太皇太后という大貴の人となった。もっとも史都蒙は、通事に橘清友の命の長短まで聞かれ、三十二歳の時に厄年があり、それが過ぎれば長生きをすると予言した。橘清友はその予言の通り、厄年に病を得て、短い生涯を終えたという。

同じく渤海国大使の観相説話でも、『紫明抄』や『河海抄』の掲げる光孝天皇の例は、さらに桐壺巻に近いところ

にある。光孝・宇多・醍醐三代の実録を集めた『日本三代実録』の光孝天皇即位前紀によれば、

嘉祥二年、渤海国入観し、大使王文矩、天皇の諸親王中に在りて拝起の儀を望見し、所親に謂ひて曰はく、「此の公子至貴の相あり。其の天位に登ること必せり」と。復善く相する者藤原仲直有り。其の弟宗直藩宮に侍奉す。仲直これを戒めて曰はく、「君王の骨法当に天子たるべし。汝勉めて君王に事へよ。」

とあり、渤海国大使の王文矩が、まだ時康親王とよばれていた光孝天皇を望み見て、至貴の相があり、必ず天子の位に登るであろうと予言したのである。『続日本後紀』に拠れば、王文矩は嘉祥元年（八四八）に来朝し、同二年四月に入京し、鴻臚館に迎えられたという。さらに、王文矩は五月の端午の節会で、競射の見物と宴に陪席を許されている。この記事に拠れば、王文矩が即位前の光孝天皇を観相したのは、おそらく鴻臚館ではなく、渤海国使を歓迎する宮中の饗宴の時なのではないか。なお光孝天皇の即位前紀では、藤原仲直もまた天子の骨法であると観相したというエピソードまで加わっており、桐壺巻と同様、異国と国内からの複数の相者による予言であることも注目される。

ともあれ、中国からの来訪者を「隣客」と呼ぶに対して、新羅・渤海からの来訪者は「蕃客」といわれる。そのような「蕃客」が未来の天皇や皇后を賛美するという観相説話を、『日本文徳天皇実録』や『日本三代実録』のような六国史では採録するような意図があったのではないか(24)。桐壺巻でも、こうした高麗人の観相説話のパターンを利用して、主人公への予言がなされたという点を重視しておきたい。「蕃客」である高麗人は、観相という海彼の技術を使って、主人公と桐壺帝に予言という情報をもたらしたのである。

なお『源氏物語』より成立は下るが、『大鏡』の昔物語でも、狛人（高麗人＝渤海国人）が世継と繁樹を「二人長命」と占い、さらに藤原時平・仲平・忠平の三兄弟や実頼などの権門の貴公子を占ったという話がみえる。渤海国人は観相に長けているといったイメージが当時流布していたのかもしれない。とはいえ、『大鏡』では高麗人が長年にわた

り日本に滞在し、あたかも職業として観相をしているような印象で語られている。これは実態にそぐわないものであって、しかも、そこでの観相は臣下に限られている。『大鏡』の昔物語のエピソードは、渤海国の使節が皇位継承や立后に関わる人物の将来を見抜くといった話型から派生したパターンとみるべきであろう。

さらにいえば、『大鏡』の裏書(勘文)もやや異なる高麗人の観相の話を挙げており、その裏書を採録した『古事談』第六もほぼ同話を収載する。『大鏡』裏書や『古事談』の観相説話とは、醍醐天皇の時代に渤海国使が参上し、皇太子保明親王の容貌、左大臣時平の賢慮、菅原道真の才能が日本国に過ぎることで長寿を保てず、才能・心操・形容が日本に叶った忠平が長く朝廷に奉仕することを予言したものである。これも道真の左遷と保明親王の誕生時期を考えれば矛盾撞着があるが、来朝した渤海国使が観相するという点では、平安の歴史叙述のルールに則ってはいる。来朝した渤海国使が観相したというのが、本来ありうる説話の形であろうし、そこから逆に転じて、長いスパンで忠平と実頼の栄華を語ろうとした『大鏡』の昔物語の虚構性を汲み取れるであろう。

桐壺巻の高麗人には、そもそもシャーマンの面影があり、渤海国は表面は仏教国家であっても土着のシャーマニズムがあって、観相術を発達させたという説もある。[25] その是非はともあれ、渤海国使による観相説話の背景には、唐代の皇位にかかわるような観相説話の権威性がより重く横たわっていたのではないか。渤海は日本の遣唐使以上に頻繁に唐に使節を派遣し、文化の摂取に意欲的であったので、唐における観相術が思いのほか広まっていた可能性もあるからである。

漢代における観相については、『河海抄』が高麗の相人の条に『史記』からいくつかの典拠を示し、特に皇位継承にかかわる観相として、「高祖本紀」に見られる呂后とその子恵帝の例を挙げている。[26] 唐代でも初代高祖(李淵)について、即位前に史世良がその骨相に尋常ならざるものを認め、また郭弘道も人臣の相でないことを見抜いたという。

また高祖の子太宗（李世民）の相にも、龍鳳、天日が現れており、皇位継承が予言された。則天武后も袁天綱により貴人の極みの相と予言された。[27] こうした海波の観相のエピソードは、史世良らの観相者としての卓越ぶりを伝えるばかりでなく、なにより皇位継承にかかわる予言であればこそ、正史に残りえたと考えられる。

それにしても、こうした観相説話は『史記』や『太平広記』により参照できるだろうが、実際に第二皇子を観相する話を設定するとなると、技術の問題であるから、観相者が来朝しなければ話にならない。しかし平安の中葉ともなれば、唐人といっても、海商と呼ばれる唐の商人の来日が多く、直接、観相をするという物語の設定は困難であろう。そこに唐の観相術を修めた渤海国使の来日という道具立てが必然化されてくるのではないか。文化の先進地帯からの来訪者としての渤海国使、その中でも最も高位の大使が、皇子を観相し、また国家の行く末を端倪するにふさわしい存在として想定されたということであろう。

桐壺帝は、日渤の文化交流のみならず、大陸での観相術の水準を日本に持ちこんだ存在として、高麗人に目をつけたともいえよう。そうした背景があればこそ、高麗人の観相を信頼し、その予言により第二皇子の将来に向けて英断を下した、という物語の結構がありえたのである。

かくして『源氏物語』の主人公は、渤海国使の大使クラスの「人」と出会い、帝位に就けない「帝王の相」という「情報」を与えられ、舶載品の「いみじき贈物」という「モノ」を贈与されたという次第であった。東アジア世界からのモノ・人・情報が、この観相の場面に集中して注ぎ込まれることで、第二皇子はまさに当時の東アジアの時空に屹立する物語主人公としてのペルソナを獲得したといえるではないか。

（1）当時の文人の教養としては、三史五経、また文学では『文選』『白氏文集』に通じ、『初学記』『芸文類聚』などを百科事典として使いこなしていた。
(2)　モノ・人・情報(文化・技術)の分類については、石井正敏『東アジア世界と古代の日本』(山川出版社、二〇〇三)を参照。
(3)　『高校日本史B』(実教出版、二〇〇四)。
(4)　ただし、なかには『新日本史』(山川出版社、二〇〇四)のように、現在の歴史学の成果を踏まえて、対外関係への目配りから国風文化を的確に解説しているものもある。
(5)　村井康彦「国風文化の創造と普及」(『岩波講座日本歴史4　古代4』一九七六)、それを継承するものとして、木村茂光『「国風文化」の時代』(青木書店、一九九七)、西村さとみ『平安京の空間と文学』(吉川弘文館、二〇〇五)がある。
(6)　少なくとも日露戦争以前は、支那文学の雄壮さ、西洋文学の精緻さに対して、日本文学の優美さが、国民文学の特徴として炙り出され、そこに平安朝の文学、特に国風時代の文学が代表作として位置づけられる必要性があったと思われる。
(7)　ここでの「国風」が本来の「くにぶり」、それぞれの地方色の意ではなく、「日本化」の意味であることは、後の『国文学史講話』(東京開成館、一九〇八)に「弘仁期は漢文学崇拝の時代なりしが、この期は国民自覚の時代なり。恰もこれ絵画界に巨勢金岡出でて隋唐の画風を日本化したる時にして、文学の風潮も漸くこの時に移り、」とある点からも明らかであろう。
(8)　また五十嵐力『平安朝文学史』(東京堂、一九三七)は、
平安朝の文学は、先づ漢文の隆盛を見、而してそれが専ら事実の記載に用いられるを見た。次には国文が漢文の重圧を脱し、ほしいままに創造の翼を持つて、優雅な純国語から成る多くの国宝文学を産み出すのを見た。

と述べており、戦前の軍国主義下でも藤岡のような主張はくり返されていたのである。
(9)　鈴木貞美『日本の文化ナショナリズム』(平凡社新書、二〇〇五)ほか参照。
(10)　西村さとみ「和俗と日本」(『平安京の空間と文学』吉川弘文館、二〇〇五)。
(11)　千野香織「日本美術のジェンダー」(『美術史』四三巻二号、一九九四・三、『千野香織著作集』ブリュッケ、二〇一〇に所収)。
(12)　佐野みどり「王朝の美意識と造形」(『岩波講座日本通史6　古代5』一九九五、『風流 造形 物語　日本美術の構造と様態』スカイドア、一九九七に所収)。
(13)　秋山虔「序章——国風文学の自立」『王朝文学史』(東京大学出版会、一九八四)。

(14)　神野藤昭夫「近代国文学の成立」(酒井敏・原國人編『森鷗外論集　歴史に聞く』新典社、二〇〇〇)。
(15)　時代的にも一番遅れる行成にしても、彼が範として学んだ書法は、王羲之の真書法六巻と後漢の張芝の草書(「草千字文」「草香一天」)であった。新川登亀男『漢字文化の成り立ちと展開』(山川出版社日本史リブレット、二〇〇二)参照。
(16)　榎本淳一「「国風文化」と中国文化」(『古代を考える　唐と日本』吉川弘文館、一九九二、『唐王朝と古代日本』吉川弘文館、二〇〇八に所収)。
(17)　保立道久『黄金国家』(青木書店、二〇〇四)。
(18)　村井康彦「国風文化の創造と普及」(『岩波講座日本歴史４　古代４』一九七六)。
(19)　奥村恒哉「桐壺の巻「高麗人」の解釈」(『文学』一九七八・四)。
(20)　森公章「賓礼の変遷から見た日渤関係をめぐる一考察」(佐藤信編『日本と渤海の古代史』(山川出版社、二〇〇三)。
(21)　『懐風藻』の引用は、岩波書店の日本古典文学大系に拠り、訓読文で示した。
(22)　なお『聖徳太子伝暦』巻上には、難波の鴻臚館で百済の賢者日羅と聖徳太子が対面した話があり、桐壺巻の観相の典拠の一つとされることも多い。しかし『聖徳太子伝暦』は、平安の太子信仰の高まりの中でまとめられ、太子の事跡以外にも伝承的な要素を多分にふくみ、また日羅が太子の骨法を見る観相をしたといえるかどうかも曖昧であるので、ここでの考察の対象からは省いた。
(23)　菊地真「『大鏡』高麗相人攷」(王勇・久保木秀夫編『奈良・平安期の日中文化交流』農山漁村文化協会、二〇〇一)。
(24)　石井正敏『東アジア世界と古代の日本』(山川出版社、二〇〇三)。律令の建前においては、唐も蕃国であったが、実際には蕃国扱いできるはずもなく、『令集解』では唐を隣国とする認識を示していた。
(25)　「鼎談・海外交流史からみた源氏物語」(須田哲夫編『源氏物語の鑑賞と基礎知識13　末摘花』至文堂、二〇〇〇)での山口博氏の発言。
(26)　湯浅幸代「光源氏の観相と漢籍に見る観相説話——継嗣に関わる観相を中心に——」(『中古文学』第七〇号、二〇〇二・一一、『源氏物語の史的意識と方法』新典社、二〇一八に所収)。
(27)　新川登亀男『道教をめぐる攻防』(大修館、一九九九)。

〔付記〕本章の初出は二〇〇六年であるが、その後「国風文化」をめぐる研究の進展は著しく、日本史・美術史などの分野で議論が活発化している。最近の榎本淳一氏の報告に拠れば、坂口健氏・西本昌弘氏らによる中国文化の影響を重視する研究、佐藤全敏氏・皿井舞氏・渡邊誠氏らによる五代・北宋文化の影響を限定的に捉える研究、西村さとみ氏・吉川真司氏らによる「和」(「国風」)なるものを問う研究、皆川雅樹氏、河添らによる唐物研究の盛行という四つの動向が認められるという(「「国風文化」における「漢」と「鄙」」、日本史研究会一二月例会、二〇一七年一二月二十三日、於京都大学)。本章では他の三つの動向に言及できなかったが、「和」なるものを俎上に載せる問題意識については、次章以下に譲りたい。

第二章　唐物派の女君と和漢意識——明石の君を起点として

一　明石の君にまつわる唐物

『源氏物語』の女君と唐物の関係を見てみると、おもしろいことに物語を華麗に彩る女性たちは、唐物がまつわる人物とまつわらない人物、いってみれば唐物派と非唐物派に分けられることに気づかされる。唐物派の代表は末摘花・明石の君・女三の宮であり、非唐物派の代表が紫の上である。その中にあって、末摘花は零落したとはいえ親王家の娘、いわゆる女王であり、女三の宮も内親王であるので、海外からの稀少品でありステイタス・シンボルであった唐物を所有していてもおかしくはない。しかるに明石の君はどうであろうか。明石という畿外の地に生い育った明石の君は、なぜ紫の上よりはるかに唐物とよばれる舶載品がまとわりつくのだろうか。

本章では唐物派の女君の中から、まずは明石の君に注目し、さらに末摘花や女三の宮と比較して、その特徴、共通性や差異をあぶり出していきたい。さらにそれぞれの唐物の形容語に留意することで、平安文学の中での『源氏物語』の唐物の諸相、ひいては作品に取り込まれた〈漢〉のイメージや、〈和〉の文化との相関についても明らかにしていきたい。

明石の君にかかわる唐物関係の用例を具体的に見ていくと、二つのケースに分かれることに気づかされる。一つは光源氏が明石の君に唐物や唐物めいた品を贈ったり、あてがったりした場合であり、もう一つは、明石の君が唐物を使った例である。前者の例で典型的なのは、光源氏が明石の君に最初に手紙を出す場面で、明石の君に対して高麗の紙にしたためている。

　思ふことかつがつかなひぬる心地して、涼しう思ひゐたるに、またの日の昼つ方、岡辺に御文遣はす。心恥づかしきさまなめるも、なかなかかかるものの隈にぞ思ひの外なることも籠るべかめると心づかひしたまひて、高麗の胡桃色の紙に、えならずひきつくろひて、

「をちこちも知らぬ雲居にながめわびかすめし宿の梢をぞとふ

（明石　二四八）

高麗の胡桃色の紙については、光源氏が須磨から明石に移住した際に持ってきた品か、入道の屋敷にあったのか、定かではない。ともかくも明石の君に対して気を遣って、最初の手紙は舶載の胡桃色という曖昧のある色紙を使ったのである。

続いては、玉鬘巻の衣配りの場面で光源氏が明石の君に選んだ衣装の例である。

かの末摘花の御料に、柳の織物の、よしある唐草を乱れ織れるも、いとなまめきたれば、人知れずほほ笑まれたまふ。梅の折枝、蝶、鳥飛びちがひ、唐めいたる白き小袿に濃きが艶やかなる重ねて、明石の御方に、思ひやり気高きを、上はめざましと見たまふ。

（玉鬘　一三六）

末摘花の衣装に唐草模様の柳の織物を配したのも注意されるが、明石の君にあてがわれたのは、「梅の折枝、蝶、鳥飛びちがひ、唐めいたる白き小袿」である。ここでの「唐めいたる白き小袿」というのは、唐綾そのものではないであろうが、唐綾を意識して日本で織られた綾とも考えられる。それにしても、明石の君に選ばれた衣装を見た紫の上は「めざまし」とプライドを傷つけられたような気分になる。というのも格からいえば、国産の綾より舶来の唐綾

の衣装の方が上だからである。もとより光源氏も、紫の上にも選ばなかった唐綾の衣装を明石の君に与えたならば、どんな波紋が起きるのかがわかっているので、あくまで唐風の衣装にとどめたのだろう。しかし、唐風の衣装が似合う女君として明石の君が光源氏に認知されていることじたい、紫の上にとっては癪の種だったのである。

さらに若菜下巻の女楽では、明石の君が「高麗の青地の錦の端さしたる褥」(若菜下　一九三)に遠慮がちに座っている場面がある。それは明石の君が用意したものではなく、主催者である光源氏が用意したものであろうが、あえて明石の君だけに、高麗錦の縁どりのある褥が配されている意味を考える必要がある。明石の君は光源氏にとって、最上の唐の紙を使ったり、本物の唐物の衣装や褥をあてがったりする相手ではないが、その次にランクされる女君といえるだろう。もとより、明石の君もそうした舶載品の価値がわかる存在であることが前提となっている。

次に、明石の君自身が唐物を使った例を見ていきたい。先の玉鬘巻の衣配りの場面で、光源氏は衣装選びを終えて、元日に揃って着用するよう言葉を添えて、女性たちに贈りとどけた。自分の選択眼が間違っていないか確かめようという趣向だが、次の巻である初音巻で、その期待に見事に応えたのが明石の君だった。

暮れ方になるほどに、明石の御方に渡りたまふ。近き渡殿の戸押し開くるより、御簾の内の追風なまめかしく吹き匂はかして、物よりことに気高く思さる。正身は見えず。いづら、と見まはしたまふに、硯のあたりにぎははしく、草子どもとり散らしたるを取りつつ見たまふ。唐の東京錦《とうぎやうき》のことごとしき縁《はし》さしたる褥にをかしげなる琴《きん》うちおき、わざとめきよしある火桶に、侍従をくゆらかして物ごとにしめたるに、裛被香の香の紛へるいと艶なり。　(初音　一四九)

明石の君が思わせぶりになかなか姿を見せないのも、じゅうぶんに計算しつくした上でのこと、光源氏にまずは存分に部屋を見てほしいといわんばかりである。

しかもそこでは、「唐の東京錦のことごとしき縁さしたる褥」「琴」「侍従」「裛被香の香」など、唐物を使った品や唐風の品を部屋のたくみな小道具として、光源氏を魅了するのである。明石の君は衣配りで光源氏から「梅の折枝、蝶、鳥飛びちがひ、唐めいたる白き小袿」という唐風の衣装を贈られたので、その日に光源氏が訪れることを意識し、衣装にあわせて唐風に部屋のインテリアを整えたのであろう。明石の君は、ふだん部屋をこれ見よがしに唐物や唐風の品々で飾るような女性ではないが、いざとなれば、これ位の演出はお手のものだったのである。

ここで特に注目されるのは、「唐の東京錦」で縁取りをした褥である。東京錦は『新猿楽記』にも見える極上の唐物で、それを縁に使った、いかにも豪華な褥なのである。しかも、「唐の東京錦」には諸本の揺れがあり、「唐の綺《き》」とする本もあるので、以下に示しておく。[1]

からのとうきやうき　肖柏本(青)[2]・大島雅太郎蔵大島本(河)・高松宮家本(河)・尾州家本(河)・飛鳥井雅康筆大島本(別)・麦生本(別)・陽明文庫本(別)

からのとうきやうき(「とうきやう」に見せ消ちあり)　横山本(青)・東大本(別)

からのとう行き　保坂本(別)

からのとうきやう　御物本(河)

からのき　池田本(青)・伝慈鎮筆静嘉堂文庫本(青)・三条西家本(青)・鳳来寺本(河)・阿里莫本(別)

一目瞭然というべきか、圧倒的に「からのとうきやうき」とする本が多く、これが元の形である可能性が高い。しかるに池田本など「からのき」とする本が交るのは、唐の東京錦が晴の儀式などに使われる最高の唐錦であり、それを縁に使った褥は、明石の君の部屋にあったにしては、分不相応に格の高いものと考えたからであろう。

そもそも「東京錦」の用例は多く、「東京錦茵《とうきやうきのしとね》」の形で見え、天皇や摂関家などの晴の場で用いる高級な褥の縁に用いられている。『源氏物語』よりやや時代は下るが、永久三年（一一一五）に、関白の藤原忠実が東三条院を祖母から譲り受け、その披露目の儀式でも、「東京錦」の褥は寝殿の母屋の昼御座に正式に敷かれていた。

ここで「東京錦」の実態について、さらに思いをめぐらしてみたい。『源氏物語』の古注釈書である『河海抄』は、「東京錦」について「唐東京錦也。唐にも東西京あり、其内東京の錦すぐれたるか。舒明天皇御宇、唐東京錦を以て吾朝に摸し用ゐる」と注記する。唐にも東京と西京があるというのは、唐では都を長安に置いたが、洛陽を陪都として「東京」あるいは「東都」と呼んだからである。また北宋時代には、東京開封府、西京河南府、南京応天府、北京大名府の四つの都を置く四京制が敷かれていた。東京開封府はいまの河南省開封市であり、現在でも開封を「東京」と呼ぶことがあるという。「東京錦」とは、唐の時代、「東京」である洛陽の地で織られた錦、あるいは北宋の時代に東京開封府で織られた錦ということになる。

『河海抄』より後の『花鳥余情』は、この場面に、「唐東京錦茵。藤の円文の白綾。方一尺八寸、縁白地錦」と注記している。『弄花抄』にも「或云、白地の錦なるべしと云々」とする。今日、東京錦を見ることができるのは、京都御所の紫宸殿の高御座の倚子の下に敷いてある敷物である。これは『花鳥余情』の注記に通うもので、大正天皇の即位式に使われ、白地に紫の模様が上品に織り出された、じつに優美な織物である(3)。

「唐の東京錦」の褥は、明石の君の部屋にあったにしては「ことごとしき」、つまり仰々しくて分不相応に格の高いものであり、したがって、池田本のように「唐の綺」の縁をつけた褥に変える本も出てきたのだろう。しかし、褥は明石の君が座るものではなく、そこに琴《きん》という中国渡来の楽器を置くためと考えれば、一向に不自然ではないのである。琴は明石巻で光源氏が明石の君に形見に与えた品かもしれず、またそうでなくとも、そのイメージをかきたてるものである(4)。それをさりげなく新春の部屋に置いて、光源氏を魅了した明石の君の才覚を思うべきなのであろう。唐物である香料をふんだんに使って作られる薫物の侍従香や裛被香が出てくるのも、彼女の豊かな暮らしぶりを想像させるものである。

明石の君のそんな演出がみごとに功を奏して、光源氏は本来ならば紫の上の許でぜひとも過ごさねばならない元日の夜を、明石の君の部屋に泊まってしまった。紫の上が不機嫌になったのはいうまでもなく、ほかの町の女君や女房たちも驚くほどの破格の扱いであった。和のイメージを体現する紫の上に対して、明石の君が唐風の演出により勝利した夜ともいえるだろう。

明石の君にまつわる唐物の次の例は、紫の上が主催した光源氏の四十賀の場面で、そこで紫の上の養女である明石の女御が挿頭の台を担当し、実母の明石の君が後見したという条である。

御前に置物の机二つ、唐の地の裾濃の覆ひしたり。挿頭の台は沈の華足《けそく》、黄金の鳥、銀の枝にゐたる心ばへなど、淑景舎の御あづかりにて、明石の御方のせさせたまへる、ゆゑ深く心ことなり。（若菜上　九四）

挿頭の台とは、老いをかくすための頭に飾る造花を載せる台のことで、それを沈香などの唐物や金・銀の花鳥の飾り物でセンスよく造ったのは、明石の女御の実母であり後見役の明石の君の手柄といえるだろう。

『源氏物語』全般で、明石の君が「唐の東京錦のことごとしき縁さしたる褥」のような仰々しく分不相応とも思われる唐物を所有し、また唐物の価値をわかる人物として描かれていることは重要である。末摘花が黒貂の毛皮や秘色青磁など唐物がまとわりつくにせよ古めかしいと語られるのに対して、明石の君はセンス良く扱える人物として描かれているのである。したがって光源氏も唐物の最高級品ではないにしても、次のランクの品を贈っているのであろう。

そして娘の明石の女御も、光源氏の肩入れ[5]ばかりでなく、明石の君の薫陶もあって、唐物を使いこなす女君に成長したといえよう。紫の上主催の四十賀ばかりでなく、若菜下巻の六条院の女楽でも、明石の女御の女童の衣装は、「唐綾の表袴、衵は山吹なる唐の綺」（若菜下　一八六）と語られている。しかし、明石の君母娘について何故そのような描き方が可能となるのか。

二　海運から見た明石の地

明石の君に唐物や唐物めいた品がまとわりつく点について、ここからは明石の地との関連を想定してみたい。つまり父入道が明石の地の利と財力を活かして唐物を蓄えていたからではないか、ということである。その判断の妥当性を考えるために、以下、明石一族の住んだ明石の地の地理的な特徴をふり返っておきたい。

難波津―武庫の浦―明石の浦―藤江の浦―多麻の浦―長井の浦―風速の浦―長門の浦―麻里布の浦―大島の鳴戸―熊毛の浦―佐婆津―分間の浦―博多

ここに示したのは、遣唐使や遣新羅使がたどった、難波から博多の筑紫館（後代は鴻臚館）への航路である。そこに明石の浦も入っており、柿本人麻呂の詠とも伝えられる『古今集』の「ほのぼのとあかしの浦の朝霧に島隠れゆく舟をしぞ思ふ」（巻九・四〇九・読人しらず）を持ち出すまでもなく、明石は上代より名高い浦であった。

『源氏物語』の須磨巻では、かつて光源氏と関係のあった五節の父である大宰大弐が帰京の際に、北の方や娘の五節たち一行が船路を取ったとあり、五節と光源氏の歌の贈答があった。大宰府から帰京する際は、海路を通ることが多かったのであろうし、そこでは須磨の話だが、「浦づたひに逍遥しつつ来るに」（須磨　二〇三）とあるので、明石の浦も通ったはずである。

また厳密には明石そのものとはいえないが、明石の浦の隣には、名高い魚住泊があった。魚住泊は、行基が築造したと伝えられる五泊の一つで、「なすみ泊」ともいわれる。播磨国明石郡にあり、現在の兵庫県明石市に当たる。三善清行の『意見封事』によると、天平年間(七二九―七四九)行基が建立し、延暦年間(七八二―八〇六)の末に至るまで利用されたが、弘仁年間(八一〇―八二四)のころ荒廃した。天長年間(八二四―八三四)に清原夏野の修築、貞観年間(八五九―八七七)の初めに東大寺僧賢和の修復があったという。(6)

五泊とは魚住泊のほかには、河尻泊、大輪田泊、韓泊、室生泊があり、『源氏物語』の時代にも知られていたことは、玉鬘巻の一節からもうかがえる。夕顔の遺児である玉鬘は乳母一族に連れられ筑紫に下り、成人する。そこで地元の豪族である大夫監に求婚され、命からがら船路で九州を脱出し、都に戻ってくる。その途中で、

「川尻といふ所近づきぬ」と言ふにぞ、すこし生き出づる心地する。例の、舟子ども、「唐泊より川尻おすほどは」とうたふ声の情なきもあはれに聞こゆ。（玉鬘　一〇一）

とあり、川尻(河尻)に近づいたと聞いて、大夫監から逃れえたという玉鬘一行の安堵の思いが語られている。さらに舟子たちが、「唐泊(韓泊)より川尻(河尻)おすほどは」と舟歌をうたっているので、少なくとも河尻泊や韓泊といった五泊がその時代も機能していたとはいえよう。

明石に話を戻すと、明石は魚住泊という瀬戸内の要所に近接しており、博多から平安京へ唐物が運ばれる中継地の一つとなっていた。大宰府の赴任先から帰京する大宰府の大弐・少弐といった役人たちも船路をとった場合、明石の浦を通っているのである。つまり明石という博多と都の中継地である地であれば、唐物を入手することは十分に可能である。

さらに陸路においても、山陽道に明石駅家があり、菅原道真が大宰権帥として左遷され、「駅長驚くことなかれ、時の変改、一栄一落、是れ春秋」(『菅家後集』)の詩を明石駅長に与えたのは、あまりにも有名なエピソードである。つ

まり陸運にあっても、都と大宰府を結ぶ結節点として明石の地はあった。入道の明石移住は、海運・陸運の両方を視野に入れた選択であったといえる(7)。

唐物に話を戻せば、博多の地から都にそのまま運ばれる唐物も多かったであろうが、海路・陸路いずれの便からも、途中で唐物を買い付けることができないわけではない土地、それが明石だったと考えることができる。

視点を変えて、明石の地を別の角度からながめてみよう。たとえば『竹取物語』の難題求婚譚では、大伴大納言御行が、「龍の頸の玉」を求めて、難波の津から無謀にも船出して、筑紫の海の方向をめざしていく。しかし、暴風雨に遭い、たどり着いたのが、明石の浜であった。

三四日吹きて、吹き返し寄せたり。浜を見れば、播磨の明石の浜なりけり。大納言、南海の浜に吹き寄せられたるにやあらむと思ひて、息づき臥したまへり。船にある男ども、国に告げたれども、国の司まうでとぶらふにも、え起きあがりたまはで、船底に臥したまへり。

松原に御筵敷きて、おろしたてまつる。その時にぞ、南海にあらざりけりと思ひて、からうじて起きあがりたまへるを見れば、風いと重き人にて、腹いとふくれ、こなたかなたの目には、李を二つつけたるやうなり。

（四七―四八）

大伴大納言は、その時に「南海」(南方の国)の浜にたどり着いたと勘違いする。承和の遣唐使の時のように、遣唐使船が遭難し、南海にまでも流された恐怖の体験譚が、大伴大納言の脳裏に想起されたのである(8)。しかも、異国の果ての「南海」まで艱難辛苦の航海をしたという思いだったのに、それは畿内を少し出た明石の浜にすぎなかったという戯画的な語られ方ではある。ともかくも、『竹取物語』の大伴大納言の難題求婚譚も、難波から筑紫をめざす要所としての明石の浜の位置を浮かび上がらせている。

『うつほ物語』に目を転じると、紀伊国の長者の神南備種松は、しばしば明石入道のモデルといわれるが、吹上上巻では、吹上の浜に館を構えた種松の財力について、次のように記されている。

かくて、紀伊国牟婁郡《むろのこほり》に、神南備種松といふ長者、限りなき財の王にて、ただ今国のまつりごと人にて、かたち清げにて心つきてあり。(中略)種松、財は天の下の国になきところなし。新羅、高麗、常世の国まで積み納むる財の王なり。(吹上上　三七七―三七八)

牟婁郡は筑紫と難波津の途中にあるわけでなく、難波津からさらに南下した場所にある。日本の最南端にある紀伊国で「新羅、高麗」など北方の国々の財宝を集めたという種松の栄華は、机上の空論というべきか、観念的ですらある。(9) 一方、明石の地は先に見たように、海運・陸運ともに唐物をじかに入手できるロケーションにあり、明石入道が唐物を蓄財するという設定にふさわしい土地柄である。そこから、なぜ明石の君が分不相応と思われる唐物を所有しているのか、また唐物の価値を理解し、センス良く扱える人物として描かれているのか、その謎が読み解けてくるのではないか。明石の地の利と父入道の財力をバックにした明石の君なればこそ、最高級品の「唐の東京錦」の褥を用意できたと思われるのである。

三　唐物派の女君と和漢の関係

次に別の視点から、初音巻の明石の君の薫物とその形容語に注目してみたい。初音巻の場面では、「御簾の内の追風なまめかしく吹き匂はかして、物よりことに気高く思さる。」とあり、どちらかといえば和風の美意識といえる形容詞でも評されていた。

その追風がどのような薫物の香りであったかは、「わざとめきよしある火桶に、侍従をくゆらかして物ごとにしめたるに、裛被香の香の紛へるいと艶なり。」というものであった。ここで侍従香に裛被香の香が加わる意味について考えてみたい。

薫物は大陸での調合法が日本に輸入されて発達したが、黒方・侍従・荷葉は大陸の香書には見えない調合法で、日本でオリジナルに発達した薫物である可能性が高いとされる(10)。その説に従えば、「侍従」は大陸での調合法が和様化された薫物といえるが、一方の「裛被香」はより唐風の香といえるのではないか。

「裛被香」は、『倭名類聚抄』の薫香具の条では、「裛衣《ゆふえ》香《こう》、文字集略云、裛衣香、裛於業反、裛衣俗云衣比」とあるように、「衣比香」「裛衣香」「衣被香」「えひ香」とも表記された。正倉院宝物に裛衣香の袋が残っていることは、よく知られている。平安期に輸入された唐物の実態を知る上で、しばしば引用される『新猿楽記』の海商の八郎真人の扱う品々にも「衣比」は入っている。

沈・麝香・衣比・丁子・甘松・薫陸・青木・竜脳・牛頭・雞舌・白檀・赤木・紫檀・蘇芳・陶砂・紅雪・紫雪・金益丹・銀益丹・紫金膏・巴豆・雄黄・可梨勒・檳榔子・銅黄・緑青・燕脂・空青・丹・朱砂・胡粉・豹虎皮・藤茶垸・籠子・犀生角・水牛如意・瑪瑙帯・瑠璃壷・綾・錦・羅・縠・緋襟・象眼・繧繝・高麗軟錦・東京錦・浮線綾・呉竹・甘竹・吹玉等也。

初音巻で明石の君が漂わせた「裛衣香」が直輸入品であるかどうかは定かではないが、それに近い唐風なものと想像される。その裛衣香と侍従の香りが複合したものが「艶なり」と、華麗な美を表す漢語の「艶」に「なり」がついた形容動詞で評されているのである。

薫物において、〈漢〉と〈和〉の両方の要素を入れるバランス感覚は、鈴虫巻の女三の宮の持仏開眼供養でも垣間見られるところである。

名香には唐の百歩の衣香を焚きたまへり。阿弥陀仏、脇士の菩薩、おのおの白檀して造りたてまつりたる、こまかにうつくしげなり。閼伽の具は、例のきはやかに小さくて、青き、白き、紫の蓮をととのへて、荷葉の方を合はせたる名香、蜜をかくしほほろげて焚き匂はしたる、ひとつかをり匂ひあひていとなつかし。

（鈴虫　三七三―三七四）

この場面では、唐物派の女三の宮にふさわしく、唐の調合法により百歩先まで匂うようにした供香には薫衣香を焚き、格調の高さを演出している。一方、名香である荷葉はこの場面が夏の季節であること、献花である蓮の花の縁からも似つかわしく、しかも蜜を少なくして、よく匂うように工夫されたものであった。もっとも香りの複合は女三の宮自身の差配ではなく、光源氏が演出したものではあったが。

『細流抄』では、この二つの薫物について、「唐の百歩の衣香」を「唐の方にて合わせたるなるべし」とし、荷葉を「これは日本の方也」と注記している。つまり唐の薫衣香に和製の荷葉という、二つの薫物を焚き合わせて、「いとなつかし」という美意識をかもし出したと『細流抄』は解釈しているわけである。薫物の中でも〈漢〉のイメージが強いものと、〈和〉のイメージが強いものとを組み合わせて、香りを複合させるという『源氏物語』ならではの和漢融和の美学ともいえようか。

ところで初音巻に出てくる「裛衣香」については、ほかにも唐物派の女君である末摘花との結びつきが注目される。

君は人の御ほどを思せば、されくつがへる今様のよしばみよりは、こよなう奥ゆかしと思しわたるに、とかうそそのかされて、ゐざり寄りたまへるけはひしのびやかに、えひの香いとなつかしう薫り出でて、おほどかなるを、さればよと思す。年ごろ思ひわたるさまなど、いとよくのたまひつづくれど、まして近き御答へは絶えてな

し。　　（末摘花　二八二―二八三）

末摘花巻で光源氏と末摘花が初めて対面する場面には、「えひの香いとなつかしう薫り出でて、おほどかなるを」とあった。末摘花は、黒貂の毛皮や秘色青磁など、父常陸宮が残したと思われる外来品に囲まれた唐物派の姫君であり、「えひの香」もおそらく父宮の遺産なのであろう。それが「なつかしう」と和風の美意識から評価されるのも注目される。[11] さらに蓬生巻では、九州に下っていく乳母子の侍従に、末摘花は餞別の品として自分の抜け毛を集めて作った鬘と薫衣香を贈っている。

形見に添へたまふべき身馴れ衣もしほなれたれば、年経ぬるしるし見せたまふべきものなくて、わが御髪の落ちたりけるを取り集めて鬘にしたまへるが、九尺余ばかりにていときよらなるを、をかしげなる箱に入れて、昔の薫衣香のいとかうばしき一壺具してたまふ。　（蓬生　三四一）

しかも、それは「昔の薫衣香」と語られているので、唐から輸入された古い調合法の薫衣香と想像される。『薫集類抄』には「洛陽薫衣香」「会昌薫衣香」といった調合法や唐僧の長秀の工夫が示されている。

さて薫衣香といえば、梅枝巻の薫物合では明石の君が調合したことも想起される。

冬の御方にも、時々によれる匂ひの定まれるに、消たれんもあいなしと思して、薫衣香の方のすぐれたるは、前の朱雀院のをうつさせたまひて、公忠朝臣の、ことに選び仕うまつれりし百歩の方など思ひえて、世に似ずなまめかしさをとり集めたる、心おきてすぐれたりと、いづれをも無徳ならず定めたまふを、「心ぎたなき判者なめり」と聞こえたまふ。　（梅枝　四〇九―四一〇）

ここでの薫衣香は、鈴虫巻の「唐の百歩の衣香」と同じく百歩先まで香る、いわゆる百歩香であり、「前の朱雀院」（宇多帝）の秘方を今の朱雀帝がうつしたのを真似て、源公忠が特別に調合した薫物という故々しさである。その秘方を知っていたという明石の君の教養がしのばれる箇所ではあるが、薫物の中でも最も唐風な薫衣香が明石の君とセットで出てくることは、やはり注目される。しかも末摘花のように「いとかうばしき」といかにも唐風な香りというより、「前の朱雀院」「公忠」という日本の合香の名手たちがかかわったことで、「世に似ずなまめかしさをとり集めたる」と和風の美意識からも高く評価されたことも見逃してはならないだろう。

四　末摘花と女三の宮にみる唐物評

以上のように、唐風な薫衣香や裛衣香のまつわりつく女君は、明石の君のほか末摘花と女三の宮であり、その点からも三人が唐物派の女君といえるが、その薫物がどう評価されるかで、物語は女君をそれぞれ描き分けてもいるといえる。

それでは薫物以外の唐物ではどうであろうか。ここまで明石の君を中心に見てきたので、末摘花と女三の宮に視点を移してみていきたい。末摘花の場合、えひの香(裛衣香)や薫衣香のほかに、末摘花巻の二つの場面が注目される。

八月二十日過ぎに末摘花と初めて逢った後、光源氏は末摘花邸から遠ざかっていたが、ようやく再訪したのは雪の夜のことであった。光源氏は末摘花に会う前に、邸内をまじまじと観察する。そこで、まず彼が目にしたのは、女房たちが貧しい食事をする姿であった。

御台、秘色やうの唐土のものなれど、人わろきに、何のくさはひもなくあはれげなる、まかでて人々食ふ。
（末摘花　二九〇）

「何のくさはひもなく」とは、品数の少なさをいい、ここでは主人の末摘花に出した貧しい食事のお下がりを、仕える女房が退出して食べているのである。しかし食器だけは、光源氏の遠目にも「秘色やうの唐土のもの」、舶来の秘色青磁の高級品を使っていると見えた。おそらく末摘花の父の故常陸宮が存命の頃に入手した唐物なのであろう。しかし今となっては、「人わろきに」、要するにみっともないほど古ぼけた品と評されるのである。

その翌朝、光源氏は「黒貂《ふるき》の皮衣」を身に着けた末摘花の姿を目にする。

聴色のわりなう上白みたる一かさね、なごりなう黒き袿かさねて、表着には黒貂の皮衣、いときよらにかうばしきを着たまへり。古代のゆゑづきたる御装束なれど、なほ若やかなる女の御よそひには似げなうおどろおどろしきこと、いともてはやされたり。（末摘花　二九三）

「黒貂の皮衣」は元はといえば渤海国からもたらされた貴重な舶載品であったが、若い姫君が着るのはいかにも珍妙で、光源氏の度肝を抜くのである。[12] ここで「黒貂の皮衣」の形容語に注目すると、まず「いときよらに」とあり、それじたいは美麗なものといえよう。『竹取物語』の第三の難題譚、阿倍御主人の話で、唐商人の王けいから送られてきた「火鼠の皮衣」も「けうら」(＝「きよら」)と語られていたことも想起される。

皮衣を見れば、金青の色なり。毛の末には、金の光し輝きたり。宝と見え、うるはしきこと、ならぶべき物なし。火に焼けぬことよりも、けうらなることかぎりなし。（三九）

「火鼠の皮衣」は「うるはし」、そして「けうら」であることがこの上もなく、こうした形容詞が偽物である皮衣をいかにも本物らしく見せる効果を上げていた。末摘花の場合、それが「かうばしき」とされるのは、皮衣じたいの匂いではなく、「昔の薫衣香のいとかうばしき」のように薫物の匂いが移っているからであろう。そして「古代のゆゑづきたる」といにしえの由緒ある品とされる一方、「若やかなる女の御よそひには似げなうおどろおどろしきこと」、つまり若い女性の装いとしては似つかわしくなく大仰だとされ、「黒貂の皮衣」については、「きよら」というプラス評価の一方で、「古代」「おどろおどろし」といったマイナスの評価がなされたのである。

＊

続いて女三の宮と唐物の結びつきに転じると、唐猫の話が有名ではあるが、ここではむしろ裳着の場面に注目してみたい。六条院への行幸の後、病を得て、出家の志をかためた朱雀院は、後見のない女三の宮の行く末を案じ、苦慮の末に光源氏の許に降嫁させることを決意する。その年の暮も押しせまった頃、朱雀院は光源氏の内諾を得ないままに、女三の宮の裳着の儀式を盛大に挙行したのであった。

御しつらひは、柏殿の西面に、御帳、御几帳よりはじめて、ここの綾、錦はまぜさせたまはず、唐土の后の飾りを思しやりて、うるはしくことごとしく、輝くばかり調へさせたまへり。（若菜上　四二）

そこに国産の綾や錦を排除して、中国の皇后を思わせるような唐様の調度が、荘重に輝くばかりに整えられたのである。唐風の極めつけというべき調度品は、『源氏物語』のその他の裳着や晴儀と比較しても、きわめて例外的なものといえる。光源氏が内大臣を意識した玉鬘の裳着や、東宮入内を意識した明石の姫君の裳着をこえた、豪奢で正統派の室内装飾なのである。

ところで、その破格な唐風の調度にどのような形容語が使われていたかに注目すると、その調度は、「うるはし」「ことごとし」「輝くばかり」と形容されている。つまり『竹取物語』の「火鼠の皮衣」における「輝き」「うるはし」の形容のように異国の品がもつ端正な美が語られる一方、「ことごとし」、要するに仰々しいといった評価も付されているわけである。「ことごとし」の形容には、国産の綾や錦を排除した過剰なまでの〈漢〉のイメージがやや否定的に捉えられていることがうかがわれるのである。

五　他の平安文学の唐物評との比較

ここで『竹取物語』に再び注目すると、「うるはし」の形容詞は、「火鼠の皮衣」のエピソードのみならず、くらもちの皇子の「蓬萊の玉の枝」の話でもくり返されていた。

翁、皇子に申すやう、「いかなる所にかこの木はさぶらひけむ。あやしくうるはしくめでたき物にも」と申す。（三〇―三一）

竹取の翁もくらもちの皇子が作らせた偽物の玉の枝を見て、「うるはし」「めでたし」と評価している。またくらもちの皇子自身が蓬萊への偽の漂流譚で、蓬萊山の様子を「高くうるはし」（三二）といっているので、『竹取物語』では異国性をもった品を「うるはし」「けうら」「めでたし」と評価しており、そうした形容語は偽物を異国の本物と思わせる抜群の効果を上げていた。

『竹取物語』である種、確立された「うるはし」「けうら」「めでたし」などの評価は、『うつほ物語』をはじめ、続く王朝文学史のなかでも貫かれているといいうる。『うつほ物語』でも唐物は「めづらし」「めでたし」「清ら」「うるはし」と評されることが多く、『竹取物語』との共通性が感じられる。もっとも『竹取物語』では、異国の本物の難題物が招来されたわけではなく、くり返すように偽物の唐物や国内で作られた唐物もどきの品にそうした形容語が使われて、パロディとしての効果を上げていた。一方、『うつほ物語』では唐物の〈漢〉の権威性をそのまま認めて、〈和〉の物より価値あるもの、優位なものとして位置づける価値観がある。唐物はここぞという時の贈り物や公的儀式に使われており、贈り主や使い主の権威や財力を象っているのである。[13]

『うつほ物語』では唐物の異国性や非日常性が〈漢〉の権威性を帯びて、まさに威信財として評価され流通するのに対して、やや違った側面をみせるのが『枕草子』の世界である。前編第三章で述べたように、『枕草子』では、日記章段に出てくる唐物が「宮にはじめてまゐりたるころ」(一七七段)をはじめ、中関白家の富と栄華を象徴する例が多いことが注目される。それは、まさに唐物が〈漢〉の権威性そのものであり、威信財として位置づけられていることを示している。しかし一方、類聚章段にみられる唐物についての形容は、必ずしも〈漢〉の権威性に終始しているわけではない。(14)

「めでたきもの。唐錦」(八四段、一六五)のように、唐物についての従来の形容が踏襲された例もあるが、一方で「うつくしきもの」に「瑠璃の壺」(一四五段、二七二)が採られたりと、どちらかといえば、和風の美意識の形容語で、掬い取られる場合も出てくる。舶載の珍獣である「鸚鵡」を「鳥は」の段では、「こと所のものなれど、鸚鵡いとあはれなり。」(三九段、九五)と評する例もある。また唐猫かその血を引いているとおぼしき猫についても、「なまめかしきもの」の段で、「簾の外、高欄にいとをかしげなる猫の、赤き首綱に白き札つきて、はかりの緒、組の長きなどつけて、引きあるくも、をかしうなまめきたり。」(八五段、一六九)と評している。

唐物はこのように平安の貴族社会の中で、〈漢〉の権威性を体現する手っ取り早い物質的装置になるばかりでなく、〈和〉の美意識から評価されたり、〈和〉の文化と融和する場合もあるが、さらにその側面が顕著になるのが、『源氏物語』の世界といえよう。そもそも『源氏物語』は桐壺巻で、

絵に描ける楊貴妃の容貌は、いみじき絵師といへども、筆限りありければいとにほひすくなし。太液芙蓉、未央柳も、げにかよひたりし容貌を、唐めいたるよそひはうるはしうこそありけめ、なつかしうらうたげなりしを思し出づるに、花鳥の色にも音にもよそふべき方ぞなき。　(桐壺　三五)

とするように、楊貴妃の端正な美と、亡くなった桐壺更衣の親しみやすい美を対比して、「うるはし」を〈漢〉に、「なつかし」「らうたげ」を〈和〉に振り分ける世界として始まっていた。そこからすれば、唐物は「うるはし」き〈漢〉の世界に属するものとなりそうだが、『源氏物語』ではそれに終始するわけではない。唐物が和風化したり、〈和〉の物と組み合わされることによって、「なつかし」「なまめかし」と評される例も少なくないのである。特に唐物の加工品である薫物にはそうした様相がみとめられる。[15]もとより「めでたし」[16]「うるはし」「きよら」系の形容も認められるが、むしろ異国性が過剰になると、「ことごとし」「おどろおどろし」、そして「わざとがまし」[17]など、唐物に対してやや否定的な評価も出で来る点が『源氏物語』では興味深いのである。

ところで日本美術史の板倉聖哲氏は、『源氏物語』の絵合巻での『竹取物語』対『うつほ物語』の絵合などに注目しながら、当時の唐絵に対する意識として、「ここには受容者の意識の中にある、公的で豪奢な「唐」、古き良き「唐」、古めかしく疎遠な「唐」といった一つの像に結ばない多様な「唐」像を確認できる。」と指摘している。[18]

板倉氏の言葉を借りれば、たとえば『うつほ物語』では、「めでたし」「いみじ」の「公的で豪奢な〈漢〉」や「古き良き〈漢〉」はあっても、「古めかしく疎遠な〈漢〉」というイメージは感じられない。それに対して、『源氏物語』では、末摘花という存在に「古めかしく疎遠な〈漢〉」の世界を象徴させているともいえ、またむき出しの〈漢〉をよしとしないことが、形容詞の「おどろおどろし」「ことごとし」「わざとがまし」といった距離感のある言葉から明らかになるのである。

以上のように唐物派の女君たちを中心に、『源氏物語』の唐物の形容語を概観すると、作品に取り込まれた〈漢〉のイメージも一様ではないことが確認できる。また唐物が「なつかし」「なまめかし」など、〈和〉の文化と融和して評価されたり、それじたいが和風化する現象が、平安文学の唐物の形容語の比較を通しても浮かび上がってくるのである。

(1)『源氏物語大成』第一巻(中央公論社、一九八四)を基に、『源氏物語別本集成続　第六巻　玉鬘～篝火』(おうふう、一九九三)を参照。

(2) 以下、(青)は青表紙系、(河)は河内本系、(別)は別本をあらわす。

(3) 河添房江「王朝の服飾と舶載された錦——法隆寺宝物から『源氏物語』まで——」(河添房江編『平安文学と隣接諸学9　王朝文学と服飾・容飾』竹林舎、二〇一〇)。

(4) 吉海直人「「岡辺」のレトリックあるいは明石の君のしたたかさ」(『解釈』一九九五・二)。

(5) 梅枝巻の冒頭で、光源氏は明石の姫君の裳着や入内の調度のために、二条院の旧蔵から最高の唐物を取り寄せている。

(6)『平安時代史事典』(角川書店、一九九四)の「魚住泊」の項参照。

(7) 西本香子「源氏ゆかりの地を訪ねて——海上交通の要所・明石——」(日向一雅編『源氏物語の鑑賞と基礎知識11　明石』至文堂、二〇〇〇)。

(8) 本書第Ⅰ部第一編第一章。

(9) 本書第Ⅰ部第一編第二章。

(10) 田中圭子『薫集類抄の研究』(三弥井書店、二〇一二)では、「薫衣香は大陸に発祥し本朝の皇室において継承された特別な品であり、格の高い種類の薫物、平安当時も唐土の処方、または唐土からの交易品」である点や、黒方・侍従が大陸の香書にないこと、梅花も日本では占唐を用いない配合が増えていくこと、荷葉は蓮葉の香であり、大陸では蓮花の香が一般的で、大陸に発祥した可能性は検討を要すことが指摘されている。

(11) 尾崎左永子氏が「邠王家の処方より麝香の少ない日本的な淡泊な香」(『源氏の薫り』求龍堂、一九八六)とするように、ここでの「えひの香」は外来品もしくは外来の処方によるものより、少し和風化されているものかもしれない。

(12) 河添房江「末摘花と唐物」(『源氏物語時空論』東京大学出版会、二〇〇五)。

(13)(9)に同じ。

(14) 河添房江「王朝文学に見える唐物」(田中史生編『古代文学と隣接諸学1　古代日本と興亡の東アジア』竹林舎、二〇一八)。

(15) 河添房江「平安文学の唐物における〈漢〉と〈和〉——『源氏物語』『うつほ物語』を中心に——」(『中古文学』一〇〇号、二〇一七・一一)。

(16) 「めでたし」の例には、「唐の紙のいとすくみたるに、草書きたまへる、すぐれてめでたしと見たまふに」(梅枝　四一九)などがある。

(17) 「わざとがまし」の例には、「侍従に、唐の本などのいとわざとがましき、沈の箱に入れて、いみじき高麗笛添へて奉れたまふ。」(梅枝　四二二)などがある。

(18) 板倉聖哲「東寺旧蔵「山水屏風」が示す「唐」の位相」(板倉聖哲編『講座日本美術史2　形態の伝承』東京大学出版会、二〇〇五)。

第三章　梅枝巻の天皇——嵯峨朝・仁明朝と対外関係

一　はじめに

正月のつごもりなれば、公私のどやかなるころほひに、薫物合はせたまふ。大弐の奉れる香ども御覧ずるに、なほいにしへのには劣りてやあらむと思して、二条院の御倉開けさせたまひて、唐の物ども取り渡させたまひて、御覧じくらぶるに、「錦、綾なども、なほ古き物こそなつかしうこまやかにはありけれ」とて、近き御しつらひのものの覆ひ、敷物、褥などの端どもに、故院の御世のはじめつ方、高麗人の奉れりける綾、緋金錦どもなど、今の世の物に似ず、なほさまざま御覧じ当てつつせさせたまひて、このたびの綾、羅などは人々に賜す。

（梅枝　四〇三―四〇四）

梅枝巻は、明石の姫君の裳着の準備にいそしむ光源氏の日々を語ることから、その幕を開ける。三十九歳になった光源氏は、裳着の調度や薫物のために、大宰府の次官である大弐から献上された香料や綾・羅を検分した。これらは大宰府を経由して東アジアからもたらされた、唐物とよばれる舶載品であった。沈香・丁子・薫陸・白檀・麝香をはじめ薫物の原料となる香料は、当時すべて南方から中国を経由して日本に輸入されたのである。

しかも、光源氏は大弐の献上物にあきたらず、旧邸である二条院の倉を久しぶりに開いて唐物、具体的には古渡りの香や錦・綾などをとり寄せる。そんな中で存在感を示すのが、「高麗人の奉れりける綾、緋金錦ども」である。「高麗人」とは、桐壺巻で七歳の主人公に「国の親となりて」以下、あの不思議な予言をした相人であり、その献上品は、「いみじき贈物どもを捧げたてまつる」（桐壺　四〇）の贈物に対応する。そして「高麗人」こそ、新羅の北に位置した渤海国の使節の一人であり、光源氏は渤海国からの極上の舶載品を特権的に蓄えていたのである。薫物作りのために、光源氏が香料を検分する右の場面は、大宰府交易や渤海国交易を背景とし、六条院世界の盛栄がいかに東アジア世界と関わっているかを、いみじくも照らし出しているのである。(1)

ところで同じ梅枝巻には、奇しくも平安前期を代表する四人の天皇の名前が刻まれている。時代順に並べれば、嵯峨・仁明・宇多・醍醐の各天皇である。以下、それぞれの例を簡単にたどり見ていきたい。

大臣は、寝殿に離れおはしまして、承和の御いましめの二つの方を、いかでか御耳には伝へたまひけん、心にしめて合はせたまふ。上は、東の中の放出に、御しつらひことに深うしなさせたまひて、八条の式部卿の御方を伝へて、かたみにいどみ合はせたまふほど、いみじう秘したまへば、「匂ひの深さ浅さも、勝負の定めあるべし」と大臣のたまふ。（梅枝　四〇四）

前の朱雀院のをうつさせたまひて、公忠朝臣の、ことに選び仕うまつれりし百歩の方など思ひえて、世に似ずなまめかしさをとり集めたる、心おきてすぐれたりと、いづれをも無徳ならず定めたまふを、「心ぎたなき判者なめり」と聞こえたまふ。（梅枝　四〇九—四一〇）

嵯峨帝の、古万葉集を選び書かせたまへる四巻、延喜帝の、古今和歌集を、唐の浅縹の紙を継ぎて、同じ色の濃き紋の綺の表紙、同じき玉の軸、緂の唐組の紐などなまめかしうて、巻ごとに御手の筋を変へつつ、いみじう書き尽くさせたまへる、大殿油みじかくまゐりて御覧ずるに、「尽きせぬものかな。このごろの人は、ただかたそばを気色ばむにこそありけれ」などめでたまふ。やがてこれはとどめたてまつりたまふ。

（梅枝　四二一―四二二）

最初の例は、光源氏が薫物を作るために、一人寝殿にこもって、男子には伝承を禁じたはずの承和（仁明天皇）の秘方により黒方香と侍従香を調合する条である。そこには、仁明天皇の秘方を使うことによって薫物を、ひいてはそれを所有する明石の姫君を権威づけたいという父親の思いがうかがわれる。さらにいえば、仁明天皇に自身をなぞらえたいという源氏の願望さえも、そこに透き見えているかのようである。

次の例は、光源氏に依頼され、明石の君が調合した薫衣香が、「前の朱雀院」（宇多上皇、一説に朱雀上皇）の調合を、今の朱雀院が受け継ぎ、それに合香の名手である源公忠が工夫を加えた格調の高い薫物というものである。今の朱雀院については諸説あり、ひとまず留保したいが、「前の朱雀院」は宇多上皇とみるのが相応しい(2)。明石の君は光源氏の期待に応えるべく、また明石の姫君の実母としての立場を示したいがために、重々しい由緒来歴のある調香を選んだのである。

最後の例は、光源氏の弟蛍宮が、嵯峨天皇宸筆の『万葉集』や、醍醐天皇宸筆の『古今集』という秘蔵の品を贈るという場面である。光源氏は東宮のもとに入内する明石の姫君のために、書の手本を広く依頼し、また自分も華麗な手本を作った。六条院に集められた、それらの見事な手本類に感激した蛍宮は、息子の侍従に命じて自邸から取り寄せたのである。

このように梅枝巻に登場する四人の天皇、嵯峨・仁明・宇多・醍醐を並べてみれば、いずれも文化的権威(3)であると同時に、平安の東アジアとの対外関係におけるキーパーソンにほかならないことに気づかされる。本章ではその点に注目し、とくに嵯峨天皇と仁明天皇を中心に『源氏物語』と絡めて考察するものである。

嵯峨天皇は対外関係でいえば、遣唐使こそ派遣しなかったが、父桓武天皇が派遣した延暦の遣唐使の人材を活用して、唐に倣った文化国家を目指した改革をおこなった。さらに渤海国の使節を二十四年の在位の間に六度も受け入れ、歓待している。また仁明天皇は、父の嵯峨上皇の意向を受けて、承和の遣唐使を派遣した。承和の帝、仁明天皇こそ、祖父の桓武天皇の遣唐使派遣に続いて東アジアの国際秩序にコミットした最後の天皇だったのである。そして宇多天皇についても、祖父の仁明天皇に倣って遣唐使派遣の計画を立てながら、菅原道真の建議により中止となったことはよく知られている。しかし、菅原道真は遣唐大使の任を解かれたわけではなく、醍醐朝においても遣唐大使であったとされる。宇多上皇はあたかも仁明朝における嵯峨上皇のように、醍醐朝の代替わり事業としての遣唐使派遣を、少なくとも道真の左遷事件までは諦めていなかったと推測されるのである(4)。以上のように東アジアとの関係を概観すれば、四人の天皇がいかに対外関係史のキーパーソンかが明らかとなろう。

二　嵯峨朝と対外関係

嵯峨朝の対外関係からさらに詳しく見ていきたいが、その前に、まずは嵯峨天皇という人物と嵯峨朝という時代について、少しふり返っておきたい。

嵯峨天皇は、桓武天皇と皇后藤原乙牟漏との間に、延暦五年(七八六)に誕生し、大同元年(八〇六)に同母兄の平城天皇の皇太弟に立てられた。そして平城天皇の病気による譲位を受けて、大同四年(八〇九)に即位する。ところが翌年、平城上皇が平城還都の命をおこし、寵妃の藤原薬子らとともに、多数の官人をひきいて平城旧京に移り、復位をもくろんだことから対立し、兵を発して平城上皇方を制圧した（いわゆる「薬子の変」）。嵯峨朝の始発はきわめて不安定な政情であったといわざるをえないのである。

しかし、その後、嵯峨天皇は積極的に政策を押し進めていく。父桓武天皇の政策を継承し、蔵人所や検非違使を新設するなど、国制の改革に努めた。また朝廷の儀式を整備して「内裏式」をまとめ、文化面では内宴、朝覲行幸などの優雅な年中行事を創始した。平城朝に廃止された諸行事を復活させ、唐を手本に、儀式や服色、宮殿やその諸門の名を唐風に改めてもいる。和歌よりも漢詩を好み、自らの作も多く収めた勅撰漢詩集の『経国集』『凌雲集』『文華秀麗集』など次々に編纂し、文章道を興隆させ、文人を積極的に登用した。

反面、唐に倣った文化国家を目指しながら、遣唐使を派遣することは終になかった。あれほど唐かぶれだった嵯峨天皇が、なぜ遣唐使を派遣しなかったのか、不思議に思われるが、以下その理由について考察をめぐらしてみたい。

そもそも嵯峨天皇の在位の前の遣唐使といえば、父桓武天皇の延暦年間の遣唐使（八〇三―八〇六）があった。延暦の遣唐使の派遣の目的はおそらく、奈良時代の天武系の皇統に対して、桓武が天智系の皇統である引け目と、母の出自が低いという二重のコンプレックスを抱えて、天武系皇統の遣唐使派遣の伝統を踏襲することで、国際社会の中でみずからの位置を確認するところにあった。ところが、延暦の遣唐使の帰朝報告には唐の国情悪化もふくまれ、具体的には節度使の独立・離反や、吐蕃（チベット）・回紇（ウイグル）など西北諸国との関係悪化であり、それは今後の遣唐使計画に影を落とすものでもあったという。(5)また『日本後紀』によれば、弘仁八年（八一七）より七年連続で農業生産が干害などの被害を受け極度の不振であり、その結果として嵯峨朝の財政難は深刻であった。

しかし遣唐使を派遣しなかった代わりに、嵯峨天皇は帰国した延暦の遣唐使や遣唐留学僧を重用し、国政や文化面での改革を推進した。たとえば遣唐判官であった菅原清公の進言により、儀式や服色、宮殿やその諸門の名を唐風に改めている。(6) 延暦の遣唐留学僧であった最澄と空海、特に空海を帰朝後に重用したことも周知のことであろう。嵯峨天皇は、父桓武の遣唐使派遣の遺産を十二分に活用したともいえるのである。

なお最澄と空海など帰国した留学僧との関わりから、嵯峨天皇は茶の文化についても深く寄与することになった。『文華秀麗集』には、最澄の献じた詩に嵯峨天皇が応えた「羽客講席に親しび　山精茶杯を(最澄に)供ふ」という句がみえる。また空海も在唐中に求めた典籍を嵯峨天皇に献じた際、その奉納表の中で、「茶湯坐来、乍《たちま》ち震旦の書を閲す」と記している。

さらに名高いのが、延暦の遣唐使とともに帰国した留学僧の永忠が、嵯峨天皇に茶を献じたエピソードである。嵯峨天皇は弘仁六年(八一五)四月に近江の韓崎に行幸し、その途中、梵釈寺を通った際、大僧都の永忠は門外でみずから煎じた茶を献じたのである(『日本後紀』)。在唐が三十年にも及んだ永忠は、茶の煎じ方がひときわ上手だった僧に違いない。その結果、嵯峨天皇は同年の六月三日に、畿内と近江・丹波の諸国に茶を植えて、毎年献上するよう命じた。(7)

また、畿内近国に茶の栽培を命じた前後、宮中でも大内裏の東北、主殿寮の東に茶を植えて茶園となした。そして、そこから採れた茶葉により内蔵寮の薬殿において製茶がなされたという。嵯峨朝にあって喫茶は流行の文化となり、晴の儀式の場でも供されたのである。

三　渤海国の使節と正倉院宝物

ところで嵯峨朝の対外関係を語る際には、渤海国との交流を欠かすことができない。先にも触れたように、嵯峨天皇は二十四年の在位の間、六回も渤海国使を受け入れ、大いに歓待している。

そもそも父の桓武天皇は、渤海国使の頻繁な来訪の経済的負担に音を上げて、六年に一度の年貢制を提案し、遣渤海国使の内蔵賀茂麻呂を派遣したが、それは渤海に受け入れられることはなかった。一方、嵯峨天皇が譲位した後の淳和朝では、淳和天皇の意向を無視する形で、藤原緒嗣の進言により、十二年に一度の一紀一貢制が渤海に通達され、それを無視して来航する使節は追い返すという強行措置に出ている。しかるに桓武朝と淳和朝の間の嵯峨朝では、単純に計算しても四年に一度の頻度で、渤海国の使節が訪れており、それを嵯峨天皇は無制限に受け入れ、みずから進んで宴に出御し、漢詩の交歓を楽しんだのである。

その歓待の様子を、記録が多く残っている弘仁五年(八一四)に来日した使節を例として示しておきたい。(8) 王孝廉を大使とするその一行は、九月三十日に出雲に来航したが、その折の在問渤海国使は、滋野貞主であった。その年の内に入京した使節は、翌弘仁六年(八一五)の元日の朝賀や宴に参列し、また正月七日には渤海国使の饗応のための内宴が開かれ、女楽も賑やかに奏された。王孝廉には従三位が与えられ、『文華秀麗集』には、この宴での作と思しき漢詩が八首残されている。同じく十六日には、豊楽殿で歓待の宴が催され、踏歌が披露された。さらに翌日の十七日には、豊楽殿での射礼を嵯峨天皇は渤海国使と共に観ている。そして正月二十日には、渤海国使の帰国に際しての送別の楽宴を朝集堂で催し、禄も賜っている。その二日後、王孝廉らは出雲に向けて出発するが、元旦から二十二日までの間、トータルで五回もの歓迎行事が行われたのである。

一方、嵯峨天皇はかの正倉院の宝物を半ば強引に借り出し、また安く購入した天皇としても名高い。嵯峨天皇が借り出した正倉院の宝物とは、より具体的にいえば、屛風・楽器・書である。そして渤海国使を歓待する詩宴に正倉院から借り出した品々が、配置された可能性もあるのではないかと筆者は考えている。

まず屏風から見ていくと、弘仁五年九月十七日に、山水画屏風をはじめ、唐国図屏風、大唐古様宮殿画屏風、唐古人屏風、唐女形屏風など併せて三十六帖が持ち出されている（『大日本古文書』二五―六〇～六三）[9]。これらの屏風に共通しているのは中国の古今の宮殿や名所の風景、人物などが描かれている点である。嵯峨天皇が屏風を借り出したのは、渤海国使の来航の二週間前にさかのぼるが、唐風な文化国家としての威厳を国際的に示すためにも、こうした屏風が歓迎の宴に置かれたのではないか。

また楽器については、弘仁五年十月十九日に漆琴と銀平文琴が出蔵されているが、弘仁八年（八一七）五月二十七日に代りのものが納められている（『大日本古文書』二五―六三）。さらに弘仁十四年（八二三）二月十九日に螺鈿紫檀五絃琵琶や金鏤新羅琴二張、さらに桐木箏と鍬木瑟が出蔵している（『大日本古文書』二五―六九）。

ここで注目されるのは、弘仁五年九月三十日に王孝廉らが来航した直後に、正倉院の漆琴と銀平文琴が借り出されている点である。憶測を逞しくすれば、出蔵された三十六帖もの屏風と同じく、楽器もまた渤海国使の接待の宴で使われた可能性があろう。正倉院宝物は、日本の中の内なる、そして手近な〈唐〉として、文字通り威信財と思われていたのではないか。なぜなら渤海国の使節への歓待は、嵯峨天皇にとって、東アジアの他国に自国の勢威と文化の水準を見せつける国際政治の場にほかならなかったからである。

四　書の文化

そして正倉院からの出蔵という点からは、嵯峨天皇が王羲之関係の書を放出させたことも、よく知られている。それは弘仁十一年（八二〇）十月のことで、「大小王真跡帳」とよばれる王羲之・王献之父子の書巻と、「真草書二拾巻」

とよばれる王羲之の書法二十巻を百五十貫文(旧銭)で買い上げたのである。ちなみに後者の一部が、「孔侍中帖」(前田育徳会蔵)と「喪乱帖」(宮内庁・三の丸尚蔵館蔵)とされている。

いうまでもなく嵯峨天皇は空海・橘逸勢とともに三筆と称される能書家であり、書聖の王羲之など古人の書跡には深い関心を示したのであろう。空海からは嵯峨天皇に唐の書跡の名品、たとえば欧陽詢の真跡一巻、王羲之の諸舎帖一巻も献じられている(『性霊集』弘仁七年八月)。

宝物の買い上げという行為の意味するものは、王羲之への憧憬であり、嵯峨天皇はそれを研究対象ともしたのであろう。それもまた書の文化的権威たらんとした嵯峨天皇の意欲をうかがわせるものである。[10] 嵯峨朝は正倉院宝物を政治的にも文化的にも活用して、弘仁文化とよばれる達成を成し遂げたともいえよう。

ここで注意しておきたいのは、聖武天皇や光明皇后の時代であれば、同じ王羲之への憧憬であっても、かっちりとした楷書体への憧れであった。たとえば「楽毅論」(王羲之の楷書を光明皇后が臨書)が正倉院宝物として残る所以でもあろう。しかし嵯峨天皇の時代であれば、楷書よりも、王羲之の行書・草書に関心が向けられたのである。空海の有名な「風信帖」(最澄に宛てた三通の書状)の一通目の書風も、王羲之の「蘭亭序」の行書を模したものであり、三通目は流麗な草書体である。

現存する嵯峨天皇の書跡のうち、真筆であるのが明らかなのは、「光定戒牒」(延暦寺蔵)であり、最澄の弟子の光定が延暦寺一乗止観院で菩薩戒を受けたときに嵯峨天皇より下賜されたものである。これも楷書のみならず行書・草書を交えた荘重な書風で、帝王らしい品格を伝えている。

それをもって、すでに三筆の時代から、書の和様化が始まったことを示し、三蹟(小野道風・藤原佐理・藤原行成)に至り、王羲之のくずしの極みに至ったという説もある。[11] そのように考えれば、梅枝巻での「嵯峨帝の、古万葉集を選び書かせたまへる四巻」(四二一)とは架空の品ながら、楷書ばなれした行草書の万葉仮名で書かれた四巻の『万葉集』としてイメージされているのかもしれない。

もとより嵯峨天皇の書に、仮に和風化の萌芽がみられるとしても、『万葉集』の万葉仮名の書き手にまで設定するのは、『源氏物語』の創意にほかならない。そこには、仮名の書き手の始祖、ひいては国風文化の始祖として嵯峨天皇を位置づけたいという『源氏物語』の秘かな願望がほの見えるように思われる。

五　仁明朝と対外関係

それでは、嵯峨天皇の第二皇子で、嵯峨天皇の弟、淳和天皇の後に即位した仁明天皇の場合はどうだろうか。仁明朝についても概観しておけば、そもそも仁明天皇(八一〇―五〇)は、嵯峨天皇と橘嘉智子(檀林皇后)の間の第二皇子で、淳和天皇の皇太子となった。嵯峨上皇の存命中の淳和天皇と仁明天皇の治世は、世に「崇文の治」と称されて、儒教精神に基づく徳治政治が行われたとされる。しかし承和九年(八四二)に嵯峨上皇が崩御すると承和の変が起こり、淳和上皇の子である皇太子の恒貞親王が廃され、藤原良房の権力が強まった。藤原北家の勢力拡大と摂関政治の確立期にあって、仁明天皇の影は薄く見られがちであるが、次の文徳天皇に比せば、藤原北家をコントロールしながら、他氏の登用もそれなりにはかられた時代であった。また文化面においても、唐風文化から国風文化へ少しずつ転じはじめた時代といえる。音楽史でいえば、「承和の楽制改革」が行われ、尾張浜主・大戸清上・和邇部大田麻呂らが輩出した。また和歌史においても、従来の漢詩中心の風潮から和歌への転換がみられた。また朝覲行幸など、嵯峨朝からの宮廷行事の定着もはかられた時代である(12)。

そして仁明朝における対外関係といえば、真っ先に挙げるべき出来事が、承和の遣唐使の派遣であろう。承和の遣唐使が、父嵯峨上皇の強い意向の上にあったことはしばしば指摘される。嵯峨上皇はみずからが果たせなかった遣唐使派遣の夢を息子に託したともいえるが、しかしそれは苦難に満ちた派遣であった。

まず承和元年(八三四)に、大使藤原常嗣、副使小野篁らが任命された。ところが承和三年(八三六)、同四年(八三七)と二年続けて出航したものの、ともに渡航に失敗する。その後、乗用船をめぐって大使・副使が争って、副使の小野篁は病と称して渡航しないで、流罪となった。なお小野篁が入唐を拒否し、隠岐に配流されたのも、嵯峨上皇の怒りを買ったからだとされる。(13) 遣唐使派遣が、いかに父嵯峨上皇の強い意向の上にあったかをうかがわせるエピソードでもある。

承和の遣唐使は同五年(八三八)、三回目の航海でようやく入唐を果たすことができ、留学僧として円仁や円載らが同行した。事実上、最後の派遣となった旅の艱難辛苦は、円仁の『入唐求法巡礼行記』に詳しく記されている。(14)

ところで承和という仁明朝の時代に、なぜ遣唐使は派遣されたのであろうか。遣唐使は当時、六百名前後を派遣する一大国家プロジェクトであり、経済的負担も大きく、また遣唐使船が遭難するリスクも高かった。それにも関わらず、承和の遣唐使を派遣したことについて、承和年間がむしろ危機の時代であったがゆえに、仏教界から新たな鎮護国家の仏法の導入が求められたとする説がある。(15) あるいは大陸文化の摂取、特に音楽の吸収が求められたという説もある。(16)

承和の遣唐使派遣には、以上のような複合的な理由が考えられるであろうが、そこには唐物、特に香薬の需要といった問題も抜きがたく関わっているのではないか。唐物(雑物)購入の苦労についても、円仁の『入唐求法巡礼行記』に詳しい。

そもそも仁明天皇は諸芸に通じ、漢籍をよく読み、草書・弓射や音楽に才を示したが、医術にも関心が深かった[17]。仁明天皇は病弱であったがために、即位後もしばしば調薬(丹薬・石薬など)をしたという。また唐物を使った調香、いわゆる薫物合の名手としての誉れが高い。平安時代になると、香は仏事や儀式用ばかりでなく、貴族趣味の対象となり、高度で洗練された薫物が工夫された。特に仁明天皇の時代に、薫物の調合が盛んになり、仁明天皇その人や、その第七皇子である八条宮本康親王、閑院左大臣とよばれた藤原冬嗣など、合香の名手がつぎつぎと現われた。以来、多くの人々が王朝の美意識を表現しようと薫物の調合を競い、その秘方は平安末期の香書の集大成というべき『薫集類抄』に記されている。合香の名手が仁明天皇周辺に現われたことは、それだけの香料が舶載品としてもたらされた、つまり唐物の輸入が増えていたことが前提にあろう。

仁明天皇の調香が、梅枝巻に「承和の御いましめ」として、その名をとどめることは最初に確認したが、『薫集類抄』にも「承和秘方」として坎方(一説に黒方)の処方が記されている。天皇みずから唐物を嗜好する仁明朝が「唐物」重視の風潮を作り出したといっても過言ではないであろう。唐物の香料の輸入によって成り立つ薫物作りという贅沢な営みは、おそらくこの仁明天皇の時代から急速に発達し、やがて秘方が案出され、その創始者が尊敬を集めるに至っている。つまり薫物が一つの文化まで高められた時代だったといえるのではないか。

そして、その背景には、それまで以上に唐物が政治と結びつき、注目を集める条件が重なっていたのである[18]。嵯峨―仁明系と、弟の淳和―恒貞系の二つの皇統は融和するかに見えて、水面下で激しい権力闘争をくり広げていた。そのため皇統やその周囲の貴族層は、唐物という外来品を手に入れ、自己の政治的・文化的優位を示そうと躍起になっていたのである。華やかにくり広げられる宮廷行事において、その場を飾る品として、また献上品として、唐物という奢侈品が重要な役割を果たしていた。そして、当時、海商とよばれる新羅や唐の商人たちが九州に来航しはじめたことも、唐物獲得の機会を増やしていったのである。

仁明朝の唐物の流入としては、後代に大きな影響を与えた『白氏文集』の伝来も忘れてはならないであろう。国風文化の端緒を開いたといわれる仁明朝において、東アジアからの唐物の需要が高まり、歓迎されたことは矛盾のように思う向きもあるかもしれないが、共存する現象というより、むしろ唐物の流入が国風文化の開花を支えていたというのが内実なのである。

六　仁明朝以降の唐物

次に仁明朝以降の「唐物」の需要と国風文化の相関について、簡単に言及しておきたい。その後、唐物の需要はますます高まり、清和天皇の貞観五年(八六三)には、「唐物使」とよばれる、唐・新羅など外国の商船がもたらした貨物(唐物)を優先的に買い上げるための使者が、朝廷から大宰府に派遣されるようになる。同じく貞観十六年(八七四)には、入唐使とよばれる、少人数で唐の商船に便乗していく買い物目的の使者が派遣された。その経緯と表裏をなすように、唐船が来航すると、都の貴族たちが争って使者を遣わし、朝廷が先買権を行使する前に唐物を買い漁ってしまうことへの禁制がしばしば出されている。それは『日本三代実録』仁和元年(八八五)十月二十一日条や、『類聚三代格』巻一九(延喜三年〈九〇三〉八月一日条)の太政官符などである。

やや時代は下るが、十一世紀半ばに成立した藤原明衡の『新猿楽記』には、唐物として五〇種以上の品物が列記されている。

沈・麝香・衣比・丁子・甘松・薫陸・青木・竜脳・牛頭・雞舌・白檀・赤木・紫檀・蘇芳・陶砂・紅雪・紫雪・

金益丹・銀益丹・紫金膏・巴豆・雄黄・可梨勒・檳榔子・銅黄・緑青・燕脂・空青・丹・朱砂・胡粉・豹虎皮・藤茶垸・籠子・犀生角・水牛如意・瑪瑙帯・瑠璃壺・綾・錦・羅・縠・緋襟・象眼・繧繝・高麗軟錦・東京錦・浮線綾・呉竹・甘竹・吹玉等也。

それらは沈香・麝香等の香料・薬品類、銅黄・緑青・蘇芳等の顔料類、豹皮・虎皮等の皮革類、茶碗等の陶磁器、綾錦等の唐織物類、呉竹・甘竹の笛の材料などであり、唐物が幅広く供給されていた様子がうかがわれる。

仁明朝以降、さらに唐物の需要が高まったことを踏まえた上で、改めて国風文化とよばれる時代について、思いをめぐらしてみたい。国風文化は都市の文化といわれるが[19]、平安京という都市に富が集中すればするほど、唐物といった奢侈品への欲望が日ましに高まることは必然であったであろう。朝廷の貿易統制がどうであれ、その網の目をくぐって、私貿易は盛んにならざるをえない。その意味では国風文化とは、鎖国のような文化環境ではなく、唐風の奢侈品を享受する環境のなかで醸成された文化といえよう[20]。

遣唐使が中止された後、『古今集』勅撰の宣旨を発し、国風文化を代表するかのようにいわれる醍醐天皇にしても、博多を経由して東アジアからもたらされる唐物を使って、唐物御覧というシステムを確立し、皇威のデモンストレーションの場とした。その父の宇多天皇にしても遣唐使派遣の夢破れても、唐の商人と対面し、唐物の蓄積に怠りなかった[21]。承平元年（九三一）、御室から仁和寺宝蔵に移した宇多上皇の御物には、唐・渤海・新羅からの舶載品が多量にふくまれていたことも興味ぶかいのである。

七　結びにかえて――『源氏物語』の時代

国風文化の内実を踏まえた上で、『源氏物語』の梅枝巻に戻って、この巻での唐物の頻出と嵯峨朝・仁明朝の文化的遺産が点描される意味に改めて思いをめぐらしてみたい。

嵯峨朝・仁明朝といった時代において個人が確保できる唐物の質量は、天皇を頂点とした政治世界の地位に比例していたとされる。(22) 梅枝巻の冒頭の光源氏は、それに比すると、より多元的な存在である。大宰大弐から唐物の献上を受ける光源氏は摂関家的であり、唐物の占有が天皇と摂関家に二重化された時代を映し出してもいる。

一方、桐壺朝の時代に渤海国の使節であった高麗人から献上された品を保持している点では、かつて立太子の可能性もあった光源氏の皇子としての立場を彷彿とさせる。さらに唐物を検分し、六条院の女君たちに分配するという点では、天皇の唐物御覧を彷彿とさせる。光源氏の唐物の検分と分配は、天皇の唐物御覧にも比すべき権威性の確認といえよう。(23) そうした光源氏であればこそ、嵯峨天皇の宸筆が贈与され、仁明天皇の薫物の秘法が再現されるという物語の設定が可能になるともいえよう。

そして光源氏は、嵯峨天皇・仁明天皇の文化的営為の継承者であると同時に、唐物を用いて、その和風化がはかられている点でも仁明天皇と共通するものがある。梅枝巻でも、唐・高麗の紙という唐物をふんだんに使いつつ、和様の手本を作り、それは披見した蛍宮も息をのみ、感涙を禁じえないほどの出来ばえであった。

唐の紙のいとすくみたるに、草書きたまへる、すぐれてめでたしと見たまふに、高麗の紙の、膚こまかに和うなつかしきが、色などははなやかならで、なまめきたるに、おほどかなる女手の、うるはしう心とどめて書きたまへる、たとふべき方なし。見たまふ人の涙さへ水茎に流れそふ心地して、飽く世あるまじきに、またここの紙屋の色紙の色あはひはなやかなるに、乱れたる草の歌を、筆にまかせて乱れ書きたまへる、見どころ限りなし。

（梅枝　四一九―四二〇）

詳しくは次章に譲りたいが、唐の紙、高麗の紙、紙屋院でつくられた国産の色紙という三種の料紙に似つかわしい書体を使って、光源氏は愛娘のための手本を整えた。そこでは、唐物という外部の富を誇示するだけでなく、平仮名や草仮名を組み合わせて、まさに和様の見事な調度手本が作られたのである。

ところで、仁明朝を範と仰ぐ光孝・宇多・醍醐の流れを受けて、桐壺帝も仁明天皇とその父嵯峨天皇の治世を先例として仰ぎ見るあり方を示していることが、すでに先行研究により指摘されてきた[(24)]。こうした桐壺朝のあり方と、梅枝巻の光源氏は重なりをみせ、「故院の御世のはじめつ方」と冒頭で桐壺朝が想起されている以上、光源氏の六条院は、兄の朱雀朝を飛び越えて、文化的権威であり、桐壺朝の正当な継承者であったと見ることもできよう[(25)]。

しかし、さらに注意を喚起したいのは、唐物をめぐる嵯峨朝・仁明朝と光源氏世界との相関であり、これは桐壺朝では顕在化しなかった問題でもある。嵯峨朝における書の和様化の萌芽を経て、国風文化へと転じた仁明朝では各方面で和様化が進展するが、一方で唐物の需要が増し、朝廷がもたらされる唐物を独占しようとする動きも顕著になってくる。

仁明天皇やその周囲に薫物の名手が現れたということは、薫物の和様化が進んだ点と、それだけの香料が唐物としてもたらされたことを前提にしている。舶載の香料をふんだんに使いながら、唐の煉香の和風化としての薫物の位置が、仁明朝の文化として確かめられるのである。つまり国風化が進むにつれ、唐物の輸入が減ったわけではなく、国風化の加速化とともに、それを支えるモノとしての唐物の需要も高まったという機制があることを忘れてはならない。

よろづのこと、昔には劣りざまに、浅くなりゆく世の末なれど、仮名のみなん今の世はいと際なくなりたる。古き跡は、定まれるやうにはあれど、ひろき心ゆたかならず、一筋に通ひてなんありける。（梅枝　四一五）

梅枝巻の光源氏の仮名に対する評価で、右のように何事も末劣りになる時世に、こと仮名に関してだけは昔より今の方が格段に優れているとあるのも、行成を頂点とする書道史の和風化を適確に捉える光源氏のまなざしが感じられる。そして醍醐天皇宸筆の『古今集』の手本という国風文化の極みを象徴するような設定も、その流れの上にありながら、「唐の浅縹の紙」「唐組の紐」など、唐物による表装で権威づけられているのである。

梅枝巻では、光源氏の六条院世界が嵯峨朝・仁明朝の文化水準の再演をねらうと同時に、それを支える唐物を示すことによって、東アジアからのモノの流通経路を物語に浮上させている。そこに唐物を文化的営為の基盤とするような国風文化の実態が映し出されている。この巻では文化的営為における唐物の消費と和様化の傾向という両面が存在し、国風文化の時代とはいかなるものであるかを、いみじくも照らし返しているのである。

(1) 河添房江「梅枝巻と唐物」(『源氏物語時空論』東京大学出版会、二〇〇五)。
(2) 最近では、吉野誠「『源氏物語』「前の朱雀院」考」(倉田実編『王朝人の婚姻と信仰』森話社、二〇一〇)が諸説を整理し、宇多上皇説を唱えている。
(3) すでに四人の天皇の実名表記に注目したものとして、吉野誠「実名表記——歴史を喚ぶ物語」(河添房江編『源氏物語の鑑賞と基礎知識31　梅枝・藤裏葉』至文堂、二〇〇三)があり首肯できるが、本章では対外関係の点から、さらに掘り下げてみたい。
(4) 森公章『遣唐使の光芒　東アジアの歴史の使者』(角川選書、二〇一〇)。
(5) (4)に同じ。
(6) 酒寄雅志「九・十世紀の日本の国際関係」(『アジア遊学』二六号、二〇〇一・四)。
(7) 嵯峨天皇と茶の関わりについては、村井康彦『茶の文化史』(岩波新書、一九七九)、小川後楽『茶の文化史——喫茶趣味の流れ』(文一総合出版、一九八〇)、熊倉功夫『茶の湯の歴史　千利休まで』(朝日選書、一九九〇)、神津朝夫『茶の湯の歴史』(角川選書、二〇〇九)などを参照。
(8) 以下、渤海国使の歓待については、上田雄『渤海使の研究』(明石書店、二〇〇二)を参照。

(9) 米田雄介『正倉院と日本文化』(吉川弘文館、一九九八)。
(10) なお『日本紀略』には嵯峨天皇について「真に聖なり。鍾繇《しょうよう》(魏の書家)、逸少(王羲之)、猶いまだ足らず」とあり、筆づかいは王羲之や鍾繇にも勝るとまで評された。小松茂美『日本書流全史』(講談社、一九七〇)。
(11) 石川九楊『日本書史』(名古屋大学出版会、二〇〇一)。
(12) なお仁明朝の文化史的な意義全般については、後藤昭雄「承和への憧憬——文化史上の仁明朝の位置」(『今井源衛教授退官記念　文学論叢』九州大学文学部国語学国文学研究室、一九八二、『平安朝漢文学史論考』勉誠出版、二〇一二に所収)が諸説をまとめて有益である。
(13) (4)に同じ。
(14) なお承和の遣唐使派遣がその後の平安文学にいかに影響していたかについては、河添房江「遣唐使と唐物への憧憬」(遣唐使船再現シンポジウム編『遣唐使船の時代』角川選書、二〇一〇)に譲りたい。
(15) 佐伯有清『最後の遣唐使』(講談社現代新書、一九七八、講談社学術文庫、二〇〇七に所収)。
(16) 原豊二「遣唐留学生像の受容と変遷」(『東アジア世界史研究センター年報』3号、専修大学社会知性開発研究センター、二〇〇九・一二、『源氏物語文化論』新典社、二〇一四に所収)。
(17) (4)に同じ。
(18) 田中史生「最後の遣唐使と円仁の入唐求法」(『遣唐使船の時代』角川選書、二〇一〇)。
(19) 村井康彦「国風文化の創造と普及」(『岩波講座日本歴史4　古代4』一九七六)。
(20) 榎本淳一『唐王朝と古代日本』(吉川弘文館、二〇〇八)、河添房江『源氏物語と東アジア世界』(NHKブックス、二〇〇七)。
(21) 『寛平御遺誡』には、「李環、朕すでに失てり。新君慎め」という一節があり、宇多天皇は唐商の李環に御簾越しではなく、直接対面したことを悔やんでいる。李環という人物については定かではないが、李環を李懐として、この対面を遣唐使の中止後、寛平八年(八九六)三月とする説がある。
(22) 田中史生『越境の古代史——倭と日本をめぐるアジアンネットワーク』(ちくま新書、二〇〇九)。
(23) 皆川雅樹「九〜十世紀の「唐物」と東アジア」(『人民の歴史学』一六六号、二〇〇五・一二、『日本古代王権と唐物交易』

吉川弘文館、二〇一四に所収）。

(24)　日向一雅「桐壺帝の物語の方法」（『源氏物語の準拠と話型』至文堂、一九九九）、浅尾広良「嵯峨朝復古の桐壺帝――朱雀院行幸と花宴――」（『源氏物語の准拠と系譜』翰林書房、二〇〇四）、袴田光康「雲林院の律師――反復される仁明朝と明石物語の構造――」（『源氏物語の史的回路――皇統回帰の物語と宇多天皇の時代――』おうふう、二〇〇九）。

(25)　（2）、（3）に同じ。

第四章　和漢並立から和漢融和へ——文化的指導者としての光源氏

一　梅枝巻の薫物

『源氏物語』が成立した国風文化の時代は、本編第一章で検討したように遣唐使の時代以上に異国からの品、いわゆる唐物の輸入量が増大した時期であった。和風化したといわれる貴族生活が意外なほど唐物で満たされており、むしろ国風文化は、唐物を消費するなかで生まれた洗練された都市文化であったといいうる。そのことは、国風文化といわれる時代が和漢を内包し、それらが接触しながら成熟する時代であることとも関わっている。

ここでは、異国からもたらされた品がいかに『源氏物語』の中に取り込まれ、そこに文化が再創造されるか、その洗練について考察を進めてみたい。なお唐物は、狭義の意味では中国からの舶載品、または中国経由の舶載品を指すが、ここでは広義の意味で舶載品全般と捉え、また唐物の加工品も視野に収めて考えていきたい。

＊

『源氏物語』の中で唐物と関わりぶかい巻といえば、何といっても梅枝巻である。前章でも引用したが、梅枝巻はその冒頭から唐物尽くしの場面ではじまる。

正月のつごもりなれば、公私のどやかなるころほひに、薫物合はせたまふ。大弐の奉れる香ども御覧ずるに、なほいにしへのには劣りてやあらむと思して、二条院の御倉開けさせたまひて、唐の物ども取り渡させたまひて、御覧じくらぶるに、「錦、綾なども、なほ古き物こそなつかしうこまやかにはありけれ」とて、近き御しつらひのものの覆ひ、敷物、褥などの端どもに、故院の御世のはじめつ方、高麗人の奉れりける綾、緋金錦どもなど、今の世の物に似ず、なほさまざま御覧じ当てつつせさせたまひて、このたびの綾、羅などは人々に賜す。香どもは、昔今の取り並べさせたまひて、御方々に配りたてまつらせたまふ。

（梅枝　四〇三―四〇四）

この場面では唐物の優品を光源氏が占有することが強調されるばかりでなく、人々に惜しげもなく贈り、またその加工品を回収することで、人々との交流がはかられる点も注目される。綾・羅といった衣料は、仕える女房たちへの贈与品となり、大弐の香と二条院の倉の古渡りの香は、朝顔の姫君をはじめ、六条院に住まう紫の上・花散里・明石の君へ配られ、ふたたび薫物として回収されることで、風雅な交流の具《ツール》となった。

光源氏の唐物の分配は、人と人とをつなぐ贈与財としての効果を最大限に発揮しての、人的なネットワークの活性化、再構築といえる。[1] その意味では、梅枝巻の唐物じたいが光源氏の文化的な権力装置の一つにほかならなかったのである。

しかし、ここで留意したいのは、唐物のブランド性や、贈与財としての役割といった点にとどまらない。むしろ唐物という唐(漢)の素材を使った営為により、いかに和の文化が形づくられるかである。松岡正剛氏は『日本という方法』[2]のなかで、「外来コードを輸入して、内生モードをつくる」、この「外来」が唐様、「内生」が和様であると述べて、平安時代が和漢並立の時代であることを強調している。また松岡氏は、『古今集』の成立にみられるようなアワセ・キソエ・ソロエ・カサネという日本独自の編集方法に注目している。

歴史学や美術史など最近の国風文化論でも、

公(漢)　漢詩・漢字(真名)・唐絵

私(和)　和歌・仮名　　・大和絵

といった、公私の世界における和漢の使い分けが説かれることが多い。ここでは、そのような和漢並立の時代であることを認めつつ、さらに一歩踏みこんで、唐物を媒介として、和漢のモードの間に位置するような、あるいは和漢をさらに融和させた文化の創造を『源氏物語』にたどり見ていきたい。

梅枝巻では、たくさんの薫物を光源氏の許に集めるが、それが松岡氏のいうところのアワセであり、次にキソエ、つまり競わせて、そこから優れた薫物を選んで、姫君の入内用の香箱に入れる、つまりソロエの営みが行われている。梅枝巻の薫物合とは、まさにアワセ・キソエ・ソロエの世界で、そこから新しい文化が発信されているといってもよいのではないか。

その点は、たとえば光源氏が唐物の香料を人々に分配し、そして回収した薫物がどのような評価を得たのかに現れている。二月の十日過ぎ、折しも盛りの紅梅が雨に洗われ、色香をました頃、朝顔の姫君から優美な趣向で、薫物(黒方香・梅花香)と消息が届けられる。

沈の箱に、瑠璃の坏二つ据ゑて、大きにまろがしつつ入れたまへり。心葉、紺瑠璃には五葉の枝、白きには梅を彫りて、同じくひき結びたる糸のさまも、なよびかになまめかしうぞしたまへる。「艶なるもののさまかな」とて、御目とどめたまへるに、　(梅枝　四〇六)

舶来の沈香で作られた箱の中の香壺には、やはり得がたい唐物である青色と白色の目のさめるような瑠璃、すなわちガラスの坏が据えられていた。当時、瑠璃の容器はすべて舶載品であり、唐物の香料をふんだんに贈った光源氏の期待に応えて、朝顔の姫君もまた唐物を惜しまぬ趣向で、薫物を届けたのである。そこではガラス器の蓋となった心葉[(3)]の糸の趣向が「なよびかになまめかしうぞしたまへる」と評されている。さらに心葉にとどまらず、朝顔のこらした趣向全般が光源氏の異母弟の蛍兵部卿宮の目を奪い、「艶なるもののさまかな」と唸らせる。薫物の容器は、瑠璃という最高級の唐物を素材としながら、和の優美な趣向を加味したものであり、その調和が賛美されているのである。

この朝顔の薫物を発端に、光源氏は蛍宮を判者として、届いた薫物を焚き比べるという試みを催していく。紫の上からは黒方香と梅花香と侍従香、花散里からは荷葉香、明石の君からは薫衣香が届けられていた。光源氏も「承和の御いましめの二つの方」(梅枝　四〇四)、仁明天皇が考案した調合法で黒方香と侍従香を調香したが、判定者となった蛍兵部卿宮は次のような評価を与えている。

さらにいづれともなき中に、斎院の御黒方、さいへども、心にくく静やかなる匂ひことなり。侍従は、大臣の御は、すぐれてなまめかしうなつかしき香なりと定めたまふ。対の上の御は、三種ある中に、梅花はなやかにいまめかしう、すこしはやき心しらひを添へて、めづらしき薫り加はれり。「このごろの風にたぐへんには、さらにこれにまさる匂ひあらじ」とめでたまふ。夏の御方〔花散里〕には、人々の香心々にいどみたまふなる中に、数々にも立ち出でずやと、煙をさへ思ひ消えたまへる御心にて、ただ荷葉を一種合はせたまへり。さま変り、しめやかなる香して、あはれになつかし。冬の御方〔明石の君〕にも、時々によれる匂ひの定まれるに、消たれんもあいなしと思して、薫衣香の方のすぐれたるは、前の朱雀院のをうつさせたまひて、公忠朝臣の、ことに選び仕うまつれりし百歩の方など思ひえて、世に似ずなまめかしさをとり集めたる、心おきてすぐれたりと、いづれを

も無徳ならず定めたまふを、「心ぎたなき判者なめり」と聞こえたまふ。（梅枝　四〇九―四一〇）

黒方は朝顔、侍従は光源氏、梅花は紫の上が素晴らしいと、蛍宮はそれぞれ三人の顔を立てるような判定を下している。しかも、紫の上の梅花のように、当世風で華やかというものもあるが、黒方は「心にくく静やかなる匂ひ」、侍従は「すぐれてなまめかしうなつかしき香」とあり、〈唐〉よりも〈和〉の美意識というべき評価を得ている。花散里の荷葉への評価も「あはれになつかし」、明石の君の薫衣香についても「世に似ずなまめかしさをとり集めたる、心おきてすぐれたり」とあった。蛍宮の薫物評では、唐物の加工品として目を驚かす贅沢さ、煌びやかさは影に回っている。これらの薫物評は、それを調合した女君たちの人柄をあらわすとしばしば指摘されるが、ここでの立場からすれば、唐物の加工品である薫物によっても、人柄を表象しうることがむしろ重要なのである。

二　『うつほ物語』の薫物と香

もとより加工品である薫物を唐物の範疇で扱ってよいのか、ひいては唐(漢)の文化の範疇で扱ってよいのか、という問題もあるだろう。梅枝巻の薫物を見るかぎり、それは和の文化の範疇で捉えた方が妥当であるという判断もありえよう。しかし、そもそも薫物の製法は中国からもたらされ、七世紀の唐代では、煉香といって日本の薫物の元祖となる練り香が流行した。特に「薫衣香」は、唐直輸入の古い煉香から発達した薫物とされる(4)。薫物が唐渡りの製法から発達し、奢侈品や威信財であり、唐物ひいては唐のイメージを持続させているのは、むしろ『うつほ物語』の世界といえようか。以下、『うつほ物語』の例をいくつか見ていきたい。

かくて、種松調ぜさするほど、贈り物に、一ところに、白銀の旅籠一掛、山の心ばへ組み据ゑて、それに唐綾、薄物など入れて、白銀の馬に沈の結鞍置きて、白銀の男に引かせたり。沈の檜破子一掛、合はせ薫物、沈を、同じやうに沈の男に引かせ、丁子の薫衣香、麝香などを、破子の籠ごとには入れ、薬、香などを飯などのさまにて入れて、沈の男に担はせたり。蘇枋の箆一掛、色々の唐の組を籠目にしたり。（吹上上　四一二―四一三）

吹上上巻で、紀州の長者である神奈備種松が、訪れていた仲忠一行が帰京する際に豪華な贈り物をするという場面である。そこでは過剰なまでに、唐物をふくめた贈り物がなされているが、香すなわち香料や薫物を様々な趣向で贈っているのである。また「薬、香」とあり、香の薬効も意識して、上代のように香と薬を一対のものとして語っている。洲浜のような趣向で、合わせ薫物を加工し、島の形にして浮かべたとあるのも注目される。いずれにしても種松の並外れた財力を象徴するものとして、香や薫物やそのほかの唐物が存在している。

御供の人、品々装束きて、日の暮るるを待ちたまふほどに、仲忠の中将の御もとより、蒔絵の置口の箱四つに、沈の挿櫛よりはじめて、よろづに、梳櫛の具、御髪上げの御調度、よき御仮髻、蔽髪、釵子、元結、衿櫛よりはじめて、ありがたくて、御鏡、畳紙、歯黒めよりはじめて一具、薫物の箱、白銀の御箱に唐の合はせ薫物入れて、沈の御膳に白銀の箸、火取、匙、沈の灰入れて、黒方を薫物の炭のやうにして、白銀の炭取りの小さきに入れなどして、（あて宮　一一八）

あて宮入内に際して仲忠が豪華な贈り物をする場面である。香箱には「唐の合はせ薫物入れて」とあるので、唐から直輸入の薫物、もしくはそれとまったく同じ調合法で作られた薫物ということになり、唐のイメージが強い例といえる。また続いて「黒方を薫物の炭のやうにして、白銀の炭取りの小さきに入れなどして」とあるので、「唐の合はせ薫物」と和製の「黒方」が対比的に描きわけられた興味深い例になる。

かくて、六日になりぬ。女御、麝香ども多くくじり集めさせたまひて、裛衣、丁子、鉄臼に入れて搗かせたまふ。練絹を綿入れて、袋に縫はせたまひつつ、一袋づつ入れて、間ごとに御簾に添えて懸けさせたまひて、大いなる白銀の狛犬四つに、腹に同じ火取据ゑて、香の合はせの薫物絶えず焚きて、御帳の隅々に据ゑたり。廂のわたりには、大いなる火取によきほどに埋みて、よき沈、合はせ薫物多くくべて、籠覆ひつつ、あまた据ゑわたしたり。御帳の帷子、壁代などは、よき移しどもに入れ染めたれば、そのおとどのあたりは、よそにてもいと香ばし。ましてうちにはさらにもいはず。しるしばかりうちほのめく蒜の香などは、ことにもあらず。

（蔵開上　三四九）

続いての例は、女一の宮がいぬ宮を出産後、七日目の産養の前に、女一の宮の母女御が香や薫物を盛大に焚くという場面である。まず女御は、麝香・裛衣・丁子などを鉄臼に入れて細かく砕き、それを練絹に入れて、匂い袋にして、一間ごとの御簾にかけている。それから御帳台の四隅で薫物を、廂の間で沈香や薫物を盛大に焚いている。そこには、女一の宮に養生のために食べさせた蒜（にんにく）の香りをかくすという母親らしい気遣いもあった。『うつほ物語』では、蔵開上巻以前は、香や薫物は贈り物や贈り物に取り合わせる細工物として語られることがほとんどであるが、この辺りから仲忠一族周辺で焚かれる例が出てくるのである。

右大将殿、大いなる海形をして、蓬萊の山の下の亀の腹には、香ぐはしき裛衣を入れたり。山には、黒方、侍従、薫衣香、合はせ薫き物どもを土にて、小鳥、玉の枝並み立ちたり。海の面に、色黒き鶴四つ、みなしとどに濡れて連なり、色はいと黒、白きも六つ。大きさ例の鶴のほどにて、白銀を腹ふくらに鋳させたり。それには、麝香、よろづのありがたき薬、一腹づつ入れたり。（中略）御火取召して、山の土所々試みさせたまへば、さらに類なき香す。鶴の香も似るものなし。白き鶴はと見たまへば、麝香の臍半らほどばかり入れたり。取う出て香を試みたまへば、いとなつかしく香ばしきものの、例に似ず。「あやしく、この物どもの心地ある香、異物に似ざらむ」。

宰相の中将、「ある人の忍びて申ししは、いとありがたき所より、治部卿の御唐物得られたり、とこそ申ししか」。（国譲中　一五六—一六〇）

あて宮腹の第三皇子の九日の産養に、仲忠から贈られた洲浜を大宮らが見るという場面で、洲浜の山の土には、黒方・侍従・その他の薫物の粉が使われている。それを後で焚いたところ、類まれな香がしたが、それは仲忠が祖父の治部卿（俊蔭）がもたらした唐物で調合した薫物であったからだと種明かしがされている。

以上のように、『うつほ物語』の薫物や香の世界を見てくると、贈り物として使われる場合が多く、入内や産養など晴の場面で、上代のように薬と一対のものとして香が意識されている例、洲浜などで薫物の粉を土や灰に見立てて山や島にしたりと、祝儀物の細工として使われることも多い。また物語の後半で仲忠一族周辺で焚かれるほか、焚かれた例は少なく、薫物と季節の結びつきもなく、由緒ある誰それの調合法と語る例もない。唐物から作られたイメージが強く、贈り主の財力を示し、めでたきもの、香ばしきもの、類のないものとして語られるといった特徴がみられる。より優れていると語られる薫物は、唐から直輸入か同じ調合法で作られた薫物、あるいは遣唐使となった祖父の俊蔭がもたらした香で調合した薫物であった。

これに対して、梅枝巻の蛍宮の薫物評では、くり返しになるが、唐物の加工品として目を驚かす贅沢さ、煌びやかさは影に回っている。『うつほ物語』の香や薫物は、豪華な贈答用の品であり、唐のイメージを持続させながら語られることが多いのに対して、『源氏物語』では唐物の加工品である薫物から「なつかし」といった美意識を引き出すような、より和漢を融合した位相がみられるのである。その点は梅枝巻のみならず、たとえば鈴虫巻の女三の宮の持仏開眼供養の場面でもうかがわれる。

名香には唐の百歩の衣香を焚きたまへり。阿弥陀仏、脇士の菩薩、おのおの白檀して造りたてまつりたる、こまかにうつくしげなり。閼伽の具は、例のきはやかに小さくて、青き、白き、紫の蓮をととのへて、荷葉の方を合はせたる名香、蜜をかくしほほろげて焚き匂はしたる、ひとつかをり匂ひあひていとなつかし。

（鈴虫　三七三―三七四）

この場面では、唐の薫衣香に和製の荷葉香を焚き合わせて、「いとなつかし」という美意識をかもし出しているのである。薫物の中でも「唐」のイメージが強いものと、「和」のイメージが強いものとを組み合わせて、香りを複合させるという美学である。ここに松岡正剛氏のいうカサネの美意識を見出すこともできよう。

なお梅枝巻の薫物に煌びやかさがあるとすれば、むしろ前章で見たように、光源氏が「承和の御いましめの二つの方」、仁明天皇が考案した黒方香と侍従香を真似るといった、薫物の調合法の由緒来歴の方なのである。

三　光源氏の手本

漢の素材を取り込みながら、和漢のより融合した文化が再創造される様相は、同じく梅枝巻で光源氏が明石の姫君の入内用の書の手本を作る条にも見てとれる。光源氏は周囲の人々に書の手本を依頼するが、自身でも寝殿にこもって見事な手本をまとめている。その手本は、前章でも引用したが、

唐の紙のいとすくみたるに、草書きたまへる、すぐれてめでたしと見たまふに、高麗の紙の、膚こまかに和うなつかしきが、色などははなやかならで、なまめきたるに、おほどかなる女手の、うるはしう心とどめて書きたまへる、たとふべき方なし。見たまふ人の涙さへ水茎に流れそふ心地して、飽く世あるまじきに、またここの紙屋の色紙の色あはひはなやかなるに、乱れたる草の歌を、筆にまかせて乱れ書きたまへる、見どころ限りなし。

（梅枝　四一九―四二〇）

というものであった。

唐の紙は、より詳しくいえば、鮮やかな色彩と雲母刷りを特徴とする中国渡来の紙とその模造品を指すが、ここでは本物の唐の紙であろう。光源氏の手本では、この唐の紙が料紙の中でも最も格調の高いものとされ、そこに草仮名（一説には草書）を書いたものが「めでたし」というのである。和製のこの手本の中でも、この部分が唐らしい美意識を担っているとみることもできる。

それに比べて、色合いの地味な高麗の紙は、きめ細かく、より女性的で、女手（平仮名）に調和する紙とされている。さらに、朝廷の紙工場である紙屋院でつくられた華やかな薄手の色紙は、和歌を草仮名で奔放に散らし書きするのにふさわしいとされる。地厚で格調の高い「唐土」の紙、薄手で色彩の華やかな「和」の紙屋紙の中間に、柔らかで色彩の地味な「高麗」の紙が位置している。そこに唐・高麗・和という料紙の文化的ジェンダーの問題もうかがわれるのである。

さらに注目されるのは、「高麗」の紙に女手とよばれる仮名を組み合わせていることである。『源氏物語』で、平仮名をあらわす女手三例は、梅枝巻に集中しており、しかも光源氏が平仮名を書く場合に限られるので、光源氏が女手の名手であることが強調される。それはそれとして、本来なら、紙屋の色紙に女手、平仮名とあって然るべきではないか。唐の紙に「草」はよいとして、「高麗の紙」に草仮名の乱れ書き、「紙屋の色紙」に草仮名がさらに和風化した平仮名であってよいところをずらして作成したところに、光源氏の手本の妙味があるともいえよう。

梅枝巻の草子作りでも、唐・高麗・和の紙と書体の配合のひねりに、和漢を融和させつつ、新しい美学の調度手本を作ろうとする心意気が感じられるのである。先にも示した、

公（漢）　漢詩・漢字（真名）・唐絵
私（和）　和歌・仮名　　・大和絵

の図式でいえば、和と漢のモードの間に、融通無碍に新しい文化的営為を試みていくあり方といってもよいのではないか。『うつほ物語』には一例もない「唐めく」という言葉が『源氏物語』に八例あり、唐めく須磨の御座所をはじめ、和漢のイメージが重層し混淆する表現[5]がみられる点とも、それは関わっていよう。

ところで物語はその後、光源氏の手本に感涙を禁じえなかった弟の蛍兵部卿宮が、嵯峨天皇自筆の『万葉集』と醍醐天皇自筆の『古今集』という、物語でなければありえない架空の逸品をにわかに自邸からとり寄せ、光源氏に献上するという展開になる。

> 嵯峨帝の、古万葉集を選び書かせたまへる四巻、延喜帝の、古今和歌集を、唐の浅縹の紙を継ぎて、同じ色の濃き紋の綺の表紙、同じき玉の軸、緂の唐組の紐などなまめかしうて、巻ごとに御手の筋を変へつつ、いみじう書き尽くさせたまへる、（中略）やがてこれはとどめたてまつりたまふ。（梅枝　四二一―四二二）

蛍宮がおそらく桐壺院から拝領したと思われる手本が、歴史的重みを背負って、由々しく物語に登場し、光源氏に委ねられることになった。特に後者の『古今集』の手本は、「唐の浅縹の紙」「緂の唐組の紐」など、唐物が使われていることでも注目される。ここにも和の手本に漢の素材を組み合わせた調和美が見てとれるのではないか。

ところで嵯峨天皇といえば、前章でも見たように空海や橘逸勢とともに三筆の一人と謳われて、王羲之や欧陽詢の書風の影響を色濃く宿しているともいわれる。現存する嵯峨天皇の宸筆には、光定という僧が大乗菩薩戒を受けた際に下賜した、「光定戒牒」（延暦寺蔵）があり、それは楷書・行書・草書のまじったものである。しかし、嵯峨帝が『古万葉集』の抜粋本を作成したことは古記録類に見えず、また嵯峨帝の手になる万葉仮名の遺品は現存しない。そもそも『万葉集』に関心を寄せた兄の平城上皇とは違って、唐風文化を謳歌し、『凌雲集』『文華秀麗集』など勅撰漢詩集を撰集した嵯峨天皇が『万葉集』に関心を示したとは考えがたい。

吉田紀恵子氏は「嵯峨帝筆『古萬葉集』に関する一考察」(6)の中で、次のように述べている。

紫式部が念頭においていた『古萬葉集』即ち『万葉集』は、恐らく「みちかぜがかきたる万葉集」、あるいは、藤原行成が「故民部卿」の孫娘のために書写した「古万葉集」のような調度手本ではないであろうか。伝存する『万葉集』調度手本で言えば、「傳紀貫之筆　桂本万葉集」、或は「傳藤原公任筆　金沢本万葉集」等のような、「かな(女手)」で訓釈が付された万葉和歌を、華麗な料紙に能書家が雅な和様で書記し、美しく装丁した、即ち、平安時代の貴族社会文化の枠を凝らした優美な室内調度品であろう。

吉田氏は、『桂本万葉集』のような、『万葉集』の歌を万葉仮名で一行ないし二行書き、その左に訓釈された和歌を優美な平仮名の二行書きで添えているような手本を想定している。そうであるならば、なおのこと嵯峨宸筆で平仮名の入った手本などイメージしにくい(7)。しかし、あえてそのような設定にしたのは、嵯峨天皇を唐風文化の体現者としてばかりでなく、和風文化にも通じた存在、すなわち和漢の文化の統括者として据え直して、光源氏の先蹤に位置づけるためではなかったか。

続く延喜帝、醍醐天皇宸筆の『古今和歌集』の手本についても同様に考察をめぐらすことができる。醍醐天皇も能筆で名高いが、東山御文庫に秘蔵される『白詩巻』は、大字のみごとな草書で、奔放自在な筆致である。脱俗超妙といった評言がしばしばなされる所以である。『西宮記』によれば、醍醐帝は、王羲之の熱烈なファンで、御陵に安置した副葬品の中に、王羲之の「楽毅論」「蘭亭集序」などの書法の名が見えるという(8)。つまり、醍醐天皇も漢(唐)の文化の憧憬者であり体現者であったといえよう。

一方、みずから撰集の勅命をくだした『古今和歌集』は、『万葉集』以降の和歌を集成した和の文化、国風文化を代表する作品であることは言うまでもない。しかし、醍醐天皇宸筆の平仮名の遺品は残ってはいない。もっとも醍醐天皇宸筆の『万葉集』であれば実在したらしいのである。『河海抄』の若菜上に引く『大后御記』承平四年十二月九日の条には、注目すべき記事がみえる。

御賀おとゞ(貞信公)とくまかで給ぬ。又をくり物、沈のはこ一よろひいれたり。せんだい(醍醐帝)の御てのまむようしう、今一には本五まき、やまとごと一云々。

右の記事は、『西宮記』巻十二所引の『貞信公記』に、「追給禄幷手跡和琴等本万葉集入筥二合」があることによっても確かめることができる。『源氏物語』がこの『大后御記』の記事を念頭におきながら、醍醐帝宸筆の『古今集』という幻の美品を考案したとみるべきかもしれない。醍醐天皇の手になる『古今集』の写本が現存したとすれば、醍醐天皇もまた、和と漢の文化の両方に通じ、書でも和と漢の手本を残した先達として再定位されよう。

くり返すように、嵯峨天皇自筆の『古万葉集』と醍醐天皇自筆の『古今集』の手本は、虚構でなければ到底ありえない品々であるが、こうした逸品が光源氏の許に収められたことは、単なる尚古趣味の現われにとどまらない。求められたのは、能書家の名蹟以上に、和漢双方の文化に通じた聖帝の雅事というべき品々の重さである。光源氏はその正当な継承者、後裔として評価されるという次第であった。

それはまた薫物合で、「承和の方」とよばれる仁明天皇の秘法による調香が、光源氏を権威づけていたのと、同じ呼吸であろう。嵯峨・醍醐・光源氏というライン、あるいは仁明・光源氏というラインは、和漢の双方に通じ、巧みに行き来する文化的存在が、『源氏物語』の理想であることを物語っているのではないか。

『源氏物語』における和漢の融和の話に終始してしまった感もあるが、以下、唐物の文化史について、通史的な見通しをごく簡単に述べておきたい。室町の歴史研究者である橋本雄氏は、『中華幻想』[9]の中で、次のように述べている。

ただし、ここで繰り返し強調しておきたいのは、敢えて言えば通時代的に、為政者の高級調度品は唐物一辺倒でも和物一辺倒でもなかった、という事実である。つまり、どんなに素晴らしい唐物であっても、現実の国際関係＝冊封関係とは短絡することができず、日本国内で独自の解釈・価値が付着させられた。唐物や高麗物、南蛮物は、和物と巧みに取り合わされ、複合体として、初めて為政者の威信財となり得たのである。もちろんそこには文化的主導性を発揮するための美学＝政治力学が働いていたのであり、唐物のもつ《外交イメージ》はそれとして別途論じられるべきであろう。（中略）唐物と和物の絶妙な組み合わせや統轄者・総覧者としての役割は、足利義満や平清盛が当時から「光源氏」に擬せられていたように、『源氏物語』の世界とも響き合う。義満政権をはじめとする室町政治史を考える上では、こうしたイメージと現実世界との交錯を繙いていくことが極めて重要であり、唐物がその議論の一角を占めることはいくら強調してもし過ぎることはない。

橋本説に従えば、通史的にいって権力者の高級調度品は唐物一辺倒でも和物一辺倒でもなく、唐物と和物の絶妙な組み合わせであったということになる。和漢を問わず、新しい文化の統轄者・総覧者たらんとした権力者たちの指向は、足利義満や平清盛が当時から「光源氏」に擬せられていたように、『源氏物語』の世界と響き合うという[10]。たしかに、清盛が作らせた『平家納経』や、義満が作らせた北山殿の室礼は、まさしく唐物と和物を融合させたもの以外の何ものでもなく、その点で彼らは光源氏の継承者ともいいうる。

とくに足利義満は、後小松天皇の准父としてふるまい、院をも超える権威をおびて、光源氏さながらの実人生を送っている。義満自身、光源氏の絵合の催しを模倣し、六条院を思わせる北山殿を建てている。そして後小松天皇の北山殿行幸において、紅葉賀巻の再来を印象づける壮麗な青海波の舞をおこなうなど、『源氏物語』を強く意識し、その華麗な世界の再現をしばしば試みたのであった。

北山殿行幸における室礼では、天鏡閣の会所に本場の中国でさえ滅多にないような珍品の唐物を所せましと並べてみせる一方、寝殿や常御所には和物が飾られて、まさに六条院を模した北山殿の内部に和と漢の両空間を作り出し、それを統括する存在として足利将軍の文化的優位性を際立たせたのであった。まさしく光源氏は和漢を自在に融和させ使いこなす「文化的覇者」のモデルであり、後代の権力者たちはみずから光源氏たることをめざしたともいえるだろう。

和漢の文化的主導者としての光源氏像は後代にも影響を与えたが、『源氏物語』がその先達として嵯峨天皇・醍醐天皇を和漢の文化的主導者として再定位したこと、また最初に戻って、『源氏物語』において、和漢のモードの間に位置するような、あるいは和漢をさらに融和させた文化の創造がみられることをここでは強調しておきたい。

四　いわゆる尚古趣味について

最後に唐物の文化史を通史的に考えるにあたって、梅枝巻の場面が示唆的と思われる、もう一つの点について補足的に述べておきたい。

先にみたように梅枝巻の光源氏は「錦、綾なども、なほ古き物こそなつかしうこまやかにはありけれ」(錦、綾なども、やはり昔の物の方が魅力的で上質であった)と語っていることが注目される。大弐からの献上品より、高麗人からの贈り物の方がすぐれているという判断である。古い唐物の方が品質が確かであるということであり、一種の尚古趣味といってもよい。博多に来航する海商から大宰府の役人が買い取った唐物と、渤海国使の献上品のように、いわば外交の一環として贈るべく用意された舶載品では、後者の方が質的にすぐれているということもあるかもしれない。

しかし、これは『源氏物語』にとどまらず、唐物の歴史全般において、その時代よりもひとつ前の時代の唐物を好むという傾向を挙げることができる。特に唐の織物については、後の時代でもしばしばこうした認識がみられる。時代物の唐物が好まれたという話は、たとえば室町時代にもみられる。足利十代将軍である義稙は、明応元年（一四九二）に遣明船を派遣する際、唐錦を求めるのならば、最近の品ではなく、端切れでもいいから、昔の唐錦を探してほしいとリクエストしている（『蔭涼軒日録』）。これも一種の尚古趣味といってよいが、古い品の方が品質が確かであるという認識であろうか。

尚古趣味は平安時代から江戸時代まで幅広くみられるが、古渡りの唐物、あるいは今渡りの唐物でも年代物が好まれるという尚古趣味がなぜ起こるのか。答えを簡単に出すことは難しいが、ひとまず古い物の方が品質が確かであるとか、稀少で骨董品のような価値があるという側面が大きいのではないか。しかし、また別の見方もつけ加えることができよう。それは、古い物の方がより日本的な美意識や規範意識にかなっている、という観点である。

たとえば足利義満をはじめ足利将軍家では、徽宗皇帝や牧谿・梁楷など宋の絵画が好まれ、東山御物となった。室町幕府において、同時代の明やその前の元でもなく、一昔前の宋で、しかも徽宗はともかく、牧谿・梁楷という本国ではそれほど評価を得ていない絵画がもてはやされたのである。そこに和の文化からみた漢の文化の選択的な受容があったことがうかがわれる。

総じて室町時代は、同時代の明より一昔前の宋の唐物が好まれたが、それはこの時代に限ったことともいえない。時代を遡れば平安後期でも同時代の宋より、ともすれば唐の文物を理想とし、また下って江戸時代には、清より明の文物が好まれる傾向があった。そこには、遊牧民族が統治する元・清に対して、唐・宋・明など漢民族の王朝よりは蔑視するという、いわゆる華夷思想の問題もひそんでいるのかもしれない。

もっとも「古渡り」「時代渡り」「昔渡り」といった古い舶来品を好む尚古趣味が、唐物の文化史のすべてを覆っているわけではない。「新渡り」とか「今渡り」とよばれる新しい唐物であっても、稀少で良質で、また美意識にマッチすれば、十分に歓迎される余地もある。ただ錦綾などの唐織物、座敷飾りや茶道具となる茶碗・花瓶・絵画などに限っていえば、全時代を通じて尚古趣味を否定できないのである。一時代前の王朝の文物を愛好するという傾向は、唐物をふくめて日本文化や思想全般の問題として、さらに掘り下げる必要がある重要なテーマと考える次第である。(11)

(1)　河添房江『源氏物語と東アジア世界』(NHKブックス、二〇〇七)。
(2)　松岡正剛『日本という方法』(NHKブックス、二〇〇六)第三章。
(3)　心葉は、香壺を覆うのに用いる綾の四隅と中央を飾る造花と捉えておく。
(4)　薫物の元祖が、唐代の煉香であることは、衣服にたきしめる「薫衣香」の調合についての、『薫集類抄』の記述が裏付ける。そこには、「洛陽薫衣香」「会昌薫衣香」といった調合法があり、また唐僧の長秀の工夫が示されている。つまり「薫衣香」は、唐直輸入の古いタイプの煉香から発達した薫物ということになる。『薫集類抄』には、王家、長寧公主、丹陽公主、姚家、建医師など渡来の合香のレシピも示されている。
(5)　高橋亨「唐めいたる須磨」(『物語と絵の遠近法』ぺりかん社、一九九一)。
(6)　吉田紀恵子「嵯峨帝筆『古萬葉集』に関する一考察」(『日本大学大学院総合社会情報研究科紀要』一一号、二〇一一・一二)。
(7)　なお小川靖彦氏から『源氏物語』で想定されている『萬葉集』の手本は、時代状況からいって草仮名で書いた『萬葉集』の抄出本であり、草仮名であるにしても筆者として嵯峨天皇をイメージしにくいというご指摘をいただいた。詳しくは小川氏の『萬葉学史の研究』(おうふう、二〇〇七)五一頁を参照されたい。和漢の文化の統括者として嵯峨天皇を据え直す物語の虚構ということでの結論は変わらないが、傾聴に値する見解である。
（8）小松茂美『日本書流全史』（講談社、一九七〇）。
（9）橋本雄『中華幻想　唐物と外交の室町時代史』（勉誠出版、二〇一一）。
（10）松岡心平・小川剛生編『ＺＥＡＭＩ　中世の芸術と文化４　足利義満の時代』（森話社、二〇〇七）、三田村雅子『記憶の中の源氏物語』（新潮社、二〇〇八）。
（11）河添房江『唐物の文化史』（岩波新書、二〇一四）。

第三編　異国憧憬の変容

第一章　平安物語における異国意識の再編
――『源氏物語』から平安後期物語へ

一　『源氏物語』の異国意識と唐物

『源氏物語』をはじめ平安物語には、「唐土」「唐」「高麗」「天竺」など、思いのほか異国との接点を語る表現が多くみられる。異国に関する言及は、これらの物語でどのように意味づけられるのか、さらに平安物語が国風文化の作品と位置づけられることと、どのように関わるのか、まだ十分に議論が尽くされているわけではないのである。そうした問いかけは、そもそも国風文化の時代とは何か、といった根源的な問題意識にも繋がるはずである。以下、「唐土」「高麗」といった表現に注目し、『源氏物語』の異国意識をたどり、さらに『浜松中納言物語』『夜の寝覚』『狭衣物語』など後続の物語の異国意識を照らし返していきたい。それは平安期の物語の系譜が、先行する物語の異国意識に影響されながらも、みずからの異国意識や自国意識を醸成する、いわば再編と変容の歴史であることを明らかにする試みでもある。

＊

『源氏物語』に先行する『うつほ物語』に、「唐土」「高麗」「天竺」「波斯国」といった異国をあらわす表現が見られることは、第一編第二章で述べた通りである。しかし、『源氏物語』には「天竺」は一例、「波斯国」といった表現は見当たらないので、「唐土」「高麗」を中心に異国意識をたどり見ていくことにする。『うつほ物語』では「唐土」が三十三例、「高麗」が十八例（高麗人・高麗楽・高麗笛などをふくむ）、異国表現の中でも「唐土」が群を抜いて多い。一方、『源氏物語』では「唐土」が十八例、「高麗」が二十例で、両者が拮抗するのもその特徴といえるだろう。

ところで、早くは中嶋尚氏が『うつほ物語』と『源氏物語』を多角的に比較して、〈漢〉と〈和〉の視座から、『うつほ物語』には「唐土」や「やまと」の用例があっても、それは、対やまととしての「唐土」、対唐土としての「やまと」でないことを指摘している。一方、『源氏物語』において、「唐」「やまと」の用例には確実に、対やまと、対唐の意識があることに中嶋氏は注目している。(1)さらに『源氏物語』では、中国物を挙げながら、和風の優越を説く例もあることを指摘する。首肯できる見解だが、これを言い換えれば、「やまと」を意識する自国意識、すなわち本朝意識にもとづきながら、『源氏物語』が「唐」「唐土」を意識したということにほかならない。

すでに前編でも触れたところではあるが、『源氏物語』では首巻である桐壺巻からして、唐絵に描かれた楊貴妃の端正な美と亡くなった桐壺更衣の親しみやすい美を比較するなど、和漢の対比意識が認められる。

絵に描ける楊貴妃の容貌は、いみじき絵師といへども、筆限りありければいとにほひすくなし。太液芙蓉、未央柳も、げにかよひたりし容貌を、唐めいたるよそひはうるはしうこそありけめ、なつかしうらうたげなりしを

思し出づるに、花鳥の色にも音にもよそふべき方ぞなき。（桐壺　三五）

桐壺巻以降の「唐土」の用例でも、須磨巻で、光源氏の須磨流謫を、明石入道が「罪に当たることは、唐土にもわが朝廷にも、かく世にすぐれ、何ごとにも人にことになりぬる人のかならずあることなり。」（二一一）と正当化し、薄雲巻では、天変地異や藤壺・太政大臣の死に悩む冷泉帝を、光源氏が「聖の帝の世に横さまの乱れ出で来ること、唐土にもはべりける。わが国にもさなむはべる。」（四五四）と慰め励ましている。桐壺巻以降の「唐土」と「やまと」の対比で注目すべき例で、いずれも自国意識を前提にしながら、中国の事例を先例と仰ぐ条である。

同じく薄雲巻の春秋優劣論でも、

唐土には、春の花の錦にしくものなしと言ひはべめり、大和言の葉には、秋のあはれをとりたてて思へる、いづれも時々につけて見たまふに、目移りてえこそ花鳥の色をも音をもわきまへはべらね。（薄雲　四六二）

とあり、本朝を意識しつつ、中国の事例を先例として引用する条といえよう。ここでも本朝意識と先例主義が交わるところに異国意識が浮上しているのである。

『うつほ物語』では、俊蔭が「唐土」を往還したと後の巻々で回顧されたように、遠くとも到達可能な場所として想定されていたのに対して、『源氏物語』で「唐土」は、あくまで到達云々よりも、依拠する先例、拠るべき規範の権威をもとめる空間であり、その点を重視しておきたい。しかも、『源氏物語』では、「唐土」に劣らず、「高麗」を重要視する世界であり、その点でも『うつほ物語』と袂を分かっている。たとえば若菜下巻の女楽、光源氏が夕霧を相手にした音楽論では、俊蔭の異国漂流譚を念頭におきながら、光源氏がさりげなく諷刺している。

げに、よろづのこと、衰ふるさまはやすくなりゆく世の中に、独り出で離れて、心を立てて、唐土、高麗と、この世にまどひ歩き、親子を離れむことは、世の中にひがめる者になりぬべし。（若菜下　一九九）

ここで光源氏は、「唐土」ばかりか、俊蔭が訪れたはずもない「高麗」の地に言及している。『うつほ物語』が首巻の「高麗」「波斯国」の独自性をうやむやにして、「唐土」を中心に融合させたような終局に対して、『源氏物語』が直接『うつほ物語』を意識したような箇所でさえも、あくまで「唐土」と「高麗」を並立してみせるのである。『うつほ物語』で別の存在として記された「唐土」「高麗」が、『源氏物語』では異国の両軸としてパターン化しているという指摘もあり首肯できるが、(2)さらにいえば、当時、唐楽と高麗楽が一対のものとして儀礼の場で競演されたように、楽の道を究める主人公であれば、唐土と高麗を彷徨して学ばなければならないとする『源氏物語』の平衡感覚があるかもしれない。

それは俊蔭巻で七歳の俊蔭が高麗人と漢詩を作り交わしたエピソードを、その漢才の賞揚にとどめた『うつほ物語』と、それを踏まえながらも、光源氏と高麗の相人との交流を、「高麗」との出会いの重さとする『源氏物語』との違いでもあろう。

俊蔭巻の桐壺巻への影響は前編第一章にもふれたところであるが、くり返すように桐壺巻では『うつほ物語』と違い、「高麗人」から主人公へ重大な予言がなされている。さらに桐壺巻では、主人公光源氏の異能ぶりを賛美し、「高麗人」からは渤海国から持参した素晴らしい品の贈り物がなされたと語られる。

弁も、いと才かしこき博士にて、言ひかはしたることどもなむいと興ありける。文など作りかはして、今日明日帰り去りなむとするに、かくありがたき人に対面したるよろこび、かへりては悲しかるべき心ばへをおもしろく作りたるに、皇子もいとあはれなる句を作りたまへるを、限りなうめでたてまつりて、いみじき贈物どもを捧げたてまつる。（桐壺　四〇）

この贈り物の存在が後の巻で想起され再生されるのが、梅枝巻の冒頭であることも、すでに前章で考察したところである。本文の引用は省略するが、大弐からの献上品は、大宰府交易の賜物とすれば、中国の海商からの買い上げ品であり、「唐」の属性を帯びるものである。それに対して、高麗人からの綾・緋金錦は「高麗」という属性を帯びるかのようである。そして、ここでは高麗人からの献上品である綾や緋金錦のほうが、大宰府の大弐から光源氏に献上された唐の綾・羅より上であるという認識が示されている。

そこに注目するのは、同じ梅枝巻の後半で、明石の姫君の入内準備のために、光源氏は周囲の人々に書の手本を依頼するが、自身でも寝殿にこもって見事な手本をまとめたからである。その手本は、使われた唐・高麗・和というそれぞれの紙の属性を活かしたものであった。

これも前章で述べたところで、詳しくはそちらに譲りたいが、地厚で格調の高い「唐土」の紙、薄手で色彩の華やかな「和」の紙屋紙の中間に、柔らかで色彩の地味な「高麗」の紙が位置している。そこに唐・高麗・和という、それぞれの料紙にあらわれた文化的特性もうかがわれる。

同じ梅枝巻の少し手前にも、光源氏が夕霧や兵衛督や柏木に手本を依頼する条でも、

高麗の紙の薄様だちたるが、せめてなまめかしきを、「このもの好みする若き人々試みん」とて、宰相中将、式部卿宮の兵衛督、内の大殿の頭中将などに、「葦手、歌絵を、思ひ思ひに書け」とのたまへば、みな心々にいどむべかめり。（梅枝　四一七）

と、高麗の紙が出てくる。そこで和紙の「薄様」に似て、「なまめかし」さが特徴というのも、やはり光源氏の手本と重なっている。「唐土」「高麗」の対比は、あたかも唐土に由来する繧繝錦を縁とした畳の豪華さ、晴れがましさに対して、白地に黒の花文様を基調とした高麗縁の畳が褻の空間で使われて、懐かしさを感じさせるのと同様であろう。「高麗」が「唐土」の男性性に対して女性性に傾き、一方、「唐土」や「高麗」に対して「和」がより女性性に傾く。

『源氏物語』では、こうした文化的特性の重層現象をむしろ鮮明化しながら、作品世界に参与させるのである。先に引いた中嶋氏の言葉を借りれば、「高麗」にも対やまと、対唐の意識があるといってもよいのである。

ところで光源氏が作成した手本に感涙を禁じえなかった蛍兵部卿宮は、嵯峨帝自筆の『万葉集』と、醍醐天皇自筆の『古今集』という、善美をつくした逸品を献上した。一方、光源氏はそのお礼にと、蛍宮の息子の侍従に、「唐の本」と「高麗笛」を贈与した。

侍従に、唐の本などのいとわざとがましき、沈の箱に入れて、いみじき高麗笛添へて奉れたまふ。（梅枝　四二二）

天皇宸筆の和歌集という、まさに「和」の文化性の極致を示す品々に対して、「唐土」の手本と「高麗」の笛を返すという調和的な贈与により、光源氏は蛍宮親子の心を繋ぎとめようとする。

唐土・高麗・和がかかえる文化的特性を配慮した調和的な贈与は、(3)若菜上巻でも、勅命により光源氏の四十賀に奉仕した太政大臣に対してくり返されている。

御贈物に、すぐれたる和琴一つ、好みたまふ高麗笛そへて、紫檀の箱一具に唐の本ども、ここの草の本など入れて御車に追ひて奉れたまふ。（若菜上　一〇二）

光源氏は太政大臣への贈り物に、楽器と書の手本を選ぶが、その際、楽器では、和琴・高麗笛と「和」「高麗」のバランスをとり、また書の手本でも、「唐の本」と「ここ」(和)の草仮名の本と、「唐」と「和」のバランスをとることで、太政大臣の厚情に報いようとした。

品々の文化的特性を弁別しつつ、調和をはかる感覚が『源氏物語』独特のものであることは、たとえば『うつほ物語』楼の上下の巻末での、仲忠一族からの嵯峨院への贈り物と比べてみれば、明らかである。楼の上下巻の「唐土の帝の御返り賜ひけるに賜はせたる高麗笛」(六一八—六一九)では、高麗笛の文化性が「唐土」の権威と融合しているかのようである。『源氏物語』における高麗笛の贈与は、『うつほ物語』のこの場面を意識しているのかもしれないが、ならばなおさら「唐」「高麗」「和」の文化性を差異化しながら、贈与の場面に活かしていく作品のあり方が注目されよう。

さて、「唐土」「高麗」「和」を対比的に押し出すあり方は、唐物の少ない宇治十帖でも、宿木巻にその例がある。夕霧の娘六の君と結婚した匂宮が久しぶりで、二条院の中の君の許にもどり、六条院の六の君の輝くばかりの婚礼の調度を思い起こしながら、二人を比較する場面である。

> 御しつらひなども、さばかり輝くばかり高麗、唐土の錦、綾をたち重ねたる目うつしには、世の常にうち馴れたる心地して、人々の姿も、萎えばみたるうちまじりなどして、いと静かに見まはさる。君はなよよかなる薄色どもに、撫子の細長重ねて、うち乱れたまへる御さまの、何ごともいとうるはしくことごとしきまで盛りなる人の御装ひ、何くれに思ひくらぶれど、け劣りてもおぼえず、なつかしくをかしきも、心ざしのおろかならぬに恥なきなめりかし。
> （宿木　四三六—四三七）

六の君の父である夕霧は、かつての唐物の富に充ちていた六条院世界を意識するかのように、同じ邸で、高麗や唐土の錦や綾をふんだんに使った調度により、六の君の婿取りの儀式を挙行したことになる。そこには、舶載の唐物をおしげもなく投入し、富と権力と権威のデモンストレーションにより、先に匂宮の妻となった中の君を圧倒しようという夕霧の意図がうかがえる。

しかし、ここで唐物を押し出すにしても、「唐土、高麗」という一般的な順序でなく、「高麗、唐土」としている。そこに、「高麗」の文化性を大切にする『源氏物語』正編の異国意識の継続を読みとりうるのではないか[4]。さらにいえば、匂宮の感想には、「何ごともいとうるはしくことごとしき」六の君方と、「なつかしくをかしき」中の君方の対比があり、煎じつめれば高麗・唐土の文化性を背負うかのような六の君に対して、和の文化性の魅力を体現する中の君という拮抗もそこにこめられている。

しかも、中の君のしつらいを「け劣りてもおぼえず、なつかしくをかしきも」とするところは、桐壺巻の「唐めいたるよそひはうるはしうこそありけめ、なつかしうらうたげなりしを思し出づるに」を想起させる。つまり、桐壺更衣の「なつかし」さが絵の中の楊貴妃に優越すると思われたように、唐風の六の君に対して、和風の中の君が「なつかし」さでは優っているというのである。

〈漢〉に対する〈和〉の優越を説く文脈は、『源氏物語』のその他の箇所でも確かめられる。若菜下巻の住吉詣では、「ことごとしき高麗、唐土の楽よりも、東遊の耳馴れたるは、なつかしくおもしろく」(若菜下　一七一)と語られている。そもそも

唐楽(左楽)／高麗楽(右楽)／(和の)東遊

の意識は、平安の楽の区分であり、またヒエラルキーでもあろう。仁明朝に、和様化した唐楽や高麗楽(新羅楽・百済楽・渤海楽を含む)もあわせて、それぞれを左楽・右楽に区分し整備された楽制を、文化的特性に由来するものとして意識化しながら、「なつかし」「おもしろし」という観点から東遊の〈和〉の優越を説いているともいえよう。(5)

二　『狭衣物語』の異国意識と唐物

ところで『源氏物語』の異国意識は後続の物語にも影響をあたえている。宿木巻の「高麗、唐土の錦、綾をたち重ねたる」に似た表現が、『狭衣物語』でも見られ、しかも二度くり返されている。(6) 平安後期物語にあって『浜松中納言物語』『夜の寝覚』の二作品には、「高麗、唐土の錦」がないことからも、それは注目されるべき現象であり、その最初の例は次のようなものであった。

この折こそはと、物のけうらを尽し、神さびにけるさまにはあらず、めづらしう、人の思ひぬべからんありさまにと思し掟つれど、何事も限りあることなれば、白銀、黄金をうち重ね、高麗、唐土の錦を裁ち重ぬとも、目馴れぬやうのあるまじきぞ口惜しかりける。（巻三　一四六）

『狭衣物語』の巻三で、斎院の源氏の宮が潔斎の期間を終えて宮中から野宮に渡御する際、堀川の大臣は人々が感嘆する趣向をこらそうとしたが、斎院の行列という制約もあり、「白銀」「黄金」を重ね、「高麗、唐土の錦」のような特別の唐物を裁ち重ねたとしても、目新しさがないのが残念というものである。結局のところ、それを断念した堀川の大臣は、野宮渡御の先例にしたがうことにするのである。しかし「高麗、唐土の錦」を想起し用意しようと思えばできたというところに、堀川の大臣が宿木巻の夕霧同様、唐物による富と権威のデモンストレーションが可能であること、つまり権力者であることが透き見えている。

じつは『狭衣物語』の「高麗、唐土の錦」の二例目も、斎院である源氏の宮にかかわっている。賀茂祭当日、賀茂神社に渡御する際の斎院一行の様子を語る場面で、行列に従う女房たちの出衣の装いは「高麗、唐土の錦」を尽くしたものであったという。

今日は、四季の花の色々、霜枯れの雪の下草まで、数を尽して、年の暮までの色を作り、表着、裳、唐衣など、やがて、その色々にて、つがひつつ、高麗、唐土の錦どもを尽しけり。（巻三　一五三）

とあった。前回では断念したのに、今回はどうして高麗や唐土の錦を使うことができたのか。野宮渡御と賀茂祭の行列の違いなのか定かではないが、いずれにしても女房たちの舶載の錦を尽くした華美の衣装には、それを支える堀川の大臣の財力が想起されるところである。堀川の大臣が高麗・唐土の錦を意識したり、実際の行列に出てくるのは、それが斎院の権威、ひいては自身の富と権力を表象しうる文化装置にほかならないからであろう。

しかし注意しなくてはならないのは、『狭衣物語』では高麗錦と唐錦の質的差異が感じられないことである。異国の品という意味で権威づけの装置ではあるが、その背景にあるそれぞれの文化性を浮かび上らせるものではない。「高麗、唐土」と並べられても、舶載の錦をあらわす、慣用句表現におさまっていて、『源氏物語』とは一線を画している。

その意味ではある種、形骸化した表現ともいえるが、そもそもその形骸化は『源氏物語』宿木巻から始まっているともいえなくもない。宿木巻で高麗・唐の錦の差異は『源氏物語』正編ほど明確ではないからである。とはいえ宿木巻では少なくとも、高麗・唐(六の君)⇔和(中の君)の文化性の対照は認められた。しかし、『狭衣物語』では高麗・唐の錦は、行列をいやが上にも華美にするものであって、そこに対比されるべき「和」が意識されているともいいがたいのである。

じつは『狭衣物語』では「高麗」と「唐《もろこし》」を並記する用例がもう一例あって、物語の冒頭近く、狭衣大将の人となりを語る部分にある。そこでは「光り輝きたまふ御容貌をばさるものにて、心ばへ、まことしき御才などは、高麗、唐にも類なきまでにぞ、人思ひきこえためる。」(巻一　二六)で、狭衣の容貌、気立て、学才における素晴らしさは高麗や唐土でも並ぶ者がいない、凌駕するほどだと語られる。高麗や唐土には優れた人物がいるという前提があっての表現だが、日本の人物の方が優っているという優越の意識は、『源氏物語』では語られなかったものであり、自国意識の表出として注目してよいだろう。しかも、高麗・唐土は異国の代表として挙げられており、それぞれを異国として差異化しようとする意識はやはり希薄といえよう。

なお同様な例は『栄花物語』の倫子の六十賀の場面にも見られる。

色色の織物、錦、唐綾など、すべて色をかへ、手をつくしたり。袖口には銀、黄金の置口、繍物、螺鈿をしたり。御几帳ども色々さまざまなり。この宮あの宮、同じ色、一つさまにもあらず、聞えさせ合せたまへらんやうに見えて、さまかはりいみじうめでたし。敷島やここのこととは見えず、高麗、唐土などにやとまでぞ見えける。

（御賀　三六三―三六四）

治安三年(一〇二三)十月十三日に催された倫子の賀であるが、その晴儀に参加した倫子付きの女房や、娘の彰子・妍子・威子・嬉子付の女房たちの装いが美麗を極め、しかもそれぞれ個性的であることを、日本のこととも思えず、高麗や唐土など異国の出来事のようだと喩えている。ここでは唐綾といった唐物はあるが、とくに高麗錦などは語られず、高麗・唐土はやはり素晴らしい異国の代表として語られている。高麗・唐土を違う異国として差異化しようとする意識は、『狭衣物語』と同じく希薄なのである。

以上、『狭衣物語』の「高麗、唐土」の用例をたどり見てきたが、これらの用例で共通していえるのは、異国を代表する二つの国であり、両者を差異化する意識があまり見られないことである。また「唐土、高麗」の順ではなく、「高麗、唐土」の順であることに、『源氏物語』の影響がうかがわれるようでいて[7]、逆に『源氏物語』の異国意識との相違も浮かび上ってくるのである。

『源氏物語』は『うつほ物語』を意識しつつも、高麗・唐土の文化的特性の違いにこだわり、「高麗、唐土」を並立する表現を定着させたといえよう。さらに、その異国観を継承して、『狭衣物語』と『栄花物語』では「高麗、唐土」

の表現が見られるものの、もはや二つの作品では『源氏物語』のように両者の文化的差異にまで深入りすることはなかった。その背景には、自国意識の拡大にともない、異国への関心の希薄化や唐物に対するステレオ・タイプ化した理解があるのではないか。『狭衣物語』でその他に「唐」「唐国」「天竺」といった異国を表す語が用いられるときも、「道のほど、唐ばかり思さる」（巻一　四八）のように、遠い地の喩えとして用いられている。

また『狭衣物語』の唐物について補足的に述べておけば、「高麗、唐土の錦」を身にまとったのは賀茂祭当日、賀茂神社に渡御する斎院方の女房で、斎院（源氏の宮）その人ではなかった。源氏の宮がまとう衣装で唐物の可能性があるのは「浮線綾」で、(8)『新猿楽記』で八郎真人が扱う唐物の中にも「綾・錦・羅・穀・緋襟・象眼・繧繝・高麗軟錦・東京錦・浮線綾」とある品である。

御前には桜の織物の重ねたる、紅うち、桜・萌葱の細長、浮線綾の山吹の小袿などの、ところせくものはかばかしげなるを、いかなるにか、たをたをとあてになまめかしう着なさせたまひて、常よりもひきつくろひておはします。人々の参りたるを、御几帳のほころびより御覧じなどする御ありさまも、光るとはこれを言ふにやと見えさせたまふも、神はいかが見はなちきこえたまはざらんと見ゆれば、まいて、大将の御心の中、ことわりなり。

（巻二　二八二―二八三）

御前を見入れたまへれば、小さき御几帳より、御衣の袖口、裾などは、隠れなし。蘇芳の御衣どもにほひたるに、浮線綾の白きやうなる、籬の菊の、枝より始めて移ろひたる、色のけざやかに見えたる、例の人の着たるにもあらず、あなめでたと見えたまふ。

（巻三　一三五―一三六）

前者は、源氏の宮が潔斎のために自邸を離れ、大弐邸に下る場面で、豪勢な衣装を上品で優美に着こなすその姿は、賀茂神社の神も見放すはずのないものであり、宮と離れ離れになる狭衣の憂慮は無理もないと語られる。

後者は、冬の雪や霰がちの日に、狭衣が憂いを抑えきれずに宮中にいる源氏の宮のもとに隠れて訪れ、その際に見た宮の様子である。その衣装が季節に合った白い浮線綾であり、その文様までもが詳細に語られている。いずれも唐物らしき浮線綾の衣装が源氏の宮の並はずれた美貌を際立たせているといえよう。対する狭衣大将も、

象眼の紅の単衣、同じ直衣のいと色濃き、唐撫子の浮線綾の御指貫、あまりおどろおどろしきあはひを着たまへるも、この世の色とも見えずなまめかしうて、さし歩みたまへる指貫の裾まで、あてになまめかしう着なしたまへるを、（巻一　三七）

のように、「象眼」の単衣や「浮線綾」の指貫など唐物らしき衣装が、その人を賞賛する文脈で語られている。しかしあえて「唐の」といった権威づける形容はなく、「象眼」や「浮線綾」が舶載のものなのか、それを模した国産の品なのか定かではない。

「唐の」の形容がついて確実に唐物といえるのは、以下のような紙の二例だけである。

大将は、中宮の御方にて夜を明かして、早朝は御前に参りたまへれば、御硯あけて文書かせたまふなるべし。「よろしき紙やはべる」としたまへれば、御厨子開けさせたまひて、唐の浅緑なるが世の常ならぬ、御硯具して賜はすとて、「皇后宮のいまよりさしもうしろめたかるべき御心と、むつかりたまふなるものを」とて、うち笑はせたまへる御にほひ、さとこぼるる心地していとめでたし。（巻二　一七九）

かかるほどに、「東宮より御使参りぬ」と聞きたまへば、例の心やましうて、急ぎ参りて見たまへば、母宮もこの御方にて御文御覧ずる。御使、宮亮なるべし。女房の袖口ども、世の常ならで、出でゐつつもの言ひなどすめり。御文は、氷襲ねたる唐の薄様にて、雪いたう積りてしみ凍りたる、呉竹の枝につけさせたまへり。（巻二　二四二）

前者は女二の宮との逢瀬の後、狭衣が後朝の文を書くために中宮に紙を所望した例で、中宮の許には高価な唐物の紙があることがうかがわれる。後者は、東宮から源氏の宮へ恋文で「唐の薄様」が使われた例である。唐物の紙を所有する東宮の権威と、それを用いて贈るという源氏の宮への想いの強さが看取される。

いずれにしても、要所要所に唐物を配して巧みに機能させた『源氏物語』とは違い、『狭衣物語』の唐物は数も少なく、高貴性や富の象徴としてパターン化している印象は否めないのである。

三　『夜の寝覚』の異国意識と唐物

それでは唐土と日本を舞台とする『浜松中納言物語』や、同じ作者といわれる『夜の寝覚』で異国意識や唐物についてはどのように語られているのか。まず『狭衣物語』の異国意識や唐物と近い位相にあると思われる『夜の寝覚』から見ていきたい。

『夜の寝覚』では、「唐《もろこし》」が一例のみ見える。

「御位、世のおぼえこそ、あまりことごとしうなり定まりたまひにたる、御年齢、身の有様は、かやうの御忍び歩き、唐などいふらむところまで尋ね歩きたまはむが、いとよいほどなりかし」と、ほの心得るは、をかしく見たてまつる。（巻四　三四三―三四四）

内大臣が意を決して妻の女一の宮の許から、口実を設けて女君のところへお忍びで向かう場面で、事情を知る女房は、内大臣の年齢や容姿からすれば色好みとして唐(もろこし)まで忍び歩きをしてもおかしくないと思うのである。「唐などいふらむところ」という間接的な表現で、「もろこし」への物理的な距離感をかたどっている。『狭衣物語』

で「唐」「唐国」「天竺」といった異国を表す語が用いられる時、遠い地の喩えとして用いられていたのと同様である。『夜の寝覚』では、それ以外に「唐国」「高麗」「天竺」など異国を指すことばは少なくとも現存部分にはなく、「唐」にまつわる表現はほかには唐物だけである。『狭衣物語』と同じく唐物は紙と衣装である。

ところせくこぼれ出でたるやうなるは、恨めしき人、ふと思ひ出でらるるに、御硯の蓋に、小さき松どもうち置きつつ、青き唐の薄様に御文書きたまひけるを、見たてまつりたまへば、恥ぢしらひてうち置きたまへるを、「御文は、いづこに書かせたまふぞ」と、うち笑みつつ問ひきこえたまへば、恥づかしとおぼして、御顔いと赤くなりたまへる、いとはなばなとうつくしげなり。（巻三　二三一―二三二）

かくのみやすげなく、恨み交はいたまふほどに、御返り、いと久しくなりぬ。「いとかしこし」と、そそのかしたてられて、すこし起き上がりて、白き唐の色紙に、よろづはただ押し込めて、年ごろのならひ残りなきほどのおぼつかなさ、すこしうち書きて、

「かりのまのしばしのほどと思ふだにいかばかりかは袖の濡れける

まかでさせたまはむこと、ただ今すずろにはいかでかは」（巻四　三五七―三五八）

前者の例では、男君と女君の娘である石山の姫君が「青き唐の薄様」に文をしたためている。この文は、姫君から母である女君宛であり、『源氏物語』の初音巻を連想させる。そのような「初子の日」に娘が母へ宛てた特別な文に、男君も深く感じ入っている。

後者は、女君が養女の督の君へ宛てた手紙の料紙である。宮中に仕える身である督の君への文であること、さらには返事が遅くなってしまったことへの申し訳なさもあって、「白き唐の色紙」が用いられたのであろう。

唐物の衣装の初例は、巻二で大納言の邸宅に姫君を送り届ける大役を負った女房たちの宿直物として、女君の兄の

宰相中将が「白き唐綾の袿」を用意したというものである。その後の二例は女君の豪華な衣装に集中している。

桜襲を、例のさまの同じ色にはあらで、樺桜の、裏一重いと濃きよろしき、いと薄き青きが、また、濃く薄く水色なるを下に重ねて、中に、花桜の、濃く、よきほどに、いと薄きと、みな三重にて、五重づつ三襲に重ねて、紅の打ちたる、葡萄染の織物、五重の袿に、柳の、やがてその枝を二重紋に織り浮かべたる、五重の小袿なめり、夜目にはなにとも見えず、薄様をよく重ねたらむやうに見えて、唐の綾の地摺の裳を、気色ばかり引き掛けたるは、すべて、ここは、かしこはとも、すこし世のつねならむが、見ゆべきなり。（巻三　二五三―二五四）

桜の唐の御衣七八ばかりが上に、同じ綾の紅のうつるばかりなるが、打ちたるに見分かぬまでつやつやとあるを着たまひて、うちながめたまひつる朝顔の、花の木末も霞のたたずまひも、うつらず、めでたうのみ見えたまふを、「かばかり並びなく、すぐれたまへる御有様ながら、いと際限りなきほどにはあらず、絶えずもの嘆かしうのみおぼしたるを見れば、まいて、憂き身はことわりなりや」と思ひ知られて、涙ぐまれたまひぬ。（巻四　三四八）

前者は帝が女君を垣間見る場面で、作品中もっとも華麗で凝った桜襲の衣装に唐綾の裳を着けたというものである。後者は宰相の上との対座の場面で、桜襲の唐綾の御衣に同じ唐綾を重ねて身につけたのはここのみであり、やはり豪奢な衣装の例である。また、衣装の記述は帝と宰相の上から見たもので、唐綾が他者の目から見た女君の美しさを強調する役割を担っているといえよう。

いずれにしても唐綾が豪奢なイメージがあり、女房に唐綾の装束を用意する主家の財力を示したり、女君の類稀れな美貌を引き立てる高貴な衣装の例である。しかし、唐のもつ規範性や外部性ということでは、次の「唐の琴」の用例の方が特筆すべきかもしれない。

暮れぬる紛れにぞ、入道殿の御前にゐざり出でたまひても、はかばかしく言葉つづきてきこえたまふこともなく、尽きせずおほどかなる御もてなしを、「大皇の宮、いとさがなくきこえおはする宮なり。いかなることかあらむ」と、うしろめたく見たてまつりたまふ。姫君の御贈物に、いともの深く籠めおきたまへりける唐の琴《きん》など、この折にぞ引き出でたまひける。（巻五　五〇〇）

成長した石山の姫君との対面を果たした寝覚の上の父入道は、その美しく立派に成長した姿に心を打たれる。その姫君との別れの際に、何か格別な贈り物を、と用意した品が「唐の琴《きん》」であった。七弦琴であるが、『うつほ物語』や『源氏物語』では「琴」と表記されるだけなのが、あえて「唐の」をつけたのは、もはや琴が一般的な楽器でなくなった時代に、あえて「唐」渡来の貴重な楽器であることを強調したいためであろう。さらに穿った見方をすれば、『うつほ物語』のいぬ宮のように、やがて入内して国母になるであろう姫君の将来を予見し、予祝する意味も込められているのではないか。唐の琴の外部性は、『うつほ物語』に倣った音楽繁栄譚の性格をもつ『夜の寝覚』の根幹に関わる贈り物であり、その面目躍如と見なすこともできるであろう。

以上のように唐物は女君を中心に、石山の姫君、宰相中将、広沢入道など親族にまつわる例ばかりで、一族の富と権威の象徴として機能しているのである。

四　『浜松中納言物語』の異国意識と唐物

続いて『浜松中納言物語』であるが、唐土と日本を舞台とする以上、平安物語の異国意識を探る上で避けては通れない作品である。この物語では、「唐土」「唐国」「唐」「日本」の用例があり、その用例については、すでに先行研究で詳細な分析がなされてもいる。特に興味深いのは、「唐土」「唐国」の使い分けである。

中西健治氏は「唐土」については、地名を指す用例が多いこと、「の事」を付して、唐后を指す場合があるが、それは中納言の直截な思慕を意味しないこと、唐后の母尼君が唐后を思う時「もろこしの后」と表現されることを指摘している。一方、「唐国」は「の事」「の御方」を付して、唐后を指す場合、中納言の直截な思慕を表し、秘められた人物や恋愛をあらわすとされる。(9) 重要な見解であるが、しかし中西氏が最後に、

女性の文学表現の虚構の中で、異国を舞台とするところに趣向の中心があるこの物語では、一般的に用いられている「もろこし」を設定することがいわば「和」の世界であり、「からくに」に、中納言という限定された男性に関連する秘密の人物を背景に持たせる「漢」の世界を構築していたとみて、その二語を使い分けていたと考えられはしないだろうか。

と総括した点にはいささか違和を禁じ得ない。「からくに」は万葉歌以来、異国を示す歌語の用例が多く、(10) むしろ「和」の世界のイメージがあり、「もろこし」が「漢」の世界ではないだろうか。また中西氏の見解を受けた丁莉氏も、

唐土と日本の人々の交流、愛情を描いたところで、『うつほ物語』とも『源氏物語』とも異なる唐土意識と日本意識が生まれたのである。「唐土」は依然として憧憬すべき異国でありながら、権威や規範ということとは無縁なものとなり、「唐土意識」も「日本意識」も国や社会、文化の差などを超え、人間の血の通い合い、親子や肉親の愛、男女の愛などと関わるものとして現れるのである。(11)

と括っていて、唐土を「権威や規範ということとは無縁なもの」、異国意識を「国や社会、文化の差などを超え」とすることは、やはり違和感をおぼえる。親子や男女の愛がテーマであることは首肯できるが、『浜松中納言物語』において、唐土はやはり比べる権威や規範であり、異国意識の基底にあるものと思われる。もっとも『狭衣物語』の

「高麗・唐土」のように、この物語では自国を唐土より上位に置くヒエラルキーがあり、『源氏物語』の和漢の調和や拮抗をかたる平衡感覚とは異なった意識の台頭、時代の推移といったものを考えざるを得ない。

例えば気になるのは、主人公の中納言の美質を日本はもとより、唐土の人物(西晋の潘岳の美貌)と比較し並ぶ者はないと激賞しはばからない点である。

中納言のありさまを御覧ずるにたぐひなし。そこらつどひたる大臣公卿、日本はいみじかりけり、かかる人のおはしけるよ、とおどろきて、「いにしへ、河陽県に住みける潘岳こそは、わが世にたぐひなきかたちの名をとどめたるも、あいぎやうのこぼるばかりににほへるかたは、さらにかからざりけり」と定めけり。

題を出だして文を作り、遊びをしてこころみるにも、この国の人にまさるはなかりけり。この人のことをこそ、見ならひとむべかりけれど、この国のこととては、何ごとをかは、中納言には伝へならはすべきと、御門もおぼしめしおどろきて、

(巻一　三三―三四)

『源氏物語』の光源氏についても、ここまで過剰な賛美の文脈はなかったのではないか。『浜松中納言物語』で西晋の文人で美貌で聞こえた潘岳より中納言の方が卓抜していると語るところに、規範となる唐土の例と日本も対等とする意識を超えて、さらにそれを凌駕するという自国意識の肥大化が認められる。この場面について、「もはや中国から学ぶものは何もないとでもいうかのようなかかる文言を、作り物語における主人公の理想化として受け流すわけにはいかない(12)」として、平安後期の貴族社会の精神的な退嬰性を見るのは的を射た指摘といえよう。

なお『浜松中納言物語』の唐物については、在唐時代では何を「唐物」とするかの認定は難しいが、巻二で中納言が唐土を去った後、唐后からの手紙が、

后のことづけ給ひし文箱を取り出でたれば、取る手も移るばかりなる沈の文箱の、大きやかなるを、やをらあけ

て見れば、唐の色紙をあまた継ぎて、　　　　　　　　　　　　　　　　　　　　　（巻二　一八六―一八七）

と、沈の箱や唐の紙により、いかにも唐后らしさを醸し出していることは看過できない。巻三で唐后から日本の母尼君・妹君への贈り物も、

明け暮れも山のかげには分かれぬを入相の鐘の声にこそ知れなどうち泣き交し給ふほどに、京に遣はい給ひし人、帰り参りて、唐国よりたてまつり給へりけるものどもに、わが御こころざしも多く添へて、こまやかに、使ひ給ふべきものどもなどたてまつり給ふ。　（巻三　二一七）

と語られており、唐物の贈与が親族の繋がりを強めるものとして機能している。

その他には、巻三で四月十幾日の頃に中納言が、吉野姫君や尼君の更衣のために唐物とおぼしき衣装や薫物を贈った例がある。

四月十日余日のほどに、御更衣とおぼしくて、四尺の御几帳二よろひ、三尺の一よろひ、青朽葉三尺四尺二よろひばかり、くれなゐの打ちたるに、藤襲の御衣ども、同じ色の織物ども、撫子の織物の袿かさねて、尼上の御料には、鈍色の御衣に、丁子染の薄物の袿、象眼の御袴など、いみじう清らに、ふたつにうるはしう包みて、さぶらふ人人の料には、綾衣、くれなゐこまごまと取り具して、簾垂、畳さへ添へ給ひて、衣箱にいろいろの薫物ども入れ具して、小さやかなる香の唐櫃一よろひに、色紙薄様、よき墨、筆どもなど入れて、上に、おもしろく描かれたる絵物語など入れまぜて、　　　　　　　　　　　（巻三　二二九―二三〇）

また巻四で中納言が「うすむらさきの唐綾の指貫」を着用している例（三二〇）もあるが、『狭衣物語』と同じく、富貴性の象徴としてあるといえよう。

＊

以上のように、平安後期物語の三作品においては、唐物を賛美し過剰なまでの描写をした『うつほ物語』や、要所要所に唐物を配した『源氏物語』とは異なり、唐物の用例は少なく、おおむね主人公とその周辺の高貴性や富の象徴としてパターン化し形骸化している印象は否めない。

また異国意識においても自国意識が肥大化し、唐土が規範でありつつも、それを凌駕した男主人公像をかたどる傾向にある。最近では勝浦令子氏が、学芸や技術、宗教において九世紀中頃から日本が中国と同等、あるいは凌駕するという自意識をもち、十世紀以降、唐を超えたと錯覚する意識が顕著になっていた例として、宗教面から対外霊験説話の生成を説いている(13)。こうした時代背景が平安後期物語において自国を優位におく異国意識の変容に作用していることは否定しがたいと思われるのである。

(1)　中嶋尚「うつほ物語から源氏物語へ」(『国語と国文学』一九七七・一一、『平安中期物語文学研究』笠間書院、一九九六に所収)。

(2)　金孝淑「権威付けの装置としての「唐土」と「高麗」——『うつほ物語』『源氏物語』『狭衣物語』を通して——」(『源氏物語の言葉と異国』早稲田大学出版部、二〇一〇)。

(3)　河添房江「唐物と文化的ジェンダー」(『源氏物語時空論』東京大学出版会、二〇〇五)で、「唐」「高麗」の文化的ジェンダーというタームにより分析したが、最近では丁莉「唐土、高麗と大和——『源氏物語』の異国意識、自国意識と美意識——」(河野貴美子・張哲俊編『東アジア世界と中国文化』勉誠出版、二〇一二)が、「文化的コード」という言葉を用いて、同様の指摘をしている。

(4)　なお宇治十帖では蜻蛉巻に、「いかめしきことせさせむとまどひ、家の内になきものは少なく、唐土、新羅の飾りをもしつべきに、限りあれば、いとあやしかりけり。」（蜻蛉　二四三―二四四）と「唐土、新羅」を並列する例がある。浮舟と結婚するはずだった左近少将が、常陸介の実の娘と結婚し、その間に子供が生まれた祝いを常陸介が沢山の調度を揃え、本当なら「唐土」「新羅」の舶載品で飾りたいところ、限度もあるのでそれは出来なかったという場面である。常陸介一家を戯画的に描くところに「高麗」でなく、作品中、唯一の「新羅」が使われていることは意味深長である。「高麗」に対する好感度に比して、「新羅」に対する忌嫌感が物語の行文に滲んでいるともいえよう。

(5)　これに関しては、榎本淳一氏が中国化した都市文化を相対化し、〈和〉なるものを生み出すためには、「東遊」のような「鄙」の文化を再認識することが重要であったと指摘しており、示唆的である。

(6)　『狭衣物語』の「高麗、唐土」の用例については、すでに(2)の金孝淑氏が注目し、『源氏物語』の二大異国観を継承したもので、より図式化、記号化していると指摘している。

(7)　ちなみに「高麗、唐土」の順の例として、他にも本文中に挙げた「ことごとしき高麗、唐土の楽よりも、東遊の耳馴れたるは、なつかしくおもしろく」（若菜下　一七一）がある。一方、「唐土、高麗」の順では、「例の楽の船ども漕ぎめぐりて、唐土、高麗と尽くしたる舞ども、くさ多かり。」（紅葉賀　三一四）や、先掲の若菜下巻の用例があることを言い添えておく。

(8)　以下『狭衣物語』『夜の寝覚』『浜松中納言物語』の唐物の用例については、河添房江編『唐物から見た日本文化史の総合的研究――上代から近世まで――』（『平成21年度～平成24年度科学研究費基盤研究費補助金基盤研究(C)報告書　唐物から見た日本文化史の総合的研究――上代から近世まで――』二〇一三・二）に収載された麻生裕貴氏・津崎麻衣氏・胡思鳴氏の考察を参照。

(9)　中西健治『浜松中納言物語論考』（和泉書院、二〇〇六）第二章第三節。

(10)　その際、参照枠になるのが『源氏物語』の「唐国」の用例であり、帚木巻と須磨巻に見られる。帚木巻は「また絵所に上手多かれど、墨書きに選ばれて、次々に、さらに劣りまさるけぢめふとしも見え分かれず。かかれど、人の見及ばぬ蓬萊の山、荒海の怒れる魚のすがた、唐国のはげしき獣の形、目に見えぬ鬼の顔などのおどろおどろしく作りたる物は、心にまかせてひときは目おどろかして、実には似ざらめど、さてありぬべし。」（帚木　六九―七〇）という左馬頭の喩えであり、須磨巻は「唐国に名を残しける人よりも行く方しられぬ家居をやせむ」（須磨　一八六―一八七）という光源氏詠である。

(11)　丁莉「平安時代の物語に見る「唐土意識」と「日本意識」」（平野由紀子編『平安文学新論』風間書房、二〇一〇）。

(12)　藤原克己「『浜松中納言物語』鑑賞の試み」(佐藤道生ほか編『これからの国文学研究のために』笠間書院、二〇一四)。そこでは、女性作者ゆえの唐土の地名に対する勘違いや、唐絵や唐を扱った物語(「唐国」)に依拠している点、桐壺巻を受けて唐土を「うるはし」、日本を「なつかし」と断じるステレオ・タイプの認識の限界についても指摘している。

(13)　勝浦令子「平安期皇后・皇太后の〈漢〉文化受容——信仰を中心に——」(『中古文学』第一〇〇号、二〇一七・一一)。

第二章　『栄花物語』の唐物と異国意識――相対化される「唐土」

一　はじめに

『栄花物語』は道長の栄華賛美を中心とした歴史物語であり、明暗対比的な構成がその歴史叙述の特徴の一つと指摘されたりもするが[1]、その構成に「唐物」とよばれる舶載品はどのように関わっているであろうか。ここでいう唐物とは主に中国からの外来品、もしくは中国を経由した外来品を指しており、唐物の対象は、香料・ガラス・紙・陶器・布・毛皮・文具・調度・書籍・薬・茶・楽器・珍獣などである。

唐物が威信財、ステイタス・シンボルであり、奢侈品とよばれる贅沢品である以上、それは『栄花物語』の明暗対比の「明」の描写にさし挟まれるであろうことは、容易に想像がつく。唐物とはその所有者の権威や権力の象徴、まさに〈栄花〉のシンボルとなりうるモノであった。しかし、『栄花物語』における「唐物」の登場の割合は、頻出というほどには至っていないのである。それは何故なのであろうか。

総じていえば、『栄花物語』という作品は唐物という舶載品を描くことで、その所有者の権威や権力を描くことにそれほど熱心な作品であったとはいえない。唐物についてはパターン化した点描というべきか、断片的な記録にとどまっている。慶事を描く際に、外面的な華やかさの描写に終始し、人々の内面にあまり踏みこまない『栄花物語』であるが、その表層の華やぎを演出する物質的装置として唐物が機能している場面は、じつはそれほど多くないのである。その断片的な叙述の中で、敢えて注目すべき点を挙げるならば、およそ次のような四つの柱が考えられる。

Ⅰ彰子関係　Ⅱ姸子・禎子関係　Ⅲ道長の仏事　Ⅳ隆家の大宰権帥赴任

この四点において、特にⅠからⅢについては、道長の所有する唐物と深く関わり、隆家の大宰権帥赴任も、道長に唐物が渡る経緯に関わるという点では連続性があろう。『栄花物語』の唐物にまつわる当時の記録としては、漢文日記の『御堂関白記』や『小右記』のほか、仮名文学の『紫式部日記』や『枕草子』の存在も無視できないので、そうした記録との重なりと距離も視野に入れながら考えていきたい。逆にそこから『栄花物語』に描かれた唐物／描かれなかった唐物の取捨選択の有りようも透かしてみることができるのではないか。道長の栄華を賛美する物語が、なぜ唐物の叙述については断片的なのか、四つの軸を中心に読み解くことで、一つの見通しを得ようとする試みである。

二　彰子関係の唐物

まず彰子関係の唐物から見ていくと、敦成親王の誕生前後に出てくることが多いのが一つの特徴である。巻八「はつはな」で、彰子が出産直前に薫物作りをし、女房たちに配ったり、親王誕生後の晴の儀式で沈の懸盤や沈の折敷といった唐物を原材料とする食器が使われたりといった話である。しかし、これらは皆、原資料といわれる『紫式部日記』に依拠した表現である。既に詳らかにされているように、敦成親王の誕生前後の記事は、主に、『紫式部日記』により書かれたもので、唐物の描写も例外ではないのである。一例を挙げれば、三日の産養は『栄花物語』では、三日にならせたまふ夜は、宮司、大夫よりはじめて、御産養仕うまつる。右衛門督は御前のもの、沈の懸盤、銀の御皿どもなど、詳しくは見ず。（はつはな　四〇五）

と語られるが、『紫式部日記』では、

三日にならせたまふ夜は、宮づかさ、大夫よりはじめて、御産養仕うまつる。右衛門の督は御前のこと、沈の懸盤、白銀の御皿など、くはしくは見ず。（一四二）

とある。原資料といわれる『紫式部日記』の影響下にあって、そのまま引き写した箇所といいうる。『栄花物語』では、『紫式部日記』の紫式部が体験したところを一部省略し、記述の順序を改めている箇所もあるが、この場面のように、「詳しくは見ず」といった紫式部の視点がそのまま残ってしまった箇所もあるのである。また五十日の祝は『栄花物語』では、

西によりては大宮の御饌、例の沈の折敷に、何くれどもならんかし。若宮の御前の小さき御台六、御皿よりはじめ、よろづうつくしき御箸の台の洲浜など、いとをかし。（はつはな　四一八）

と語られるが、『紫式部日記』では、

御帳の東の御座のきはに、御几帳を奥の御障子より廂の柱まで、ひまもあらせず立てきりて、南面に御前のものはまゐり据ゑたり。西によりて、大宮のおもの、例の沈の折敷、何くれの台なりけむかし。そなたのことは見ず。御まかなひ宰相の君讃岐、とりつぐ女房も、釵子、元結などしたり。若宮の御まかなひは大納言の君、東によりてまゐり据ゑたり。小さき御台、御皿ども、御箸の台、洲浜なども、雛遊びの具と見ゆ。（一六二）

とあり、『紫式部日記』の記事を圧縮したものになっている。

結局のところ敦成親王の誕生前後の唐物については、『栄花物語』の問題というより、原資料の『紫式部日記』が

唐物をどのように扱っているかという問題になるので、本章で深入りすることは控えたい。むしろ注目されるのは、敦成親王の誕生以前、彰子の入内直後の次のような例である。

　この御方藤壺におはしますに、御しつらひも、玉もすこし磨きたるは光のどかなるやうもあり、これは照り輝きて、女房も少々の人は御前の方に参り仕うまつるべきやうも見えず、いといみじうあさましうさまことなるまでしつらはせたまへり。(中略)女御のはかなく奉りたる御衣の色、薫《かをり》などぞ、世にめでたき例にしつべき御事なり。御宿直しきりなり。　(かかやく藤壺　三〇二―三〇三)

　この御方の匂ひは、ただ今あるそら薫物ならねば、もしは何くれの香の香にこそあんなれ、何ともかかえず、何ともなくしみ薫らせ、渡らせたまひての御移香は他御方々に似ず思されけり。はかなき御櫛の箱、硯の筥の内よりして、をかしうめづらかなる物どもの有様に御覧じつかせたまひて、明けたてばまづ渡らせたまひて、御厨子など御覧ずるに、いづれか御目とどまらぬ物のあらん。　(かかやく藤壺　三〇五)

　彰子の入内の調度は素晴らしいものとされるが、特に唐物であることが強調して語られるわけではない。とはいえ、彰子方の薫物の香が他より特に優れているとくり返し語られており、薫物の原材料がすべて舶来の高価な香料である薫物だけに注意される。

　彰子の衣装に焚き染められた薫物や、部屋に焚かれた空薫物の香りが格別であることにより、彰子という存在が中宮定子や他の女御たち、元子・義子・尊子と差異化されていることも見落とすべきではないだろう。そのこともあって彰子が夜、清涼殿に上ることとや、逆に一条天皇が藤壺を訪れることが頻繁になったと語られるのであり、唐物の加工品としての薫物は、まさにそのような効果を上げているのである。まさに唐物の加工品が、彰子方の威信財、ステイタス・シンボルとなった例といえようか。

このごろ藤壺の御方、八重紅梅を織りたる表着はみな唐綾なり。殿上人などは花折らぬ人なく、今めかしう思ひたり。たたむ月に藤壺まかでさせたまふべくて、土御門殿いみじう払ひ、いとど修理し加へみがかせたまふ。（かかやく藤壺　三〇八）

続いての例は、彰子方の女房が八重紅梅の模様を織り出した唐綾の表着をお揃いで着ていたという場面である。唐綾は中国からの舶来の品（もしくはその模造品）で、文様が浮き出ている浮織物とよばれる綾である。この場面は唐綾の高価な衣装によって、彰子方を箔付けたといえようか。しかも八重紅梅の華やかな模様で、殿上人でこれをもてはやさない人はなく「今めかしう」、つまり当世風で華やかだと思ったというのである。彰子方の女房は良家の子女を揃えていたので、それに相応しい衣装ということでもあろう。この唐綾にしても薫物と同様、彰子方のステイタスや盛栄の象徴として機能している。

ただし、ここで考えるべき点は、対照されるべき存在である中宮定子やその女房たちの衣装描写は『栄花物語』で一切ないという事実である。唐物の衣装に限っても、『枕草子』を顧みるかぎり、中宮定子が日常の場でも盛儀の場でもしばしばまとうものであった。「宮にはじめてまゐりたるころ」の段では、「宮は、白き御衣どもに、紅の唐綾をぞ上に奉りたる。御髪のかからせたまへるなど、絵にかきたるをこそ、かかる事は見しに、うつつにはまだ知らぬを、夢の心地ぞする」（一七七段　三一〇）とあった。中宮定子が白い衣の上に「紅の唐綾」の表着を着こなしている姿が、この世のものと思えない優艶美として印象的に描かれているのである。

定子は『枕草子』の中では、紅梅襲などの派手な衣装が好みで、またそれがいかにも似合う女性であった。こうした日常の装いは、中宮定子の美麗さばかりでなく、定子サロン、ひいては中関白家の盛栄をも見事なまでにあらわしているのである。なお、この段には、「沈の御火桶の梨絵したる」という火桶も点描され、貴重な沈香で作られた火桶の存在は、当時の中関白家の財力、そして繁栄の象徴といえよう。しかも非日常の儀式の場でなく、日常の光景であることで、いよいよその印象を深めるのである。

また『枕草子』の「関白殿、二月二十一日に、法興院の」の段は、中関白家といわれる定子一族の栄華のなかでも、もっとも輝かしい記憶である積善寺供養について語るものである。定子の父道隆は、法興院のなかに積善寺という寺を建立し、正暦五年(九九四)二月二十九日に一切経供養をすることになり、道隆一族ばかりか、一条天皇の母である詮子女院も来臨することになった。そこで中宮定子も髪上げをし、裳を着けるという最高の正装で臨むことになる。

まだ御裳、唐の御衣奉りながらおはしますぞいみじき。紅の御衣どもよろしからむやは。中に唐綾の柳の御衣、葡萄染の五重襲の織物に、赤色の唐の御衣、地摺の唐の薄物に象眼重ねたる御裳など奉りて、物の色などは、さらになべてのに似るべきやうもなし。

「われをばいかが見る」と仰せらる。「いみじうなむ候ひつる」なども、言に出でては、世の常にのみこそ。

(二六〇段　四一一)

その姿は「唐綾」や「唐の薄物」など唐物の上に、禁色である赤色の唐衣を着用したという、善美を尽くした豪華な衣装であった。まさに唐物のブランド性を最大限に活かした目もあやな衣装だったのである。奢侈品である唐物を強調して、中宮定子をはじめ中関白家の当時の富と栄華の雰囲気をみごとに伝えているわけである。道長とて、中宮定子やそのサロンの雰囲気を熟知していればこそ、娘彰子方の調度や衣装に唐物を惜しまなかったのであろう。

しかし積善寺供養に戻れば、詮子女院も道長も参加したという中関白家道隆の一世一代の盛儀について、『栄花物語』はいっさい語ることはなかった。『栄花物語』がやがて「法成寺グループ」とよばれる巻々で、道長主催の法華八講（巻十四「あさみどり」）や法華三十講（巻十五「うたがひ」）など、さまざまな仏事に筆を割き、果ては巻十七「おむがく」のように、一巻を法成寺金堂供養に当てたことを考えれば、あまりなまでの差別化といえよう。

巻六「かかやく藤壺」においては、彰子と定子の動静が明暗対比的に語られるといわれるが、(2)『栄花物語』において描かれた彰子方の唐物／描かれなかった定子方の唐物という対比は、(3)この物語全般にわたって、語られた唐物描写の裏に、語られなかった唐物が重く存在するという事実を気づかせて示唆的である。『栄花物語』が誰を作者として、何を原資料としたのかもさりながら、何を取捨選択して物語を構成しているかも、等閑にできない課題として大きいのである。

三　妍子関係の唐物

さて道長の子女の中では、彰子よりもさらに唐物との関わりが深いのが、次女の妍子といえようか。二人の娘のバックに父道長があって、必要に応じて十二分に唐物を提供していたであろうことは想像にかたくないが、妍子の場合はその人の華やかな容姿や気質が、彰子や他の妹たち以上に唐物のブランド性に合致していたということも否定できないようである。

その点は十六歳の妍子が入内した東宮（のちの三条天皇）の後宮に、すでに皇子皇女を多くなした娍子（藤原済時女）がいたことも作用していたであろう。妍子の存在をいかに東宮にアピールするか、それは妍子の若さに加えて、本来の「いまめかしさ」、華やかさを押し出そうとする道長の戦略であったかもしれない。

というのも、娍子は三十八歳という当時の年齢もさりながら、かつて東宮に請われて入内した女君であり、しかもその入内の調度は、叔母である村上朝の宣耀殿女御芳子の調度をそのまま譲り受けたものであった。その調度は村上天皇が寵愛する芳子のために格別に作らせた櫛箱や屏風などであり、立派に保存してあったので、新しく作る必要などいっさいない家宝というべき品々であった。『栄花物語』はこの調度について、来歴をふくめて巻四「みはてぬゆめ」と巻八「はつはな」で二度にわたり語っている。

はかなき御物の具どもは、先帝の御時、この大将の御妹の宣耀殿女御、村上いみじう思ひきこえさせたまひて、よろづの物の具をしたてまつらせたまへりし御具ども、御櫛の筥よりはじめ、屏風などまで、いとめでたくて持たせたまへれば、さやうのこと思し営むべきにもあらず、ただ御装束、女房の装束ばかりをぞいそがせたまふ。

（みはてぬゆめ　一八五）

こうした調度を持って入内した娍子に対して、殿上人は「いと奥深う恥づかしきもの」（一八七）と取沙汰し、先に入内していた綏子（兼家女、麗景殿女御）の「ものはなやかに気近うもてなしたる御方」（一八六）の風儀とは対照的であると位置づけていた。この綏子の有様は、巻三「さまざまのよろこび」で定子が一条天皇に入内した際の「いたう奥深なることをばいとわろきものに思して、今めかしう気近き御有様なり」（一六八）に通じるものである。やがて一条天皇のところに彰子が入内すると、当世風の綏子⇔奥ゆかしい娍子といった対照が、定子と彰子のサロン間に生まれたのも、むべなるかなである。(4)『栄花物語』は、後宮の女性同士の風儀の違いをこのように対照的に描くことを好むが、巻八「はつはな」で妍子が入内した際には、当世風の妍子⇔奥ゆかしい娍子の構図が再生産されたというべきであろう。

たしかに調度においては、妍子入内の際には、姉の彰子入内を先例としつつ、さらに見事に豪華に整えられている。東宮の視点から、芳子から譲られた娍子の櫛箱が目馴れているせいか、娍子方が「ことのほかにこたい（古体）なり」

（はつはな　四四四）つまり古風と思われるほどに、妍子の櫛箱やその他の箱の中身は当世風で立派であったと語られる。詳しい言及はないが、妍子の櫛箱の中身や屏風には、素材として唐物も使われていた可能性も高い。かつて村上天皇の肝煎りの調度を娍子が持参した際の感動もどこへやら、「時世にしたがふ目移りにや」（四四五）と東宮も自嘲的に思うのである。

しかし、一見それは明暗対比的な叙述であるが、妍子が明、娍子が暗とも単純には割り切れない。つづいての屏風の比較では、「ためうぢ、常則などが書きて、道風こそは色紙形は書きたれ」と昔の名手による娍子の屏風と、「弘高が書きたる屏風どもに、侍従中納言（行成）の書きたまへる」と今日の名手による妍子の屏風とでは遜色なく、東宮も甲乙つけがたかったようである。東宮はその優劣について、道長や頼通と語り合うこともあったという。

一方、娍子の方は、妍子入内の際に嫉妬したり我が身を嘆くという風情でもなく、東宮の世話女房として、妍子の許に通う東宮の衣装や薫物の世話を甲斐甲斐しく、あたかも母親代わりのようにしたと『栄花物語』は語るのである。つまり、調度の対比はされても、妍子が明、娍子が暗ともいえず、巧みに娍子の位置をずらしている。明暗対比的な叙述のバリエーションといってもよいかもしれないが、そこに唐物が素材として関わっているのである。

ところで、やがて妍子は懐妊し、巻十一「つぼみ花」では禎子内親王が誕生する。長和二年（一〇一三）七月六日のことだが、しばらく土御門第にいた妍子と禎子内親王に対面するべく、九月十六日に三条天皇が行幸する。その折の妍子の装いに唐物である「唐の綾」が使われていた。唐綾を白菊襲にして装っているのが、まるで御産の時の白装束のようで素晴らしいというのである。

宮の御前も見たてまつらせたまへば、唐の綾を白菊にて押し重ねて奉りたる、されば白き御よそひと見えてめでたきに、「いかにぞ、暑きほどの御事は。御髪のためこそいみじけれ」とて、見たてまつらせたまへば、御裾

にたまりたるほど、こよなくところせげに見えさせたまへば、

（つぼみ花 三〇）

白菊襲はふつう表白、裏蘇芳だが、ここでは白い唐綾を何枚か重ねて着ていたという意味かもしれない。その後も、妍子や禎子内親王にまつわる唐物の記述が多いことが『栄花物語』の特徴ともいえるだろう。これは原資料として妍子方の女房の記録があったという説もあるが、もっと端的に妍子方の女房が作者とする説が斎藤浩二氏、加納重文氏や加藤静子氏により唱えられており、(5) そのように考えれば納得がいく点も多い。もしそうした想定が許されるなれば、妍子・禎子親子にまつわる唐物についての記事は、当時の唐物がいかに道長一族の生活に浸透していたか、その実態を示すものとしても貴重なものであろう。

わけても巻十一「つぼみ花」の最後で、倫子の母、禎子にとって曽祖母にあたる一条殿の尼上（左大臣雅信北の方）が生後八ヵ月の禎子内親王と対面し、昔の名香を贈ったという逸話には、筆者も大いに興味をひかれる。

御贈物に、この年ごろ誰にも知らせたまはで持たせたまへりける香壺の筥一双に、古のえもいはぬ香どもの今は名をだにも聞えぬや、そのをりの薫物などのいみじきどもの数をつくさせたまへり。また道風が本など、いみじき物どもの、銀、黄金の筥に入りたるなどをぞ奉らせたまへる。

（つぼみ花 四三―四四）

倫子の結婚に際しては、后がねとして大切に愛育していた父の左大臣源雅信が、まだ官位の低い道長の求婚に難色を示した。しかし北の方の穆子が道長の将来性を見抜いて、雅信の反対を押し切って婿どりし、道長を大切に扱ったのである。穆子は三十六歌仙の藤原朝忠の娘で、祖父は右大臣藤原定方である。夏冬の衣替えの季節に、婿の道長にずっと衣装を用意したという「こたい」（古体＝古風）の人であった。

穆子は禎子内親王との対面の場で、一対の香壺にいにしえの由緒のある香料を納め、また小野道風という、これも一昔前の名筆の手本を金銀の箱に入れて、心をこめて贈ったのである。この由緒ある名香と手本を尊び、禎子内親王

に贈与するあり方は、婿の道長の流儀とは違った美意識といえるかもしれない。道長の薫物の作成とその贈与については、京樂真帆子氏が次のように指摘している。(6)

道長が入手するのは香木などであるのに対し、道長が贈るのは薫香など加工品であることが重要なのである。原料を手にして、自分好みに調合し、それを下賜していく。においを作り出すことができ、それを配布することができる力。これが、においをめぐる権力構造である。道長には香木など貴重な原料を献上すべきなのであって、薫香は上から下へ下げ渡されるものなのである。

『小右記』の藤原実資が、薫物を贈るよりも、香料を香料として、あるいは香薬としてそのままの形で贈与することが多いのに対して、道長は、香料そのものでなく、新しい薫香(薫物)を調整し、それを贈与することで、彼が文化的権威であることを知らしめたと京樂氏は指摘する。また娘たちの入内の調度も、贈る調度用の手本なども、行成などに命じて新たに見事に作らせていることは『栄花物語』にも記されるところである。

穆子の古い香料と手本を尊ぶあり方、道長流のやり方とは違った当時の別の感覚をうかがわせて興味ぶかい。たとえば『源氏物語』の梅枝巻冒頭でも、光源氏は「錦、綾なども、なほ古き物こそなつかしうこまやかにはありけれ」(四〇三)と、高麗人がもたらした舶載の古い錦綾に軍配をあげていた。これは大宰府の大弐からの献上品である唐物と、その昔、高麗人(渤海国の使節)から贈られた舶載品を比較しての言葉で、高麗人からの贈り物の方がすぐれているという判断である。古い唐物の方が品質が確かであるということであり、一種の尚古趣味といってもよい。しかも『栄花物語』や『源氏物語』にとどまらず、唐物の文化史全般においても、その時代よりもひとつ前の時代の唐物を好むという傾向を挙げることができるのである。(7)

こうした尚古趣味はじつは平安時代から江戸時代まで幅広くみられるが、古渡りの唐物が好まれるという傾向はなぜ起きるのであろうか。答えを簡単に述べることは難しいが、とりあえず古い物の方が品質が確かであるとか、稀少で価値があるという側面があるのかもしれない。ともあれ穆子が贈り物をする場面は、唐物における尚古趣味をうかがわせる『栄花物語』唯一の場面といってもよく、看過できないのである。唐物をふくめて一時代前の文物を愛好する傾向は、日本文化や思想全般の問題として、じつは重要なテーマでもある。それは道長の美意識を相対化する契機をふくむものでもあるが、しかし『栄花物語』はそこまで問題を掘り下げることはないのである。

四 禎子内親王の裳着

続いて禎子内親王をめぐる唐物で注目されるのは、巻十九「御裳ぎ」に語られる、治安三年(一〇二三)四月裳着の場面である。禎子内親王の裳着にあたっては、土御門殿の西の対に室礼がなされ、道長みずから豪華な道具類を整えた。少女期の禎子内親王が、道長の孫として重んじられ、そのアイデンティティーが内親王であること以上に「藤原氏」であるといった捉え方もなされている(8)。さらに『大鏡』で語られる禎子内親王像もそれと符合し、道長一門であり、その略年譜が「道長伝」で語られるべき存在であったといった見解も示されている(9)。

禎子の誕生に際しては女宮ゆえに落胆の激しかった道長だが、禎子をわが娘に準じて愛育したことは『栄花物語』『大鏡』に共通していえることであった。たしかに禎子内親王の裳着の豪華さは、道長の肝煎り故であろう。そもそも道長は出家に際して、「ただ飽かぬことは、尚侍を東宮に奉り、皇太后宮の一品宮の御有様、この二事をせずなりぬるぞあれど」(うたがひ 一七七)と、末娘の嬉子と並べて、孫娘の禎子の行く末を案じていた。道長は孫の禎子の将来を思い倫子腹の娘たちと遜色なく扱い、その結婚についても自らの責任の範疇としていたかのようである。

もっとも、道長出家の時には禎子は無品で、一品宮に叙されたのは、この裳着の直後であった。その際、無品から一品宮にまで一気に叙されたのも、その時点でも道長の後見があった故であろう。娍子腹の女一の宮、女二の宮といった姉たちを差し置いてのことであり、禎子を鍾愛した三条天皇も六年前の寛仁元年（一〇一七）に没しているので、道長の政治力あっての叙品であることは疑いもない。

さて禎子内親王の裳着に際して、道長が心をこめて整えた西の対の室礼は次のようなものであった。

かくて渡らせたまひて、御しつらひを御覧ずれば、藤の裾濃の織物の御几帳に、折枝を繡ひたり。紐は村濃の唐組なり。御帳同じさまなり。御屛風などいみじうめでたし。わが御有様をこそかぎりなしと思しめしつれ、このたびの御調度どもめづらかにいみじう御覧ぜらる。御几帳、御屛風の骨などにも、みな螺鈿、蒔絵をせさせたまへり。五尺は本文を書かせたまへり。色紙形に、侍従大納言、その詞ども草仮名にうるはしう書きたまへり。四尺は唐の綾を張らせたまひて、色紙形に、薄繧にて、同じ人草に書きたまへり。下絵に栄えたる御手、すべていはん方なくをかしげなり。唐錦を縁にしたり。御具どもに、蒔絵、螺鈿に、ひまひまに玉を入れさせたまへり。おほかたえまねびつくさず。御簾の縁には青き大文の織物をぞせさせたまへる。（御裳ぎ　三三五―三三六）

「唐組」は、唐風の組み方で、服飾関係では儀仗の太刀の平緒や、唐衣の紐に用いるもので、ここは「唐の綾」「唐錦」など唐物の用例もあり、裳着の調度全般を唐風で揃えたということであろう。合わせて蒔絵や螺鈿、玉、加えて行成の書の屛風があり、豪華な部屋の調度である。それは『源氏物語』でいえば、梅枝巻の明石の姫君の調度という(10)より、それを上まわる若菜上巻の女三の宮の裳着の唐風の調度さえ思わせるものである。女三の宮の調度は国産の綾錦はいっさい使わず、中国の皇后の調度を意識したという唐物づくしの破格なものであった。女三の宮の調度は、豪奢で正統派の室内装飾であり、禎子内親王の裳着もそれに通じるが、『栄花物語』の描写はより細やかである。

その後、彰子が禎子内親王の裳着の腰結役を済ませて帰る際に、皇太后の妍子は見送りに出て、姉彰子へ贈り物をする。それらは衣箱に入れた数々の織物・綾薄物に加えて、饗饌の道具類であった。

> 御前のものなど、すべて沈、蘇芳、紫檀の懸盤に、銀の御皿どもを、例のやうにはあらで、かの懸盤の面を海の心地にして、山や洲浜のかたに造りつつ、さまざまの物ども盛りたり。ただ銀、黄金してせさせたまへり。
> （御裳ぎ　三三八）

妍子が用意していたのは、沈、蘇芳、紫檀とすべて舶来の素材の懸盤に趣向を凝らして銀や金の皿を置き、食べ物を盛った饗饌である。もっとも彰子はこれに手を触れず、素晴らしい見物として厨子棚に飾ったという。ちなみに彰子の裳着は、巻六「かかやく藤壺」の冒頭（二九九）に出てくるが、唐物との関わりは描かれないし、続編のヒロインといわれる章子内親王（後一条天皇女一の宮、母威子）の裳着についても、後一条天皇が心をこめて準備したと記されるが、唐物がらみの豪華さについての言及はない（謌合　二五六）。禎子内親王の裳着の記事の詳しさが異例なものであることは、先に触れた『栄花物語』の作者が妍子方の女房とする説とも符合するものであろう。

さらに四年後の万寿四年（一〇二七）三月、禎子内親王の東宮参りに際して、道長は「ただこの御事により、いままで生きてはべるなり。」（わかみづ　九二―九三）と感慨深げで、自分をあはれと思う人は、自分の代わりに禎子内親王に親身になってお仕えせよ、とまで洩らすのである。さらに死の直前では、母妍子を失った禎子内親王の将来を案じて、頼通に何度も遺言を残している。[11] しかし、そこまで道長が心を尽くした禎子内親王の東宮参りの調度が描かれないのは、裳着の調度がそのまま入内の調度となったからなのか、それともライバルのいない後宮で、対比的に描かれる必要がないからなのか、詳らかにはしがたいのである。

五　妍子の仏事と唐物

話を母妍子に戻すと、妍子の場合、仏事にまつわる唐物もいくつか描かれている。巻十六では妍子方の女房たちが法華経三〇巻書写を思い立ち、妍子や道長もそれに賛成し、完成した法華経を納める経箱は妍子が用意することになった。その経箱は舶載の紫檀を使い、紺地の唐錦を箱の四隅の飾りとした箱で、女房たちがさまざまな趣向を凝らして書写した法華経とともに、道長も驚嘆するほどの豪奢さであった。

提婆品はかの竜王の家のかたを書き現し、あるは銀、黄金の枝をつけ、いひつづけまねびやるべき方もなし。経とは見えたまはで、さるべきものの集などを書きたるやうに見えて、好ましくめでたくしたり。玉の軸をし、おほかた七宝をもて飾り、またかくめでたきこと見えず。経函は紫檀の函に、色々の玉を綾の文に入れて、黄金の筋を置口にせさせたまへり。唐の紺地の錦の小紋なるを折立にせさせたまへり。（もとのしづく　二三七）

提婆品をはじめ、これらの装飾経は後代の『平家納経』をも思わせるものであり、道長の配慮で阿弥陀堂（無量寿院）で供養され、その経蔵に納められることになった。しかし、あまりの豪華さに、どうせのことなら経蔵に納めず、いっそ持経にして肌身離さず持っていたいとまで記されるのである。

また後の巻二十七「ころものたま」になるが、彰子が出家した当日、後一条天皇と東宮、皇太后妍子、中宮威子からの使者が文と尼装束などを届けた。彰子は翌日落ち着いてから方々の手紙を取り出し眺めているが、その中には妹の妍子から贈られた唐物の沈香の数珠もあった。

またの日すこしのどかにおはしませば、よべの宮々の御消息ども取り出でて御覧ずれば、皇太后宮の御消息に、

沈の数珠に黄金の装束して、銀の御筥に入れさせたまひて、梅の造り枝に付けさせたまへり、

かはるらん衣のいろを思ひやる涙やうらの珠にまがへん

とぞ聞えさせたまひける。　（ころものたま　六三）

『栄花物語詳解』にも「沈は、香木にて、それにて、数珠を造れるよしなり。（中略）黄金の装束は、数珠の飾りをいふ」とあるように、それは舶来の沈香を素材とした数珠で、飾りが黄金であり銀の箱に収められていたという華美なものである。その数珠の珠を姉彰子の出家姿を思う悲しみの涙に見立て、妍子は歌を詠んだ。『新古今集』雑下にも、『栄花物語』に拠ったのか、「上東門院出家の後、黄金の装束したる沈の数珠銀の箱に入れて、梅の枝に付けて奉られける」の詞書で、妍子の「かはるらん」の歌を収載している。

なお『栄花物語』の記事ではないが、『大鏡』の法成寺金堂供養の場面では、道長の四人の娘の衣装がそれぞれ対比的に語られており、妍子の衣装だけ唐装束と記されたのは興味ぶかい。唐装束とは、衣装の素材がすべて唐渡来かまたは唐風のものであり、派手好みで唐物好きの妍子の面目躍如といったところであろうか。

大宮は、二重織物折り重ねられてはべりし。皇太后宮は、そうじて唐装束。督の殿のは、殿こそせさせたまへりしか。こと御方々のも、絵描きなどせられたり、と聞かせたまて、にはかに薄押しなどせられたりければ、入道殿御覧じて、「よき呪師の装束かな」とて、笑ひ申させたまひけり。　（三五九）

もっとも四人の衣装は頼通をはじめ、すべて男兄弟が新調して献上したようで、妍子の衣装が唐装束になったのは、妍子自身の選択ではない。しかし逆にいえば、妍子に似合う衣装として唐物尽くしの品が選ばれたということではあった。それは先に掲げた『枕草子』の積善寺供養での定子の唐物尽くしの衣装をも連想させるものでもあろうか。しかし、『栄花物語』の法成寺金堂供養の場面で四姉妹の衣装についての言及はなく、代わって女房の装束のみが記さ

れている(おむがく　二六八―二六九)。さらに妍子方の女房の衣装は、「またこれぞなかりつることと、いみじくめづらかなり」と他の女房たちと比べて、その華美が特筆すべき点とされている。後に妍子は女房たちの華美さについて、頼通から苦言を呈されることもあったという。

六　道長の仏事と唐物——法成寺金堂供養を中心に

次に「法成寺グループ」の巻々から、道長の仏事における唐物をながめてみよう。道長主宰の善美を尽くした法会の豪華さや建立した法成寺の伽藍の見事さは、道長が現世における権力者であることを表象するばかりか、まさに極楽浄土を現世に出現させた存在であることを証している。たとえば巻十七の法成寺金堂供養の描写では、金堂に金・銀・紫金・瑠璃・琥珀・水精などの七宝、多種の花々、螺鈿の細工がなされ、庭園描写で池やその周囲を囲む七宝の樹々、そこに遊ぶ珍鳥の孔雀や鸚鵡、いわば生きている唐物を登場させている(おむがく　二七五―二七六)。

しかし既に指摘があるように、これらは静照の『極楽遊意』の浄土のイメージを基に誇張して描かれており[12]、実際に唐物が使われたり、舶来の鳥たちがいたかどうかは不明で、唐物の用例から外した方が無難である。「孔雀、鸚鵡、中の洲に遊ぶ」(二七五)について、全注釈や新編全集の頭注では、「いづれも作り物であろう」としている。唐物というモノよりも、『極楽遊意』の極楽浄土に倣った文体により道長の仏事を荘厳することに『栄花物語』は力を注いでいるのである。

もっとも『御堂関白記』によれば、長和四年(一〇一五)二月十二日条では、三条天皇が宋商の周文裔が献上した珍獣の孔雀と鵞を見るという、いわゆる唐物御覧の後にそれらを道長に下賜している。道長が土御門殿で飼育したところ、四月に孔雀が卵を十一個産み、しかし百余日を経ても孵化しなかったという苦労話もあったようである。長和四年の土御門殿の孔雀が、治安二年(一〇二二)七月十四日に行われた法成寺金堂供養まで生きていて、法成寺に運ばれたとすれば興味ぶかいが、『栄花物語』でも言及はなく、その可能性は低いというべきである。

唐物の確実な例で、価値あるものとして目を惹くのは、諸僧の参入の際の「衲の袈裟」である。「衲の袈裟」は高僧の着用するもので、諸種の布帛を縫い込み、裏を付けて重厚に作った袈裟で、法成寺金堂供養のそのために、わざわざ唐から招来したものを着用したというのである。

僧のなりども、みな梵音、錫杖、品々にしたがひていろいろなり。衲衆などは、衲の袈裟唐土よりこのたびの御堂の会にと心ざし持てまゐれるを、みな色々なれば、あざやかに常に似ず、玉を貫きかけたれば、尊さはさらにもいはず、いみじき見物なり。銀、黄金の香炉に、さまざまの香を焚きたれば、院の内栴檀、沈水の香満ち薫り、色々の花空より四方に飛びまがふ。この僧たちのさま、姿ども、ただかの霊山の法会に、菩薩、聖衆の参り集まりたまひけんも、かくはえやと見ゆ。（おむがく 二八一—二八二）

袈裟の色はさまざまに鮮やかで豪華絢爛、たいそうな見物であった上に、また院内の金銀の香炉では舶来の香料が焚かれ、栴檀や沈香などの匂いで満ち溢れていた。その光景は、釈迦が霊鷲山で開いた法会もこれほど見事ではあるまいと思わせるものであったという。

金堂供養以外の唐物の描写では、次の巻十八「たまのうてな」で法成寺の道長の念誦の座が「黄金の仏器並め据ゑさせたまうて、瑠璃の壺に唐撫子、桔梗などを挿させたまへり。匂いろいろに見えてめでたし。火舎に黒方をたかせたまへり。」(三〇二—三〇三)と語られているのが注意される。しかし、やはり唐物というモノを強調することで道長の仏事を荘厳する場面は、思ったほど多くはないというべきであろう。

七　隆家の大宰権帥赴任

最後に藤原隆家の大宰権帥赴任と唐物の関係について、補足的に述べておきたい。中納言の隆家が眼を病み、その治療のため大宰府への赴任を望み、大宰権帥に任命されたのは長和三年(一〇一四)十一月七日のことであった。『栄花物語』巻十二「たまのむらぎく」はその経緯を以下のように記している。

かかるほどに、大弐辞書といふ物、公に奉りたりければ、われもわれもと望みののしりけるに、この中納言、さはれ、これや申してなりなましと思したちて、さるべき人々に言ひ合せなどしたまへるに、「唐の人はいみじう目をなんつくろひはべる。さておはしましてつくろはせたまへ」と、さるべき人々も聞えさせければ、内にも奏せさせたまひ、中宮にも申させたまひければ、いと心苦しきことに帝も思されけるに、大殿も、まことに思さればこと人にあるべきことならずとて、なりたまひぬ。十一月のことなれば、さはなりたまへれど、今年などは思したつべきにもあらず。いみじうあはれなることに世人も聞ゆ。（たまのむらぎく　五〇）

『栄花物語』では、一貫して隆家は大宰大弐のポストを望み、それを得たとされるが、実際は中納言というその身分ゆえに二等官の大弐ではなく、権帥に任命された。ここで「唐の人」は、実際博多に訪れていた宋の医師を指す。そもそも隆家の眼病については『御堂関白記』の長和二年(一〇一三)正月十日条にあり、長和三年には隆家は眼病平癒のため熊野詣をしている。もっとも、その効果がなかったためか、隆家は僧清賢を九州に派遣し、砂金十両で宋の医師恵清に眼病の薬を求めたと『小右記』は伝えている(長和三年六月二十五日条)。しかし、その効果もなく、直接大宰府に下り、宋の医師の治療を受けたいと願ったのである。大宰権帥の任官に際しては、「いと心苦しきことに帝も思されけるに」とあるように、同様に眼病に悩む三条天皇の隆家への同情もあって任命されたという。

ここで交易史の観点から注目されるのは、宋の医師が博多で長期滞在しうるような時代にもはや入っていたということである。博多湾に来航した宋商人は、おおむね鴻臚館に安置され、そこで朝廷と公貿易した後に民間との交易が許された。本書第Ⅰ部第一編第一章で触れたように海商が在住せず、もたらした唐物を買い付けるシステムを波打ち際貿易という。一方、海商が博多に定住し、交易することを住蕃貿易といい、新羅商人では、九世紀初めから住蕃貿易が見られるが、宋商人が定住するのは遅れ、十一世紀中葉から顕著になるという。[13]博多に「唐房」とよばれる大規模なチャイナタウンが形成されるのは十二世紀からである。ただし、十一世紀前半には宋商人が長期滞在し、周文裔のように日本の女性と通婚し、二世を儲けることもあった。

隆家の志願も、宋人が交易してすぐ帰還する時代から長期滞在が可能になった時代への転換を前提としてのことであった。このころの博多の鴻臚館は、海商を隔離するような閉鎖性はなく、官民との貿易センターとして、海商が長期滞在する生活や営業の拠点となっていたのである。[14]『栄花物語』でいう「唐の人」とは、じっさい博多を訪れていた宋の医師を指すのであろう。『小右記』長和二年(一〇一三)九月八日条に「(隆家は)深ク鎮西ノ興有リ」とある。

ところが、隆家の権帥在任中の動静については、『栄花物語』はほとんど関心を払ってはいない。隆家は着任早々、朝廷に気を遣って、長和四年(一〇一五)九月に道長を介して、三条天皇に種々の香薬や唐錦・唐綾などを献上している(『小右記』九月二十三日条)。それとは別に道長と中宮妍子にも唐物を献上している。翌長和五年(一〇一六)十一月にも道長に香薬を献上しており(『御堂関白記』)、大宰府の長官として唐物交易に関わった証でもあろう。しかし『栄花物語』にそうした言及はない。

さらに寛仁三年(一〇一九)、女真族の海賊が壱岐・対馬を襲い、筑前に侵入した事件、いわゆる刀伊の入寇に際して、隆家が率先して指揮をとってこれを撃退させた功績にも『栄花物語』は触れることはない。その軍功を大きく扱った『大鏡』とは対照的なのである。『大鏡』には、

かの国におはしまししほど、刀夷国の者にはかにこの国を討ち取らむとや思ひけむ、越え来たりけるに、筑紫には、かねて用意もなく、大弐殿、弓矢の本末も知りたまはねば、いかがと思しけれど、大和心かしこくおはする人にて、筑後・肥前・肥後、九国の人をおこしたまふをばさることにて、府の内につかうまつる人をさへおしこりて、戦はせたまひければ、かやつが方の者ども、いと多く死にけるは。さはいへど、家高くおはします故に、いみじかりしこと、平げたまへる殿ぞかし。公家、大臣・大納言にもなさせたまひぬべかりしかど、御まじらひ絶えにたれば、ただにはおはするにこそあめれ。（二七七―二七八）

とあるが、あるいはそこに隆家の軍功にいっさい触れない『栄花物語』に対する、『大鏡』の一種の批判意識をみるべきかもしれない。

『栄花物語』が唯一取り上げたのは、隆家が大弐(正しくは権帥)を辞して、帰京した際に任地からの手土産として、道長に「唐の綾錦」を献上したことである。

かくてこの裳瘡京に来ぬれば、いみじう病む人々多かり。前の大弐も、同じくは、この御堂の供養の先にと思しいそぎければ、このごろ上りたまひて、いみじき唐の綾錦を多く入道殿に奉りたまひて、御堂の飾りにせさせたまふ。めでたき御堂の会とののしれども、世の人ただ今は、この裳瘡に何ごともおぼえぬさまなり。この裳瘡は、大弐の御供に筑紫より来るとこそいふめれ。あさましうさまざまにいみじうわづらひてやがてなくなるたぐひも多かり。いみじうあはれなること多かり。（もとのしづく　二一三―二一四）

「唐の綾錦」はおそらく大宰権帥の在任中に、隆家がポストを活かして宋の海商から入手した最高級の唐物であろ

う。道長はそれらを法成寺の阿弥陀堂供養の飾りとして使用したというが、漢文日記などにはこの記事は見えない。しかし新しく道長の手元で作られた品が比較的多く見られる法成寺の荘厳具であるから、唐の綾錦も幡などに加工されてもおかしくはないのである。もっとも隆家と唐物交易の関わりについて、結局のところ『栄花物語』が阿弥陀堂供養という道長の仏事がらみでしか興味を示していないことは注意されよう。しかも『栄花物語』の記事は、隆家の従者が大宰府から裳着を持ち込み、それが京で流行したことの方に重きが置かれがちであった。

さて隆家の権帥辞任の後には、多くの人々が後任を希望したが、その座を得たのは藤原行成であった。行成は道長の六男長家を娘婿に迎えていたのに、経済的に不如意でそのポストを望んだのである。そして大宰権帥に任じられるとすぐ大宰府から物品がもたらされて、長家を婿として華やかにもてなしたという。しかし行成は娘が病を得たため結局のところ下向せずに、約一年後に権帥を辞職している(もとのしづく 二一九)。その後は源中納言経房が望んで大宰権帥に任命されたものの、翌年三月、大宰府に下向する際には、それを後悔したという(同 二二五)。それらの条には、大宰府の長官となり唐物交易に関わることで得られる経済的利益への羨望と、遠国に赴任しなければならない心細さに引き裂かれる上達部の心理がよくあらわれている。

八 語られる唐物/語られなかった唐物

以上たどり見てきたように、『栄花物語』における唐物の描写は、総じて道長の周辺に集中し、道長に献上されたり、道長をスポンサーとすることが多いが、『御堂関白記』や『小右記』と比較すると描かれなかった唐物もけっして少なくはないのである。たとえば仏教関係でいえば、入宋僧の奝然が所持していた宋版一切経の存在がある。武笠朗氏の考察に詳しいが、[15] この貴重な宋版一切経は、寛仁二年(一〇一八)正月十五日、奝然の弟子から道長に贈られたものである(『御堂関白記』)。道長は二条第の西廊にいったんは収めて、寛仁二年六月、再建された土御門第へ移している。さらに治安元年(一〇二一)八月一日、無量寿院の経蔵に移させていて、大切にした経典らしい。しかし『栄花物語』にはみえず、巻十四に道長が土御門第に移転した記事はあるものの、宋版一切経の存在には触れていない。

また唐物を素材とする食器の中では、『栄花物語』では『紫式部日記』という原資料に基づき沈香を素材とする「沈の懸盤」「沈の折敷」は見えるが、瑠璃関係の食器が点描されることはない。『御堂関白記』に拠れば、寛弘五年(一〇〇八)十二月の敦成親王の百日儀の折の「瑠璃酒一盞・同瓶子」、長和元年(一〇一二)五月の「瑠璃壺」(法華八講の折の、彰子の捧物)、長和四年(一〇一五)四月の禎子着袴の儀の「瑠璃壺・盃」である。もっとも法成寺における道長の念誦の座には前出の「瑠璃の壺」(たまのうてな)があり、巻二十七「ころものたま」の妍子主催の法華八講で、彰子の捧物で砂金の入った「瑠璃の壺」も出てくるので、『栄花物語』の仏教的空間では「瑠璃壺」はそれなりの位置を占めているといえよう。

さらに『栄花物語』では、総じて道長が大切にしていた舶載の書籍に関心がないのも特徴的である。彰子の入内の折、書物を収めた御厨子を見て、一条天皇が、「あまりもの興じするほどに、むげに政知らぬ白物にこそなりぬべかめれ」(かかやく藤壺、三〇五)と感嘆した際には、おそらく舶載の書物も含まれていたと考えられるが、[16]『栄花物語』ではその詳細に言及することはない。

道長といえば、とかくやり手の政治家というイメージがつきまとうが、彼はおしなべて書籍の収集に熱心で、漢詩文の造詣も深く、作文会をしばしば主催する文化人でもあった。道長が書籍の収集で力を入れていたのは、『文選』と『白氏文集』である。寛弘三年(一〇〇六)十月、道長は宋商の曽令文からの『五臣注文選』や『白氏文集』を贈られたが、それらはまさに道長の趣味に一致するものであった。遡って寛弘元年(一〇〇四)十月には、源乗方から『集注文選』と『元白集』を贈られて、感極まる喜びと『御堂関白記』に記している。なお、この時の『集注文選』は、中宮彰子を経て、一条天皇に献上されている。中宮彰子がまだ皇子を産む前であり、舶来の漢籍を一条天皇に贈ることで、学問に関心の深い天皇の心をつなぎ止めようとしたのであろう。もとより『栄花物語』には言及がない。

その後の寛弘七年(一〇一〇)十一月にも、新造の一条院に移る天皇に、道長は貴重な宋版の摺本の『文選』と『白氏文集』を贈っている。それらが、かつての曽令文の献上品なのか、それとも別のルートで入手したものか定かでないが、摺本とは写本ではなく宋で作られた版本、いわゆる宋版であり、日本ではまだ希少な品で珍重されたのである。唐物の漢籍が、道長と一条天皇をつなぐ贈与財として有効に機能していたことがうかがわれるが、これも『栄花物語』には見えないことである。なお長和四年(一〇一五)七月にも、唐僧の常智から『白氏文集』を贈られているが、それはあらかじめ道長が希望して贈ってもらった書籍であり、道長としては舶載の本を贈られるのを待つだけでなく、積極的に収集していたこともうかがわれる。

しかし、そうした道長の収集熱の痕跡は『栄花物語』からはうかがわれない。あたかも『源氏物語』にみられる草子地、「女のまねぶべきことにしあらねば」(賢木 九六)、「女のえ知らぬことまねぶは憎きことをと、うたてあれば漏らしつ」(少女 二七)のように、男性の語り手で語られるべきことであり、『栄花物語』の語る領域ではないとするかのようである。『栄花物語』の唐物の点描をあらあらとたどり見てきたが、唐物というテーマに絞っても、語られる唐物と語られざる唐物の境界があり、そこから『栄花物語』の関心や叙述態度がおのずと浮き彫りにされると思われる。『栄花物語』が語りたかった唐物は法要など、むしろ道長の仏事に関するものであった。

もっとも道長の仏事に関連して付言すれば、唐物よりも「唐」「唐土」そのものの用例がしばしば見られ、特に法成寺金堂供養の場面で集中して見られるのである。語り手が「唐」「唐土」を強く意識し、引き合いに出したそれらの例は、唐物の描写以上に注目されるが、どのように解されるべきであろうか。その一つは後一条天皇、皇太后彰子、中宮妍子、威子、東宮敦良親王から、供養に関わった諸僧に次々に禄が下される場面である。

すべてこの世にはまだあらぬことなり。いみじき唐土の朝廷なりとも、よその人どちはともかくもありぬべし、これはわが御子のみながら、かくせさせたまふことは、さらにさらに昔にもいまだあらざることなり。稀有のなかの稀有のことなり、今行く末ありがたくやと思ふ人多かり。（おむがく　二八四―二八五）

とあり、唐土では、他人同士で僧に豪華な禄を贈ることはあっても、このように道長一族だけで豪華な禄を贈ることはあるまいというのである。要するに古今、和漢を通じて空前絶後で、唐土の先例を超える稀有中の稀有な法要であると強調しているのである。また巻十七の結びで宮々の還御する際に次のようにあった。

唐土の人は、人を呪ふとては、「暇あれ」とこそはいふなれ、ただ今この殿の御前の御有様は、大和の国にもさらなりや、唐国までに祈り申しけりと見えさせたまふ御仲らひにてこそおはしますめれば、かかる世を遠くも近くも見たてまつる人さへ、みな唐国の人に祈られたる心地なんしけるとぞ。（同　二九五）

「人を呪ふとては」云々は典拠未詳であるが、全体としては、日本はもとより唐国の人まで祈りを捧げるような法要で、道長のお蔭で見物人まで唐土から祝福されている気がしたという意味であろう。日本という枠を超えて、唐土の人々さえ心服するような道長の仏事であり、その超越性を賛美しているのである。その他にも「唐土」との比較により、善行を重ねていく時の権力者、藤原道長の栄華を描き出している箇所もあり、それらは道長が現世における権力者であるばかりか、まさに極楽浄土をこの世に現出させた卓越した宗教者であることを強調する文脈《コンテクスト》であるといえようか。

それを異国意識から捉えれば、唐土を比較材料としながら、道長像を中心に自国の優越を表出するものであり、平安後期物語の男主人公像に通じるものがあるが、それを法要など仏教面において説くところにその特徴があるといえよう。前章の最後にも触れたように、十世紀以降、唐を超えたと錯覚する意識が顕著になっていた例として、宗教面から唐土での長谷寺対外霊験譚の説話があるが(17)、道長の仏事の形容もまさにそうした語られ方と重なる時代の現象なのである。

(1)　福長進『歴史物語の創造』(笠間書院、二〇一一)の第Ⅰ部第五章「明暗対比的な構成」では、先行研究として松村博司氏、河北騰氏を挙げながら、彰子・定子、妍子・娍子といった明暗対比的な構成に、詮子・一条天皇・道長など視点人物がかかわることを指摘している。
(2)　(1)参照。
(3)　彰子関係の唐物では、かなり後の巻二十七「ころものたま」になるが、彰子が出家する際、準備した調度に「唐綾」「唐の錦」「紫檀」(五八)など唐物がふんだんに使われていると語られる。彰子自身か道長による準備か、どちらかは不明であるが、全体に華美な印象である。その他にも、出家した彰子が法興寺阿弥陀堂のそばに東北院を建立した際には、沈・紫檀で高欄を造り、瑠璃の釘を使ったという(巻三十二「謌合」)。
(4)　増田繁夫「『栄花物語』の描く中宮定子と彰子の後宮――「気近さ」と「奥深さ」」(山中裕・久下裕利編『栄花物語の新研究　歴史と物語を考える』新典社、二〇〇七)。
(5)　斎藤浩二「栄花物語に描かれた中宮妍子・一品宮禎子とその周辺」(早稲田大学平安朝文学研究会編『岡一男博士頌寿記念論集　平安朝文学研究』有精堂出版、一九八三)、加納重文『歴史物語の思想』(京都女子大学、一九九二)第一編第五章、加藤静子「女たちの、歴史叙述」(『王朝歴史物語の方法と享受』竹林舎、二〇一一)。
(6)　京樂真帆子「平安京貴族文化とにおい――芳香と悪臭の権力構造――」(三田村雅子・河添房江編『薫りの源氏物語』翰林書房、二〇〇八)。
(7)　河添房江『唐物の文化史』(岩波新書、二〇一四)終章参照。

(8)　小西京子「摂関政治と禎子内親王」(『寧楽史苑』第四〇号、一九九五・二)。
(9)　桜井宏徳「予言の中の禎子内親王」(『物語文学としての大鏡』新典社、二〇〇九)。
(10)　女三の宮の裳着の調度は、「御しつらひは、柏殿の西面に、御帳、御几帳よりはじめて、ここの綾、錦はまぜさせたまはず、唐土の后の飾りを思しやりて、うるはしくことごとしく、輝くばかり調へさせたまへり。」(若菜上　四二)とあった。
(11)　巻三十「つるのはやし」は道長の遺言について、「また、「一品宮の御事をなん思ふことなる。あなかしこ、おろかに誰も思ひきこえさすな。わが遺言違ふな」とぞ、かへすがへす聞えさせたまひける。」(一八〇)と伝えている。
(12)　松村博司『栄花物語全注釈　四』(角川書店、一九七四)。
(13)　亀井明徳「唐・新羅商人の来航と大宰府」(『海外視点・日本の歴史5　平安文化の開花』ぎょうせい、一九八七)。
(14)　渡邊誠「鴻臚館の盛衰」(『日本の対外関係3　通交・通商圏の拡大』吉川弘文館、二〇一〇)。
(15)　武笠朗「藤原道長の仏教信仰・造像・唐物観」(池田忍編『講座源氏物語研究10　源氏物語と美術の世界』おうふう、二〇〇八)。
(16)　山内晋次『NHKさかのぼり日本史　外交篇9　平安・奈良　外交から貿易への大転換』(NHK出版、二〇一三)。
(17)　勝浦令子「平安期皇后・皇太后の〈漢〉文化受容――信仰を中心に――」(『中古文学』一〇〇号、二〇一七・一一)。

第三章　平家一族と唐物——中世へ

一　「楊州の金、荊州の珠」

『平家物語』(覚一本)巻一では、平家一族の盛栄を次のように語っている。

日本秋津島は、纔かに六十六箇国、平家知行の国、卅余箇国、既に半国にこえたり。(中略)楊州の金、荊州の珠、呉郡の綾、蜀江の錦、七珍万宝、一つとして闕けたる事なし。歌堂舞閣の基、魚竜爵馬の翫もの、恐らくは帝闕も仙洞も是には過ぎじとぞみえし。(巻一　三三—三四)

この条の前半では、平氏の知行国が全国の半分にも達し、強大な勢力を誇ったことを、後半は楊州の金をはじめ、日宋貿易が平氏にもたらした巨万の富を明らかにしている。ここでの「帝闕」は朝廷、「仙洞」は上皇を指し、平家が「七珍万宝」と呼ばれた舶載品の蓄積において、朝廷や上皇をも凌駕したであろうと推測しているのである。

ところで「楊州の金、荊州の珠、呉郡の綾、蜀江の錦」と並べられた舶載品、いわゆる唐物は、日宋貿易で取引された代表的な名産品をうかがい知る意味でも興味ぶかい。もっとも「楊州の金、荊州の珠、呉郡の綾、蜀江の錦」については、それぞれ古く典拠のある表現が選ばれていることも忘れてはならないだろう。

楊州は江南地方に位置し、隋の煬帝が愛でて離宮を建設するとともに、巡幸のため運河を建設して海上交通の要となり、唐代には国際的な港となり交易で栄えた。「楊州の金」については、古くは五経の一つである『書経』「禹貢」[1]の条に金の産地とある。荊州は湖北地方にあり、『三国志』の舞台としても知られるが、同じく『書経』「禹貢」に珠の産地と記されている。呉郡は江蘇地方にあり、『唐書』の韋堅伝に綾の産地とする。蜀江は四川省で、錦の名産地である。「蜀江の錦」は三国六朝時代から唐・宋・元・明に至るまで生産され、奈良時代から日本にもたらされた。法隆寺に伝来する蜀江錦は、経糸で文様をあらわした経錦で、鮮やかな赤地に格子連珠文様などを織り出した唐代の錦である。『太平記』三九にも、「橋板に太唐氈・呉郡の綾・蜀江の錦、色々に敷きのべたれば」(四二九)とあり、そこでもやはり呉郡の綾と蜀江の錦が舶載の綾錦として並び称されている[2]。

「楊州の金、荊州の珠、呉郡の綾、蜀江の錦」は典拠があり、文飾をこらした表現ということになるが、美辞麗句というにとどまらず、平家一族がいかに日宋貿易によって最高の唐物を多く蓄財したかを意識して、語りなした表現とみてよいのではないか。

二　平清盛の台頭――その官歴と交易

ところで、なぜ平家一族は深く日宋貿易に関わり、「七珍万宝」が一つとして欠けることがないという巨万の富を築き上げたのか、その謎を解く鍵は、平清盛とその父の忠盛の官歴にある。

そもそも平家一族は、父忠盛の時代、院の荘園であった肥前国神埼荘の預所(管理者)として日宋貿易をおこない、舶載品を鳥羽院に進呈して近臣として認められるようになった。『長秋記』の長承二年(一一三三)八月の記事によると、宋商人の周新が来航し、大宰府の官人と交易したが、平忠盛が横槍を入れて、宋船が来航したのは神埼荘であるので、大宰府の官人が関与してはならないという下文を作り、それを鳥羽院の院宣と称したという。神埼荘は有明海に面した大きな荘園であるが、博多にもその所領があったので、そこに入港したという説もある。それはともかくも、忠盛の主張は受け入れられたのである。忠盛が日宋貿易に介入したのは、鳥羽院が唐物をはじめ宝物の熱心なコレクターだったので、唐物を献上して、その歓心を買うためであったともされる。鳥羽院の威光をバックに、忠盛は大宰府と対抗しつつ、積極的に日宋貿易に関与していったのである。

一方、息子の清盛といえば、

肥後守―安芸守―播磨守―大宰大弐

といった海運や交易に関わる重要なポストを歴任することで、日宋貿易に深く関わっていく。清盛は肥後守に続いて、瀬戸内海の要所である安芸国の国守となるが、それは瀬戸内海の制海権を手に入れたことを意味し、後に厳島神社への肩入れとなる(3)。

父忠盛の死後、清盛は氏の長者となり、保元の乱で後白河方に味方して勝利し、播磨守となった。さらに大宰大弐になったことで、日宋貿易の中枢に深く関わった。当時、大宰大弐は現地に赴任しないのが慣例になっていたが、貿易の利権だけは享受していたであろう。白河の千体新阿弥陀堂の造営も、清盛が大宰大弐の財力により請け負ったものであった。やがて清盛は大宰大弐を経て、参議から内大臣、そして太政大臣と、権力の中枢に上り詰めていく。

三　清盛と『源氏物語』の明石一族の栄華

ところで、清盛をはじめとする平家一族の栄華は、高橋昌明氏により『源氏物語』のとある一族に擬えられているが、誰だかおわかりだろうか。答えは明石一族である。(4) その要点をここで示せば、後白河法皇は「彦火々出見尊絵巻」を作らせたが、その意図が表面では平清盛とその娘徳子の入内の栄華をことほぐかに見えて、じつは明石一族を連想させることで見下し、その栄華に釘を刺したというのである。出家した清盛は明石入道に重なり、国母となった中宮徳子は、明石の君と明石の女御(中宮)の両者を兼ねた役割である。

さらに高橋氏は、清盛はむしろ自身を光源氏に擬していたという可能性を指摘し、白河院の落胤とされる清盛が太政大臣を経験した点など、共通点を挙げている。そこまで断定できるかどうかは検討の余地はあろうが、少なくとも平家一族が『源氏物語』を意識し、源氏文化に同化することで、武家でありながら摂関家や院をも凌ぐ文化的覇者を目指していたことは間違いない。(5) 中宮徳子のサロンに二〇巻の「源氏物語絵巻」があったことや、後白河法皇の五十賀で平維盛が青海波を舞い、光源氏の再来とされたことなど、その証左は枚挙にいとまもない。

しかし、ここで最も注目したいのは、清盛の官歴と交易の関係である。清盛が播磨守になったことじたい、明石入道の官歴と重なることはいうまでもない。そもそも明石入道は大臣の息子で近衛中将だったが、出世街道から外れたため、中央での官途に見切りをつけ、みずから志願して播磨守となった。そして財を成したが、退任後も都に戻ることはなく、愛娘の明石の君を光源氏と結婚させ、その財力で後援した。明石の君が東京錦の褥(初音巻)のような破格な唐物を所有しているのも、父入道の明石という地の利を活かして、最高級の唐物をも収集していた証であろう。明石入道の富の基盤に船載品があったことは、清盛と共通する。

一方、清盛の参議から内大臣、そして太政大臣という官歴が、『源氏物語』の光源氏と重なることも、言わずもがなであろう。近衛中将のポストを捨てて播磨守になった明石入道が都に返り咲く夢をいだいたにせよ、実現することはなかったが、清盛はその見果てぬ夢を実現し、明石入道と光源氏の人生をみずからの官歴で架橋してみせたのである。

もっとも、明石入道が財と地の利を活かして船載品を買い漁ったことを遥かに超えて、平清盛は日宋貿易を積極的に展開したのも事実である。以下、さらにその実態に迫っていくことにする。

四　福原での日宋貿易の実態

平清盛は、応保二年（一一六二）、福原のある摂津八部荘を手に入れ、五泊の一つである大輪田泊の改修にとりかかる。嘉応二年（一一七〇）九月には宋人が福原を訪れ、後白河法皇は清盛の勧めで宋人に会うため、福原に下向した。これは宇多天皇の寛平御遺戒で、異国人と直接対面することはタブーとした戒めを破る行為であり、九条兼実は『玉葉』で「我が朝、延喜以来未曽有の事なり。天魔の所為か」と仰天し非難している。

「延喜以来」とあるのは、醍醐朝の延喜年間から外国との正式な国交を断ってきた歴史をいうが、その背景には唐の滅亡による東アジア世界の混乱が及ぶことを避ける意味があった。また異国人に対して、穢れの対象として忌嫌する観念も生まれ、その根拠として寛平御遺戒が遵守されていたのであった。要するに、たとえ譲位したとはいえ後白河法皇が宋人と会うことは、まさに寛平御遺戒以来の国のスタンスに反する行為であったのである。

続いて承安二年(一一七二)九月には、宋の明州から後白河法皇と清盛宛に供物が送られた。ところが、後白河法皇への目録には「賜日本国王」と記されていたことから、公卿の間で論議がおこった。日本国王＝後白河法皇に「賜ふ」というのは無礼であり、公卿の間では供物は返却、返牒は不要との意見が大勢を占めた。しかし、清盛は翌年三月に、供物が美麗であることを称えた返牒を送り、後白河法皇からは砂金百両、清盛からは鎧と刀が返礼として送られたという。

ともあれ、これを機に日宋貿易も拡大し、ついに宋船が瀬戸内海にそのまま入って、大輪田泊で直接、交易するようになる。これは古代より大宰府の出先機関である博多の鴻臚館やその周辺で交易をおこない、瀬戸内海に外国船が入ることを禁じていた慣例からすれば前代未聞なことであった。それは大宰府の役人の利権を骨抜きにして、平家が日宋貿易を直接、管理する時代が到来したことを意味する。こうして拡大した日宋貿易の収益は、荘園・知行国からの収入と共に、平家一族の大きな財源となったことは、冒頭で触れた『平家物語』の一節の通りである。そして、それは治承四年(一一八〇)に福原遷都という流れを形づくるものであった。清盛はすでに「唐船」とよばれた宋の大船を数艘入手もして乗船していたが、福原遷都の直前には、これを使って、高倉上皇・安徳天皇の厳島行幸を実現している。

ところで、当時、日宋貿易で取引された品物は、輸入品は錦・綾などの織物、陶磁器、文房具、書籍、香料、染料、高麗人参、紅花などであった。日宋貿易で得た唐物は、安元三年(一一七七)三月の千僧供養の際のように、福原での法会に出た僧侶たちへの引き出物となったり、また珍品は法皇や天皇に献上されたのである。早くは仁安三年(一一六八)、高倉天皇が即位した折の大嘗会で唐錦が足りなくなった時、清盛とその娘の盛子(関白藤原基実の後妻)に助けを求めたエピソードもあった。(6) 日宋貿易の独占によって、貴族生活に不可欠な奢侈品である唐物は、平家氏一族に依存せざるをえなくなったのである。

また輸入品の中でも特筆するべきは宋銭で、当時は多量に輸入され、それが貨幣として流通し、社会を支えていたのである。もっとも清盛が推進した宋銭の流通は、都の旧貴族層の反発を招いてもいる。治承三年(一一七九)六月、流行病がはやった際には、物価高騰もあってか、これが輸入された宋銭の流通によって引き起こされた「銭の病」として非難された(『百練抄』)[7]。清盛は物価高騰に対して、物価統制法である沽価法《こかほう》を取り入れた新しい制度を採用し対応したが[8]、九条兼実は宋銭は本朝で発行した貨幣ではなく、私鋳銭(贋金)と同じであるとして、宋銭流通を禁ずるように主張し、批判している(『玉葉』治承三年七月二十七日条)。

五　『平家物語』と唐物

それでは、平清盛と宋が具体的にどのように関わっているのか、さらに『平家物語』から見ていきたい。巻一の「楊州の金、荊州の珠……」の条については最初に述べたが、巻三には、重病の重盛を心配した清盛が、宋から来朝した名医の治療を受けるよう勧める場面がある。

> 境節入道相国、福原の別業におはしけるが、越中守盛俊を使者で、小松殿へ仰せられけるは、「所労弥大事なる由其聞えあり。兼ねては又、宋朝より勝れたる名医わたれり。折節悦とす。是を召し請じて、医療をくはへしめ給へ」と宣ひつかはされたりければ、小松殿たすけおこされ、盛俊を御前へ召して、「まづ医療の事、畏つて承り候ひぬと申すべし。但し汝も承れ。延喜御門は、さばかンの賢王にてましましけれども、異国の相人を、都のうちへ入れさせ給ひたりけるをば、末代までも、賢王の御誤、本朝の恥とこそみえけれ。況や重盛ほどの凡人が、

異国の医師を王城へいれん事、国の辱にあらずや。……」　（巻三　二二八―二二九）

しかし重盛は、醍醐天皇の先例を引きつつ、外国人を都に入れ、大臣として会うことは、まして国の恥だと拒否する。宋の先進的な医療技術に期待する開明的な清盛と、たとえ名医であろうと都で異人と接することに慎重な重盛との温度差を感じる場面である。重盛が没したのは、ちょうど「銭の病」が流行った治承三年（一一七九）の八月のことであり、宋銭流入をはじめ日宋貿易を積極的に進める清盛に旧貴族層が反発していることを意識した発言とみられなくもない。

もっとも重盛も、先進国である宋の存在を否定しているわけではなく、同じく巻三では、自身の後世の供養を宋の育王山に頼むために、妙典に三千五百両を預けるという場面がある。

又おとど、「我朝にはいかなる大善根をしおいたりとも、子孫あひついでとぶらはむ事有りがたし。他国にいかなる善根をもして、後世を訪はればや」とて、安元の比ほひ、鎮西より妙典といふ船頭を召しのぼせ、人を遥かにのけて、御対面あり。金を三千五百両召し寄せて、「汝は大正直の者であんなれば、五百両をば汝にたぶ。三千両を宋朝へ渡し、育王山へ参らせて、千両を僧にひき、二千両をば御門へ参らせ、田代を育王山へ申し寄せて、我後世とぶらはせよ」とぞ宣ひける。　（巻三　二三七）

これは事実であったらしく、『宗像記』に拠れば、建久九年（一一九八）の秋、宋から重盛の追善供養のために蔵経や経石碑を船に積んで来朝したものの、すでに平家が滅んだ後で、宗像氏国に託して帰国したという。

また清盛の死後の場面だが、巻十には、清盛が砂金を贈って、宋の皇帝から返礼に贈られた「松陰」という硯が、捕らえられた息子の重衡にまつわる話として出てくる。

上人もよろづ物あはれに覚えて、かきくらす心地して、泣く〳〵戒をぞ説かれける。御布施とおぼしくて、年ごろ常におはしてあそばれける侍のもとに預けおかれたりける御硯を、知時して召し寄せて、上人に奉り、「是をば人にたび候はで、常に御目のかかり候はん所におかれ候ひて、某が物ぞかしと御覧ぜられ候はんたびごとに、おぼしめしなずらへて、御念仏候べし。御ひまには、経をも一巻御廻向候はば、しかるべう候べし」なンど、泣く〳〵申されければ、上人とかうの返事にも及ばず、是をとツて懐にいれ、墨染の袖をしぼりつつ、泣く〳〵帰り給ひけり。此硯は親父入道相国、砂金をおほく宋朝の御門へ奉り給ひたりければ、返報とおぼしくて、「日本和田の平大相国のもとへ」とて、おくられたりけるとかや。名をば松陰とぞ申しける。（巻十　二八二―二八三）

重衡が法然上人に会うことを願って許され、法然に父の形見の「松陰」を布施として渡し、自身の回向を頼む場面である。「日本和田」とは大輪田のことを指すので、硯「松陰」は清盛が福原に滞在していた頃、宋の皇帝から贈られた硯ということになり、宋と清盛の密なる関係がうかがわれる。

『平家物語』で、清盛と宋との関わりを示す場面は、この二つに尽きている。また、清盛に限らず、平家一門に広げても、予想しているほど「唐物」は多く見られない。他の例は、合戦の折、死を覚悟した武人が最後の装いとして、唐綾おどしの鎧を着用する例などである。唐綾おどしの鎧とは、唐綾を細く裁って畳んで鎧の組糸とした品で、『平家物語』巻九で源氏に追われ、落ちゆく平通盛の出で立ち、また巻十一の屋島の合戦や壇ノ浦合戦での平教経の出で立ちの例がある。とはいえ唐綾おどしの鎧は、日宋貿易に深く関わった平家一族ゆえということでもなく、木曽義仲や源兼綱の死装束となっているので、合戦の折、死を覚悟した武人の最後の晴れの装いとして、パターン化されているともいえよう。こうした唐物の語りなしは、やはり『平家物語』では平家の栄華よりも滅亡を語ることに重きが置かれているという、作品の基調によるものかもしれない。また、唐綾おどしの唐綾が、舶載品と断定できるのかどうか、唐綾は『明月記』の時代に都でも生産されていたことは確認できるので、時代を遡って国産品である可能性も捨てきれない。

六　『平家納経』と『太平御覧』

平家一族と唐物の関係について、『平家物語』以外にも視野を広げてみよう。平氏の栄華を象徴する品といえば、誰しも思い浮かべるのは、厳島神社に奉納された国宝『平家納経』の存在であろう。長寛二年（一一六四）の九月、内大臣に就任する二年前に、清盛は一門の栄達を感謝し、来世の冥福を祈るため、厳島神社に装飾経を奉納した。内容は『法華経』二八巻、『無量義経』『観普賢経』『般若心経』『阿弥陀経』各一巻と、清盛の願文を加えた全三三巻であった。いずれも五彩の料紙に金銀の砂子や切箔が散りばめられ、見返しには優美な大和絵や唐絵が描かれており、軸首には水晶・乾漆などが用いられている。当時の工芸技術の粋を尽くした華麗な装飾経だが、その表紙や見返し絵に使われた顔料は、すべて舶載品であった。十一世紀後半に成った藤原明衡の『新猿楽記』には、唐物として以下のように五十種以上の品物が列記されている。

沈・麝香・衣比・丁子・甘松・薫陸・青木・竜脳・牛頭・雞舌・白檀・赤木・紫檀・蘇芳・陶砂・紅雪・紫雪・金益丹・銀益丹・紫金膏・巴豆・雄黄・可梨勒・檳榔子・銅黄・緑青・燕脂・空青・丹・朱砂・胡粉・豹虎皮・藤茶埦・籠子・犀生角・水牛如意・瑪瑙帯・瑠璃壺・綾・錦・羅・縠・緋襟・象眼・繧繝・高麗軟錦・東京錦・浮線綾・呉竹・甘竹・吹玉等也。

傍線で示したように「銅黄・緑青・燕脂・空青・丹・朱砂・胡粉」は、絵画を描く顔料であり、これらはすべて貴重な舶載品だったのである。また『法華経』の中の『提婆品』の題簽は舶載品の瑠璃で出来ていたという[10]。まさに王朝文化の精華といわれる『平家納経』の華麗な美も唐物によって支えられていたのである。

しかし、平家の唐物にまつわる、より著名なエピソードといえば、船載された『太平御覧』をめぐっての話である。『太平御覧』とは、宋の太宗が、李昉らに命じて編集させたもので、九八三年に完成した中国の一大類書、いわば大百科事典である。千巻に及び、天、地、皇王、州郡、封建、職官、礼、楽、道、釈から四夷、疾病、妖異、動植物に及ぶまで、五五部門、五千項目を列挙するという。宋朝では長らく禁書となって、国外に持ち出されていなかった。ところが、治承三年(一一七九)、来航した宋船が『太平御覧』の摺本(印刷した本)三百冊をもたらしたので、清盛は早速、購入したのである。そして副本の写本を作った上で、元本を内裏に献上しようとした。おりしも同年暮の十二月十六日、二歳の東宮(翌年即位して安徳天皇)が清盛の西八条第に行啓したので、その内の三帖を美麗に包んで献上した。包んだ布は浮線綾で、裏が蘇芳をぼかし染めにした品で、唐物であった可能性も高い。それに玉をつけ、銀の枝につけるという尽善尽美のものであった。

そもそも、この治承三年という年は、清盛にとって激動の一年であった。六月の宋銭の「銭の病」騒動に加えて、八月には後白河院とのパイプ役であった長男の重盛が死去している。その直前には関白藤原基実の後妻であった娘の盛子が死去し、平家が預かっていた摂関家領を後白河院が没収することになった。後白河院と何かと衝突を重ねた清盛は、ついに十一月に蜂起し、後白河院を鳥羽離宮に幽閉し、院政を停止させたのであった[11]。まさに平氏政権が成立した直後に、この『太平御覧』が献本されたのであった。

しかも、それは寛弘七年(一〇一〇)、一条天皇が枇杷第に行幸した折、藤原道長が摺本の『文選』や『白氏文集』を献上した先例を、清盛が意識した上でのことであった。清盛が自身の権威の先例を絶頂期の道長に見ていたことをうかがわせる興味ぶかいエピソードである。

道長自身、家司クラスを大宰大弐などに送りこみ、摺本の『文選』や『白氏文集』など書籍のみならず香料・瑠璃壺・唐綾錦など、最高級の唐物を献上させていた。道長の為政者としての権力も文化的権威も、朝廷を凌駕する質量ともに充実した舶載品によって支えられていたのである(12)。

先に『源氏物語』の符合にふれ、清盛が自身を光源氏に擬していたという可能性を示唆した高橋昌明氏の説を紹介したが、いずれにしても清盛が先例や規範と仰いだのが、摂関時代の最盛期の権力者であったことは興味ぶかい。貴族文化の象徴である装飾経を『平家納経』のような形で残し、舶載品の書籍を道長のように献じた清盛。道長も虚構の光源氏も、権力保持のためには文化的な権威づけが必要であり、そのために唐物を有効活用したが、清盛が武家の棟梁から文化的覇者になるためには、さらに大きなハードル越えが課せられていた。平家一族にとって、日宋貿易で得た唐物の富は、経済的な基盤であったばかりか、旧貴族層や上皇を抑えて平氏政権を樹立し、文化的覇者となるための必須の糧だったのである。

もっとも平氏政権の樹立は、そのまま平家滅亡のストーリーの幕開けであった。翌治承四年(一一八〇)は、二月の安徳天皇の即位、三月の高倉上皇・安徳天皇の唐船による厳島行幸と慶事が続くが、五月には以仁王の乱が起こり、さらに反平氏勢力の蜂起が全国規模で起こっていく。思えば船載品の『太平御覧』の献進は、平家の栄華にとって最後の光芒の一齣であったともいえよう。しかし、その約八〇年後、文応元年(一二六〇)に『太平御覧』を購入した内大臣の藤原師継の日記である『妙槐記』には、『太平御覧』は清盛が初めて購入して後、次々と宋人が将来し、当時多くの知識人が愛読している旨が記されている。知のエンサイクロペディア、世界を書物に凝縮した『太平御覧』を買い上げた平清盛の開明性は、後の時代にも貢献したのである。

(1)『書経』の一編名。禹が天下を巡視し、境界を定め、交通、物産を調べ、貢賦の制を定めた事跡を記す地理書の一種である。

(2)『太平記』の引用は新潮日本古典集成の『太平記　五』に拠る。なお『太平記』にみえる「蜀江の錦」は、明代に織り出された華やかな大文様の緯錦の可能性があり、今日、名物裂として珍重されるものである。

(3)清盛は厳島神社を平家の守護社として信仰し、長寛二年(一一六四)、装飾経三三巻(『平家納経』)を奉納した。清盛はやがて神主の佐伯景弘の願いを聞き入れ、厳島神社が今日のような姿となる大造営に乗り出した(五味文彦『日本の中世を歩く』岩波新書、二〇〇九)。

(4)高橋昌明『平清盛　福原の夢』(講談社選書メチエ、二〇〇七)。

(5)三田村雅子「安元御賀の「花の姿」」(『記憶の中の源氏物語』新潮社、二〇〇八)。

(6)森克己『新編森克己著作集2　続日宋貿易の研究』(勉誠出版、二〇〇九)。

(7)『百練抄』治承三年六月の条に「近日。天下上下病悩。號之銭病」と記された病の事で、当時の人々が流行した病を海外から流入する銭貨によるものと考えている事が分かる。銭病を物価高騰と限定する説もある。

(8)網野善彦『日本社会の歴史　(中)』(岩波新書、一九九七)。

(9)ただし現存する『般若心経』は仁安二年(一一六七)の書写である。

(10)小松茂美『平家納経の研究』(『小松茂美著作集』9―14、旺文社、一九九五―一九九六)。

(11)この辺の歴史的経緯については、下向井龍彦『日本の歴史7　武士の成長と院政』(講談社、二〇〇一)や、本郷恵子『全集日本の歴史6　京・鎌倉　ふたつの王権』(小学館、二〇〇八)など参照。

(12)河添房江『源氏物語と東アジア世界』(NHKブックス、二〇〇七)。

第Ⅱ部　『源氏物語』のメディア変奏

第一編 源氏絵の図像学

第一章 「源氏物語絵巻」と『源氏物語』
――時間の重層化と多義的な解釈

一 はじめに

徳川・五島本「源氏物語絵巻」の平成の復元プロジェクトの発端は、一九九八年に遡る。当時の通産省の支援事業により、徳川美術館は、日立製作所の協力を得て『国宝源氏物語絵巻』高精細デジタルアーカイブ」の試作に取り組み、デジタル画像により絵巻の剝落や褪色の復元をおこなった。その際、東京国立文化財研究所に依頼し、蛍光X線による顔料分析をはじめ種々の科学的調査を実施した。さらにそのデータに基づき、絵巻の実際の制作過程を再現するべく、日本画家の林功氏に依頼し、一九九九年十月に「柏木(三)」の復元模写が完成したのである。

その後、徳川美術館所蔵の残り十四図の復元模写を製作するプロジェクトが発足し、林氏が「宿木(三)」の復元模写に着手したが、二〇〇〇年十一月に中国での交通事故で急逝し、プロジェクトは一度は暗礁に乗り上げたかに見えた。しかし、林氏の遺志を受け継いだ弟子の馬場弥生氏・宮崎いず美氏により二〇〇一年、「宿木(三)」の復元模写が完成した。また、この時から、NHK名古屋放送局により、模写の製作過程が「よみがえる源氏物語絵巻」シリーズとして全国に放映されることになった。二〇〇二年には、「竹河(一)」(馬場弥生作)、「東屋(二)」(宮崎いず美作)の復元模写が製作され、二〇〇三年からは林氏の同僚であった加藤純子氏・富澤千砂子氏も加わり、二〇〇五年春に、徳川美術館所蔵の十五図全部の復元模写が完成した。さらに二〇〇五年九月には、五島美術館所蔵の「鈴虫(一)」「鈴虫(二)」「夕霧」「御法」の復元模写が加藤純子氏の手により完成し、全巻復元プロジェクトは完結したのである。[1]

当初より平成の復元プロジェクトに注目してきた筆者は、既にいくつかの論考により、復元模写を分析することで絵巻の世界、ひいては『源氏物語』の世界そのものに思いをめぐらしてきた。[2] 絵巻と物語の関係については、国文学・美術史双方の領域から分厚い研究史があることはいうまでもないが、[3] 復元模写を一つの補助線としながら、『源氏物語』と視覚表象である絵巻の読み解きを往還し、作品世界への理解を深めたいと考えたのである。もとより復元模写は、絵巻のオリジナルな姿を追究した上で示された一つの解答であり、それが絶対的なものとは考えてはいないが、[4] 少なくとも現在の剥落・褪色した絵よりは、絵巻の実態に近づいたといい得るのではないか。

ここでも、平成の復元模写によって明らかになった衣装や植物などの視覚表象に注目することで、制作者[5]がいかに『源氏物語』を読み解き、それを装束や景物の細部《ディテール》によって、鑑賞者にいかに訴えようとしたか、その秘められた意図を探っていきたい。また鑑賞者が制作者の意図いかんを超えて、描きこまれたモノから、どのようなメッセージを受けとめうるのか、その可能性についても考察をめぐらしていきたい。絵に描かれた景物や衣装は、物語の本文と響きあいながら、それぞれ多様なメッセージを発信していると思われるからである。

二 絵巻の時間の重層性

以下、これまでの論を端緒にしつつも、さらに発展させて、絵巻の時間の重層化という問題を焦点化してみたい。徳川・五島本「源氏物語絵巻」の各段の絵では、衣装や調度や植物など視覚表象の細部を媒介として、他の場面の時間がさまざまに取りこまれているのではないか。これを絵巻の制作者が一つの場面に時間を重層化ないしは輻湊化させていく方法、また鑑賞者がその絵に連想される他の場面の時間を透かし見る様相として捉え返してみたいのである。

もとより時間の重層化という点については、これまで美術史研究の側からもしばしば言及されてきた。たとえば、佐野みどり氏は、

しかし、画面を見つめ物語に対応させて読み解いていくうちに、情景を設定する景物がその〈現在時制〉を飛び越えて、前後の時間を呼び込んでいることに気づく。『源氏物語絵巻』の画面は、ストーリーを場面場面に切り取るだけではなく、前後の時間を象徴するモチーフをも取り込み、見る者の思いを物語の時間の流れへと誘うのである。

たとえば「蓬生」。源氏は雨のなか、惟光を先導に、蓬の生い茂る荒れ果てた末摘花の庭を進んでいく。傘がさしかけられた源氏の背後に、藤がからんだ松の木が見える。これは詞書にある「大きなる松に藤の咲きかかりて」という一節を描き出すものである。と同時に、末摘花と再会した源氏が「藤波のうち過ぎ難く見えつるは、まつこそ宿のしるしなりけれ」と和歌を詠むという、この情景の次の時間を、見る人に想起させる働きを担っている。(6)

と指摘している。また千野香織氏も、

したがって画面は、ある一瞬の相を切り取ったスナップショットのように見えながら、実は、複数の時間の相が入り組んだかたちで構成されている、ということになる。（中略）鈴虫第２段の画面も、ある瞬間の情景を描いたものではなく、物語の中から少なくとも二つの情景を抽出し、それらを合成して作られたものであった。ここには、源氏の邸宅から冷泉院の御所へ向かう牛車の中で音楽を奏でる公達の様子と、冷泉院へ着いてからの人々の様子が、併せて描かれているからである。これはいわば、一定の大きさの画面内に、物語の時間を圧縮して封じ込める方法、あるいは、物語の時間を累積させていく方法と言えよう。(7)

と言及している。首肯できる見解であるが、これらはいずれも隣接する場面の時間の重層化の例ともいいうる。佐野氏のいう「情景を設定する景物がその〈現在時制〉を飛び越えて、前後の時間を呼びこんでいる」というのは、「蓬生」を例に、その直後の「末摘花と再会した源氏が「藤波のうち過ぎ難く見えつるは、まつこそ宿のしるしなりけれ」と和歌を詠む」というその直後の場面を、松の木にかかった藤波が暗示するというのである。また千野氏のいう「鈴虫(二)」における「物語の時間を累積させていく方法」も、この段の直前の、源氏の邸宅から冷泉院へ向かう牛車の中で音楽を奏でる公達の様子が取りこまれているという指摘である。

ここで筆者が問題にしたいのは、隣接する場面というよりは、離れた巻の場面の時間が衣装や景物によって響きあうような例である。「源氏物語絵巻」の各段の絵は、かなり長いスパンで考えるべき、懐かしい物語の時間を取りこんでいるのではないか。あるいは鑑賞者が思い出の場面の時間をその景物に投入して享受しうるような、そんな仕組みをもっていることに注目したいのである。今回、平成の復元模写の完成により絵の細部が判明したことで、離れた時間の累積がさらに鮮明となったと思われるからである。

こうした読みを触発された切っ掛けの一つは、「柏木(二)」に描かれた夕霧の桜襲の直衣である。臨終の柏木を見舞う夕霧が、女三の宮を柏木と共にかいま見た若菜上巻の蹴鞠の場面と同じ桜の直衣姿であることが、「柏木(二)」の復元模写の完成により明らかになった。その点について、『よみがえる源氏物語絵巻』の「柏木(二)」の条では、次のような解説がなされている。

> 夕霧の装束や几帳は、鉛を成分とした白(鉛白)と銀とで描かれている。この色面は、現状では紫色を呈しており、従来、鉛白と銀との併用による化学変化で変色したと考えられてきた。しかし今回の復元摸写を進めていく過程で、蘇芳と推定できる有機色料(染料)の存在が確認された。この紫色は、蘇芳の変色とみなし、さらに表現としては、「桜襲」と呼ばれる裏地に紫や赤、表が白の春の装束に用いられた色目で、裏の色が表に匂った表現と判断された。色調に細やかな心を注ぎこだわった、王朝人たちの典雅な美の世界がよみがえった。[8]

「柏木(二)」と若菜上巻の桜尽くしの符合は、末期の柏木をとり囲む情景が、あの桜の盛りの蹴鞠の場面と同じ情趣であったことを暗示する効果を上げているのである。[9]『源氏物語』の本文にみえない桜の文様の壁代、また夕霧の桜の直衣姿があえて描かれたのは、女三の宮の桜襲の禁忌と官能のイメージに感応し、それに殉じるかのように春に逝った柏木へ、制作者がささげた最大のオマージュではなかったか。[10]

見方を変えれば、「柏木(二)」の夕霧の衣装には、若菜上巻の蹴鞠の場面の時間が取りこまれているともいえよう。見舞いに訪れた夕霧の衣装は、柏木巻の本文には明示されていないが、絵巻では過去の場面を連想するような衣装を描くことで、物語の別の時間を積み重ねているのである。そうである以上、「柏木(二)」だけでなく、他の段でもこうした離れた時間の重層性を認めうるのではないか、そんな推測が可能になってくる。[11]

たとえば、雲居雁が嫉妬にかられて、夫夕霧の背後から手紙を奪おうとしている「夕霧」の段の絵は、きっと口を結び、目を吊り上げた雲居雁の立ち姿が印象的な場面であるが、その衣装について、有職故実研究の泰斗である鈴木敬三氏は、次のような指摘をしている。

此の時期は八月半ばの事故、装束は何れも夏の薄著姿であり、夕霧は白の衣に指貫をはき、上から直衣の袖に手を通して打掛けただけのたわれ姿を示して居る。（中略）夕霧の背後から、左手に鬢茎《びんぐき》を控えながら、右手を差しのばして、ひそかに近よられるのは雲井の雁であり、

女君物隔てたるやうなれと、いと疾く見つけ給ひて、這ひよりて御後より取り給ひつ、

とある光景である。

暑さの激しい頃故、紅の袴の上に、白の生絹《すずし》らしい単をつけたままの姿で肌を透して居り、詞書の始めに「ひるのおましにうちふしたまへる」とあるに続く故、寝起きのままの姿と知られ、常夏の巻に雲井の雁の寝姿を、

姫君は昼寝し給へる程なり、羅の単衣を著給ひて臥し給へるさま暑かはしくは見えす、いとらうたけに小やかなり、透きたまへる肌つきなといとうつくし、

とあるを窺わさせる。(12)

たしかに「夕霧」の復元模写の完成により、雲居雁の薄着姿は一層はっきりしたが、鈴木氏はそれが、はるかに物語を遡って、常夏巻の雲居雁の昼寝姿を連想させるものだとしている。そして雲居雁の薄着姿を「八月半ばの事故」とするのだが、その点については再考の余地があるのではないか。というのも八月半ばの絵であれば、何も「夕霧」に限定されるわけではないのである。「鈴虫（一）」「御法」も、また八月半ばの場面である。しかし、それぞれの復元模写に見入っても、こうした女性の薄着姿の例はない。

「鈴虫（一）」で端近で前栽をながめる女性は、従来、女三の宮と考えられてきたが、裳を着装しているので、女房

として描かれていた可能性が指摘されている。[13]「鈴虫(一)」にしても、「夕霧」で聞き耳を立てる侍女たちにしても、女房であれば主人の前で軽装はできないので、薄着姿ではありえないという制約があったかもしれない。しかし、「御法」の紫の上にしても衣を何枚か重ねているので、雲居雁のしどけない薄着姿は、八月半ばという季節の故とはいえず、例外的なものではないか。また「寝起きのままの姿」といっても、

北の方は、かかる御歩きのけしきほの聞きて、心やましと聞きゐたまへるに、知らぬやうにて君達もてあそび紛らはしつつ、わが昼の御座に臥したまへり。（夕霧　四二六―四二七）

とあるように、夕霧巻の本文によれば、雲居雁は夜の帳台でことさら眠っていたわけではなく、子供たちの遊び相手をしているうちに、昼の御座で思わず寝入ってしまったという態である。そもそも前夜、夫の夕霧は、落葉宮のいる小野の山荘で過ごし、そのまま自邸に戻れば、雲居雁に見咎められてしまうと思い、養母である花散里の住む六条院の夏の町を経由して、昼過ぎにようやく三条の邸に帰宅したのである。夫の忍び歩きに慣れていない雲居雁にしてみれば、素知らぬ顔を作りつつも、眠れぬ夜を過ごした結果、子供たちを遊ばせるうちに、ついつい寝入ってしまったという風情である。夕霧巻でけっして常日頃から昼寝好きのだらしない女性として描かれているわけではなかった。

そのように思いをめぐらしてみると、改めて常夏巻との衣装や昼寝との符合が気になるのである。常夏巻の雲居雁の昼寝も、「何心なし」の女君といわれる無邪気さの表象ばかりでなく、父内大臣に幼な恋の相手である夕霧との仲を引き裂かれ、思うに任せぬ日々を過ごしているために、夜よく眠れず昼寝をしてしまったと考えるべきであろう。[14]常夏巻の条は暑い夏の日であり、羅の単衣という薄着姿が必然化しているが、そのような衣装をまとった雲居雁を「夕霧」では季節外れながら絵に描きこむことで、在りし日の雲居雁の物語へと鑑賞者の連想をうながしているのではないか。そこから鑑賞者によって、さまざまな読みも生じてくると思われるのである。雲居雁の心理に寄り添って

考えるならば、薄着姿には、かつての常夏巻のように夕霧との仲がうまくいかなかった時間が象徴され、その歴史が繰り返されることが絵に刻みこまれているともいえよう。

もとより、これはあくまで一つの解釈であり、たとえば美術史研究の側から、稲本万里子氏が次のように述べているのも興味ぶかいのである。

また、物語や詞書には雲居雁の装束についての記述がないにもかかわらず、絵のなかの雲居雁は生絹の単衣から白い肌を透かせているのである。この雲居雁の姿には、おそらく、羅の単衣姿で昼寝をして父内大臣に咎められる雲居雁(「常夏」三─二三八頁)のイメージが投影されているのであろう。

夕霧段は、控え目で愛らしい雲居雁の様子を詞書から省き、夕霧の行動を省略することによって、そして、〝引目鉤鼻〟という制約のなかにも嫉妬の感情を表わした雲居雁の姿を描くことによって、詞書と絵で、文を奪い取った雲居雁のはしたないふるまいを強調しているのである。(15)

稲本氏が鈴木敬三氏の指摘を踏まえているのか否かは定かではないが、「夕霧」の段と常夏巻の衣装の符合をどう解釈するか、そこに別の回答を示していることは示唆的である。父内大臣に咎められた常夏巻のかつての姿をだぶらせ、雲居雁を否定的に描くというのは、それもまた一つの解釈であり、鑑賞者によっては、さらに別の解釈が加わる可能性もあるのではないか。

たとえば、夕霧と雲居雁という夫婦の歴史には、少女巻にはじまり常夏巻を経て、藤裏葉巻で結婚に至るという、幼な恋をつらぬいた長い前史をもかかえこんでいることを連想させる。そうであればこそ、夫の手紙をふと背後から奪うといった、普通では考えられない遠慮のない行為がなされ、また夫夕霧もそのはしたなさを正面から咎められないことを証し立てているとも解釈できる。いずれにしても、「夕霧」の段での常夏巻の薄着姿の再現は、いくつもの解釈を許容する、開かれたものとしてあるというべきではないか。

たとえば前栽に植えられた草木なども、そうした例に含めることができるのではないか。「宿木㈢」に描かれた秋草について、筆者はかつて次のように述べたことがある。

三　「東屋㈡」の秋草の喩

ところで、離れた時間の重層をイメージさせる視覚表象は、何も衣装にとどまらない。絵に描かれた自然の景物、

それにしても前栽の秋草は、なぜ薄と萩と藤袴なのだろうか。デジタル解析で下絵が明らかになる前は、そこには薄と萩と女郎花が描かれていると考えられていた。（中略）薄は、見てきたように前栽の絵柄として外せないであろうが、萩の場合はどうであろうか。詞書や物語の本文に萩そのものはないが、匂宮の歌に「露」が詠みこまれているので、薄よりも露との結びつきが強い歌語の「萩」が選ばれたのであろうか。『古今集』秋上の歌群でも、萩に露が組み合わされた歌には、涙にくれる可憐な女性という映像がまとわりつく。

『源氏物語絵巻』にも採られた御法巻の紫の上の臨終の場面が連想されなくもないが、宇治十帖でいえば、椎本巻に、八の宮逝去の後、匂宮が中の君に贈った「雄鹿鳴く秋の山里いかならむ小萩がつゆのかかる夕暮」（椎本一九三）の歌がある。その歌で匂宮が、父宮を喪い涙にくれる中の君を露のかかった小萩に喩えたことに、ここではむしろ注意を払っておきたい。

このような発想が絵巻にも流れているとすれば、この段に描かれた萩は、父八の宮を喪失し、続いて姉大君に先立たれ、さりとて後見人の薫とて心許せず、浮気な夫匂宮を頼るほかない、はかない境遇の中の君のイメージ

が重ねられていると考えるべきではないか。「宿木(三)」に描かれた萩は、椎本巻の時間をも取りこみながら、よるべなき中の君を表象する花の喩《メタファー》としても機能していよう(16)。

「宿木(三)」に描かれた萩は、椎本巻の時間をも取りこみ、中の君のよるべのない境遇を暗示していると考えうるのではないか。同じく藤袴についても、匂宮巻で匂宮がその香を愛でて二条院の前栽に植えた景物であり、「宿木(三)」の絵では、匂宮そのものの喩《メタファー》としても機能すると結論づけた。

現存の「源氏物語絵巻」で秋草が描かれた段は「宿木(三)」にとどまらず、「鈴虫(一)」「御法」「橋姫」「早蕨」「東屋(二)」があるが、総じて人物に比しても、秋草は大きく描かれ(17)、しかもその組み合わせはすべて違っていて、人間関係の喩として象徴的な意味をもたされている。

その中でも注目されるのは、「東屋(二)」である。復元模写の完成により、「東屋(二)」の場面の右側には、薄、紫苑・女郎花が描かれていることが判明した。しかし、そもそも東屋巻の本文には、浮舟の三条の隠れ家には前栽がないと語られているのである。

旅の宿はつれづれにて、庭の草もいぶせき心地するに、賤しき東国声したる者どもばかりのみ出で入り、慰めに見るべき前栽の花もなし。（東屋　八三）

そして、三条の隠れ家を訪れた薫が歌に詠むのは、葎だけである。

「佐野のわたりに家もあらなくに」など口ずさびて、里びたる簀子の端つ方にゐたまへり。

さしとむるむぐらやしげき東屋のあまりほどふる雨そそきかな　（東屋　九一）

つまり、『源氏物語』の本文に従うならば、「東屋(二)」の段には葎だけ描けばよいのであって、逆に前栽の草花を描く必要などないはずである。そこに、あえて薄、紫苑・女郎花といった前栽を描くのは、どのような意図なのであろうか。特に興味ぶかいのは、紫苑が描かれたことである。『源氏物語』中に紫苑の用例は四例あるが、それらはいずれも前栽の植物ではなく、衣装の色目としての紫苑なのである。(18) そして色目としての紫苑ならば、浮舟にかかわる例としては、二条院での匂宮闖入事件の場面を逸することができない。

帷子一重をうち懸けて、紫苑色のはなやかなるに、女郎花の織物と見ゆる重なりて、袖口さし出でたり。（東屋　六〇）

「紫苑色のはなやかなるに、女郎花の織物」とは、匂宮が闖入した折に浮舟がまとっていた衣装にほかならない。(19) 衣装の色目としてではあるが、ここでは紫苑に加えて女郎花も出ていることは注意される。女郎花も、『源氏物語』の衣装の色目としては、他には野分巻の秋好中宮方の女童の「紫苑、撫子、濃き薄き衵どもに、女郎花の汗衫などやうの、時にあひたるさまにて、四五人連れて」（野分　二七三―二七四）の例があるだけで、珍しいものである。ちなみに植物としての女郎花であれば、用例もぐんと増えるが、注意されるのは、特に手習巻で浮舟にまつわる景物であったり、その人の喩として歌に詠みこまれた例である。

垣ほに植ゑたる撫子もおもしろく、女郎花、桔梗など咲きはじめたるに、いろいろの狩衣姿の男どもの若きあまたして、君も同じ装束にて、（手習　三〇五）

前近き女郎花を折りて、（中将）「何にほふらん」と口ずさびて、独りごち立てり。（手習　三〇九）

（中将）あだし野の風になびくな女郎花われしめ結はん道とほくとも

（妹尼）うつし植ゑて思ひみだれぬ女郎花うき世をそむく草の庵に（手習　三一三）

薫の再来といわれ、ミニチュアのような中将のまなざしから、浮舟は女郎花に喩えられ、妹尼もそれに応じている。まさに『古今集』の秋の部いらいの「旅寝の野で男に手折られるような女」という女郎花のイメージ(20)が、ここに甦っているのである。

この場面に描かれた紫苑と女郎花にそのような意味を認めるとすれば、描かれたもう一つの植物の薄が意味するところは何であるのか。しかも薄は、薫の指貫に突き刺すような大胆な構図で描かれているのである。

ここで想起されるのは、宿木巻で匂宮がしの薄を中の君にたとえて歌を詠み、それが「宿木(三)」の詞書に採られ、同じ段の絵でも前栽の薄が中の君の表象となっていたことである。であるならば、「東屋(二)」でも「宿木(三)」の絵を意識しながら、薄は中の君の喩として描かれ、中の君という存在、さらにその背後に亡き大君の影を透かし見て、いまだに捉われている薫の意識せざる心理といったものを象っているのではないか。この段の薄にも、宿木巻の残像が揺曳していると見られるのである。

一方、浮舟もまた、その色目の衣装をまとった匂宮闖入事件の記憶に捉われている、というのは穿ち過ぎにしても、前栽の紫苑・女郎花は浮舟と匂宮の逃れえぬ宿縁のようなものを表象しているのではないか。「東屋(二)」の構図では、薫と浮舟の交わらない視線が、悲劇的な結末を暗示するとされるが、物語の本文からすれば、余計ものの三種の秋草もまた、二人の不幸な行く末を予兆するかのようである。

薄に捉われている薫と、紫苑・女郎花に捉われている浮舟、別離を迎える二人の運命をこの三種の植物は暗示しているかに思われる。葎しかないはずのこの場面に三種の秋草が描かれているのは、宇治の三姉妹の影にまつわり、過去の時間を重層化する効果を上げている。

ここでは「東屋(二)」について粗々と述べてきたが、「源氏物語絵巻」で秋草が描かれた段はそれにとどまらない。「鈴虫(一)」「御法」「橋姫」「早蕨」「宿木(三)」の秋草についても詳細な分析がなされる必要があるが、『源氏物語』の景物のもつ象徴性や記号性が、絵巻にも同様に取りこまれているということは許されるのではないか。

四　終わりに

『源氏物語』の本文がしばしば過去の時間を想起させ、多様な解釈を呼びこむことは、この作品を読み進める上での困難であると同時に、醍醐味でもある。そうした物語世界に学んだというべきか、徳川・五島本「源氏物語絵巻」でも、細部の視覚表象が離れた場面の時間を想起させ、多義的な解釈を呼びさますことは否定できないように思われる。『源氏物語』の方法を意識することで絵に奥行や時間の流れを呼びこんでいる、その先の問題として、絵巻の時間の重層化を支える磁場といったものを、さらに掘り下げて考える必要があるだろう。

佐野氏が指摘するように、『源氏物語』をよく知っている者であれば、絵巻のある段を見て、その前後の場面を脳裏に思い浮かべることができる。しかし、それにとどまらず、時間的秩序に捉われずに、別の離れた文脈を連想することもあるのではないか。「夕霧」の段の手紙を奪う雲居雁の衣装なら、そこで雲居雁の物語全般が反芻され、常夏巻の雲居雁の昼寝姿のような、あるイメージがかもし出される。また「東屋(二)」をはじめ各段に描かれた秋草のような細部についても、さまざまな意味が読みこまれる可能性がある。この制作者と鑑賞者の双方にいえる記憶の機制(21)こそ、絵巻における時間の重層化を支えるものといえよう。

ともかくも徳川・五島本「源氏物語絵巻」の絵は、場面の挿絵である次元を超えて、『源氏物語』という作品の時間の累積といったものを、いかに視覚的に回復し再構築するかに苦心しており、そのことが復元模写の完成により、さらに明確になったといえるだろう。絵巻の物語への読みを参照枠とすることで、逆に物語世界がいかに視えてくるのか、物語と絵巻の読み解きを往還するような試みを今後も展開できればと考える次第である。

(1)　四辻秀紀「国宝「源氏物語絵巻」とその復元模写」(『よみがえる源氏物語絵巻』徳川美術館、二〇〇五・一一)。
(2)　河添房江「絵巻の復元模写から読み解く『源氏物語』」(『源氏物語時空論』東京大学出版会、二〇〇五)、本書第Ⅱ部第一編第三章。
(3)　近年の成果としては、川名淳子『物語世界における絵画的領域　平安文学の表現方法』(ブリュッケ、二〇〇五)がある。
(4)　加藤純子「復元模写について」(『よみがえる源氏物語絵巻』徳川美術館、二〇〇五・一一)でも、「そのようにして出来上がった模写は、描き手が、「私は原本をこのように受けとめました。そこからこのように学びました」という自分なりの答えである。その答えは、復元を試みた人の数だけあると言える。描かれた当初の絵を見たものはないから正しくこの通りだったとの保証はない」としている。
(5)　ここでの制作者とは、上皇・女院などの命を受け、絵巻の制作責任者として、絵にする場面を選び、画家に作画を依頼した上流貴族をイメージしている。
(6)　佐野みどり「絵巻の時間」(『じっくり見たい『源氏物語絵巻』』小学館、二〇〇〇)。
(7)　千野香織『岩波日本美術の流れ3　10—13世紀の美術』(岩波書店、一九九三)九三頁。
(8)　『よみがえる源氏物語絵巻』(徳川美術館、二〇〇五)六二頁。
(9)　NHKスペシャル「よみがえる源氏物語絵巻　柏木　桜の恋」(二〇〇四年五月四日放映)での原岡文子氏の解説。NHK名古屋「よみがえる源氏物語絵巻」取材班編『よみがえる源氏物語絵巻　全巻復元に挑む』(NHK出版、二〇〇六)八八頁参照。金田元彦「桜襲ね」(『源氏物語私記Ⅱ』風間書房、一九九〇)も参照。
(10)　河添房江「桜衣の世界」(『性と文化の源氏物語』筑摩書房、一九九八)。
(11)　それを拠りどころとして、本書第Ⅱ部第一編第三章では、「竹河(二)」の女房の衣装と、かつての玉鬘巻での衣配りで、玉鬘にあてがわれた「曇りなく赤きに、山吹の花の細長」(玉鬘　一三五)との連続性を考えた。
(12)　鈴木敬三『初期絵巻物の風俗史的研究』(吉川弘文館、一九六〇)一八—一九頁。
(13)　「よみがえる源氏物語絵巻——浄土を夢見た女たち——」(NHK衛星ハイビジョン、二〇〇五年一一月一七日放映)で、「鈴虫(一)」を復元模写した加藤純子氏が指摘している。NHK名古屋「よみがえる源氏物語絵巻」取材班編『よみがえる源

氏物語絵巻 全巻復元に挑む』(NHK出版、二〇〇六)一二六頁参照。
(14)『源氏物語』での昼寝の用例は、「小さき女君の、何心もなくて昼寝したまへる所を、昔のありさま思し出でて、女君は見たまふ。」(蛍 二一四)の用例を除くと、物思いゆえの昼寝の例といっても過言ではない。
(15)稲本万里子「「源氏物語絵巻」の詞書と絵をめぐって――雲居雁・女三宮・紫上の表象――」(『叢書 想像する平安文学4 交渉することば』勉誠出版、一九九九)。
(16)(2)に同じ。
(17)逆遠近法と呼ばれたりもするが、絵巻では重要なものは大きく描かれていて、秋草の大きさもその例といえるだろう。
(18)河添房江「紫苑」(『國文学』二〇〇二・二)参照。なお『俊頼髄脳』と『今昔物語集』巻三十一第二十七には、亡父のことを忘れたいと思い萱草(忘れ草)を墓(塚)に植えた兄と、いつまでも思い出すようにと紫苑を墓に植えた弟の説話が載っている。弟は紫苑を植えた孝心により、墓を守る鬼の加護を得たという」とそこで述べたように、紫苑を忘れな草とするイメージが院政期に定着したとすれば、亡き大君をいつまでも忘れられない薫の心情の喩としての紫苑が描かれたことになる。
(19)前栽に紫苑・女郎花が描かれた理由については、復元模写を担当した宮崎いず美氏と意見交換し、宮崎氏が提示された幾つかの可能性の中から、浮舟の衣装の色目に拠るものと筆者は判断した。
(20)「女郎花」(『和歌植物表現辞典』東京堂出版、一九九四)。
(21)こうした記憶による連想のメカニズムについては、前田雅之「記憶の帝国」『記憶の帝国 〈終わった時代〉の古典論』(右文書院、二〇〇四)が示唆的である。

第二章 「橋姫」の段の多層的時間――抜書的手法と連想のメカニズム

一 はじめに――「橋姫」の霧

橋姫巻、法の師である八の宮の不在の折に宇治を訪れた薫は、琵琶と箏の琴の妙なる音色にみちびかれ、宿直人の案内により、竹の透垣の陰にたたずむ。月には霧がかかり、その風情を愛でるかのように御簾を低く巻き上げて、端近で合奏を楽しんでいた宇治の姫君たち。やがて霧の切れ間に月光がさしこみ、くつろいだ会話をかわす姉妹の麗姿をゆくりなくも垣間見た薫は、その忘れえぬ面影を長く心にとどめることになる。

あなたに通ふべかめる透垣の戸を、すこし押し開けて見たまへば、月をかしきほどに霧りわたれるをながめて、簾を短く捲き上げて、人々ゐたり。簀子に、いと寒げに、身細く萎えばめる童一人、同じさまなる大人などゐたり。内なる人、一人は柱にすこしゐ隠れて、琵琶を前に置きて、撥を手まさぐりにしつつゐたるに、雲隠れたりつる月のにはかにいと明くさし出でたれば、「扇ならで、これしても月はまねきつべかりけり」とて、さしのぞきたる顔、いみじくらうたげににほひやかなるべし。添ひ臥したる人は、琴の上にかたぶきかかりて、「入る日をかへす撥こそありけれ、さま異にも思ひおよびたまふ御心かな」とて、うち笑ひたるけはひ、いますこし重りかによしづきたり。

（橋姫 一三九―一四〇）

徳川・五島本「源氏物語絵巻」の「橋姫」の段にも描かれた名高い垣間見の場面であり、引用した本文はその詞書にあたる部分でもある。前章でも取り上げた平成の復元模写を参照すると、「橋姫」の絵の上部をおおう霞のような霧が、通常描かれるような群青の重い霞の形ではなく、銀を多く使った、けむるような霧であることがわかってきた。(1)復元模写により、薫の頭上に輝く月も、その人の憂愁をはらんだかのような楕円形の霧もみごとに甦ったのである。

そもそも、この場面の前後で、「月をかしきほどに霧りわたれるをながめて」(橋姫　一三九)ばかりでなく、「入りもてゆくままに霧りふたがりて、」(橋姫　一三六)にはじまり、「霧の深ければ、さやかに見ゆべくもあらず。」(橋姫　一四〇)、「まだ霧の紛れなれば、ありつる御簾の前に歩み出でてついゐたまふ。」(橋姫　一四一)、「霧晴れゆかばはしたなかるべきやつれを、」(橋姫　一四七)、「かのおはします寺の鐘の声かすかに聞こえて、霧いと深くたちわたれり。」(橋姫　一四八)、「あさぼらけ家路も見えずたづねこし槙の尾山は霧こめてけり」(橋姫　一四八)と、霧の描写がくどいまでにくり返され、薫の意識を浸食していることがわかる。その霧とは、山寺に籠もった八の宮と薫との隔たり、また山寺に籠もった八の宮とその帰還を待ちながら無聊な日々をすごす宇治の姫君たちとの隔意の象徴であるが、垣間見る薫と垣間見られた姫君たちの心理的な隔たりの象徴としても描かれていよう。

八の宮邸の霧は、男女の幻想的な出会いの雰囲気を醸し出し、また時として薫のやつれ姿を隠してくれる好都合な面もあるが、薫の体臭の芳香をより匂い立てるという困った面も併せもっている。しかし霧は、何よりも都人である薫からみて、宇治の住人である姫君たちには近づきがたい、その心理的な距離といったものを表象し、さらにその距離が容易に埋めがたいものであることを察知する薫の溜息までも象っているかのようである。(2)

この場面でくり返される霧の重要性に思いをいたす時、絵巻の「橋姫」の段がいかにその霧の効果に目覚めて、銀を多用して苦心して霧を描き切ったかが明らかになるのではないか。この場面での霧の意味は多重的であり、逆に絵巻の「橋姫」の段はその重要性に気づかせてくれる。そのように霧ひとつの描かれ方をとっても、物語と視覚表象である絵巻を往還することで拓かれてくる読みの世界を見つめる意義があると考える。

以下、「橋姫」の絵の他の細部《ディテール》にも注目していきたいが、それは絵巻の分析にとどまらず、『源氏物語』の世界の独自性、特にことばの緊密な響き合いや連想の回路により、その世界がいかに緻密に構築されているかを明らかにする試みともつながるはずである。

二　「橋姫」の直衣姿の謎

そのように銀色の霧の視覚表象は、物語本文の解釈にそくし、的確なものであったといえるが、しかし「橋姫」の絵には、物語の場面の忠実な再現とは必ずしもいえない部分もあった。

その一つは、垣間見る薫のやつれ姿が描かれず、不可解にも正装に近い冠直衣姿で描かれた点である。そもそも物語の本文に忠実な絵ということであれば、ここでの薫は狩衣の姿で描かれて、しかるべきではなかったか。橋姫巻の本文に拠れば、

　几帳のそばより見れば、曙のやうやうものの色分かるるに、げにやつしたまへると見ゆる狩衣姿のいと濡れしめりたるほど、うたてこの世のほかの匂ひにやと、あやしきまで薫り満ちたり。（橋姫　一四四）

と、薫は明らかに狩衣を着ていたのである。とはいえ、直衣がこの場面で無縁かといえば、そうではなく、薫は宇治を離れる時になって、霧に濡れて、いやが上にも香りたつ狩衣を脱いで宿直人に与えて、都の自邸から取り寄せた直衣に着替えたのである。

「帰りわたらせたまはむほどに、かならず参るべし」などのたまふ。濡れたる御衣どもは、みなこの人に脱ぎかけたまひて、取りに遣はしつる御直衣に奉りかへつ。(中略)宿直人、かの御脱ぎ棄ての艶にいみじき狩の御衣ども、えならぬ白き綾の御衣のなよなよといひ知らず匂へるをうつし着て、身を、はた、えかへぬものなれば、似つかはしからぬ袖の香を人ごとに咎められ、めでらるるなむ、なかなかところせかりける。

(橋姫 一五〇―一五二)

それでは「橋姫」の段で、なぜ狩衣姿でなく、直衣姿が描かれたのか。有職故実研究の泰斗である鈴木敬三氏は、「此の姿は筆者が任意に表現した部分として注意される」とし、最初は狩衣として描かれていたのを、直衣に描き改めた可能性をも提示している。(3) これを受けて、長谷章久氏は、

思うに画家は制作にあたり、納得のゆくまで原作を熟読玩味した結果、薫の重厚さを表現するのに狩衣姿より直衣姿が適当と判断したか、若しくはまた、直衣に着かえてから「橋姫の心をくみて」の一首を書き置いて去るまでの薫の言動に深く意をとめ、その間の時間と行動の推移を直衣で表わそうとつとめたかのいずれかだつたことであろう。(4)

とする。

たしかに薫の身分を思えば、また訪問する相手である八の宮一家を尊重する意味でも、正装に近い冠直衣姿という選択はありえたのかもしれない。また、「橋姫」の直前の「竹河(二)」の段は、桜花咲き乱れる春爛漫の頃、蔵人少将(冬の直衣姿)が玉鬘腹の大君・中の君を垣間見る場面であり、絵の構図としても近いものである。「竹河(二)」のいかにも春の情趣を押し出す垣間見を意識して、「橋姫」の段が秋の季節感あふれる垣間見として描かれたとすれば、たたずむ貴公子を夏の直衣姿とすることで、その対照を際立たせて、双方のバランスをとったともいえよう。

とはいえ、「直衣に着かえてから「橋姫の心をくみて」の一首を書き置いて去るまでの薫の言動に深く意をとめ、その間の時間と行動の推移を直衣で表わそうとつとめた」という後者の説にも捨てがたい魅力を感じるのである。その直衣姿には、やはり薫が月下のもとで、姫君たちを垣間見た時から、夜が明けて、直衣に着がえるまでの一連の時間の経過がとり込まれているのではないか。これを絵巻の絵が、一つの場面に時間を重層化していく方法、あるいは離れた場面の記憶を注ぎこむ方法として捉え返してみたいのである。絵巻に描かれた衣装をはじめとする細部は、その場面にとどまらず、離れた物語のことばの記憶をも呼び覚ましながら、多様なメッセージを発信していると考えうるのではないか。

「源氏物語絵巻」における時間の重層化という点については、すでに美術史研究の側からも言及されている。たとえば、「蓬生」の絵の左上に描かれた藤のからんだ松の木は、詞書にある「大きなる松に藤の咲きかかりて」という一節を描き出すものであると同時に、末摘花と再会した源氏が「藤波のうち過ぎがたく見えつるはまつこそ宿のしるしなりけれ」（蓬生　三五一）と和歌を詠むという、この情景の次の時間を、見る人に想起させる働きを担っている。(5) また、「鈴虫（二）」の段で、冷泉院では楽器による遊びがなかったのに、公達たちの奏楽の様子が描かれているのは、源氏の邸宅から冷泉院の御所へ向かう牛車の中で音楽を奏でる公達の様子と、冷泉院へ着いてからの人々の様子が、併せて描かれているからである。物語の中から少なくとも二つの情景を抽出し、それらを合成して作られているからで、一定の大きさの画面内に、物語の時間を圧縮して封じこめる方法、あるいは、物語の時間を累積させていく方法とされる。(6)

もっとも「蓬生」にしても、「鈴虫（二）」にしても、いずれも隣接した場面の時間を重層化した例といえる。ところが、この「橋姫」の段では、より大きな時間を浮上させていることになる。

薫が月下に姫君たちを垣間見た後、京から取り寄せた直衣に着替えて帰京するまでは、大君と御簾越しに対面し、老女房の弁が応対し、薫の出自にまつわる昔語りをほのめかし、明け方には大君と、

(薫)あさぼらけ家路も見えずたづねこし槙の尾山は霧こめてけり
(大君)雲のゐる峰のかけ路を秋霧のいとど隔つるころにもあるかな
(橋姫 一四八)

(薫)橋姫の心を汲みて高瀬さす棹のしづくに袖ぞ濡れぬる
(大君)さしかへる宇治の川長朝夕のしづくや袖をくたしはつらん
(橋姫 一四九—一五〇)

のように二組の和歌を詠み交すといった、蓬生巻や鈴虫巻よりもかなり長いスパンでの時間の推移がみられるのである。「橋姫」の段では、薫の姿を垣間見の時の狩衣姿ではなく、着替えた後の直衣姿にすることで、場面の一瞬の挿絵であることを超えて、この一夜の非日常的な時間の長さといったもの、薫の三年もの宇治通いに匹敵する、あるいはそれ以上ともいえる物語の急展開も、鑑賞者に想起させるような仕組みなのではないか。「橋姫」の絵は、垣間見の場面の忠実な再現であることをこえて、もっと奥深い意味での『源氏物語』の世界を伝えているといえようか。

三 蔦の心象の連鎖

「橋姫」の絵において、それが一瞬の場面を表わすという次元を超えて、時間を重層化したといえる部分は、じつは薫の直衣姿にとどまらない。「橋姫」の段に描かれた植物の視覚表象もまたそうした例になるかと思われる。

この段では、薫の眼前にある青竹の透垣に、紅葉した蔦が懸かり、足元には薄が描かれている。特に注目したいのは、風に靡くように美しく描かれた蔦である。この蔦の姿は、琵琶を弾く姫君の額髪がはらりと顔にかかる様と同じ

く、この場面を吹き抜ける風の存在をも明らかにしている。そもそも現存する絵巻の絵で、宇治の情景を描いたものは「橋姫」と「早蕨」の段だけであり、しかも「早蕨」は、中の君の部屋を中心とした室内空間を描いているので、宇治の屋外の景色が描かれたのは、この段だけであることにも留意しておきたい。

しかし、それにしては、蔦にしても薄にしても、この段の詞書にも物語本文にも見当たらない景物である。しかも現存する絵巻の絵で、薄が「鈴虫(一)」「御法」「宿木(三)」「東屋(一)」など前栽に描かれた、いわば定番の植物であるのに対して、蔦は「橋姫」の段以外は見られないものである。そんな中にあって蔦の描かれる必然性とは、どこに求められるのか。

絵巻の視覚表象である蔦については従来、注目を浴びた形跡もないが、試みに『源氏物語』の原文で用例をたどってみると、そこには興味ぶかい現象がみてとれる。蔦は全部で四例であるが、正編には見当たらず、宇治十帖に尽きており、しかも宇治の八の宮邸という空間に限って点描されるからである。

宮は、まして、いぶせくわりなしと思すこと限りなし。網代の氷魚も心寄せたてまつりて、いろいろの木の葉にかきまぜもてあそぶを、下人などはいとをかしきことに思へれば、人に従ひつつ、心ゆく御歩きに、みづからの御心地は、胸のみつとふたがりて、空をのみながめたまふに、この古宮の梢は、いとことにおもしろく、常磐木に這ひかかれる蔦の色なども、もの深げに見えて、遠目さへすごげなるを、中納言の君も、なかなか頼めきこえけるを、愁はしきわざかなとおぼゆ。　（総角　二九五―二九六）

まず総角巻の例であるが、これは紅葉狩を口実に宇治を訪れた匂宮が、一刻も早く中の君が待つ八の宮邸を訪れたいと思いつつも叶わずに、むなしく八の宮邸を眺めた際に見出した、もの寂しげな蔦である。その蔦を薫もながめながら、中の君ばかりでなく、大君も匂宮の訪れを待っているだろうに、いたわしいことだと思っている。

つまり、もの寂しげな蔦とは、あたかも八の宮邸に住まう姫君たちを象徴するような景物であり、それを眺める匂宮や薫という主体の相違により、ふたりの姫君のどちらに比重があるのかが分かれるにしても、それぞれの心象風景にもなっている。

続いて、紅葉狩の一行が唱和する場面でも、

(宰相の中将)いつぞやも花のさかりにひとめ見し木の本さへや秋はさびしき
(宮の大夫)見し人もなき山里の岩垣に心ながくも這へる葛かな
(匂宮)秋はててさびしさまさる木のもとを吹きなすぐしそ峰の松風　（総角　二九六―二九七）

と、「木の本(もと)」や「山里の岩垣」が八の宮邸、そこに「這へる葛」が、八の宮亡き後、残された寂しい境遇の大君・中の君の喩となり、「常磐木」(八の宮邸)に「這ひかかれる蔦の色」と響きあう風情である。

そもそも『源氏物語』以前の蔦の和歌的な心象としては、三代集に用例はみえず、『伊勢物語』の東下りの「蔦の細道」が名高いほか、屏風歌として、

神無月かかれる蔦の紅葉ゆゑ松にときはの名にやしたはむ　（『嘉言集』）
紅葉する蔦しかかればおのづから松もあだなる名ぞ立ちぬべき　（『和泉式部集』）

がある程度である。屏風歌として詠まれたということから、松という常緑樹に紅葉した蔦がかかる景が絵画の素材として視覚的に好まれたことがうかがえる。総角巻の場面も、松とは明記されないが、常磐木と紅葉した蔦の組み合わせが、色彩上の効果をあげている。しかし、蔦にまつわる心象では、『大和物語』第三三段に凡河内躬恒の作と伝えられる歌が興味ぶかく、この場面を分析するに際しても参考になろう。

立ち寄らむ木のもともなきつたの身はときはながらに秋ぞかなしき

この一首は躬恒が宇多法皇に訴えた歌で、ここでは頼るべき「木のもと」(庇護者)がないので、蔦は常緑(六位の緑の袍)のままで、赤く(五位の紅の袍に)ならないと嘆いたのである。「木のもと」と蔦の組み合わせで、蔦がよるべなきわが身の象徴となった典型である。こうした人事の寓意をみれば、総角巻の唱和歌でも、「木のもと」(八の宮を失った八の宮邸)の寂寥が浮き彫りにされ、そこに這いかかる蔦の心細げな風情が、姫君たちの境遇の喩として点描されたといえるのではないか。また中世になると、蔦は山里での隠棲の境地や隠逸趣味を表すのになくてはならない歌材になり(7)、八の宮邸の蔦もそうした境地を先取りするものともいえよう。

そのように、蔦を八の宮亡き後の姫君たちの境遇の喩と見なすとき、続く宿木巻から東屋巻の例も、歌ことばの緊密な連鎖の様相として捉えられるのである。

木枯のたへがたきまで吹きとほしたるに、残る梢もなく散り敷きたる紅葉を踏み分けける跡も見えぬを見わたして、とみにもえ出でたまはず。いとけしきある深山木にやどりたる蔦の色ぞまだ残りたる。こだになどすこし引き取らせたまひて、宮へと思しくて、持たせたまふ。

やどり木と思ひいでずは木のもとの旅寝もいかにさびしからまし

と独りごちたまふを聞きて、尼君、

荒れはつる朽木のもとをやどり木と思ひおきけるほどの悲しさ

(宿木　四六二―四六三)

宿木巻の例は、大君亡き後、中の君に迫ったものの、かわされた薫が、宇治を訪れ、弁の尼から浮舟について詳しい情報を得たのち、宇治を後にする場面である。「いとけしきある深山木にやどりたる蔦の色ぞまだ残りたる」は、総角巻の「常磐木に這ひかかれる蔦の色なども、もの深げに見えて」と同じ景色を語っているとみるべきだろう。薫はその蔦の一部を都の中の君の土産としようと、折り取らせる。さらに薫は弁に向かって、別れの歌を詠みかける。蔦を他の植物に寄生する「やどり木」として歌い替え、かつての宇治の姫君たちの残像をみて、「やどりき」の掛詞により、以前泊まった思い出がなければ、「木のもと」＝八の宮邸の旅寝もどんなに寂しいことかとつぶやくのである。ここでも、総角巻の蔦へと連想をつなぎながら、蔦＝やどり木＝宇治の姫君たちの存在の喩という連鎖がみとめられる。

薫が折り取らせた蔦は、やがて二条院の中の君のもとに消息とともに送り届けられ、折しも居あわせた匂宮の嫉妬心をそそる。

宮に紅葉奉れたまへれば、男宮おはしましけるほどなりけり。「南の宮より」とて、何心なく持てまゐりたるを、女君、例のむつかしきこともこそと苦しく思せど、とり隠さんやは。宮、「をかしき蔦かな」と、ただならずのたまひて、召し寄せて見たまふ。（宿木 四六三）

薫が中の君に蔦を贈る意図は、蔦が宇治の八の宮邸、ひいてはそこに住んだ姉妹をしのぶ懐かしい景物であると同時に、なおもくすぶり続ける恋情を象るものだからであろう。中の君に宇治の記憶を思い起こしてほしい、そして宇治にいまなお心寄せる自分を顧みてほしいという、秘かな思いがこめられているかのようである。

東屋巻の末尾で、弁の尼の案内で浮舟の三条の隠れ家に赴いた薫は、翌朝にわかに浮舟を宇治に連れ出し、八の宮邸に据える。宇治で二人がすこし落ち着いた頃に、弁の尼が、箱の蓋に紅葉や蔦を敷き、歌を書いた紙を載せて、くだものを勧める場面がある。

尼君の方よりくだものまゐれり。箱の蓋に、紅葉、蔦など折り敷きて、ゆゑなからず取りまぜて、敷きたる紙に、ふつつかに書きたるもの、限なき月にふと見ゆれば、目とどめたまふほどに、くだもの急ぎにぞ見えける。

やどり木は色かはりぬる秋なれどむかしおぼえて澄める月かな

と古めかしく書きたるを、恥づかしくもあはれにも思されて、

里の名もむかしながらに見し人のおもがはりせるねやの月かげ　（東屋　一〇一）

弁の尼の「やどり木は色かはりぬる秋なれど」の歌は、薫を指す「月」は以前と変わらず澄んでいるが、宇治にやどる「やどり木」（蔦）は、大君から浮舟に移り変わったという意味で、薫を恥じ入らせる。ここでの弁の尼が、宿木巻での薫が散った紅葉の中から残った蔦を手折らせた際の贈答を思い出して、「やどり木は」の歌を詠んだのは、明らかであろう。

以上のように見てくると、蔦（やどり木）は、八の宮邸ですごす大君・中の君の面影にまつわるものとして匂宮や薫や弁の尼など捉える主体は変化しつつも、くり返し捉えられて、それが異母妹の浮舟の心象にうつり変わったところで、姿を消すといえるだろう。(8) 物語本文における蔦（やどり木）の心象の連鎖が、巻を離れて、いかに緊密に作り出されているか、そこから『源氏物語』の景物全般の喩の連鎖もすき見えてくるのである。

そのように物語の蔦の心象をたどる時、「橋姫」の絵の風にゆらぐ美しくもはかなげな蔦の風情は、そうした語の緊密な響きあいを掬いとる形で、あえかな姫君たちの姿態と重なるのではないだろうか。赤と黄色に紅葉した蔦は、総角・宿木・東屋など宇治の姫君たちにまつわる物語の蔦の場面の記憶を呼びさましている。『源氏物語』の景物のもつ象徴性や記号性が、絵巻にも同様に取りこまれているのである。

蔦を宇治の姫君たちの喩的表象ととらえる時、平成の復元模写により、明らかになった蔦の色の赤と黄色の美しいグラデーションもまた、「橋姫」の姫君たちの服色と響きあっていることにも気づかされる。この段では、琵琶の姫

君が白っぽい袿の下に黄色系統の襲を着用し、箏の琴の姫君が赤系の袿を着ているので、そこに蔦との色彩の連続性さえも感じられるのである。

四 楽器担当の謎――山吹襲から読み解く

さて、「橋姫」の絵の細部に、直衣や蔦のように、離れた時間の重層化とその象徴的意味を読みうるとすれば、琵琶と箏の琴を担当する姫君がどちらであるのか、古来、解釈の争点になってきた謎についても、離れた場面の記憶の揺曳をみることで、考察の手がかりが得られるのではないか。

くり返すまでもなく、「橋姫」の段では、垣間見される姫君たちは、一人は琵琶を抱え、その撥によって、月を招きかえそうとしている。一方、箏の琴に向かう姫君は伏目がちで、慎ましやかに描かれている。この絵でどちらが大君で、どちらが中の君なのか、両説が並立し、問題となるところである。

「姫君に琵琶、若君に箏の御琴を。まだ幼けれど、常に合はせつつ習ひたまへば、聞きにくくもあらで、いとをかしく聞こゆ。」(橋姫 一二四)とあるように、そもそも父八の宮から手ほどきを受けたのは、琵琶が大君で、箏の琴が中の君であった。『細流抄』『岷江入楚』『湖月抄』など古注釈書は、この本文に従って、大君―琵琶、中の君―箏の琴説をとる。

しかし最近の注釈書では、この場面の琵琶の姫君の容姿が「さしのぞきたる顔、いみじくらうたげににほひやかなるべし。」とあり、箏の琴の姫君の様子が、「いますこし重りかによしづきたり。」であるところから、大君―箏の琴、中の君―琵琶説と、姉妹が楽器を交換して演奏していたと理解するのが一般的である。

もっとも絵巻の詞書では、「さしのぞきたる顔、いみじくらうたげににほひやかなるべし。」が、「さしのぞきたまへるかほつき、いみじくうつくしげなり」（読点筆者）であり、「いますこし重りかによしづきたり。」が「いますこしおもりかに、あい行づきたまへり」となっているところから、大君―琵琶、中の君―箏の琴のイメージを徹底させるため、物語の本文を改訂したという説もある。(9) 他方、絵巻の詞書では、大君―琵琶、中の君―箏の琴となっているが、絵では、大君―箏の琴、中の君―琵琶となっているとし、その落差を見る説もある。(10) あるいは、構図からすれば、顔をまっすぐに上げて、月の姿に見入る琵琶の姫君の方が薫に近く、顔をはっきり見られていることが恋の始まりになるので、琵琶を大君が担当したという解釈も引き出されている。(11)

しかし、物語の離れた場面の記憶が注ぎこまれ、多層的に時間が重ね合わされているという視点から、描かれた二人の姫君の服装に注目し、この謎に迫っていくことはできないものだろうか。

そもそも、この段の二人の姫君の衣装について、詞書はもとより、物語の本文でも何らかの指定がされているわけではなかった。一方、絵巻の「橋姫」の服色について、鈴木敬三氏は、琵琶の姫君は大君で、葡萄染の雲立涌の模様の袿の下に、山吹の匂いの襲（朽葉・淡萌葱・萌葱）、箏の琴の姫君は中の君で、紅の袿に朽葉・白の衣を重ねて、紅の薄様の襲という装いとしている。この説にしたがう限り、衣装からいえば、より地味な服装の琵琶の姫君が大君、若作りの箏の琴の姫君が中の君と考えるのが穏当であろう。

ところが平成の復元模写では、琵琶の姫君は、葡萄染ではなく、もっと白っぽい袿の下に、山吹の匂いというべき朽葉色と淡萌葱・萌葱の衣を着装している。(12) むしろ琵琶の姫君の方が若々しい衣装をまとい、箏の琴の姫君の方が落ち着いた服装のイメージとなっているのである。しかし山吹の匂いの襲は、冬から春の衣装で、必ずしもこの場面の季節に合致しているともいいがたく、逆にこの衣装を用いたところには、それなりの意図があると考えられる。

そもそも「源氏物語絵巻」で山吹襲といえば、「竹河(二)」で、大君が桜の小袿の下に、山吹襲の五つ衣をまとっていることが想起される。それは、もとより「桜の細長、山吹などの、をりにあひたる色あひのなつかしきほどに重なりたる」と詞書にもとられた本文に拠るが、桜襲の小袿が、禁忌の恋の表象であるとすれば、山吹襲は「曇りなく赤きに、山吹の花の細長」が似合う母玉鬘の分身のようなイメージをかもし出していた。(13)

『源氏物語』続編の世界では、容貌・性格の対照的な姉妹がくり返し登場するが、玉鬘腹の大君に連想をつなぐ女君といえば、「愛敬」「にほひやか」といった形容詞からいっても、やはり宇治の中の君の方であろう。(14) しかも、総角巻では、中の君と山吹襲が結びついた場面さえあるのである。八の宮の死後、中の君が昼寝をし、夢に八の宮を見たことで、傍らの大君に告げるという条があり、そこでは中の君は山吹襲や薄色の衣装をまとっているのである。

昼寝の君、風のいと荒きにおどろかされて起き上がりたまへり。山吹、薄色などはなやかなる色あひに、御顔はことさらに染めにほはしたらむやうに、いとをかしくはなばなとして、（総角　三一一）

総角巻のこの場面では、決して多いとはいえない中の君の衣装描写として、(15) 山吹襲が語られた印象があるのである。また山吹襲といえば、『枕草子』でも、「袙の紅ならずは、おどろおどろしき山吹を出だして、」(三六八) とあるように、目立つ服色で、明るく派手な印象をあたえるものであった。(16)

ちなみに、『源氏物語』の山吹襲は、玉鬘、玉鬘腹大君、宇治の中の君のほか、若紫巻の紫の上登場の場面や、源氏が末摘花に贈った衣装、絵合巻の右方の童、女楽における明石の女御方の衣装、落葉宮方の女房の衣装などにみられる。特に続編では、玉鬘腹大君と宇治の中の君の着用に限られていることは注目される。

つまり、ここでも総角巻の離れた場面の山吹襲の記憶が、「橋姫」の段の絵に流れ込んでいるといえるのではないか。あるいは秋の衣装の色目として山吹襲といえないまでも、山吹系統の色で、それが似合うような姫君のイメージ、すなわち中の君として描いているとみることはできないだろうか。仮にそうした想定が許されるのならば、絵巻の制作者が(17)『源氏物語』での姉妹と楽器の組み合わせをどのように解釈し、結論づけたか、ひと筋の光明が見えてくるように思われる。「源氏物語絵巻」にあって、離れた巻の時間が絵に流れこみ、より奥行きのある世界を構成しているという前提に立つ時、橋姫巻の楽器担当の謎にもまた解明の手がかりが得られるのではないか。

五 結びにかえて

前節まで、絵におけるさまざまな時間の重層化、また離れた場面のことばの記憶が絵に流れこんだ例を、「橋姫」の段を中心にたどり見てきた。最後に、曖昧になっていた絵から見えてくる原文の世界の構築のあり方や、制作者と享受者の記憶の機制についても付言しておきたい。

橋姫の垣間見の場面の描写が、そもそも視覚的な構造を強くもつ世界であり、先行する物語絵に触発された可能性もふくめて、絵画的想像力に支えられた場面であることはいうまでもないであろう。その意味で、きわめて絵画化しやすい場面の一つであったことは否めない。とはいえ、清水好子氏が、

だが、言語の具象性、心象喚起力というものは、けっして視覚的な文章、ただ場面を描写する文章のみにあるのではない。ほんとうに、言葉が造形力を発揮するためには、むしろあまりにもすべてのものを視覚的に再現するのではなく、そうした場面の意味を納得させるために必要な限度で、とどまるべきである。(18)

というように、橋姫の垣間見の場面にしても、すべての要素が視覚的に文章化されているわけではなく、そうであるがゆえに、むしろ言語の喚起力が最大限に発揮されたといえよう。(19)したがって、「源氏物語絵巻」の絵は、その空白

の部分をも埋めながら、描かれるが、だからといって、その場面を切り取るスナップショットのような絵として完結するわけではなかった。その際、該当する場面ばかりでなく、離れた場面の記憶といったものが作用し、あるいは、あえて他の場面の記憶を召還することで絵の細部が形象され、補完されていくといった例が、絵巻では「橋姫」に限らず、しばしば見られるのである。

ここでは「橋姫」の段の分析に終始したが、そのほかにも、「夕霧」の段での雲居雁の薄着姿、「宿木(三)」や「東屋(二)」の前栽の秋草など、離れた場面の時間の重層化をみてとれる例がいくつかあり、すでに考察を試みたことがある。[20] こうした手法により、絵はきわめて短い時間しか形象できないという限界を脱して、豊かな視覚表象となっているのである。

しかし、さらに考えるべきは、絵巻における離れた場面の時間を召還する方法が、何によって招来されたかであろう。その点で、まずもって顧みられるべきは、『源氏物語』の世界を意識し、そこに学んだという可能性である。物語の読みの中から、『源氏物語』が、語られた過去をしばしば引き込み、重層的にとりこみ、緻密なことばの響きあいや連鎖により組成された世界であることを了解し、その結果が、絵に奥行きや時間の流れをもたらしたのではないか。ここではほとんど言及できなかったが、「源氏物語絵巻」でしばしば指摘される「多元的視点」の問題、[21] 同化と全知の視点が共存するように、それぞれの要素が複数の俯瞰視点・水平視点・仰角視点から描かれ、複合した絵となっていることも、同様に原文の世界の構造と密接に関わっていると思われる。そうした「多元的視点」に倣っていえば、ここでの論の中心は、多層的時間の構造ともいうべきものであるが、それも物語世界の表現の機微に触発された結果にほかならないのではないか。

しかし、もう一方で考慮すべきは、絵巻の絵や詞書における、抜書のように開かれた構造である。たとえば、「橋姫」の場面の詞書は、前節で触れたように、若干の異同があるものの、物語本文の一部をそっくり抜書する形で作られている。最近では前田雅之氏により、『源氏物語』の梗概書(『源氏大鏡』・『源氏小鏡』ほか)が抜書の形で作られ、それが要約とは違い、前近代の記憶の機制に関わるものとして注目されてもいる。

抜書によって、テクストは前後のコンテクストから外されて部分に解体される。これは二つの事態を意味するだろう。一つは、抜書されなかった前後のコンテクストが抜書者の脳裏に記憶されている事態である。(中略)そして、もう一つは、テクスト内コンテクストは解体されたものの、今度は抜書者の頭の中にある別のコンテクストと結びつけられるという事態である。このどちらが優勢であったかは分からない。両者が混在していたと言った方が正確だろう。大事なことは、抜書を媒介として、記憶・連想の回路と繫がっていることである。(22)

しかも、こうした機制は、抜書者の記憶・連想の問題ばかりでなく、抜書の読み手の記憶・連想のメカニズムともなっていることが重要である。

それは、元のテクストにおける文脈《コンテクスト》によって意味が決定されていたある特定の言説が、本来の文脈《コンテクスト》から剝奪され、いわば、剝き出しの言説として今度は抜書する人間の文脈《コンテクスト》の中に置換されることも意味するだろうが、他方、その失われた文脈《コンテクスト》は抜書する人間のみならず読み手の記憶によって補うことも不断に行なわれたはずである。(23)

こうした視点を援用すれば、抜書された絵巻の詞書も、その前後の文脈が制作者ばかりでなく、鑑賞者によっても想起され、記憶の回路を開きうるわけである。そうであればこそ、短い詞書でありながら、その前後のコンテクスト、すなわち「橋姫」の垣間見全体へと連想をつなぎ、豊かな解釈が可能となるのではないか。また、詞書が抜書である以上、別のコンテクストへと連想をつなぎ、あらたな解釈や鑑賞を呼び起こすこともあろう。

同様に、絵巻の絵も、いわば抜書的な発想で描かれているとはいえないだろうか。つまり、その場面の要素のみならず、他の関連する場面の要素までも抜書のように寄せ集められている。そのような見方に立つ時、薫の直衣姿や風になびく蔦がなぜ描かれたか、またどのような解釈をひき寄せてくるのか、いわば場面の単純な時系列をこえた多層的な時間がいかに浮上しうるのか、その機制がさらに明確になると思われるのである。

しばしば言われるように、徳川・五島本「源氏物語絵巻」は、『源氏物語』を知らない者が作品の筋を知るために享受するものではなく、『源氏物語』を知りに知りつくした者が楽しめる絵巻である。絵巻の絵も『源氏物語』に通暁した制作者の記憶がさまざまに取りこまれ、またさらに鑑賞者の連想の回路に放たれることで、さまざまな意味を生成しうる。それぞれが物語読者でもある制作者と鑑賞者の双方にある記憶の機制こそ、絵巻における多層的な時間の現前化を支えるものといえよう。鑑賞者が、制作者の記憶や物語解釈を追認し、時に制作者の意図を超えて、原文の記憶を頼りにさまざまな解釈をくり拡げていく場《トポス》として、絵巻の絵は存在するのである。今後も復元模写を手がかりに、絵巻と物語の読み解きを往還しながら、物語をめぐる記憶の機制についても思いをめぐらしていきたい。

（1）　ＮＨＫ名古屋「よみがえる源氏物語絵巻」取材班編『よみがえる源氏物語絵巻　全巻復元に挑む』（ＮＨＫ出版、二〇〇六）九二頁参照。なお復元模写を使った「源氏物語絵巻」の読み解きの成果として、三田村雅子『草木のなびき、心の揺らぎ　源氏物語絵巻を読み直す』（フェリスブック、二〇〇六）が注目される。

（2）　宇治の霧の象徴的意味については、上坂信男「小野の霧・宇治の霧」（『源氏物語　その心象序説』笠間書院、一九七四）、三田村雅子「宇治十帖、その内部と外部」（『岩波講座日本文学史３』一九九六）を参照。また、楕円形の霧については、三谷邦明「源氏物語絵巻の読み方」（三谷邦明・三田村雅子『源氏物語絵巻の謎を読み解く』角川選書、一九九八）の考察がある。

（3）　鈴木敬三『初期絵巻物の風俗史的研究』（吉川弘文館、一九六〇）。

（4）　長谷章久『作り物語の享受に関する研究』（風間書房、一九六九）。

(5)　佐野みどり「絵巻の時間」(『じっくり見たい『源氏物語絵巻』』小学館、二〇〇〇)。
(6)　千野香織『岩波日本美術の流れ3　10—13世紀の美術』(岩波書店、一九九三)九三頁。
(7)　「蔦」(『和歌植物表現辞典』東京堂出版、一九九四)。
(8)　ちなみに「蔦」の用例はこれを最後として姿を消すが、「やどり木」の用例は、蜻蛉巻の薫の歌に「われもまたうきふる里を荒れはてばたれやどり木のかげをしのばむ」(二三七)とある。そこでの「やどり木のかげ」も、宿木巻・東屋巻の「やどり木」と響きあいながら、八の宮邸、ひいてはそこで過ごした宇治の三姉妹(特に大君や浮舟)の面影を詠みこんでいると思われる。
(9)　藤井日出子「国宝源氏物語絵巻橋姫・鈴虫第二段に見る源氏物語享受とその伝流」(久下裕利編『源氏物語絵巻とその周辺』新典社、二〇〇一)。
(10)　久下裕利「国宝源氏物語絵巻〈橋姫〉図再説」(『源氏物語絵巻とその周辺』新典社、二〇〇一)。
(11)　(5)に同じ。
(12)　「雅亮装束抄」で「やまぶきのにほひ」は「うへこくてしたへきなるまでにほひて」とあり、朽葉色を山吹色の薄く匂ったものとする。宇都宮千郁氏の教示による。
(13)　本書第Ⅱ部第一編第三章。
(14)　三田村雅子「第三部発端の構造」(『源氏物語　感覚の論理』有精堂出版、一九九六)。
(15)　その他に、中の君の衣装で判明しているものに、「君はなよよかなる薄色どもに、撫子の細長重ねて、うち乱れたまへる御さまの」(宿木　四三六—四三七)の描写もある。
(16)　伊原昭『平安朝文学の色相』(笠間書院、一九六七)三一〇—三一一頁。
(17)　ここでの制作者とは、上皇・女院などの命を受け、絵巻の制作責任者として、絵にする場面や、詞書となる本文を選び、画家に作画を依頼した上流貴族をイメージしている。「源氏物語絵巻」は、五つの制作者グループによる分担制作とみるのが一般的である。
(18)　清水好子「源氏物語の作風」(『源氏物語の文体と方法』東京大学出版会、一九八〇)。
(19)　なお川名淳子「垣間見と物語絵の構図」(『物語世界における絵画的領域　平安文学の表現方法』ブリュッケ、二〇〇五)が、

「ここではその緊密さを徹底させるため、秋の風情を伝える前栽の描写などには筆がながれていない」とするのも、参考になろう。

(20)　本書第Ⅱ部第一編第一章。河添房江「絵巻の復元模写から読み解く『源氏物語』」(『源氏物語時空論』東京大学出版会、二〇〇五)。

(21)　高橋亨『物語と絵の遠近法』(ぺりかん社、一九九一)。三谷邦明・三田村雅子『源氏物語絵巻の謎を読み解く』(角川選書、一九九八)。佐野みどり「物語の語り・絵画の語り」(後藤祥子編『論集平安文学6　平安文学と絵画』勉誠出版、二〇〇一)他。

(22)　前田雅之「思考・認識システムとしての記憶」(『物語研究会会報』三六集、二〇〇五・六)。

(23)　前田雅之「記憶の帝国」『記憶の帝国　〈終わった時代〉の古典論』(右文書院、二〇〇四)。

第三章 「源氏物語絵巻」の色彩表象——暖色・寒色・モノクローム

一 はじめに

本編第一章の冒頭に記したように、一九九八年より開始された徳川・五島本「源氏物語絵巻」の復元プロジェクトは、蛍光X線分析・斜光写真・多色光源写真などを組み合わせた多彩なデジタル処理をはじめ、科学調査のデータを駆使して、絵巻の復元模写を完成させるという文理融合のプロジェクトであった。足掛け七年以上の歳月をかけて、二〇〇五年春には、徳川美術館所蔵の一五図全部の復元模写が、さらに二〇〇五年秋には、五島美術館所蔵の四図の復元模写が完成した。

科学データを基によみがえった平安の色彩を見ていて興味ぶかいのは、赤色・橙色のような暖色系の華やかな色調ばかりでなく、寒色系、また白と銀を強調したモノクローム系の絵が意外に多いということである。王朝の襲とよばれる衣装の描法にあっても、暖色系・寒色系・モノクローム系の絵が交互に、絶妙に配置されることで、絵巻の全体を見る鑑賞者を飽きさせない工夫が凝らされている。

以下、徳川・五島本「源氏物語絵巻」から暖色系・寒色系の代表的な段を取り上げ、平成の復元模写の色の配置や構図に注目することで、制作者がいかに(1)『源氏物語』を読み解き、それを衣装などの色彩表象によって、享受者にいかに訴えようとしたかを明らかにしていきたい。暖色系・寒色系の絵は互いに差異化をはかりながら、それぞれ多様なメッセージを発信していると考える。復元模写により鮮明になった絵巻の物語解釈とその戦略を参照枠とすることで、逆に物語世界がいかに視えてくるのか、物語と絵巻の読み解きを往還するような試みを展開してきたが(2)、描かれた襲の色目に注視する本章もその試みの一環である。

二　「宿木(二)」の青色――劣位の権力装置

まずは寒色系の段として、源氏の孫に当たる匂宮と、夕霧の娘の六の君の婚姻三日目の露顕の儀を描いた「宿木(二)」の絵に注目してみたい。青色系の段として、ひときわ印象深いもので、二〇〇五年五月、徳川美術館で開催された「春季特別展　よみがえる源氏物語絵巻」でも、この「宿木(二)」の模写(加藤純子作)には釘付けになり、しばらくその場を離れることができなかった。この場面は、「竹河(二)」と並んで、絵巻中、屈指の華美な場面である。しかし、色調でいえば、「竹河(二)」は庭に大きく描かれた桜を中心に、正面に赤色と黄地の華やかな表着をまとった女房が居並ぶという、暖色系である。それに対して、「宿木(二)」は変色し褪色した現在の絵でも、青系の衣装や紺裾濃の几帳が群青で鮮やかに彩られるなど、青味の勝った色調が明らかである。さらに復元模写の完成により、青を中心とした色彩の強調が一層はっきりしたといえようか。左手に控える五人の女房も青や緑を基調とした裳唐衣の正装であり、六の君の装束でも寒色系の色が際だつのである(3)。六の君や女房の襲の模様には銀が多用され、まさに豪華絢爛で、他の段の追随を許さない雰囲気をかもし出している。

しかし、今日の披露宴にあたる婚姻の三日目の露顕であれば、居並ぶ女房たちの正装も、何も青の勝った寒色系でまとめなくとも、赤色や橙色の暖色系の衣装でかためても良かったのではないか。「宿木(二)」のメイン・テーマが、過差ともいえる婚礼の豪奢な描写であるにしても、青系の衣装表象が何を意味しているのか、ここではその象徴性に迫っていきたい。

それを解く鍵として、詞書に対応する物語本文を示せば、以下の通りとなる。

よき若人ども三十人ばかり、童六人かたほなるなく、装束なども、例のうるはしきことは目馴れて思さるべかめれば、ひき違へ、心得ぬまで好みそしたまへる。（宿木　四二〇）

ここでは、仕える女房の数の多さが挙げられ、その衣装についても、普通の盛装では匂宮にとって珍しくもないであろうからと、夕霧が意匠を凝らしたとある。とはいえ衣装について、正編の世界でいえば、玉鬘巻の衣配りや若菜下巻の女楽のように細かい指定が、物語でも絵巻の詞書でもなされているわけではない。

別に参考になる条としては、この条のすこし後になるが、匂宮が久しぶりで二条院の妻中の君の許にもどり、新妻の六の君方の輝くばかりの婚礼の調度や女房たちの様子を思い起こしながら、二人を比較する場面がある。

御しつらひなども、さばかり輝くばかり高麗、唐土の錦、綾をたち重ねたる目うつしには、世の常にうち馴れたる心地して、人々の姿も、萎えばみたるうちまじりなどして、いと静かに見まはさる。（宿木　四三六）

つまり「高麗、唐土の錦、綾」と、舶来の唐物の錦・綾をふんだんに使った調度・装束という匂宮の連想をかたる一文こそ、この「宿木(二)」の絵の描写の源泉であったのではないか。舶来品である唐物を使って、他者を圧倒するという姿勢には、夕霧の権力示威のメカニズムを読みうるし、その限りでは、父光源氏の権力示威の歴史の踏襲ともいいうるであろう。

しかし、それにしても、「宿木(二)」の色調はなぜ青系であり、赤系ではないのか、あらためて問い直す意味もあるのではないか。六の君の婚礼の豪華さがメイン・テーマであるにしても、それを唐物尽くしの調度や衣装により表象したと理解しただけでは、こぼれ落ちる意味が、その青系の色の氾濫にはこめられていると思われる。

ここで考えられる可能性としては、「高麗」と「唐土」を並べるのであれば、「唐土、高麗の錦、綾」(4)とあるべきなのに、本文に「高麗、唐土の錦、綾」とあるので、『源氏物語』の世界での「唐土の錦」よりも「高麗の錦」のイメージが先行したのではないか、ということである。物語の中での「高麗の錦」の用例は二例で、絵合巻に「青地の高麗の錦」(絵合　三八六)とあり、また、若菜下巻の女楽では、明石の君の褥の端には「高麗の青地の錦」(若菜下　一九三)が使われたように、どちらの場面でも「高麗の錦」と青地のイメージは強固に結びついている。

すでに伊原昭氏は、上代からの左尊右卑の思想により、平安の歌合や物合、あるいは舞楽の左楽右楽の服色では、左方に赤色系統を配して上位とし、右方に青色系統を配して下位とする慣習が成立したと指摘している(5)。それに則るかのように、絵合巻では、左方の光源氏側が、

左は紫檀の箱に蘇芳の華足、敷物には紫地の唐の錦、打敷は葡萄染の唐の綺なり。童六人、赤色に桜襲の汗衫、衵は紅に藤襲の織物なり。(絵合　三八五―三八六)

とあり、唐渡りの紫の錦や赤紫の綺の調度品を用いて、格の高さを誇っていた。一方、ライバルの頭中将(権中納言)側は、「右は沈の箱に浅香の下机、打敷は青地の高麗の錦、あしゆひの組、華足の心ばへなどいまめかし。」(絵合　三八六)とあるように、青地の高麗の錦を使い、当世風の華やかな雰囲気をかもし出していた。

夕霧が六の君方の女房たちを着飾らせた際、「装束なども、例のうるはしきことは目馴れて思さるべかめれば、ひき違へ、心得ぬまで好みそしたまへる」(宿木　四二〇)としたのは、たしかに父源氏がめざした荘重さよりも、舅であった頭中将の「いまめかし」さ、当世風の趣向に通じるものがある。「宿木(二)」の制作者は、絵合巻の右方の「い

まめかし」き「青地の高麗の錦」をイメージしながら、装束や室礼の青の色調を定めていったとみるのは穿ち過ぎであろうか。一方、それとは対照的に、続く「宿木(三)」では、二条院で琵琶を弾く匂宮とそれに聞き入る中の君のしめやかな対座の場面が、白の着装を中心としたモノクロームの美で描かれている。

そうした想定が許されるのであれば、「宿木(二)」の青系の色の強調は、左尊の赤紫系ではなく、右卑の青色系を選択したことで、絵合巻の頭中将が敗北したように、物語の展開のある種の予兆ともなっているのではないか。左―赤―優位、右―青―劣位に編成された色彩表象は、人々に共有される社会的イメージであるばかりでなく、絵合巻をはじめ『源氏物語』の世界を通底するものでもあったからである(6)。夕霧が唐物の富の示威効果を結局は父源氏のように十二分に発揮できぬまま、やがて中の君が匂宮の妻として優位に立ち、六の君が劣位に置かれていくという物語展開を、青の色調は先取りしているのではないか。この段の表層の青系の華やぎは、深層では劣位の象徴に他ならない。「源氏物語絵巻」の絵の景物は、その場面の一瞬を切り取る挿絵の次元にとどまらず、しばしば物語の継起的時間の相まで取り込んでいるとされるが(7)、「宿木(二)」では青系の襲や調度の色彩表象により、物語の行き着く先までも暗示していると思われるのである。

三　「竹河(二)」の山吹襲と桜襲

「宿木(二)」の寒色系の絵を一つの極とするならば、暖色系の極にあるのが、くり返すように「竹河(二)」であろう。復元模写(富澤千砂子作)から浮かび上がる赤系の色彩表象に注目することで、ここでも物語の時間のいくつかの局面が取り込まれていることを明らかにしていきたい。

「竹河(二)」の段では、まずは画面の中央を占める女房二人の衣装に注目してみたい。画面正面の渡殿に居並ぶ女房たちは、玉鬘腹の大君付きの女房と思われるが、その左手の女房の赤色の表着に、蛍光X線分析により雲立涌の文様が有機染料の蘇芳でえがかれたことが明らかになった。[8] 右方の女房も、黄地に銀で文様を描き、裏に朽葉色ともいうべき橙色がのぞく華やかな表着をまとい、明度の高い黄色と、明度の低い赤色が隣接することで、どちらの色も美しく映えあっている。[9]

絵として見れば、玉鬘腹の大君の衣装の背後に袴の紅がかなり大きく描かれ、左手の赤色の表着と連続し、また大君の山吹襲の色目が、黄地の華やかな表着をまとった右方の女房の服色と響きあうかのように描かれている。しかし、そうした連続相ばかりでなく、二人の女房の服色は、かつての玉鬘巻での衣配りで、玉鬘にあてがわれた、

曇りなく赤きに、山吹の花の細長は、かの西の対に奉れたまふを、上は見ぬやうにて思しあはす。内大臣のはなやかにあなきよげとは見えながら、なまめかしう見えたる方のまじらぬに似たるなめりと、げに推しはからるるを、色には出だしたまはねど、殿見やりたまへるに、ただならず。（玉鬘　一三五―一三六）

の赤色と山吹襲の色調と見事に符合しているのではないか。[10] 玉鬘に贈られた襲の色目は、優美さには欠けるものの目立って華やかなもので、それは内大臣家のあらそえぬ血筋の表象であると同時に、六条院で花形ともてはやされる存在の証でもあった。「竹河(二)」で、囲碁に興じる姫君たちより絵の中心を占め、そのイメージを決定づけている二人の女房装束の色彩表象が、六条院時代の玉鬘の服色に通じることは、意味深長である。「竹河(二)」の絵では、描かれないとはいえ「なほ盛りの容貌」の玉鬘の存在感と、その人のいにしえの栄華、それを回顧する心理を、二人の女房の暖色系の華やかな衣装に象徴させたのではないか。いってみれば、かつて六条院で花形であった玉鬘、そして鬚黒の北の方として時めいたその人が家刀自として取り仕切る、一家の風儀の表象となるような服色なのである。

そもそも、この段は玉鬘腹の大君の冷泉院入内の前で、その入内の決定は、六条院時代の玉鬘が冷泉院に心惹かれながらも、髭黒大将の妻となった代償であった。すなわち、六条院時代の往時を回顧しながら、事を進める玉鬘に、没落しかけた髭黒一家の姫君たちの運命がゆだねられていることの象徴として、「竹河(二)」のこれらの赤と黄・暖色系の色調があるのではないか。

次に姫君たちの衣装の描かれ方に目を転じたい。絵巻の詞書にも取られた物語の本文を示せば、以下の通りである。

桜の細長、山吹などのをりにあひたる色あひのなつかしきほどに重なりたる裾まで、愛敬のこぼれ落ちたるやうに見ゆる、御もてなしなどもらうらうじく心恥づかしき気さへそひたまへり。（竹河　七五）

詞書では右のように語られる大君の衣装と着こなしだが、絵としては、山吹襲ばかりか背後に袴の赤を強調することで、「曇りなく赤きに、山吹の花の細長」が似合う母玉鬘の分身のようなイメージをかもし出している。そうであるがゆえに、母玉鬘の身代わりになって冷泉院に入内する運命を強調するかの按配である。

一方、大君の山吹襲の上に重ねられた桜襲は、細長のように先が分かれず、小袿の形で描かれるが、それは母玉鬘のかつてのイメージに回収されるものであろうか。桜襲は、正編の世界でいえば、紫の上や明石の姫君、女三の宮が着用するものである。特に若菜上巻の蹴鞠の場面で、女三の宮がまとった桜の細長のイメージから、桜襲は禁忌の恋の表象ともなった。

そもそも「竹河(二)」の桜襲は、庭の中央に大きく描かれた桜の老木と呼応していることはいうまでもない。この桜は、髭黒が存命の折、大君と中の君が自分のものと争ったという一家の全盛期をあらわすエピソードにまつわる桜であり、ここで、ふたたび姉妹の囲碁の掛け物として争われるのであるが、その桜がいまや老木であることに、玉鬘一家に訪れかけている没落が重ねあわされている。しかも、平成の復元模写の完成により、絵の中の咲きほこる花弁も、風に吹かれ銀色の庭に散り敷いた花びらも、はるかに多量であることがわかり、姫君たちの盛りの姿と、一家の凋落をさながら表象することが明らかになった。桜の散りゆく老木は、いわれるように回想のモチーフであり、「没落の翳をわずかに潜ませた、のどやかな桜、禁忌の恋と桜、そして風前の桜」(11)と評されたように、幾重にもめぐらされた意味をこめて描かれているのである。

平成の復元模写により、さらに庭木の桜の花びらが、囲碁の勝者の中の君ではなく、大君の桜襲にさしかかるように描かれていることも明瞭になった。そもそも大君の小袿にも桜の文様がつけられ、桜襲であることが明示されていたが、その桜の文様より、少し大ぶりな桜花が大君の衣装の端にかかっているのである。禁忌の桜の主にふさわしいのは、囲碁の勝者の中の君なのではなく、やはり大君なのだといわんばかりの構図である。

桜の花びらと繫がるように描かれた桜襲は、したがって重ねられた山吹襲や袴の赤の色が母玉鬘と繫がることとは、別の意味性を帯びているといえるだろう。大君の桜襲の装いもまた、若菜上巻の蹴鞠の場面と同様、禁忌の恋の対象という表象なのではないか。その装いは、姫君の資質が母に似ぬ「心恥づかしき気」を備える点とも響きあう。

さらに画面の右下の蔵人少将も、かいま見る者の初々しさと慄きを伝える桜襲の直衣姿で描かれている。蔵人少将の禁忌の恋が、かつての柏木の、蹴鞠の桜の場面に兆した恋の矮小化であることは既にしばしば指摘されている(12)。蔵人少将が柏木という存在のミニチュアであり、その禁忌の恋が柏木の恋をなぞることは、物語本文の随所で確かめられるのである。

興味ぶかいのは、「竹河(二)」のみならず、瀕死の柏木を夕霧が見舞う場面を絵画化した「柏木(二)」でも、桜のモチーフにより、画面が埋め尽くされていることである。この段の絵に目を凝らすと、御簾の左奥にあって横たわる柏木に最も近い壁代には、桜の花びらの文様が所せましと散らされている。それは、「竹河(二)」の大君の桜襲の衣装と、同じ意匠であった。柏木を見舞う夕霧も、女三の宮を柏木と共にかいま見た蹴鞠の場面と同じ桜の直衣姿であることが、「柏木(二)」の復元模写の完成により明らかになった。その符合は、末期の柏木をとり囲む情景が、あの桜の盛りの蹴鞠の場面と同じ情趣であったことを暗示する効果を上げている。(13)『源氏物語』の本文にみえない桜の文様の壁代、また夕霧の桜の直衣姿があえて描かれたのは、女三の宮の桜襲の禁忌と官能のイメージに感応し、それに殉じるかのように春に逝った柏木へ、制作者がささげた最大のオマージュなのであろう。(14)

現存の徳川・五島本「源氏物語絵巻」には若菜上巻の絵はなく、はたして失われた若菜上巻の段に、蹴鞠の場面があったのかどうか、後代の土佐派の源氏絵でしばしば描かれ、パターン化した絵の代表ともいうべき、あの場面があったのかどうか、定かではない。しかし、仮にその場面が描かれていなかったにせよ、絵巻の鑑賞者は、この「竹河(二)」から「柏木(二)」へと連想を遡らせることで、蹴鞠の段の絵を脳裏に思い浮かべることができたのではないか。そんな思いにいざなわれる「竹河(二)」と「柏木(二)」の符合なのである。

思えば、『源氏物語』の世界で、桜襲の直衣姿は、しばしば若い世代と老いの世代の対立や葛藤のテーマを、読者の意識に浮上させる効果をあげていた。現存する絵巻でも、桜の直衣姿の貴公子が描かれるのは、「柏木(二)」「竹河(二)」にとどまらず、「竹河(一)」の薫もそうである。そもそも桜襲の直衣姿は、かつての光源氏の十八番であったが、絵巻の世界では光源氏の子や孫の世代のものであった。現存する段で、光源氏が桜襲の直衣姿で描かれることはなく、「柏木(三)」の光源氏は、白に銀で唐花丸文様をつけた白襲の直衣姿で赤子の薫を抱き、老いの苦渋の姿を対比的に浮かび上がらせている。

＊

ここでは「宿木(二)」と「竹河(二)」を中心にした考察にとどまったが、復元模写の襲の色彩表象をたどり見ても、絵巻が物語の一瞬を切り取るというより、それまでの物語世界を取り込み、別の段と照応することで、さまざまな意味をつむぎ出している様相が際やかになるのではないか。絵巻の絵は、場面の挿絵である次元を超えて、『源氏物語』という作品の奥行や時間の累積といったものを、いかに視覚的に回復し再構築するかに苦心しており、そのことが平成の復元模写の完成により、さらに鮮明になったといえるのである。

(1) ここでの制作者とは、上皇・女院などの命を受け、絵巻の制作責任者として、絵にする場面を選び、絵師に作画を依頼した上流貴族をイメージしている。
(2) 河添房江「絵巻の復元模写から読み解く『源氏物語』」(『源氏物語時空論』東京大学出版会、二〇〇五)。
(3) 鈴木敬三『初期絵巻物の風俗史的研究』(吉川弘文館、一九六〇)に拠れば、六の君の装束は、白地に亀甲花菱の地文に萌葱・銀・紺で唐花丸の上文を置いた二倍織物の小袿をまとい、その下に、萌葱地に淡黄色の亀甲花菱の地文に丹・黄色・紺でやはり唐花丸の上文を置いた二倍織物の袿を重ねていることになる。白地の小袿より、青緑系の袿の方が画面の上部により大きく描かれ、画面の青の色調を強めている。
(4) 高麗と唐土をならべる用例については、本書第Ⅰ部第三編第一章を参照されたい。
(5) 伊原昭「源氏物語における女性の服色」(『和洋国文研究』10号、一九七三・七)。
(6) もとより青系の色であっても、男性装束の場合、麴塵のように染色が困難なものは、天皇が着用する袍となる(吉岡幸雄『日本の色辞典』紫紅社、二〇〇〇)。女性装束では、青色の織物の唐衣も禁色とされているが、それは公的な晴の場で赤色の織物の唐衣に次いで禁色ということであって、赤色より上位の色ゆえの禁色とはいいがたいのではないか。紅花を沢山使って染める深紅(濃紅)の服が過差の服として、しばしば禁制になったことも(伊原昭『王朝の色と美』笠間書院、一九九九)、その証左となろう。
(7) 佐野みどり「絵巻の時間」(『じっくり見たい『源氏物語絵巻』』小学館、二〇〇〇)、千野香織『岩波日本美術の流れ3 10—13世紀の美術』(岩波書店、一九九三)九三頁など。

(8)　島尾新「絵画史研究と光学的手法」(佐藤康宏編『講座日本美術史1　物から言葉へ』東京大学出版会、二〇〇五)。
(9)　皆本二三江『だれが源氏物語絵巻を描いたのか』(草思社、二〇〇四)四一頁。
(10)　ただし、山吹襲は表が朽葉で裏が黄とされ、右手の女房の表着はそれを反転させた裏山吹(表が黄で、裏が紅梅)を思わせる色使いで、さらにこの段の華やぎをかもし出している。山吹襲は『枕草子』でも、「袙の紅ならずは、おどろおどろしき山吹を出だして、」(二六八)とあるように、目立つ服色で、明るく派手な印象をあたえるものであった。伊原昭『平安朝文学の色相』(笠間書院、一九六七)三一〇—三一一頁。
(11)　神田龍身「匂宮三帖の再評価——王朝時代への挽歌」(高橋亨・久保朝孝編『新講源氏物語を学ぶ人のために』世界思想社、一九九五)。
(12)　池田和臣「竹河巻と橋姫物語試論」(『源氏物語　表現構造と水脈』武蔵野書院、二〇〇一)他。
(13)　NHKスペシャル「よみがえる源氏物語絵巻　柏木　桜の恋」(二〇〇四年五月四日放映)での原岡文子氏の解説。
(14)　河添房江「桜衣の世界」(『性と文化の源氏物語』筑摩書房、一九九八)。

第四章　源氏絵に描かれた衣装——図様主義から原文主義へ

一　はじめに

ここでは衣装を中心に源氏絵の歴史を、院政期の「源氏物語絵巻」から近世へとたどり、原文主義の衣装描写から、土佐派などの図様主義への転換、さらに時代が下っての原文主義への回帰を明らかにしていきたい。それは源氏絵が独立して展開した歴史というよりは、『源氏物語』の享受史、ひいて源氏文化の総体から影響を受け、また影響を与えた相互関係の賜物といえる。より具体的にいえば、源氏絵の歴史が源氏の梗概書・連歌寄合や版本の世界とそれぞれの時代で密接に関わっているのである。

＊

今回、源氏絵というテーマについて、衣装に絞って考察を試みたいと思うに至る一つの切っ掛けがあった。「日本文学概論」という大学一年の授業で、土佐光吉「源氏物語絵色紙帖」(「源氏物語絵画帖」とも、京都国立博物館蔵、図1)(1)の「若紫」を使って絵解きをさせたことがあった。具体的には絵と若紫巻の本文と現代語訳を学生に渡し、描かれた六人の人物が誰かを当てさせたのである。その結果は、源氏・惟光・北山の尼君はほぼ全員正解であったが、若紫・

図1　土佐光吉「源氏物語絵色紙帖」若紫

少納言の乳母・犬君の判別が予想外に難しかったようである。

この絵は高校の国語教科書に採録された若紫巻の挿絵としてもしばしば使われるので、ほとんどの学生が正解するとじつは考えていた。しかし予想は見事に裏切られ、受講生六五名中、登場人物六人を正しく答えたのは二〇名に過ぎず、「少納言の乳母を若紫と誤った者」二九名、「犬君を若紫と誤った者」六名、その他の間違いが一〇名であった。「少納言の乳母を若紫と誤った者」がなぜこんなにも多かったのか、答案に書かれたコメントによって、その理由はすぐに判明した。土佐光吉の「源氏物語絵色紙帖」では少納言の乳母が黄色の袿を着ているので、若紫巻の本文の、

きよげなる大人二人ばかり、さては童べぞ出で入り遊ぶ。中に、十ばかりやあらむと見えて、白き衣、山吹などの萎えたる着て走り来たる女子、あまた見えつる子どもに似るべうもあらず、いみじく生ひ先見えてうつくしげなる容貌なり。髪は扇をひろげたるやうにゆらゆらとして、顔はいと赤くすりなして立てり。

（若紫　二〇六）

の「白き衣、山吹などの萎えたる着て走り来たる女子」に該当すると思った学生が多かったのである。もっとも学生のコメントの中には、若紫が「髪は扇をひろげたるやうにゆらゆらとして」とあるのに、少納言の乳母の髪が長いことや背丈もあることを不審がる者もいた。しかし結局のところ、迷いつつも衣装描写が決め手となって、少納言の乳

母を若紫としてしまう回答が多く出たのであろう。

光吉の「若紫」の絵が原文の衣装描写に忠実ではないことが、これを切っ掛けに改めて思い知られたわけであるが、その点については既に木谷眞理子氏に言及がある。(2) 木谷氏は「白に山吹というのは、いささか地味で古風な好み」であり、この場面の「明るく花やかなイメージは、衣装をもって付与するほかない」としている。木谷氏が指摘するように、たしかに金箔の雲取りのなかで、主役の若紫が山吹色の衣装では映えないかもしれない。光吉の絵は、全般に白・赤・ピンクを基調とした華やかな色調が特徴となっている。もっとも北山の尼君の衣装は尼装束とは思えないピンク系の衣装であり、源氏の狩衣も忍びの装束とは到底思えない赤色の派手な色である。

図2　土佐光吉「源氏物語絵色紙帖」空蝉

そう考えてみると、光吉の他の源氏絵でも、原文の衣装描写とかなりかけ離れた彩色をしていることに気づかされる。同じ「源氏物語絵色紙帖」の「空蝉」の絵(図2)は、空蝉と継娘である軒端荻が囲碁をし、光源氏が垣間見る有名な場面であるが、空蝉も軒端荻の衣装も原文と違ったものとして描かれている。特に軒端荻は、原文では夏の暑さに気を許してか、「白き羅の単襲、二藍の小袿だつものないがしろに着なして、紅の腰ひき結へる際まで胸あらはにばうぞくなるもてなしなり。」(空蝉　一二〇)と胸をはだけたあられもない姿であるが、光吉の絵では、姫君然としたきちんとした着付けである。

また同じ光吉の「源氏物語手鑑」（久保惣記念美術館蔵）の「若菜二」は明石の女御の出産を描いているが、本来ならば、明石の女御も周囲の女房たちも、「紫式部日記絵巻」のように白一色の装いであるはずが、色彩豊かな衣装で描かれている。同じく「若菜三」は若菜下巻の女楽の絵であるが、女三の宮の衣装がかろうじて原文の桜襲の細長に近いものといえる以外、紫の上も明石の女御も明石の君も原文からかけ離れた衣装の色目となっている。

結局のところ、光吉の絵は原文主義ではなく、衣装の見た目の華やかさを追及した図様主義(3)ともいえるが、それは何に由来するのだろうか。稲本万里子氏は、「本画帖のなかで、『源氏物語』から選択された情景は、源氏を中心に展開する物語の場面と、女性の優雅な生活の手本となるような場面であった。」「女性の鑑賞者の幸せを願う注文主の願望が投影」「近衛信尹から太郎君（信尹息女）への贈り物」としている(4)。「女性の優雅な生活の手本となるような場面」が描かれるに際して、衣装がより華麗になり、軒端荻の胸のはだけた着方など排除されるのは当然かもしれない。

一方、三田村雅子氏も光吉画帖の成立について、「天皇家と近衛家の結びつきを記念」し、「太郎君と信尋（後陽成天皇の皇子、近衛家養子）の婚姻の祝福(5)」としている。光吉画帖について、稲本氏の読みがジェンダー論的な解釈とすれば、三田村氏は天皇家と近衛家の連携という政治読み、権力読みを提示している。いずれにしても当時の源氏画帖や源氏屏風がそうであったように、光吉画帖も上流層の嫁入道具として制作された可能性が高いのである。そうである以上、原文よりも衣装描写が豪華な、いわゆる図様主義に傾いていくのも、当然の結果といえよう。また三田村氏が光吉画帖の詞書について「後陽成天皇を始めとする皇族と有力な廷臣による寄合書き」とするように、詞書の筆者たちはおそらく『源氏物語』の原文を読んでいたであろう。しかし彼らが光吉の衣装描写を許容したのも、嫁入道具としての図様が原文と一致していなくとも構わないとする当時の認識を示しているのかもしれない。

二　「源氏物語絵巻」の世界

しかし源氏絵の歴史をさかのぼれば、衣装は必ずしも図様中心主義で描かれていたわけではなく、院政期に成立した徳川・五島本「源氏物語絵巻」の衣装は、原文中心主義で描かれていたといっても過言ではない。平成の復元模写(6)を手かがりとして、「源氏物語絵巻」の衣装を再点検した澤田和人氏は、絵巻の衣装描写がおおむね原文に忠実であることを検証し、「国宝「源氏物語絵巻」が、当時の風俗を映し出す風俗画としても正しく機能している。(7)」と指摘している。

特に澤田氏は比較的情報量の多い「竹河(二)」について、玉鬘腹の大君の「桜の細長」「山吹」、中の君の「薄紅梅」の描かれ方に「本文の服飾描写を再現しようとする意志が看取できる」としている。華麗な衣装描写で名高い「竹河(二)」についてはすでに前章で述べたところであるが、原文主義という観点から女房二人の衣装に注目して、再度言及してみたい。

画面正面の渡殿に居並ぶ女房たちは、玉鬘腹の大君付きの女房と思われるが、囲碁をする大君・中の君以上に大きく描かれていて、絵の中では存在感がある。左手の女房の赤色の表着には、雲立涌の文様が有機染料の蘇芳で描かれたことが、復元模写により明らかになった。(8)右方の女房も、黄地に銀で文様を描き、裏に朽葉色ともいうべき橙色がのぞく華やかな表着をまとい、明度の高い黄色と、明度の低い赤色が隣接することで、どちらの色も美しく映えあっている。(9)

絵として見れば、玉鬘腹の大君の衣装の背後に袴の紅がかなり大きく描かれ、左手の赤色の表着と連続し、また大君の山吹襲の色目が、黄地の華やかな表着をまとった右方の女房の衣装と響きあうかのように描かれている。しかし、そうした連続相ばかりでなく、二人の女房の装束は、過去の物語場面の再現なのではないか。詳しくは前章に譲りたいが、二人の衣装は、かつて玉鬘巻の衣配りで、玉鬘にあてがわれた「曇りなく赤きに、山吹の花の細長は、かの西の対に奉れたまふを」(玉鬘　一三五)の赤色と山吹襲の色調を髣髴とさせるからである。(10)玉鬘に贈られた襲の色目は、優美さには欠けるものの目立って華やかなもので、それは内大臣家のあらそえぬ血筋の表象であると同時に、六条院で花形ともてはやされる存在の証でもあった。

「竹河(二)」で囲碁に興じる姫君たちより絵の中心を占めて、そのイメージを決定づけている二人の女房装束の色調が、六条院時代の玉鬘の衣装に通じることは、意味深長である。「竹河(二)」の絵では、描かれないとはいえ「なほ盛りの容貌」の玉鬘の存在感と、その人のいにしえの栄華と、それを回顧する心理を、二人の女房の暖色系の華やかな装束に象徴させたのではないか。いってみれば、六条院でかつて花形であった玉鬘が家刀自として取り仕切る、髭黒一家の雰囲気の表象となるような衣装なのである。

「竹河(二)」のみならず、「柏木(二)」に描かれた夕霧の桜襲の直衣、「夕霧」の雲居雁の薄着姿をみると、「源氏物語絵巻」では過去の場面を再現するかのような衣装を描くことで、物語の別の時間を重層させていることが理解される。(11)絵が物語の一瞬を切り取るというより、それまでの物語世界を取り込み、別の段と照応し、鑑賞者のさまざまな解釈を喚起していく様相が際やかになるのである。絵巻の絵は、場面の挿絵である次元を超えて、『源氏物語』という作品の奥行や時間の累積といったものを、視覚的に回復し再構築することに成功している。しかし、それが可能になるのは、「源氏物語絵巻」の衣装が、その場面にしても過去の場面にしても原文主義で描かれているからである。

「源氏物語絵巻」は、絵も詞書もいくつかのグループでの制作であることが明らかにされており、各グループには源有仁のような『源氏物語』の原文に精通した絵のプロデューサー的存在がいて、その指示のもとに絵が制作された。『源氏物語』の世界を知り尽くした人物が絵画制作の陣頭指揮をとり、また享受者も『源氏物語』に通じていればこそ、こうした原文中心主義の衣装描写とそこから派生する読みの共有が可能になるのであろう。

三　土佐光吉「源氏物語絵色紙帖　若紫」の成立まで

それでは、こうした原文主義の源氏絵が、いつの時代に図様主義に転じたのであろうか。その変遷を次に見ていきたい。

そこで注目されるのは、鎌倉末期の天理図書館本「源氏物語絵巻」の第二段、若紫垣間見の絵（図3）である。紙幅の関係から横長の絵の中心部分しか掲載できないが、この絵の右側には、逃げた雀を犬君が指さし、その方向を茫然とながめる若紫、図には示せなかったが、さらに右側にはそれを小柴垣の後ろから垣間見る光源氏と惟光が描かれている。一方、絵の左側はその後の場面を描き、雀が逃げたことを尼君に報告する若紫と、それをたしなめるかのように向き合う尼君、その背後に控える女房二人を描いている。つまり、この絵は右半分の雀が逃げた場面と、左半分のその後の場面が一つに納まっている異時同図の絵なのである。

この絵については、天理図書館本の異時同図法が同時進行の絵として描かれると、光吉画帖のような類型化した若紫の図様となることが指摘されており[12]、興味ぶかい。たしかに天理図書館本では雀が逃げたことを犬君と若紫しか見ていないが、それを左半分に描かれた尼君や女房たちが一緒に見るようになれば、光吉の源氏絵のような構図になるだろう。また天理図書館本を衣装描写の観点からみれば、若紫は山吹襲を着ており、尼君は尼装束にふさわしい白い衣装で、光源氏も冬の白の直衣、惟光が赤の狩衣と、原文に沿った衣装描写になっている。「源氏物語絵巻」の衣装ほど華麗ではないが、天理図書館本も原文主義で描かれた源氏絵の衣装とひとまず言えるであろう。

ところが、少し時代が下って室町後期の浄土寺蔵「源氏物語図扇面散屏風」になると、原文主義は鳴りをひそめ、図様主義の若紫垣間見の絵となっている。先頭に薄紅色の袿を着た少納言の乳母、続いて赤色の衣を着た若紫、さらに後ろに白い衣の犬君がいて、逃げた雀に視線を向けている。それを小柴垣の蔭から垣間見る光源氏は赤色の狩衣姿である。金の雲間に描かれた垣間見の場面は、白・赤・薄紅を中心とした華やかな色調で、屏風絵としての見栄えを優先させた趣である。

浄土寺蔵の扇面散屏風に近い時期の源氏絵としては、土佐光信「源氏物語画帖 若紫」(ハーヴァード大学美術館蔵、図4)も、土佐派の初期の源氏絵として注目される。「若紫」の構図は、光吉画帖とは左右が反転していて、右下に光源氏と惟光が描かれ、少納言の乳母・若紫・犬君を垣間見るという構図である。衣装で注目されるのは、少納言の乳母が黄色の袿、惟光が緑の狩衣姿で、光吉画帖と一致している点である。光吉画帖では、白・赤・薄紅を若紫・光源氏・尼君に着せて、黄・緑は光信画帖の影響を受けてか従者クラスの少納言の乳母、惟光の色目としたのである。

こうした衣装の図様主義が定まっていく際には、絵を描く際の注意と詞書を収めた『源氏絵詞』の類の影響も無視できないであろう。光吉画帖の時期に近いもので有名なのは、『源氏物語絵詞』(旧大阪女子大学附属図書館蔵)と『源氏絵詞』(京都大学図書館蔵、江戸初期)である。絵に対する注意書きは、前者の『源氏物語絵詞』[13]が、

すたれすこしまきあけ、花をたてまつる。きやうそくのうへにきやうをよむ四十あまりのうは君也。中の柱によりゐてとあり。女房たち二人子共あるへし。すゝめの子をにかしたるをしたふて、むらさきの上の衣束、白き衣山吹なとのなれたるきて、かみハあふきをひろけたるやうにとあり。

と若紫の衣装まで「白き衣山吹なとのなれたるきて」の原文に忠実なのに対して、後者の『源氏絵詞』[14]が、

女房　子　鳥籠　人烏帽子《柴垣ノ外》　雀　桜

と図様主義で、描く対象だけを示しているのが対照的である。そこでは、山吹襲は絵の必要アイテムではないが、雀

図3　天理図書館本「源氏物語絵巻」第二段

図4　土佐光信「源氏物語画帖」若紫

は必要アイテムになっている。また「伏籠」が「鳥籠」に転じている。

『源氏絵詞』の図様主義については、当時流布していた、源氏梗概書や連歌寄合の影響も看過できない。源氏絵と源氏梗概書や連歌寄合の影響関係については、すでに光信画帖との関係が指摘されており[15]、また岩坪健氏も「源氏絵研究の問題点」の中で総論的に触れられている[16]。しかし、若紫巻の北山の段について具体的な指摘があるわけではないので、ここでは源氏梗概書を二つ挙げて、考察をめぐらしてみたい。

まず『源氏小鏡』(高井家本)[17]を挙げると、

かのわらは病みして北山へおはしまし侍るころは、つごもり、さてこそ、京の花は盛り過ぎ、散り果てて、山の桜はまだ盛り、とは言ひたれ。北山に雀といふこと、花につくることは、紫の上、雀の子を飼ひ給ひしに、犬君といひし童、逃がしてありしを、紫の上、いたく惜しみて泣き給ひし姿の、いとうつくしかりしを、源氏の君、御覧じそめてけり。鳥といふこともありと、人言へども、あらがふべからず。逃げつる雀の子を、鳥などや取りつらんと、紫の上のたまひし声ぞかし。

とあるように、若紫の衣装描写はなく、書き方も傍線部の「北山に雀といふこと、花につくることは」など連歌寄合のような文章である。もう一つ梗概書の例を挙げれば、『源氏大概真秘抄』[18]では、

よしある女なと、花おりて仏にたてまつるもあり。みゆれは、夕暮の霞のまかれに、これ光はかり御供にて、おりてのそき給へは、四十斗なる尼のよしあるか、たゝ人とも見えす、休息に経うちおきてよみいたり。女房おとなおとなしき二人はかり、扨は、わらはへのあまた出入てあそふ。中に十はかりなる姫君の、いとうつくしけなる、髪はあふきをひろけたらんさまにて、はしりきて、いみしうはらたち給へる、何事を誰にの給ふといへは、すゝめの子をふせこの下にこめたりしものを、犬公かにかしたるとて、なきたてるかほ、いみしう行するゐ床しき

人のかたちなり。わか心に朝夕恋しくおほさるゝ藤つほの御かほに似たるゆへに、まほらるゝ也と、おもひ給ふにも、まつ涙そおつ。

とあるように、『源氏物語』の原文にかなり忠実な書き方ではある。しかし先に引用した、

きよげなる大人二人ばかり、さては童べぞ出で入り遊ぶ。中に、十ばかりやあらむと見えて、白き衣、山吹などの萎えたる着て走り来たる女子、あまた見えつる子どもに似るべうもあらず、いみじく生ひ先見えてうつくしげなる容貌なり。髪は扇をひろげたるやうにゆらゆらとして、顔はいと赤くすりなして立てり。

（若紫　二〇六）

と比較すると、『源氏大概真秘抄』では前後の文章はあっても、衣装描写の「白き衣、山吹などの萎えたる着て」だけは見事に抜け落ちているのである。

以上の二つの源氏梗概書のあり方を見ても、原文の衣装描写が軽視されていることや、北山であれば、雀や花を詠むという連歌寄合に沿った叙述がなされて、源氏絵の伝統的な図様主義と連動していることも理解されるのではないか。

四　『絵入源氏物語』『源氏綱目』以降の世界

しかし源氏絵における図様主義も、時代がくだると再び原文主義に回帰していく。その切っ掛けとなったのは、『絵入源氏物語』『源氏綱目』『湖月抄』など版本の出版ブームである。享受層の拡大にともない、啓蒙的な源氏絵の出現ともいうべき現象で、享受層が上流に限られていた「源氏物語絵巻」などとは違った新しい原文主義の台頭であ

る。

こうした源氏絵が出現するにあたり、先駆的な役割を果たしたのが、山本春正『絵入源氏物語』(慶安三年、一六五〇)であった。じつに二二六もの絵図が入っており、これまでの源氏画帖や源氏屛風では絵画化されなかった場面が取り上げられ、また絵画の意味も異なったものとなっている。

『絵入源氏物語』の絵については、「『絵入源氏』の挿絵が目指したのは、『絵詞』の目指す「絵になる所」を描くことでも源氏絵の伝統でもなかった。源氏物語の文章そのものを尊重し、跋文で述べた通りに、絵や詞の優れた場面を選び、その文章に従って描くことだったのである。」[19]と指摘されるとおりであろう。本文を重視し、本文の理解を助け、時に注釈的な源氏絵ということになり、私なりに言い換えれば、原文主義の啓蒙的な源氏絵ということになる。これまでの物語の優雅な雰囲気を伝えるための源氏絵、図様主義の源氏絵とはまた違った意義をもっているのである。

その意味でさらに注目されるのは、『絵入源氏物語』より、やや遅れる一華堂切臨の『源氏綱目』(万治三年、一六六〇)の存在である。内容は連歌に用いられるべき語(語釈つき)、歌、さらに各巻の絵の説明と挿絵を付したもので、梗概書と連歌寄合、源氏絵詞の三つの要素を兼ね備えたものである。しかも序文で、「むかしよりかける絵に人のよはひのほど装束の色しなあやまりおほし。さればゑにかくへき所の詞をのせ絵を入[20]」と、これまでの源氏絵の装束の色や材質の誤りを正すと高らかに宣言しているのである。

若紫巻の北山の段について、『源氏綱目』の絵詞に該当する箇所を挙げれば、

花　山ぶきはおもてうすくちばうらは黄也。うら山ぶきはおもて黄にうらはくれなゐ也。

上の左にはしらによりかゝり四十はかりのあま君まへにけうそくに経をのせてをく。むかひのかたに紫上十歳にてしろききぬ山吹などきて、髪のすゑあふぎをひろげたるやうにていかにも見事なるかたち也。此そばにいぬ

きといふ女わらはあり。此まへにすゞめの入たるかごあり。右のそらにすゝめのこにげ行。此わらは女のそばに少なごんとて三十計なるよき女すゝめのこのかたを見あぐる。此体を源氏の小しば垣よりのぞき見給ふ。御ともはこれみつ一人也。右のそらにくらま山のかたち。

と、まず『花鳥余情』の山吹襲についての注を引用して、左の上の方に尼君、その向かいに紫の上、近くに犬君と記して、どのように描くかも指示している。その中に紫の上の「しろききぬ山吹などきて」も含まれており、前代の源氏梗概書にはなかった衣装についての言及がなされているのである。『花鳥余情』を引いているのも、古注を集成した『源義弁引抄』の著者でもある一華堂切臨の面目躍如であろう。

『源氏綱目』の桐壺巻の絵詞部分については、「挿絵だけの説明ではなく、色も記すように、これを用いて色紙絵を描くための注意書きとでもいえるであろう。[21]」と指摘されているが、これは若紫巻のこの部分についても同様にいえることであろう。つまり北山の段の絵を描くならば、紫の上の衣装は『花鳥余情』が山吹襲について注記するような色彩で描かなければならないと指示しているのである。

その後に挿絵があり、『源氏綱目』の享受者がそのように彩色することも可能であったわけである。じっさい『源氏綱目』の絵に彩色された例については調査が行き届いていないが、『絵入源氏物語』については版本に彩色された例があり、京都大学附属図書館の電子図書館で見ることができる。[22]その絵では紫の上は白い衣に山吹襲を重ねており、源氏は白の冬の直衣姿、尼君は白の尼装束なのである。

五　終わりに

ここまで源氏画帖や源氏屏風の図様主義から、版本の世界で新たな原文主義の啓蒙的な源氏絵が出てきたことをたどり見てきたが、この歴史的展開については、佐野みどり氏の「『絵入源氏』や『源氏綱目』の挿絵は、定型化・記号化に対する事実主義からの反撃であったが、版本のもつ流通性によって、またその啓蒙的意図からしても、それら自体がすぐさま定型と成り行く」[23]といった指摘も注目される。

佐野氏は源氏絵の歴史が、定型化・記号化する伝統主義と事実主義との戦いであったとされるが、氏のいわれる伝統主義はここでいう図様主義で、事実主義は原文主義といい換えることができよう。事実主義（原文主義）の『絵入源氏物語』や『源氏綱目』の挿絵がすぐさま定型になるという指摘は傾聴すべきだが、その定型がそれ以降の源氏画帖や源氏屏風の世界に何らかの影響を与えたのか否かは気になるところである。

十七世紀後半の源氏画帖や源氏屏風については調査が行きとどかないが、たとえば泉屋博古館蔵の岩佐派「源氏物語図屏風」[24]は北山の段で若紫の衣装を緑がかった黄色で描いており、注目される。狩野探幽の「源氏物語図屏風」（宮内庁三の丸尚蔵館蔵）も北山の若紫の絵はないが、空蟬の囲碁や若菜下の女楽の絵で、光吉画帖よりは原文の衣装にかなり忠実な彩色をしていることがわかる。住吉具慶の「源氏物語絵巻」（MIHO MUSEUM蔵）も若紫巻の北山の垣間見は絵画化していないが、原文により忠実に人物のしぐさや建物を再現し[25]、衣装描写も原文主義といえるかもしれない。それらは『絵入源氏物語』や『源氏綱目』の原文主義の影響、あるいは連動する現象と考えられるが、他に例がないのかは今後の課題であり、調査を進めていきたい。

なお余談ではあるが、近代以降、北山の若紫の山吹襲を描いたものに、梶田半古「源氏五十四帖絵葉書」若紫(一九〇五)、現代に近いところでは舟橋聖一『源氏物語』(一九七〇—七六)の守屋多々志の挿絵がある。また北山の段ではないが、原文主義の衣装描写から、土佐派の図様主義、そしてまた原文主義への転換といった流れに対応するものに、末摘花の「黒貂《ふるき》の皮衣《かはぎぬ》」の絵画化の例があることも言い添えておきたい(26)。

(1)『京都国立博物館所蔵　源氏物語画帖』(勉誠社、一九九七)。京都国立博物館のHPの「館蔵品データベース」でも閲覧することができる。
(2)木谷眞理子「源氏絵の服飾表現」(河添房江編『平安文学と隣接諸学9　王朝文学と服飾・容飾』竹林舎、二〇一〇)。
(3)ここでは図様主義と原文主義を対比的に扱っているが、こうした用語の選択については、佐野みどり「源氏絵研究の現況」(『國華』第一三五八号、二〇〇八・一二)から示唆を受けた。
(4)稲本万里子「京都国立博物館保管「源氏物語画帖」に関する一考察——長次郎による重複六場面をめぐって——」(『國華』第一二二三号、一九九七・九)。
(5)三谷邦明・三田村雅子『源氏物語絵巻の謎を読み解く』(角川選書、一九九八)。
(6)NHK名古屋「よみがえる源氏物語絵巻」取材班編『よみがえる源氏物語絵巻　全巻復元に挑む』(NHK出版、二〇〇六)参照。
(7)澤田和人「国宝「源氏物語絵巻」の服飾——復元摸写を手掛かりとして——」(河添房江編『平安文学と隣接諸学9　王朝文学と服飾・容飾』竹林舎、二〇一〇)。
(8)島尾新「絵画史研究と光学的手法」(佐藤康宏編『講座日本美術史1　物から言葉へ』東京大学出版会、二〇〇五)。
(9)皆本二三江『だれが源氏物語絵巻を描いたのか』(草思社、二〇〇四)四一頁。
(10)ただし山吹襲は表が朽葉で裏が黄とされ、右手の女房の表着はそれを反転させた裏山吹(表が黄で、裏が紅梅)を思わせる色使いで、さらにこの段の華やぎをかもし出している。
(11)詳しくは本書第Ⅱ部第一編第一章を参照されたい。

(12)　伊井春樹「源氏物語絵詞――場面の象徴化」(『國文学』二〇〇八・一)。
(13)　片桐洋一編『源氏物語絵詞　翻刻と解説』(大学堂書店、一九八三)。
(14)　『源氏絵詞』の引用は、伊井春樹編『源氏物語古注集成10　源氏綱目　付源氏絵詞』(桜楓社、一九八四)に拠る。なお詞書として、その後に「すゝめの子をいぬきかにかしつる。ふせこのうちにこめたりつる物をとて、いと口おしと思へり。このゐたるおとな、れゐの心なしのかゝるわさをしてさいなまるゝこそ、いと心つきなけれ。いつかたへかまかりぬる。いとおかしうやう〳〵なりつるものを。からすなともこそみつくれとて、たちてゆく」(私に句読点を付す)があることを言い添えておく。
(15)　千野香織・亀井若菜・池田忍「ハーヴァード大学美術館蔵「源氏物語画帖」をめぐる諸問題」(『國華』第一二二二号、一九九七・八)。
(16)　岩坪健「源氏絵研究の問題点」(『源氏物語の享受　注釈・梗概・絵画・華道』和泉書院、二〇一三)。
(17)　武田孝編『源氏小鏡　高井家本』(教育出版センター、一九七八)。
(18)　稲賀敬二編『中世源氏物語梗概書』(広島中世文芸研究会、一九六五)。
(19)　清水婦久子『源氏物語版本の研究』(和泉書院、二〇〇三)。
(20)　『源氏綱目』の引用は、(14)と同じく伊井春樹編『源氏物語古注集成10　源氏綱目　付源氏絵詞』(桜楓社、一九八四)に拠る。
(21)　伊井春樹編『源氏物語注釈書・享受史事典』(東京堂出版、二〇〇一)の『源氏綱目』の項。
(22)　京都大学附属図書館　貴重資料画像「絵入源氏」　https://m.kulib.kyoto-u.ac.jp/webopac/RB00013166
(23)　(3)に同じ。
(24)　『聚美10　特集源氏絵』(聚美社、二〇一四・一)。
(25)　赤澤真理「近世源氏物語絵が描こうとした王朝の世界――住吉具慶筆「源氏物語絵巻」(ＭＩＨＯ ＭＵＳＥＵＭ蔵)にみる貴族住宅・洛外・遊興の表現を通して――」(『空間史学叢書2　装飾の地層』岩田書院、二〇一五)。
(26)　本書第Ⅱ部第一編第五章を参照されたい。

第五章　源氏絵に描かれた唐物――異国意識の推移

一　「源氏物語絵巻」に描かれた唐物

本書の第Ⅰ部第二編と第三編第一章では『源氏物語』の唐物と異国意識について見てきたが、ここでは院政期から中近世以降の源氏絵に注目して、作品中の唐物が描かれる、あるいは描かれないことにどのような意味があるか、考察をめぐらしていきたい。というのも、『源氏物語』内部での唐物のはたす機能と、物語を視覚化した後代の源氏絵で唐物のはたす機能は、必ずしも一致するとは限らないからである。物語内部での唐物のはたす役割と、源氏絵で唐物のはたす役割という内／外の両方の視点から見ていくことで、物語と絵の相互関係やその相違を明らかにすることができるのではないか。そこからさらに唐物についての意識の時代的変遷を透かし見て、異国意識の推移を浮き彫りにしたいというのが、ねらいの一つである。いわば本書の第Ⅰ部と第Ⅱ部を架橋する試みといえようか。

＊

最初に、平安末期に制作された徳川・五島本「源氏物語絵巻」に描かれた唐物として「宿木（一）」「宿木（二）」を見ていきたい。

宿木巻の場面を最初に絵画化した「宿木(一)」(徳川美術館蔵)の段は、今上帝が母のいない女二の宮の処遇に悩み、囲碁の勝負にこと寄せて、薫に縁組をほのめかす場面である。女二の宮の母、藤壺女御は、いまは亡き左大臣の娘で、明石中宮の威勢に押されつつも、一人娘の女二の宮をそれは大事に育て上げ、その裳着の儀式を盛大に営もうとする矢先に急逝してしまう。

残された女二の宮を今上帝も不憫に思い、始終、御座所である藤壺(飛香舎)に渡っては、あたかも父朱雀院がかつて女三の宮を光源氏に託したように、後見となる人物との結婚を考えている。そうした秋の夕暮れ、殿上の間に薫がいることを知り、今上帝は薫を藤壺に召し寄せ、囲碁の勝負にかこつけて、女二の宮との結婚を打診するのである。

ところで、「宿木(一)」の絵では、舞台は女二の宮の住む藤壺ではなく、清涼殿の朝餉の間に変更されている。今上帝の権威を強調するために、故意に清涼殿の朝餉の間を選んだともいわれ、実際「宿木(一)」の今上帝は、「高麗縁」が二枚しかれた上に、さらに「繧繝縁」の畳を一枚重ねるという権威化された場所に座っている。しかも今上帝の装いは物語本文では言及がないが、「宿木(一)」の絵では薫を見下すかのように、袒裼で片肌を脱いだ、くつろいだ姿で座って囲碁を打っている。

一方、冠直衣姿という礼装の薫は、ひたすら畏まりながら「高麗縁」の畳の上に座っている。衣装といい、ポジションといい、今上帝と薫の地位の優位／劣位が際立つシーンである。その構図は、亡き宇治の大君になおも心を寄せて結婚に気の進まぬ薫であっても、今上帝からの申し出を断れない立場を象徴しているかのようである。

この絵で注目すべきは、朝餉の間の調度にも、天皇の富と権威と権力を象徴するかのように、唐物が使われている点である。部屋の右側には、火取・唾壺・櫛箱が並べられた二階棚があるが、そこには美しい黄色の地に朱と緑の文様の入った、唐錦とおぼしき敷物(地敷)が上段と下段に敷かれていることが、平成の復元模写(1)により明らかになった。

今上帝の座っている畳に使われた繧繝錦も、『新猿楽記』に記されたように、唐錦の代表であることはいうまでもない。「宿木(一)」は、藤壺より、さらに晴の空間である清涼殿の朝餉の間を描き、唐物で荘厳することで、今上帝の意向を拒みえない薫の立場を強調しているのである。

さて「宿木(一)」が、至尊の帝の婿取りを描いたとすれば、夕霧の六条院での婿取りを描いたのが、「宿木(二)」(徳川美術館蔵)の段ということになる。匂宮と六の君との新婚三日目、所顕とよばれて、今でいえば披露宴に当たる場面である。詳しい考察は本編第三章にゆずりたいが、この段の絵は青色を基調として、まさに豪華絢爛というにふさわしい調度や衣装で埋め尽くされ、他の段を凌駕する華やかな雰囲気をかもし出している。

まず調度からいえば、画面の右半分で、新婚の二人が手を取り合って座っているのは、これまでの「繧繝縁」の畳の上に「竜鬢筵」とよばれる、さらに華やかな花紋の縁のついた筵である。夕霧が上皇の座るような格の高い「竜鬢筵」をわざわざ匂宮のために用意したという設定である。

また左手の女房たちの衣装にしても、上の薄衣に下の衣の文様が重なって透けて見えるような、きわめて手のこんだ描き方が随所に見受けられることが、平成の復元模写の製作過程で明らかになった。この部分の絵巻の詞書は、

よきわかきひと卅人ばかり、わらわ六人かたほなるなく、さうずく(装束)なども、れいのうるはしきこともめなれておぼさるべかめれば、ひきたがへ、こゝろえぬまでぞこのみそ(過)したまへめる。(2)

とあり、夕霧が若い女房を三十人ばかり着飾らせた際に、晴の装束も通常の格式ばったものは、匂宮も見慣れていらっしゃるだろうから、いかがと思われるまで趣向を凝らしたというのである。夕霧の趣向の凝らし方は、父の光源氏がめざしたオーソドックスな荘重さよりも、舅であった頭中将の当世風の趣味に通じるものかもしれない。

また宿木巻では、後になって匂宮が二条院の中の君の許に泊まって、六条院の六の君の輝くばかりの婚礼の調度を

思い出す場面がある。

御しつらひなども、さばかり輝くばかり高麗、唐土の錦、綾をたち重ねたる目うつしには、世の常にうち馴れたる心地して、人々の姿も、萎えばみたるうちまじりなどして、いと静かに見まはさる。（宿木　四三六）

絵巻の詞書には採られてはいないが、この回想によれば、六の君の父である夕霧は、かつての唐物の富に充ちていた六条院世界を意識するかのように、同じ六条院で高麗や唐土の錦や綾をふんだんに使った調度により、六の君の婿取りの儀式を挙行したことになる。そこには、衣装と調度に唐物をおしげもなく投入し、富と権力と権威のデモンストレーションにより、先に匂宮の妻となった中の君を圧倒しようという夕霧の意図がうかがえる。舶載品である唐物を使って、他者を圧倒するという姿勢は、過去をふり返れば、父光源氏のデモンストレーションの踏襲ともいえる。

「源氏物語絵巻」に描かれた唐物をみてきたが、唐物の存在は、「宿木（一）」では今上帝の、「宿木（二）」では夕霧という、その所有者の権力と権威、あるいは富をかたどるものとして描かれている。唐物が威信財となるという点で、『源氏物語』と「源氏物語絵巻」のあり方は重なっているのである。

二　中近世の源氏絵に描かれた唐物

続いて、「源氏物語絵巻」以降の中近世の源氏絵に描かれた唐物を見ていきたいが、その際、およそ次のような三つのパターンを分析の指標としてみたい。

Ａ　物語の該当する場面が絵となり、そこで唐物あるいは唐物の加工品が描かれた例

（唐物であることが意識された例／意識されない例）

B　該当する場面が絵となるが、唐物やその加工品が描かれない例

C　該当する場面が絵とならない例

A〜Cのようなパターンがなぜ想定できるのかについては、『源氏物語』の原文との関係ばかりでなく、中世に流布した源氏梗概書や源氏絵詞との参照関係、絵の制作者／享受者の問題、嫁入本・嫁入調度の視点、唐絵（漢画）の影響、当時の和漢の意識など、多面的な視点から見ていく必要があると思われる。以下、これらの点に留意しながら考察を進めていきたい。

＊

そもそも『源氏物語』の女性たちに注目すれば、唐物に関わる人物と、関わらない人物、いわば唐物派と非唐物派がいるが、唐物派の女性で特徴的なのは、末摘花・明石の君・女三の宮の三人といえる。(3) 最初に末摘花に関わる唐物の絵から考察を進めていくことにしたい。

末摘花巻で、雪の日に久しぶりに末摘花邸を訪れた光源氏はその翌朝、末摘花の醜貌とその珍妙な装いに驚愕する。末摘花が着用していた「黒貂の皮衣」は、じつは渤海国からもたらされた貴重な舶載品の毛皮(4)であるが、若い姫君が着るのはいかにも不似合いで、光源氏の度肝を抜くのである。

着たまへる物どもをさへ言ひたつるも、もの言ひさがなきやうなれど、昔物語にも人の御装束をこそまづ言ひためれ。聴色のわりなう上白みたる一かさね、なごりなう黒き袿かさねて、表着には黒貂の皮衣、いときよらにかうばしきを着たまへり。古代のゆゑづきたる御装束なれど、なほ若やかなる女の御よそひには似げなうおどろおどろしきこと、いともてはやされたり。

（末摘花　二九三）

この場面は印象的であるためか、中世の源氏梗概書である『源氏大鏡』(古典文庫)[5]にも、

き給へる物をさへいひたつる、ものいひさがなけれども、うへにふるきのかはぎぬのかうばしきをき給へり。ゆへ有御しやうぞくなれど、こは〴〵しくみゆ。

と言及されているし、絵にすべき場面を指示した室町後期の『源氏物語絵詞』(旧大阪女子大学附属図書館蔵)[6]でも、

衣束ハゆるし色のうわしらみたるひとかさね、なこりなうくろきうちきかさねて、うわぎハふるきかハきぬ口おゝいしてとあり

と採られている。

実際、この場面が描かれた源氏絵を探してみると、土佐派の初期の土佐光信「源氏物語画帖」(ハーヴァード大学美術館蔵、図1)で、黒貂の皮衣を袿に仕立てて身に着けた末摘花[7]が源氏と並んで座っている絵がある[8]。ハーヴァード大学美術館蔵の「源氏物語画帖」は、「注文主も所有者も男性」であり、「男性同士で共感を深めあい、精神的な絆を確認しあうようなホモソーシャルな情景」が描かれ、武家と公家を媒介する源氏絵ともされる[9]。『源氏大鏡』など梗概書や連歌の源氏寄合との関連があるともいわれる。

そもそも皮衣は、平安の昔から武具や馬具に幅広く用いられていた。特に虎皮や豹皮は、外国からの舶載品であり、室町時代も高麗や明の交易船によってもたらされ、また倭寇による持ち込みもあったとされる[10]。皮衣が高麗や明からもたらされた事実に鑑みれば、男性間で贈与され享受される「源氏物語画帖」のような絵に描かれていたことも、不思議ではない。

ところが、それ以降、黒貂の皮衣を着た末摘花の絵は描かれた形跡がないのである。『源氏大鏡』や『源氏物語絵詞』では、まさに絵になる場面として選ばれながら、土佐光信以降、近代まで描かれた絵が見当たらないのである。

たとえば土佐光吉の「源氏物語手鑑」(久保惣記念美術館蔵)では、末摘花は皮衣を着用していないし、御簾ごしの姿で、その容姿もぼかされている。この場面の絵としては、光吉のように末摘花の姿を焦点化せずに、光源氏が松の木に積もった雪を随身に払わせる構図も多いのである。(11)

また「源氏物語図屏風」(宮内庁三の丸尚蔵館蔵、図2)(12)は御簾ごしではなく、源氏と並んで立つ末摘花の姿を描くが、皮衣ではなく、白い桜のような花の文様が散った衣装をまとい、醜貌を隠すかのように後ろ向きである。その他、土佐光吉の絵の場面選択や描き方については、前章でも触れたが稲本万里子氏が指摘した点が参考になる。稲本氏によれば、光吉の絵には「源氏を中心とする場面と、女性の優雅な生活の手本となる場面」が選ばれ、そこには女性の鑑賞者の幸せを願う注文主の願望が投影されているという。(13)それに従えば、光吉の「源氏物語手鑑」の絵についても、ほぼ同様の基準が考えられるのではないか。

図1　土佐光信「源氏物語画帖」

たしかに毛皮をまとった末摘花では、「女性の優雅な生活の手本」にならず、嫁入本にはならないのである。「源氏物語図屏風」でも、皮衣をまとった末摘花が描かれれば、嫁入調度とはならないであろう。その後も、黒貂の皮衣をまとった末摘花の絵は発見できないが、近代になると、皮衣をまとった末摘花の絵が復活することになる。

現在、横浜美術館に所蔵されている梶田半古の「源氏物語図屏風」(図3)は、明治四十年前後に制作

図2 「源氏物語図屏風」

図4 与謝野晶子『新譯源氏物語』挿絵

図3 梶田半古「源氏物語図屏風」

されたといわれるが、その「末摘花」ではストールのような茶色の毛皮をまとった末摘花が描かれている。少し遅れて、明治の終わりから大正の初めに刊行された与謝野晶子の『新譯源氏物語』(図4)で、挿絵を担当した中澤弘光も、この場面の末摘花をリアルに描いている。その絵では、末摘花はおでこが広く、鼻が長く、その先が垂れ下がり、そして灰色の毛皮を着用している。最初に記したA〜Cの源氏絵の三つのパターンでいえば、末摘花の「黒貂の皮衣」の場合は、土佐光信の段階では該当する場面が絵となり、毛皮という舶載品が描かれたが(A)、土佐光吉以降は、該当する場面が絵となるものの皮衣が描かれず(B)、近代以降はふたたび描かれる(A)という例となろう。

『源氏物語』の原文で、末摘花は一昔前の渤海国との交易品を代表する「黒貂の皮衣」を身につけ、唐物によって権威づけられるわけではなく、かえって古風さを浮かび上がらせ、マイナスのイメージを付与される女君であった(14)。源氏絵の世界でも、土佐派の初期の源氏絵では、「黒貂の皮衣」を身につけた末摘花が、その場面らしい装いとして描かれたが、光吉以降は皮衣は源氏絵の素材から排除されていく。おそらく嫁入本・嫁入調度にはふさわしくない素材であったからであろう。描かれた「黒貂の皮衣」が復活するのは、近代以降の源氏絵のリアリズムまで待たねばならなかったのである。

三　明石の君と東京錦の敷物

さて『源氏物語』にあって唐物派の女性で、末摘花と対照的に、身分は低いのに最高級の唐物の調度品を所有しているのが、明石の君である。

六条院の新たな年がはじまる初音巻で、光源氏は女君たちのために選んだ衣装がはたして似合っているのか、その演出効果を確かめるために、それぞれの部屋を訪れ、最後に足を運んだのが、冬の町の明石の君の部屋であった。

ここでの明石の君は「唐《から》の東京錦《とうぎやうき》のことごとしき縁《はし》さしたる褥」「琴」「侍従(香)」「裛被《えひ》香」など、唐物を使った品や唐風の品をたくみな小道具として使って、光源氏を魅了する。特に唐の東京錦は、『新猿楽記』にも見える極上の唐錦で、それを縁に使ったという、いかにも豪華な褥である。格の高い「東京錦」の褥が明石の君の部屋に置かれていた点については、父明石の入道の財力をバックに、こうした褥を用意できたであろうし、それをさりげなく新春の部屋に置いて「琴」を乗せ、光源氏を魅了した才覚を思うべきであろう。[15]

ちなみに「唐の東京錦」には『源氏物語』の諸本で本文の揺れがあり、「唐の綺《き》」とする本もいくつかある。池田本や三条西家本がそうであるが、しかし大半の本は「からのとうきやうき」としており、これが元の形である可能性が高い。しかし「からのき」とする本があるのは、唐の東京錦が、天皇や上皇・摂関家の晴の儀式にも使われた最高の唐錦であり、明石の君の部屋にあった褥にしては、分不相応に格の高いものだからであろう。「東京錦」の用例は多く、「東京錦茵《とうきやうきのしとね》」の形で見え、晴儀の場で用いる高級な褥の縁に用いられている。[16]

『源氏大鏡』など源氏梗概書でも、

くれかゝるほどに、あかしの御かたへわたり給へれば、ちかきわた殿の戸をしあくるより、けはひことに、そらだき物心にくゝ、からのとう京のきの錦のはし(さし)たるしとねに、きんの琴をき、よし有火をけに侍従をくゆらかして物毎にしめたるに、えびかうの匂あひて、いとえんあり。硯のあたり、にぎは(ゝ)しく、てならひすさびたるを取てみ給へば、

とあり、『源氏絵詞』(静嘉堂文庫本)[17]でも、「からのとうきやうき」とあるのも、原文が「唐の綺」ではなかった証左となろう。明石の君の「唐の東京錦」の褥は、後の時代でも「唐」のコンテクストで語られ、その権威性を維持してい

るものといえる。

初音巻のこの場面は、源氏絵の対象としても非常に好まれたようで、Aの典型であり、土佐光信「源氏物語画帖」（ハーヴァード大学美術館蔵、図5）[18]をはじめとして、土佐光吉「初音帖色紙絵」[19]、土佐光則「源氏物語画帖」（徳川美術館蔵）[20]、住吉具慶筆「源氏物語絵巻　初音」（MOA美術館蔵）[21]など、土佐派の多くの源氏絵に描かれている。光吉の「初音帖色紙絵」も、まさに女性の優雅な生活の手本となる場面であり、「唐の東京錦」の褥は、教養ある女性の美しい部屋の調度として好んで描かれており、明石の君の部屋のブランド性を高めるモノであったといえよう。田口榮一氏により、この場面は次第に硯・草子・琴・火取香炉といったモノを描くだけで初音の場面の絵となったことが指摘[22]されているが、「唐の東京錦」の褥はそうした品の一つといえよう。

図5　土佐光信「源氏物語画帖」

なお「東京錦」の実態については、『源氏物語』の古注釈書では、たとえば『河海抄』が「唐東京錦也。唐にも東西京あり、其内東京の錦すぐれたるか。舒明天皇御宇、唐東京錦を以て吾朝に摸し用ゐる」と注記する。「東京錦」とは、唐の時代、「東京」である洛陽の地で織られた錦、あるいは北宋の時代に東京開封府（現在の開封市）で織られた錦ということになろう。

やはり古注釈書である『花鳥余情』には、この場面に、「唐東京錦茵。藤の円文の白綾。方一尺八寸、縁白地錦」の注記がある。今日、東京錦を見ることができるのは、大正天皇の即位式に使われたという、京都御所の紫宸殿の高御座の倚子の下に敷いてある敷物で、これは

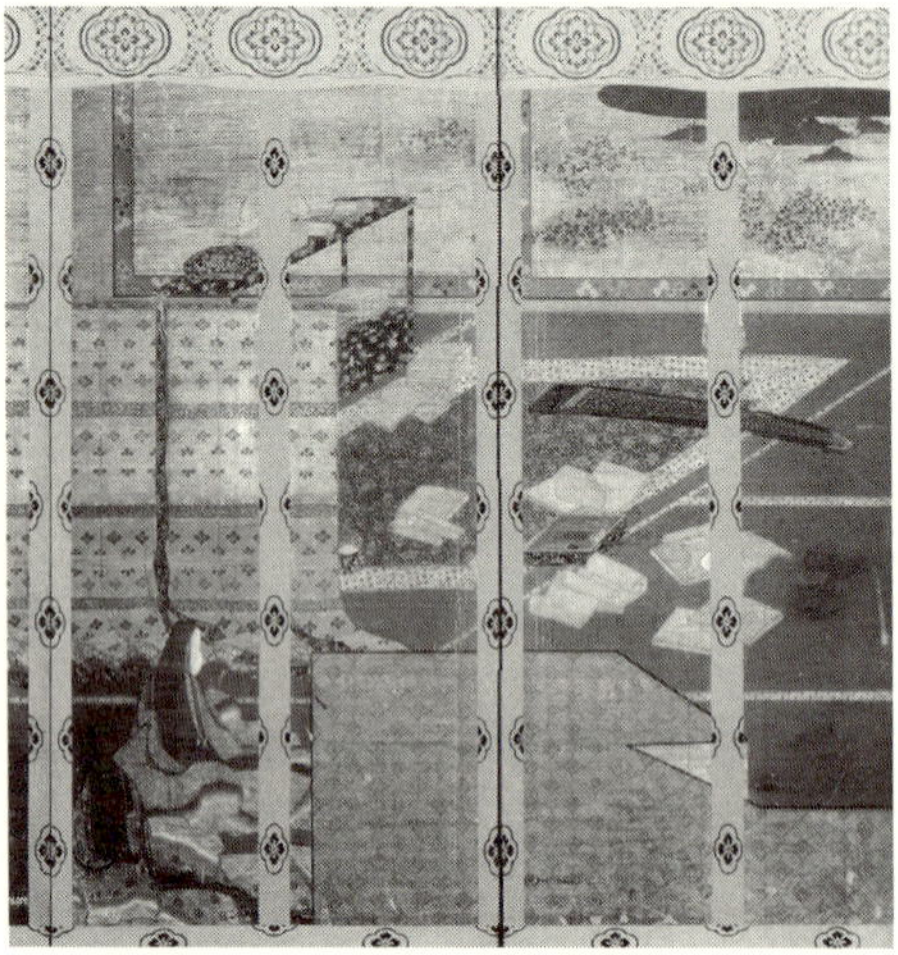

図6　土佐光起「源氏物語図屏風」右隻

『花鳥余情』の注記に一致する。白地に紫の模様が上品に織り出されている、じつに優美な織物である。もっとも『大辞泉』では、「東京錦」は、「赤白の碁盤模様の白地の部分に、鳥・蝶・藤の丸などを赤く織り出したもの」とする。

ところで中近世の源氏絵に描かれた「唐の東京錦」の褥を丁寧に見ても、白地の錦により縁取りされた褥は、土佐光起の「源氏物語図屏風」右隻[23]（東京国立博物館蔵、図6）に描かれているくらいである。ちなみに「唐の東京錦」の縁取りは、土佐光信「源氏物語画帖」では、赤地に白・黄・緑の唐花模様、土佐光吉の「初音帖色紙絵」では赤地に金と緑の模様が入った唐錦、土佐光則「源氏物語画帖」では黄色の地に赤と緑の文様が入った唐錦、住吉具慶筆「源氏物語絵巻　初音」では、緑の地に白と深緑の模様が入った唐錦として描かれる。つまり「唐の東京錦」は唐錦で、「唐」のコンテクストで描かれているとはいえ、厳密に描いているとはいいがたいようである。

四　女三の宮の唐猫の絵

一方、明石の君の「東京錦」の褥に対して、唐物が「唐」のコンテクストで描かれたかどうか微妙なのが、女三の宮が飼っていた唐猫である。

唐猫が登場するのは、いうまでもなく若菜上巻、桜の咲き乱れる六条院の庭で、蹴鞠が催された場面である。夕霧や柏木も蹴鞠に参加するが、その時、女三の宮の飼っていた唐猫が大きな猫に追われて、驚いて御簾の下から走り出て、御簾がまくれあがってしまう。蹴鞠見物を楽しんでいた女三の宮は、はからずもその立ち姿を柏木や夕霧にさらしてしまうのである。

御几帳どもしどけなく引きやりつつ、人げ近く世づきてぞ見ゆるに、唐猫のいと小さくをかしげなるを、すこし大きなる猫追ひつづきて、にはかに御簾のつまより走り出づるに、人々おびえ騒ぎてそよそよと身じろきさまよふけはひども、衣の音なひ、耳かしがましき心地す。猫は、まだよく人にもなつかぬにや、綱いと長くつきたりけるを、物にひきかけまつはれにけるを、逃げむとひこじろふほどに、御簾のそばいとあらはに引き上げられたるをとみに引きなほす人もなし。(中略)猫のいたくなけば、見返りたまへる面もちもてなしなど、いとおいらかにて、若くうつくしの人やとふと見えたり。(若菜上　一四〇―一四一)

この蹴鞠の場面も、土佐派の源氏絵をはじめ、多くの源氏絵で好まれて描かれた場面である。土佐光吉の「源氏物語絵色紙帖　若菜上」(京都国立博物館蔵、図7)をはじめ、土佐光起筆「源氏物語図屏風　若菜上」(フリア美術館蔵)などがある。また、同じく光吉の「源氏物語絵色紙帖　若菜下」(図8)では、女三の宮の猫をいだく柏木が描かれている。

ここでの唐猫のイメージは、女三の宮のような高貴な女性が飼うにふさわしい、小さくて高級なペットではあるが、そこに「唐」のイメージがあるのかどうか、つまりAの典型であるのかどうかは、判断がなかなか難しいところである。

蹴鞠の場面の絵画化については、先行研究も多く、渡辺雅子「江戸の見立て絵と女三宮」[24]、仲町啓子「近世の源氏物語絵」[25]、高橋亨「近世源氏絵の享受と文化創造」[26]などが、その代表的なものである。特に渡辺氏の考察では、勝川春章と北尾重政の「見立て女三宮図」という美人戯猫図に注目して、猫についての言及も詳しい。二作品とも、遊女が猫を見返してアーチ型に姿態を反らした美人図であるが、渡辺氏は、

猫には三味線という意味があり、さらに三味線から芸妓へと連想されていく。また「ねこ」は寛政(一七八九―一八〇一)の頃、吉原遊郭での流行語で情人また色男のことを指した言葉でもあったらしい(『日本国語大辞典』)。またある説では猫のなき声を「ねう」といったらしく、「寝る」につうじることから私娼の別称ともされる。このように遊里、そして遊女と猫は結びつきやすかったということもあって、美人と戯れる猫の絵は、それはそれなりに美人鑑賞画として十分もてはやされたのであろう。しかし、この二作品のように遊女と猫が王朝文学を代表

図7　土佐光吉「源氏物語絵色紙帖」若菜上

図8　土佐光吉「源氏物語絵色紙帖」若菜下

する『源氏物語』の若菜上と結びついたとき、その読みは一味違ってくる。

と指摘し、遊女と猫の構図に柏木との不倫の恋の象徴を読み解いている。しかし、渡辺氏をふくめて三つの先行研究は、描かれた猫の「唐」のコンテクストの有無にさほど注目しているわけではない。

そこで「唐」のコンテクストを調べるために、源氏梗概書や源氏絵詞の言及を見ていくと、『源氏大鏡』では、

> 折ふし女三の宮のおはしますみすの内より、からねこ(の)ちいさくうつくしきに、(又)すこし大きなる猫をおひつゞけてはしり出たり。いまだなつかぬやうにや、つないとながく付て、にげんとひこしろふ程に、みすのつまあらはに引あげられたり。見とをしなるひさしの二のまのひんがしに立給へる女房、たゞ人と見えず、桜のほそながに御ぐしは柳の糸のやうにこちたくながくひかれて、うちきにたまりたる程、一人(一しゃく)ばかりたけにあまりたらんとみゆ。

とあり、「からねこ」となっている。一方、『源氏小鏡』(27)は「みやのかはせたまふねこ」、『源氏物語絵詞』(28)は「からねこ」、『源氏絵詞』(京大図書館本)は「ねこ」である。つまり源氏梗概書と源氏絵詞では、「からねこ」と「ねこ」派に分かれるのである。

他方、描かれた源氏絵の猫に注目してみれば、土佐派の虎毛ぽい猫は唐猫をより意識した描き方で、漢画の影響があるかもしれない(29)。渡辺氏の論文に収載された多くの「見立て女三宮図」でも、奥村政信の絵が黒猫を描いているほかは、白に黒のぶちか、白と虎毛と黒のぶちの猫が多いようである。白に黒のぶちの猫の方は、どちらかといえば愛らしい大和猫がモデルといえるかもしれない。つまり唐猫の「唐」のブランド性が生きているものと、あまり意識されず曖昧になっているものがあるようである。

なお喜多川歌麿の「絵兄弟　女三宮」(30)(神奈川県立歴史博物館蔵、図9)は、犬を連れた当世風の美人を大きく描き、左

図９　喜多川歌麿「絵兄弟　女三宮」

上の小さなコマに絵兄弟として、十二単姿の女三の宮と猫を描いたものである。この犬は毛の長い外来犬で、女三の宮の飼い猫が唐猫＝外来の猫という物語の本文がどこかで意識されているのかもしれない。(31)

一方、『源氏物語』の世界にもどると、若菜上巻の蹴鞠の場面をさかのぼって、女三の宮の裳着の場面では、国産の綾や錦を排除して、中国の皇后を思わせるような荘重な唐風の調度が、輝くばかりに整えられていた。

　御しつらひは、柏殿の西面に、御帳、御几帳よりはじめて、ここの綾、錦はまぜさせたまはず、唐土の后の飾りを思しやりて、うるはしくことごとしく、輝くばかり調へさせたまへり。（若菜上　四二）

唐物を尽くした調度による裳着の儀式は、朱雀院から愛育する女三の宮への権威づけといえるが、やがて女三の宮が六条院に降嫁する際に、その調度は六条院に運びこまれた。しかし、蹴鞠の源氏絵には、そうした唐風の権威ある調度は不在である。

『源氏物語』の世界では、女三の宮を権威づける「唐」のイメージという点で、唐風の調度と唐猫とは関わっていたと考えうるが、源氏絵においては、猫と調度の繋がりがないのも特徴的ということになろう。

五　光源氏にかかわる唐物の絵画化

それでは、『源氏物語』の主人公である光源氏を描いた絵と、唐物の関係はどのようなものであったのか、次に分析を試みたい。まず物語中における主人公と唐物の関係であるが、光源氏の物語においても、「唐物」というモノをいかに多く所有しているか、また贈与するかが、彼の権威や権力の問題と密接にかかわっている。桐壺巻から藤裏葉巻までの光源氏の輝ける青春と壮年の物語では、最も価値のある唐物は、光源氏が財力ではなく、その才能と魅力によって獲得したという語られ方が多い。

早くは桐壺巻での高麗の相人の贈り物や、若紫巻で北山の僧都が瑠璃壺や百済の数珠を贈る条も、その典型といえる。ところが、源氏絵となるとBのパターンで、桐壺巻にしても若紫巻にしても、光源氏を唐物によって権威づける絵はほとんどないというほかないのである。

桐壺巻で、七歳の光源氏が高麗人から予言を受ける場面は、しばしば絵画化されるが、その場面では、光源氏が詠んだ送別の漢詩に感動した高麗人が、光源氏に「いみじき贈物ども」をしたことになっていて、これが作品世界で、主人公がはじめて受け取った舶載品ということになる。しかしながら、土佐光吉の「源氏物語絵色紙帖」をはじめ土佐派の源氏絵(図10)や『絵入源氏物語』などでも、「いみじき贈物ども」が描かれた形跡はない。

源氏梗概書や源氏絵詞を紐解いても、「いみじき贈物ども」へ言及した例はなく、たとえば『源氏大鏡』を例に示すと、以下のようになる。

こま人わたりたる中にかしこき相人あり。御門聞しめして、此わか宮を臣下の子のやうにして、さうしさせられたり。相人あまたたびかたぶきて、帝王のかみなき位にのぼり給ふべき相ましますを、さあらば、御身もくるしく世もみだれぬべしと申たり。御かたちにめで申て、ひかる君と名付申せしゆへ、今までも光源氏の物語と也。七歳より御文はじめありて、このこま人にむきて詩をつくり給へり。

ここでは高麗人の予言、光る君の名づけ、漢詩の贈答については記されているが、贈り物については触れられてい

図10　土佐派「源氏物語図色紙貼交屛風」

図11　『絵入源氏物語』若紫

ないのである。

次に光源氏と唐物との関係が浮上するのが、若紫巻の北山の段である。北山の僧都が光源氏に、唐めいた箱に入った聖徳太子の数珠と、薬の入った瑠璃壺を贈り、先に引用した『源氏大鏡』や『源氏物語絵詞』でも、そのことは記されている。しかし、これらの唐物は、なかなか源氏絵の素材にならなかった。『絵入源氏物語』(図11)のように、一つの巻にいくつもの挿絵がつき、注釈書が注目した事柄を絵画化するような段階になって、北山の段に聖徳太子の数珠や薬の入った瑠璃壺といった唐物がようやく描かれたのである。

その他、花宴巻の右大臣邸の藤花の宴で、光源氏は「桜の唐《から》の綺《き》」の直衣という、唐渡りの薄い織物の衣装をまとい人々を魅了するが、この場面を描いた光吉「源氏物語手鑑」(久保惣記念美術館蔵)の絵でも、源氏の衣装は他の源氏絵と何ら変わるところがない。

さらに光源氏と唐物の関係で、注目されるべきは梅枝巻の冒頭で、光源氏が大宰大弐の献上品と、かつての高麗人からの贈り物という二つのルートにより得た唐物を放出することで、薫物を作ることになり、唐物の質と量によって光源氏の権威が再確認される場面となっている。ところが、『源氏物語絵詞』では絵画化すべき場面として挙げられたものの、中近世の源氏絵ではこの場面が長らく絵画化された形跡はない。『絵入源氏物語』ですら絵の場面とはならず、四百画面にも及ぶ白描画である石山寺蔵『源氏物語画帖』という一つの巻に多くの絵がつけられる段階になって、ようやく絵画化されるに至ったのである。

六　終わりに

『源氏物語』で唐物にかかわる三人の女君と光源氏に注目しながら、中近世に描かれた源氏絵の唐物をあらあらとたどり見てきた。『源氏物語』内部での唐物のはたす機能と、物語を視覚化した後代の源氏絵で唐物のはたす役割というういわば内／外の両面に注目したわけだが、物語内と物語外の唐物の意味のコンテクストが一致するものと一致しないものがあるというのが、当然のことながら、ここでの結論となろう。それは「源氏物語絵巻」における唐物の位置とは違ったあり方を示している。

末摘花は「黒貂の皮衣」を身につけることで、マイナスのイメージを付与される女君であり、源氏絵の世界では、土佐光信の「源氏物語画帖」で「黒貂の皮衣」が描かれながら、光吉以降は毛皮は絵の素材から排除された。つまり、光信の段階では、該当する場面が絵となり、毛皮という舶載品が描かれたが、光吉以降は、該当する場面が絵となるが、唐物が描かれない例となろう。その理由は、おそらく毛皮が嫁入本・嫁入調度にはふさわしくない素材だからであり、毛皮の絵が復活するのは近代以降であった。

明石の君の場合は、初音巻の絵で、硯・草子・琴・火取香炉といったアイテムに加えて、「唐の東京錦」の縁の褥が描かれていた。「唐の東京錦」の褥は、そのバックに明石入道の財力を感じさせるが、ともあれこの最高級の褥については、東京錦を厳密に考証して再現した絵は見られないが、少なくとも華やかな唐錦として描かれ、「唐」のコンテクストを感じさせる描かれ方である。物語内と物語外の唐物の意味のコンテクストが一致する例といえるだろう。

女三の宮の場合は、物語では中国の皇后の調度に準じて裳着の調度が整えられて、唐風の調度とともに六条院入りしたわけだが、源氏絵でその調度が焦点化されることはなかった。むしろ女三の宮と唐物の物語で、絵となるのは蹴鞠の場面の唐猫であった。この場面は源氏絵のみならず、江戸の美人画でも「見立て女三宮図」として好んで描かれたが、両者に描かれた猫については、唐のコンテクストが明らかな場合と曖昧な場合がある。

一方、光源氏の場合は、中近世の源氏絵において光源氏を唐物によって権威づける絵は、『絵入源氏物語』や石山寺蔵の四百画面の『源氏物語画帖』まで、ほとんどないといってよい。その点については、場面の重要な要素として捉えていないといった理由もあるだろうが、それ以上に、中近世では和・漢の対比意識が希薄で、和に取り込まれた要素として唐物全般があるという証左かもしれない。たとえば梅枝巻の絵画化が、冒頭の唐物放出の場面ではなく、蛍宮との薫物合に集中しているのも、唐物が加工され和風化された薫物となり、それを競わせるという風雅な営みに、より価値を置いているからではないだろうか。

ここで想起されるのは、美術史の泉万里氏の次のような発言である(32)。

唐物愛好に、異国における、それらの物本来の扱われ方への関心はほとんど感じられない。唐物は、金銀や、和製の漆工品などとまったく同列に重宝の中の一品目として組み込まれている。唐物愛好とは、異国に背をむけて、ひたすら目の前の、重宝となった物を凝視するもののようである。（中略）唐物は、唐船から日本の港町に荷揚げされた瞬間に、和の物の価値体系に組み込まれて、新しい重宝としての生を受けるかのようである。

泉氏の指摘は、外来の唐物であることそのものに権威をみとめる古代よりも、中世とくに室町期における唐物の位置を的確に掬い取るものとして記憶される。室町から近世にいたる土佐派の源氏絵における唐物も、絵の貴重なアイテムであっても、唐というコンテクストは希薄となり、和物と同様、重宝としてあることが多いのではないか。そこに少なくとも、外来の唐物に権威を認める『源氏物語』や「源氏物語絵巻」と、和物同様の重宝としてありがちな中近世の源氏絵で、唐物の意味のコンテクストのずれが生じていく一因があると考えられるのである。

(1)「宿木(一)」の平成の復元模写は加藤純子氏が担当。
(2)「宿木(二)」の詞書の引用は、五島美術館『国宝源氏物語絵巻』(図録、二〇一〇・一一)一五六頁により、引用文には濁点と句読点を私に施した。
(3) 河添房江『源氏物語時空論』(東京大学出版会、二〇〇五)、同『源氏物語と東アジア世界』(ＮＨＫブックス、二〇〇七)。
(4) 唐物といえば、狭義の意味では中国からの外来品、もしくは中国を経由した外来品を指すが、ここでは渤海国をはじめ他の国からの外来品も含めて、広義の意味で捉えている。また、その対象は、香料・陶器・ガラス・紙・布・文具・調度・書籍・薬・茶・楽器・珍獣などである。『平安時代史事典』(角川書店、一九九四)の「唐物」の項など参照されたい。
(5) 引用は石田穣二・茅場康雄編『源氏大鏡』(古典文庫五〇八、一九八九)に拠る。
(6) 片桐洋一編『源氏物語絵詞　翻刻と解説』(大学堂書店、一九八三)。
(7) 野口剛「第六帖　末摘花」の解説(『國華』第一二二二号、一九九七・八)。
(8)『週刊朝日百科　絵巻で楽しむ源氏物語五十四帖6　末摘花』(二〇一二・一)一九頁。
(9) 千野香織・亀井若菜・池田忍「ハーヴァード大学美術館蔵「源氏物語画帖」をめぐる諸問題――」(『國華』第一二二二号、一九九七・八)。
(10) 西村三郎『毛皮と人間の歴史』(紀伊國屋書店、二〇〇三)。
(11) 田口榮一「「末摘花」絵巻における物語の絵画化」(須田哲夫編『源氏物語の鑑賞と基礎知識13　末摘花』至文堂、二〇〇〇)。
(12)『別冊太陽　日本のこころ140　王朝の雅　源氏物語の世界』(平凡社、二〇〇六・四)三八頁。
(13) 稲本万里子「京都国立博物館保管「源氏物語画帖」に関する一考察――長次郎による重複六場面をめぐって――」(『國華』第一二二三号、一九九七・九)。
(14) 河添房江「末摘花と唐物」(『源氏物語時空論』東京大学出版会、二〇〇五)、本書第Ⅰ部第二編第二章。
(15) 河添房江「明石一族と唐物」(『文学・語学』一九三号、二〇〇九・三)、本書第Ⅰ部第二編第二章。

(16)『源氏物語』よりやや時代は下るが、永久三年(一一一五)に、関白の藤原忠実が東三条院を祖母から譲り受け、その披露目の儀式でも、「東京錦」の褥は寝殿の母屋の昼御座《ひのおまし》に正式に敷かれていた。
(17)『源氏絵詞』(静嘉堂文庫本)の引用は、伊井春樹編『源氏物語古注集成10　源氏綱目　付源氏絵詞』(桜楓社、一九八四)に拠る。
(18)『週刊朝日百科　絵巻で楽しむ源氏物語五十四帖23　初音』(二〇一二・五)一六頁。
(19)『日本のデザイン①　日本の意匠　源氏物語』(紫紅社、二〇〇一)。
(20)『絵画でつづる源氏物語――描き継がれた源氏絵の系譜』(徳川美術館、二〇〇五)。
(21)『別冊太陽　日本のこころ140　王朝の雅　源氏物語の世界』(平凡社、二〇〇六・四)一八三頁。
(22)田口榮一「源氏絵の系譜」(『豪華[源氏絵]の世界　源氏物語』学習研究社、一九八八)。
(23)『週刊朝日百科　絵巻で楽しむ源氏物語五十四帖23　初音』(二〇一二・五)三頁。
(24)渡辺雅子「江戸の見立て絵と女三宮」(小嶋菜温子・小峯和明・渡辺憲司編『源氏物語と江戸文化』森話社、二〇〇八)。
(25)仲町啓子「近世の源氏物語絵」(池田忍編『講座源氏物語研究10　源氏物語と美術の世界』おうふう、二〇〇八)。
(26)高橋亨「近世源氏絵の享受と文化創造」(『平安文学と隣接諸学10　王朝文学と物語絵』竹林舎、二〇一〇)。
(27)引用は、岩坪健『『源氏小鏡』諸本集成』(和泉書院、二〇〇五)に拠る。
(28)(6)に同じ。
(29)田中貴子『鈴の音が聞こえる　猫の古典文学誌』(淡交社、二〇〇一)。
(30)(20)に同じ。
(31)その他、女三の宮の見立て絵の「縄暖簾図屏風」(原美術館蔵)の小犬も同様に考えられる。佐野みどり氏の御教示に拠る。
(32)泉万里「外への視線――標の山・南蛮人・唐物――」(玉蟲敏子編『講座日本美術史5　〈かざり〉と〈つくり〉の領分』東京大学出版会、二〇〇五)。

第二編 源氏能への転位

第一章 『葵上』と『野宮』のドラマトゥルギー

――葵巻・賢木巻からの反照

一 はじめに

中世に至って、連歌とともに新しいジャンルとして浮上した能楽が、さまざまな古典文学を典拠として成立したことは、よく知られている。その一つが『源氏物語』に取材した、いわゆる源氏能である。現行曲は、『葵上』『浮舟』『源氏供養』『須磨源氏』『住吉詣』『玉鬘』『野宮』『半蔀』『夕顔』の九曲で、その他に金剛流のみ復曲した『落葉』を加えると一〇曲になる。そのなかで現在能が『葵上』と『住吉詣』であり、その他は夢幻能に分類される。

『源氏物語』という王朝文学が、階層や都や鄙、男女を問わず中世に広く普及したのは、この能楽と連歌と源氏絵の影響力に負うところが大きかった。能楽と連歌と絵画、この三つの文化的メディアにより、『源氏物語』は公家の享受者をこえて武士の階層までに浸透し、王朝文化、ひいては日本文化のアイデンティティーの核と見なされるような基盤が形成されていった。ここでは、謡曲『葵上』と『野宮』の特徴に注目し、原文の世界と比較することで、改めて源氏能の世界とは何であるのかという本質的な問いに迫っていきたいと思う。

『葵上』と『野宮』は、同じく六条御息所の物語に拠りながら、そのドラマトゥルギー（作劇法）は大きく異なっている。生霊事件を前面に押し出し、激しい妬心の曲とした『葵上』と、生霊事件を語ることを回避し、野宮での哀切な別離に主題をしぼった『野宮』、アクティブな現在能である前者と優艶な夢幻能である後者に[1]、原作を加えれば、三者はそれぞれ違った宇宙を構成している観がある。あえて言えば、能は小宇宙、原作は大宇宙といえるだろう。

最初に結論めいたことをいえば、『源氏物語』が多彩な視点を並存させて物語を形作り、その展開も予断を許さない一種の不透明さがあるのに対して、源氏能では、主人公のシテを中心に削ぎ落とされた語りの求心性がそのドラマトゥルギーの特徴である。それによって能の方が透明度が高いというべきか、予定調和的な小宇宙を形成しているのである。

二　『葵上』のドラマトゥルギー

『葵上』と『野宮』では、その成立は『葵上』の方が早く、近江猿楽の犬王が演じていた能に世阿弥が手を加えたものと推定されている。『野宮』は世阿弥の娘婿の金春禅竹が作ったという説が有力である。『葵上』が現在能であり、『野宮』が夢幻能ということになる。

『葵上』から見ていけば、光源氏の正妻で、左大臣家の娘の葵の上は、物の怪にとりつかれて重態で、さまざまな加持祈禱を施したが効果がなく、梓弓で霊を呼ぶ照日の巫女（ツレ）を招き、物の怪の正体を明らかにすることになる。

照日の巫女によって招かれたシテ六条御息所の怨霊は、車争いで敗れた屈辱を次のように語る。

三つの車に法の道、火宅の内をや出でぬらん。夕顔の宿の破れ車、遣る方なきこそ悲しけれ。憂き世は牛の小車の、憂き世は牛の小車の　廻るや報ひなるらん。（葵上　二七五―二七六）

この条では、『源氏物語』の車争いの生々しい描写は避けて、車の輪のような輪廻の思想を語りながら、その背景に車争いを連想させている。「夕顔の宿の破れ車」については、六条御息所の生霊が夕顔を取り殺したことも暗示するという説もあるが、ここでの夕顔は物語の巻名であることの意味の方が大きいのである。

月をば眺め明かすとも、月をば眺め明かすとも、月には見えじかげろふの（中略）東屋の、母屋の妻戸にゐたれども、姿なければ、問ふ人もなし。（葵上　二七六―二七七）

このように、『葵上』では、『源氏物語』の巻名を詞章とよばれる表現にちりばめている。これは、『葵上』が葵巻の表現を直接踏まえて作るのではなく、巻名をつなげることで『源氏物語』らしい雰囲気を漂わせるという手法をとっているからである。能の作者が果たして葵巻の文章を読んだのかも不明で、『源氏物語』の梗概書や連歌の寄合書だけを見て『葵上』が作られた可能性もある。

『葵上』と『源氏物語』の差異はそれだけにとどまらない。そもそも六条御息所の怨霊がどのように招かれたかという点で、決定的な相違を見せている。謡曲では、「照日」という原作にはない巫女がツレとして登場し、梓弓を使った口寄せにより六条御息所の霊は招かれる。梓巫女の設定は、室町時代の新しい風俗を映しているが、その本質は口寄せによる招霊という伝統的なあり方を示している。

一方、葵巻では、六条御息所の生霊が憑坐とよばれた霊媒になかなか憑かず、最後に葵の上が御息所そっくりの表情、声になり生霊のことばを口走る、という特異な展開をとっている。当時、物の怪のことばは、憑坐の口から語られるのが普通だった。ところが、葵巻では調伏の最終段階で、葵の上の声、気配、表情ががらりと変わってトランス状態になり、御息所そのものと化していく。

そもそも生霊の具体的な描写は、それまでの平安時代の記録や文芸にも例を見出せないものであった。当時の共同幻想がなかった分だけ、御息所の生霊事件はオリジナリティが高いといえる。生霊事件を具体的に描くことは、書かれざる霊の世界のタブーへの挑戦といった意味あいもあったはずで、『源氏物語』はその描写に心血を注いだと思われる。

さらに葵の上を憑坐の〈身体〉にひきずり降ろすことで、六条御息所の生霊は、結局のところ光源氏ひとりにしか感受されない、という密室性も保たれることになる。つまり生霊が実在するかは曖昧となり、光源氏が良心の呵責から御息所の生霊をあたかも幻影のように見ている、とも考えられるような一種の心理劇ともなっている。御息所の生霊は、非常にソフィスティケートされ、光源氏だけに感知されることで、『源氏物語』の生霊事件は、その劇的効果を最大限に高めることができたのである。

ここで忘れてならないのは、葵巻では六条御息所の生霊をただひとり知覚できる存在であった光源氏が、『葵上』の世界では終始排除されている点である。この光源氏のまなざしの消去は、女君がシテになる源氏能が抱える共通の運命ともいえる。『野宮』もそうだが、『源氏物語』が多彩な視点を生動させるのに対して、源氏能ではシテを中心とした、削ぎ落とされた語りの求心性こそ、その身上である。

『葵上』と『源氏物語』の差異は、シテの怨霊が葵の上の小袖を打つしぐさを「後妻打ち」とするところにも表れている。葵巻の生霊事件は、御息所自身では統御できない遊離魂のなせる業で、葵の上への故意の殺意はみとめられない。一方、謡曲ではシテはあくまで御息所の怨霊であり、能舞台の上では小袖に象徴される葵の上の存在一身に、その怨念がかかっていく。それはやがて「後妻打ち」に転じ、果ては鬼女の姿になるというように、御息所の心の修羅が次々とあらわな、ある意味でわかりやすい形をとって、舞台に現前化していくのである。

ところで、『葵上』で「後妻打ち」とするのは中世的解釈である。『源氏物語』では、葵の上こそまさに前妻の位置にあるわけで、六条御息所は妻という言葉をあえて使うならば、後妻といえよう。おそらく『葵上』では、シテの怨念をわかりやすく正当化するために「後妻打ち」としたのであろう。

そのように考えてみると、かえってそれ以前の車争いの事件こそ、葵の上方の六条御息所への「後妻打ち」に相当するのではないだろうか。というのも、少なくとも『御堂関白記』の例によれば、「後妻打ち」とは、前妻が直接手を下さずに、その家人や雑人が後妻の家に乱入し、濫行におよぶ行為だった。つまり『源氏物語』では六条御息所が葵の上を取り殺したことよりも、一条大路での車争いこそ「後妻打ち」に近い行為だった。それは、賀茂の御禊という祭りの空間に場を借りての、嫡妻葵の上方からの「後妻打ち」の変形と考えられるのではないだろうか。

『葵上』では、「後妻打ち」の場面の少し後に、以下のような条がある。

恨めしの心や、あら恨めしの心や。人の恨みの深くして、憂き音に泣かせ給ふとも、生きてこの世にましまさば、水暗き、沢辺の蛍の影よりも、光る君とぞ契らん。わらはは蓬生の、もとあらざりし身となりて、葉末の露と消えもせば、それさへことに恨めしや。（葵上 二七九—二八〇）

ここでも「蛍」「蓬生」など『源氏物語』の巻名が散らされている。蛍を見ながら隅に出た御息所がせつな気に光源氏の面影を追って、闇の彼方を見つめるあたりには、特筆するべきまなざしの美しさがあるという。(2)「水暗き、沢辺の蛍の影」「光る君とぞ契らん」の箇所には、『和漢朗詠集』蛍の「兼葭水暗うして　蛍夜を知る」や、『後拾遺集』の「物思へば沢の蛍もわが身よりあくがれ出づる魂かとぞ見る」（雑六・一一六二・和泉式部）などの和歌が踏まえられている。さらに、この条では、光源氏を「光る君」と呼ぶところに注目したいと思う。

結論からいえば、謡曲『葵上』では、シテ御息所が源氏との関わりをすべて〈光〉の領域の出来事として正当視する意識がある。「光る君」という呼び名が、源氏の〈光〉輝く姿とシテ御息所の〈闇〉の対照を浮かび上がらせるのである。それより以前の「くどき」とよばれる段に、シテ御息所が皇太子妃として栄華をきわめた過去を回顧する条もある。

われ世にありし古は、雲上の花の宴、春の朝の御遊に馴れ、仙洞の紅葉の秋の夜は、月にたはぶれ色香に染み、はなやかなりし身なれども、衰へぬれば朝顔の、日影待つ間の有様なり。（葵上 二七七―二七八）

シテ御息所は、夫の皇太子の死によって、栄華の中心から外れることになったわけであるが、光源氏に関わることは、御息所にとってはその中心を回復する行為になるのではないだろうか。シテ御息所は、源氏の〈光〉の中心性だけを見て、その周縁性を問題にしてはいないようである。

そもそも『源氏物語』の光源氏は、光の領域のみならず、罪を抱えて闇の領域も生きる両義的な存在だった。ところが、『葵上』では六条御息所が闇のカオス、光源氏が光のコスモスを体現するというふうに、二極分化しているのである。

＊

さて『葵上』の終局では、横川の小聖という山伏がワキとして登場し、不動明王をはじめとする五大明王の法力によって、鬼女となったシテと闘い、これを祈り伏せようとする。山伏の名が「横川の小聖」というのは、『源氏物語』の手習巻で、浮舟に憑いた物の怪を調伏した「横川の僧都」を意識して、それを中世的に換骨奪胎したものだろう。

それにしても、五大明王の名をはじめとする山伏の修法を様式化した以下の詞章表現は、おどろおどろしい。

東方に降三世明王、東方に降三世明王、南方軍荼利夜叉、西方大威徳明王、北方金剛、夜叉明王、中央大聖、不動明王。(中略)聴我説者得大智慧、知我心者即身成仏。
(葵上 二八三―二八四)

この五大明王による祈禱も、祈禱をする側の正当性を印象づける。つまりシテの六条御息所だけが光源氏との関係の復活を希求しながら、スケープゴートとなって能という劇の空間から葬り去られていくのである。御息所の怨霊を排除することで、光る君と葵の上を中心とした秩序が回復される。その祝祭構造こそ、まさに『葵上』のドラマトゥルギーの核にあるものだ。

こうした『葵上』の予定調和的な構造に対して、『源氏物語』の葵巻では、六条御息所の生霊はついに鎮まることなく、葵の上を取り殺してしまう。その死後も鎮まることを知らない御息所の霊は、若菜下巻で、紫の上を危篤に陥れ、女三の宮も出家へ至らしめていく。若菜下巻で、御息所の死霊は、光源氏に対して、自分の妄執は修法・読経などの次元ではとうてい解消しえないのだと、凄絶な嘆きをぶつけている。まさにシテの成仏を語る『葵上』との相違点でもある。

要するに『葵上』では、六条御息所の生霊事件を中世的に解釈して、わかりやすい能に作り変えているといえよう。照日の巫女や横川の小聖を登場させ、シテ御息所の行為を「後妻打ち」とするなど、『源氏物語』を深くは知らない享受層、たとえば武家層などにも理解しやすい内容にしている。『葵上』の表現は、直接『源氏物語』の原文を写した部分は少なく、巻名をちりばめ、『源氏物語』の雰囲気を記号的に浮かび上がらせるというあり方を示している。また生霊事件におけるオリジナリティというべき光源氏の視点や心理は、すべて削ぎ落とされ、シテ御息所の怨念だけが強調されており、最後を御息所の怨霊の退散で締めくくることで、予定調和的な小宇宙を形作っているのである。

三　『野宮』のドラマトゥルギー

それでは、同じく六条御息所の物語に取材した謡曲『野宮』のドラマトゥルギーとは、どのようなものであったか。『野宮』は『葵上』に比べて、『源氏物語』の本文を忠実に踏まえており、『葵上』とは違った幽玄の境地をきわめようとした源氏能である。しかし、原文の表現にはるかに忠実な『野宮』であっても、『源氏物語』とはやはり距離があった。というのも、『野宮』のシテ御息所を中心とした、削ぎ落とされた語りの求心性は、多彩な視点をかかえる『源氏物語』とは異質だからである。しかも『野宮』は、あえて『葵上』が主題化した生霊事件を語らず、隠蔽することで、『源氏物語』とも『葵上』とも別次元の世界を造り出したのである。

『野宮』の粗筋は、次のようなものである。晩秋の嵯峨野の野宮の旧跡を訪れた旅の僧(ワキ)の前に、一人の女(シテ)があらわれる。女は、九月七日の今日は、かつて光源氏がこの野宮に六条御息所を訪れた日であるといい、二人の再会や、六条御息所が娘の斎宮と伊勢に下ったことを旅の僧に語り、みずから六条御息所と名乗って黒木の鳥居の陰に姿を消す。後場といわれる後半では、車に乗ってあらわれたシテ御息所が、賀茂祭での葵の上との車争いの屈辱を述べて、妄執を晴らしたまえと願う。光源氏の来訪を回想しての舞の後、御息所は再び車に乗って出ていったが、はたして火宅(迷界)を出たのかと結ばれる。『野宮』は、『葵上』と同じく六条御息所の物語に取材しながら、生霊事件を削ぎ落とすことで、それを主題化した『葵上』よりも幽玄の境地をきわめたといえるだろう。

以下、『野宮』が踏まえた『源氏物語』賢木巻の、別れの場面を見ていく。葵巻で六条御息所の生霊事件により正妻の葵の上を失った光源氏は、御息所と疎遠となり、それを悲観した御息所は、娘の斎宮と伊勢に下ることを決意する。賢木巻で六条御息所は、嵯峨野の野宮で精進潔斎の日々を過ごしていた。伊勢への出発もいよいよ今日明日と迫った頃、光源氏は野宮を訪れる。

はるけき野辺を分け入りたまふよりいとものあはれなり。秋の花みなおとろへつつ、浅茅が原もかれがれなる虫の音に、松風すごく吹きあはせて、そのこととも聞きわかれぬほどに、物の音ども絶え絶え聞こえたる、いと艶なり。（賢木 八五）

古来、名文の誉れ高い文章であるが、この語り出しでいくつか確認しておくべき点があろう。野宮の情景とは、語り手が影のように光源氏に付き従い、その主人公の移動とともに切り取られた光景である。同時進行の時間と臨場感あふれる空間をさながら現出させて、読み手の心を作中世界にたくみに引きずり込む世界となっている。敬語の消失が、語り手と主人公との心理的な距離の切りかえを示して、語り手が変幻自在に作中人物に同化したり、異化して離れる〈語り〉となっているのである。

この条の「いとものあはれなり」も光源氏、語り手にとどまらず、その場面に居あわせた者なら誰しも味わうような感情を表出しているとみるべきであろう。そして、この一連の文章が、歌ことばや引歌をなめらかに繋げつつ、視覚・聴覚両面からゆさぶりをかけるような艶麗な文章であることも、これまで指摘される通りである。

忘れてはならないのは、この野宮の光景を通過することによってのみ、光源氏が六条御息所の内面に真に同化できる段階に至りえたという点である。そもそも光源氏が野宮に赴いた直接の動機は、六条御息所の心情や世間体をはばかって、別れの挨拶をするべく重い腰を上げたというものであった。

生霊事件を経た今となっては、六条御息所に多少の未練はくすぶり続けても、恋の高揚の気分とはおよそほど遠い儀礼的なニュアンスでの訪問であったはずである。

ところが、嵯峨野に分け入り、野宮の光景を目の当たりにすることで、

火焼屋かすかに光りて、人げ少なくしめじめとして、ここにもの思はしき人の、月日を隔てたまへらむほどを思しやるに、いといみじうあはれに心苦し。（賢木　八六）

という六条御息所の内面を思いやっての光源氏の心の痛みが喚起されたのである。つまり野宮の文章の起動力といったものが、醒めきった二人の関係を転換しつつ、恋の挽歌ともいうべき世界にまで一挙に昇華させてしまうのである。光源氏にとっても、どう展開するのか不透明で、予断を許さなかった別れの場面が、最後には六条御息所の手をとらえて別離を惜しむまでに、読者をも納得させる形で物語に刻まれたともいえよう。

ところが、謡曲『野宮』で賢木巻のこの場面が語り直されるとき、光源氏の心情なり行為は再解釈されて、『源氏物語』の文脈とはかけ離れた様相を呈していく。『野宮』では、「はるけき野辺」以下の名文は、前シテである御息所の語り、サシに続くクセの段に取り込まれている。

光源氏のわりなくも、忍び忍びに行き通ふ、心の末のなどやらん、また絶え絶えの中なりしに、つらきものには、さすがに思ひ果て給はず、遥けき野の宮に、分け入り給ふ御心、いとものあはれなりけりや、秋の花皆衰へて、虫の声もかれがれに、松吹く風の響きまでも、さびしき道すがら、秋の悲しみも果なし、かくて君ここに、詣でさせ給ひつつ、情をかけてさまざまの、言葉の露もいろいろの、御心の内ぞあはれなる（野宮　三〇二）

右の条では、「言葉の露」の詞章が近接して出ていることに注意したい。土方洋一氏により、賢木巻の野宮の文章については、《野辺―浅茅―秋風》という歌ことばの観念連合が前提にあり、そこには「露」が欠落していることが注目されている。(3)そして、後の二人の贈答では「露」がキーワードとなり、読者とともに共有されている情感を確認するというのである。ところが、謡曲『野宮』では、「露」の表現をすぐに入れて、『源氏物語』の背景にあった歌こと

ばの観念連合を前面に押し出す詞章となっている。その意味で、『源氏物語』より、謡曲『野宮』の詞章の方が表現の透明度は高いともいえよう。

また、謡曲で「き」という事実譚をしめす助動詞に枠取られながら、賢木巻の野宮の段が語り直されるとき、光源氏の心情なり行為は再解釈されて、『源氏物語』の文脈とはかけ隔たった様相を呈してくる。謡曲では生霊事件にはふれず、賢木巻での野宮の光景を目の当たりにしたことによりはじめて、「いとものあはれなり」「などて今まで立ちならさざりつらむ」「いといみじうあはれに心苦し」といった光源氏の心情が喚起されたという物語表現の機微もみとめられない。前にも述べたように、六条御息所に対して、「いといみじうあはれに心苦し」と思う光源氏の心の痛みは、『源氏物語』では野宮の光景を実見してこそ生じる感慨であったはずである。謡曲では、いってみれば光源氏の心情が安定した意味づけを得ており、物語表現そのものが孕む起動力の問題や、生霊事件を経由した六条御息所と光源氏の愛憎関係の真実はひとまず切り離されている。

つまり賢木巻では、六条御息所から「つらきもの」に思われたくないという消極的であった光源氏の心情が、謡曲では反転している。『野宮』では、「つらきものには、さすがに思ひ果て給は」ぬ光源氏の愛の不変や持続性が、前提となっている。そこから、野宮に赴いた光源氏の情愛の深さが「いとものあはれなりけりや」と、詠嘆の意味の「けり」までも付されて評されるのである。ここでも、『源氏物語』の野宮の光景、それは六条御息所の内面の心象風景でもあろうが、それを「いとものあはれなり」と光源氏が感受する賢木巻とは、文脈の主体客体が変容している。光源氏の義務的な別れの訪問ではなく、最初から感動的な愛の再会が期待されていたというのが、『野宮』の一貫した論理であった。

『源氏物語』にあって、読者にとっての作中人物の不透明性、作中人物相互の他者了解の不可能性があるとされるが、[4]『野宮』では、シテ御息所から見た光源氏は、変わらぬ情愛を注ぐ了解可能な人物となっている。やや図式的な言い方をすれば、賢木巻が他者了解の不可能性を前提に、二人の再会と別離が語られているのに対して、『野宮』の場合は他者了解の可能性を前提として、再会が語られているといえる。それは続くアイの語りの「御息所の御事は、さすがにつらき事にはおぼしめし果て給はぬ御方なれば」(野宮　三〇六)により、シテ御息所の光源氏への理解が外側から保証されていることからもうかがえる。

謡曲『野宮』のドラマトゥルギーが、『源氏物語』といかに違うところを目指していたか、それは冒頭に掲げた賢木巻の野宮の段の起筆につづく一節を踏まえた謡曲の、

ものはかなしや小柴垣、いとかりそめの御住まひ、今も火焼屋のかすかなる、光はわが思ひ内にある、色や外に見えつらん、あらさびし宮所、あらさびしこの宮所。(野宮　三〇二)

の条に注目すれば、さらに鮮明になろう。

たとえば、「火焼屋」なる野宮という神域の異空間を特徴づける言葉は、賢木巻では続く「かすかに光りて」に引きとられて、あたりの暗さもしのばせ、夕暮時という時の推移を刻む表現になっているとされる。[5]一方、『野宮』では、「今も火焚き屋のかすかなる」は「光はわが思ひ内にある、色や外に見えつらん」に引きとられ、「愛憎の境を退いてなお残る余炎をじっと見つめる女の哀切の極み」[6]とされるモノローグに転化している。

仮に賢木巻の「火焼屋かすかに光りて」を、六条御息所の内面世界の喩的な景とし、いまだくすぶり続ける光源氏への情炎の余韻をみるにしても、それを感受する主体は、あくまで語り手と同化した光源氏のはずであった。

しかし『野宮』では、「小柴垣」や「黒木の鳥居」など、浄域である野宮に特徴的な景物がくり返されるとしても、それはシテ御息所の心と眼により統括され、再構成された情景にほかならない。『源氏物語』では、光源氏の心と眼

を切り離しては、野宮の情景を語ることはできないのとは逆に、謡曲『野宮』では、語り手と同化した光源氏の視点はことごとく消し去られる運命にあった。光源氏が露をはらって野宮を訪れる所作さえも、シテ御息所が代わってするのである。

しかも『野宮』において、排除される視点は光源氏にとどまらない。「ものはかなげなる小柴垣を大垣にて」の直前に「睦ましき御前十余人ばかり、御随身ことごとしき姿ならで」と姿をあらわした従者達は、「御供なるすき者ども」という表現に引きとられ、野宮の閑雅な雰囲気や光源氏の「ことにひきつくろひたまへる御用意」に同化的な視線をめぐらしていた。

また「神官の者ども、ここかしこにうちしはぶきて、おのがどちものうち言ひたるけはひなども、ほかにはさま変りて見ゆ」と叙されるように、光源氏一行に違和的な視線を投げかけたであろう神官達による文脈の揺りもどし、あるいは光源氏の来訪を取り次ぎ、また二人の間を取りなす六条御息所づきの女房達の同化的な視点や思惑などを、賢木巻では逸することはできない。

従者達、神官達、女房達がそれぞれに刻む光源氏や六条御息所への心理的距離の偏差が、野宮の段に独特の遠近感と精彩をあたえていることは否めないであろう。清浄閑寂な野宮を舞台に、二人をとり巻く同化と違和の視線がさまざまに交錯するなかに、独自の厚みある物語世界が招きよせられたのである。

ところが野宮の段をいろどる多彩な視点は、謡曲のシテ御息所の語りの求心性にあっては、すべて消去されてしまう。それらは半ば陶酔的にくり広げられるシテの回想の中では、行き場を失うほかない。

そこに物語と謡曲というフォルムの差異を考える必要があるにしても、『源氏物語』の多様な視点をいかに削ぎ落とすことで、謡曲のドラマトゥルギーが成り立っているか、という点で改めて注意を喚びさますのである。謡曲は、互いに相対化しあう多彩な視線をあたかも夾雑物であるかのように捨象し、六条御息所のモノローグとして再構成することで、シテ御息所の半生をそれなりに統括することに成功している。『野宮』は、その限りで純化され、完結したドラマとなりえた。

しかし、謡曲の受容と解体の相から、『源氏物語』を反照するならば、人物像を孤として抽出するだけでは事足らない、この物語の場面構造が浮かび上がってもくる。人物群像がいかに絡みあい映発しあうか、その相関を不透明性を含めて分析する視点が必須となるだろう。

四 娘斎宮の物語の捨象

さて謡曲『野宮』では、野宮の別れの後の伊勢への下向がクセの段の続きで語られている。

その後桂の御祓ひ、白木綿かけて川波の、身は浮草のよるべなき、心の水に誘はれて、行方も鈴鹿川、八十瀬の波に濡れ濡れず、伊勢まで誰か思はんの、言の葉は添ひ行く事も、ためしなきものを親と子の、多気の都路に赴きし、心こそ恨みなりけれ。　（野宮　三〇三―三〇四）

伊勢下向にあたって、斎宮一行は桂川で禊をすることになるが、謡曲『野宮』では、その禊で流す「白木綿」を付けた榊の物象を、そのまま伊勢に流れていく六条御息所の喩的なイメージに転じている。六条御息所の担う流離の主題が、「白木綿」のメタファーに凝縮されたともいえよう。

ちなみに賢木巻では、神事にもちいる「木綿」は、光源氏から桂川の禊に赴く斎宮への贈歌に付けられて、物語に姿をみせていた。

出でたまふほどに、大将殿より例の尽きせぬことども聞こえたまへり。「かけまくもかしこき御前にて」と、木綿につけて、「鳴る神だにこそ、

八洲もる国つ御神もこころあらば飽かぬわかれのなかをことわれ

思うたまふるに、飽かぬ心地しはべるかな」とあり。いと騒がしきほどなれど、御返りあり。宮の御をば、女別当して書かせたまへり。

国つ神空にことわるなかならばなほざりごとをまづやたださむ　（賢木　九一—九二）

この斎宮との贈答は、光源氏の好き心を少なからず刺激し、不透明ながらも斎宮との後の物語を予感させる伏線となっている。結果からいえば、斎宮は都にもどり、六条御息所の死後に光源氏の養女となり、冷泉帝のもとに入内した。時に光源氏の好き心をそそりつつも、立后して後代の読者から秋好中宮と呼ばれる存在となった。それだけに、この歌の贈答のエピソードは、その後どう展開するかは不透明ながら、六条御息所の物語の枠を踏みこえてしまうものを含んでいる。

六条御息所との野宮の別れは、娘斎宮と光源氏の物語を新たに紡ぎ出す発端ともいえるが、こうした経緯は謡曲『野宮』では一切ふれられることはなかった。「白木綿」は六条御息所のイメージであり、六条御息所が逢坂の関の向こうから光源氏に送った歌、

鈴鹿川八十瀬の波にぬれぬれず伊勢まで誰か思ひおこせむ　（賢木　九四）

を詞章とした「鈴鹿川、八十瀬の波に濡れ濡れず、伊勢まで誰か思はんの」に繋げられている。

続くアイの語りも、六条御息所が斎宮の母として野宮に過ごし、ともに伊勢に下向するという表層的な説明に終始している感がある。シテ御息所が母としていかに斎宮の生に繋がるのか、あるいは母から娘に受け継がれ、展開するテーマとは何かといった側面を、謡曲『野宮』は顧みてはいないのである。

さらに、「白木綿かけて川波の」に続く「身は浮草のよるべなき、心の水に誘はれて」には、『古今集』雑下の小野小町の歌「わびぬれば身をうき草の根を絶えて誘ふ水あらばいなむとぞ思ふ」を引歌とすることで、六条御息所の流離とそこに隠された罪のイメージをかもし出している。そして、この罪のテーマがやや隠微ながら揺らめきはじめたことは、後場で、車争いの事件を前面に出し、「報いの罪」や「妄執」に言及することと呼応している。

さらには、末尾のキリの「生死の道を　神は享けずや」の詞章とも響きあうことになろう。「や」を疑問の係助詞として、六条御息所の救われがたさを婉曲に表現していると考えても、やはり愛執の罪は無限に循環し、神の救済から疎外され、「生死の道」(六道)を流転する境涯に繫がるのである。

もとより『源氏物語』でも、六条御息所の伊勢下向には、罪と流離の主題が深くまつわりついていた。しかしながら、両者の違いをいうならば、『源氏物語』では六条御息所の罪と流離を、光源氏の罪と流離の構図の偏差として描き出そうとしている。たとえば須磨に光源氏が自主的に退去したことを知って、伊勢の六条御息所が須磨の光源氏に宛てて送った消息は次のようなものであった。

「なほ現とは思ひたまへられぬ御住まひをうけたまはるも、明けぬ夜の心まどひかとなん。さりとも、年月は隔てたまはじと思ひやりきこえさするにも、罪深き身のみこそ、また聞こえさせむこともはるかなるべけれ。

うきめ刈る伊勢をの海人を思ひやれもしほたるてふ須磨の浦にて

よろづに思ひたまへ乱るる世のありさまも、なほいかになりはつべきにか」と多かり。(須磨　一九三—一九四)

六条御息所のこの消息には、都から境界的世界に放逐されるかのように退いた者どうしの共感がまぎれもなく息づいている。両者の贈答のなかで唯一、共感の上に成り立ったものとされる所以でもあろう。(7)

と同時に、この消息は「罪深き身」や「伊勢をの海人」など、六条御息所の伊勢人としての罪と流離の強烈なまでの自覚に裏うちされており、光源氏の罪と流離のテーマとは、重複するかにみえて、伊勢/須磨という偏差の構図を描き出している。伊勢下向を逡巡する心理は、光源氏の須磨行きを考えあぐねる心理と通底している部分もあるだけに、罪と贖罪をめぐる主題の差異も際立つのである。

六条御息所は清浄な禁域である伊勢に越境したのではなく、仏教の論理からは「罪深き所」(澪標巻)とされる伊勢に封じられたのであり、その罪深さが、第二部でふたたび物の怪となる六条御息所の魂を助長したともいえる。そのように伊勢下向と須磨下向が、罪と流離のテーマにおいて、相照らしあう関係に置かれたことが、六条御息所のこの消息により、はからずも明らかにされるのである。須磨/伊勢の空間の偏差を刻むことによって、罪にしても流離にしても、六条御息所と光源氏それぞれに固有な主題を組成するといい換えてもよい。

栄華から流離へ、そして流離から栄華へ、人間の生の流転の相のなかに、連鎖する人間関係を形づくり、かつそれぞれの主題の独自性を証していく、それが『源氏物語』の時間構造のすべてではないにしても、大きな特徴の一つということもできる。光源氏と六条御息所、そして光源氏と斎宮、あるいは六条御息所と斎宮など、男女や親子という連鎖する人間模様を分厚く描き出しているのが、この物語の世界なのである。

そのように分厚い人間関係は立体的な物語の流れをつくり出し、逆にその多様な関係に繋ぎとめざるをえない個々の人物の生といったものを、より確固たる形で物語にひき据えていく。野宮の別れの場面にしても、光源氏と六条御息所それぞれの人生史の忘れがたき一齣として物語に組み込まれ、またそうであることで長編化する物語の時間のなかに真に位置づけられるとともに、新たな物語を起動しているのである。

最後に謡曲『野宮』と『源氏物語』を流れる時間の相違について、まとめておきたい。『源氏物語』が基本的に流れ去る時間、継起的時間とか歴史的時間を主題化する世界であるのに対して、『野宮』の詞章には、

長月七日の今日はまた、昔を思ふ年々に、人こそ知らね宮所を清め、御神事をなすところに、（野宮　三〇一）

とあり、「また車に、うち乗りて、火宅の門をや、出でぬらん、火宅の門。」（野宮　三一〇）で結ばれている。ここでの「や」の係助詞の意味は、詠嘆、疑問、反語説があるが、そのなかでは、疑問説の「火宅の門をはたして出たのであろうか」が有力なように、シテ御息所は、火宅の門を出て成仏したというより、輪廻する迷妄の世界にまだ居続けているのである。そして来年の「長月七日」になれば、六条御息所の霊はまた野宮にやって来て、光源氏の愛の思い出に生きる「御神事」をするという趣である。その意味において、『野宮』のシテ御息所は、愛の思い出に生きる存在であって、永劫回帰の時間、循環する時間に生きているともいえる。つまり流れ去る時間、継起的時間を生きるほかない『源氏物語』の登場人物とは一線を画することになるのである。

謡曲『野宮』はさまざまな人間関係を捨象し、シテ御息所の回想のモノローグとして再構成することで、六条御息所の半生をそれなりに統括することに成功している。『野宮』はその限りで純化され完結したドラマになりえた。『野宮』のシテ御息所を中心とした削ぎ落とされた語りの求心性から、『源氏物語』に視線をめぐらすとき、あらためて六条御息所を軸とした複雑多岐な人間関係や、時間構造といったものにも眼を開かざるをえないのである。(8)

（1）　現在能と夢幻能の差異については、本編第三章を参照されたい。

(2) 馬場あき子『鬼の研究』(角川文庫、一九七六)。
(3) 土方洋一「『源氏物語』と歌ことばの記憶」(『国語と国文学』二〇〇八・三)。
(4) 藤原克己「「袖ふれし人」は薫か匂宮か」(『国際学術シンポジウム 源氏物語と和歌世界』新典社、二〇〇六)。
(5) 清水好子「源氏物語の作風」(『源氏物語の文体と方法』東京大学出版会、一九八〇)。
(6) 筒井曜子『女の能の物語』(淡交社、一九八八)。
(7) 小町谷照彦「光源氏の「すき」と「うた」」(『源氏物語の歌ことば表現』東京大学出版会、一九八四)。
(8) なお『葵上』『野宮』について、斉藤昭子氏と原岡文子氏により最近、読み解きが深められているので、ぜひ参照されたい。斉藤昭子「葵巻の言説と能《葵上》の方法――存在と不在のキアスム、分裂の舞台的表象――」、原岡文子「謡曲「野宮」、六条御息所の伝えるもの」(原岡文子・河添房江編『源氏物語 煌めくことばの世界Ⅱ』翰林書房、二〇一八)。

第二章　『半蔀』のドラマトゥルギー――夕顔巻からの転調

一　はじめに

源氏能の魅力とは何かを考える際、それは和歌の世界でいえば、本歌取りに近いものがあるのではないか。本歌取りとは、知られるように由緒ある古歌の一部を取って新たな歌を詠み、本歌を連想させて歌にふくらみをもたせる技法であるが、本歌の世界を必ずしも忠実に再現するものではない。本歌をずらしたところから、本歌を連想させて、その二重写しを楽しむものである。源氏能も同じく、典拠の『源氏物語』に拠りつつも、ずらし語り換えて、別の小宇宙を創る、いわばブリコラージュの世界がその醍醐味ではないだろうか。そうした観点から、ここでは『半蔀』のドラマトゥルギーと題して、謡曲『半蔀』がどのように『源氏物語』の世界を典拠としつつも、いかに新しい世界を構築しているか、その方法をたどり見ていきたい。

同じ夕顔巻を本説とした源氏能には『夕顔』もあるが、夕顔巻後半のなにがしの院での夕顔怪死事件を中心に、救われない夕顔の霊が、ワキの僧の法華経読誦により、変成男子して成仏する話である。それに対して『半蔀』は、夕顔の花が縁となって光源氏と契りを結ぶことになった、五条での出会いの喜びを語ることに眼目がある。謡曲『夕顔』が夕顔巻全般を踏まえるのに対して、『半蔀』は五条の場面を集中的に引用している。

また『夕顔』の最古の演能記録が、寛正六年(一四六五)二月二十八日(『親元日記』)であるのに対して『半蔀』が天文十年(一五四一)一月二日(『証如上人日記』)となっており、その成立は八十年近い遅れがある。作者について一言触れておけば、従来は細川高国の被官で内藤藤左衛門という室町末期の武士が作者ではないかとされてきた。しかし近年、内藤藤左衛門は『夕顔』の作者であり、『半蔀』が別人作であるという異説も出ている。(1) いずれにしても、謡曲『夕顔』が先行し、『半蔀』が後から成立したことは動かないであろう。

二 『半蔀』の構成

『半蔀』では雲林院の僧であるワキが登場し、夏安居(夏期九十日の専心仏道)の行も終わりに近づき、その間仏に手向けていた花の供養、すなわち立花供養を行うことからはじまる。やがて何処からともなく里の女(前シテ)が姿をあらわし、供養に花を手向ける。花の精の化身のような女に、僧が今までは気づかなかった白い花は何かと尋ねると、女はたそがれ時に咲く夕顔の花と答える。

シテ　手に取れば、たぶさに汚る立てながら、三世の仏に花奉る。
ワキ　不思議やな今までは、草花りよはうとして見えつる中に、白き花の己独り笑の眉を開けたるは、いかなる花を立てけるぞ。
シテ　おろかのお僧の仰せやな、たそかれ時の折なるに、などかはそれと御覧ぜざるさりながら、名は人めきて賤しき垣穂にかかりたれば、しろしめさぬは理なり。これは夕顔の花にて候。(半蔀　三四〇―三四一)

「白き花の己独り笑の眉を開けたるは」「名は人めきて賤しき垣穂にかかりたれば」という詞章は、さながら『源氏物語』の夕顔巻に見られ、本説と深く関わりながら、謡曲の世界がつむぎ出されていることが理解されよう。

下賤な場所で、夕べにひっそりと咲き出し、朝にはしぼみはててしまう、夕顔の花のはかなげなイメージは、『源氏物語』ではそのまま夕顔の女君に重ねられ、その存在の隠喩《メタファー》と化していた。『半蔀』の夕顔の花も、シテの化身であるとともに、能の現在（中世）と過去（王朝）物語の時空をつなぐものであることを次第に明らかにしていく。

ワキ　げにげにさぞと夕顔の、花の主はいかなる人ぞ。
シテ　名のらずとつひにはしろしめさるべし。われはこの花の蔭より参りたり。
ワキ　さてはこの世に亡き人の、花の供養に逢はんためか、それにつけても名のり給へ。
シテ　名はありながら亡き跡に、なりし昔の物語、
ワキ　何某の院にも、
シテ　常はさぶらふまことには、
地謡　五条あたりと夕顔の、五条あたりと夕顔の、空目せし間に夢となり、面影ばかり亡き跡の、立花の蔭に隠れけり、立花の蔭に隠れけり。（半蔀　三四一）

ワキは「花の主はいかなる人ぞ」「それにつけても名のり給へ」とこの不思議な女に名のりをもとめる。だが、里の女は思わせぶりに「昔の物語」になってしまったといい、「五条あたり」の者とだけいって、かき消すように花の蔭に隠れてしまう。その際の「空目せし間に夢となり」という詞章は、夕顔巻でなにがしの院に連れ出された夕顔が、光源氏の顔を見て詠んだ「光ありと見し夕顔の上露はたそかれ時のそらめなりけり」という歌に拠っている。

この歌の「空目」は見まちがいの意味で、光源氏の容貌がそれほどでもなかったという冗談めいた歌で、夕顔の機知をあらわしていた。一方、謡曲では僧がわき見をしたことに転じている。一瞬のわき見のうちにも消えてしまう、

前シテの存在のあやうさ不確かさを強調するものとなっている。

その後はアイが登場し、ワキに向かって光源氏と夕顔の五条での馴れ初めを語る。山本東本に拠れば、以下の通りである。

さるほどに夕顔の上と申したる御方は、三位中将殿の御息女にてわたらせ給ふが、さる子細あつて人目を包み深く忍びて、五条あたりにござありたると申す。或る時光源氏、六条の御息所へ通ひ給ふ折節、五条あたりを御通りありしに、いづくともなく上臈の、歌を吟ずる声聞えしかば、源氏不審におぼしめし、しばらくたたずみ給ひけれども、さだかに所も知れず帰らせ給ふ。また或る夕暮に、源氏惟光の方へ御出であり、門前に御車を立てられ、あたりを御覧ずれば、小家に夕顔這ひかかり、花も盛なるを御覧じて、御随身にあの花折りて参らせよと宣ふ。御随身小家に立ち寄り、花を折りて帰らんとすれば、内よりも童を出し、しばらく御待ち候へとて、白き扇の、端いたう焦がしたるに歌を書きて、これに据ゑて参らせよと宣ふ。御随身受け取つて、惟光へ差し出す。惟光源氏へ参らする。源氏これを御覧ずれば一首の歌御座候ふ間、すなはち御返歌なされ、それよりとかく言ひ寄り給ひ、深き御契りとなり給ひたると申す。（以下略）　（半蔀　三四二―三四三）

この部分を『源氏物語』と比較してみると、原文では夕顔巻の最後に語られる夕顔の出自、三位中将の娘であることが最初に明らかにされ、むしろ夕顔が身分卑しからぬ存在であることが強調されている。また原文では「六条わたりの」と朧化されていたのが、謡曲でははっきりと「六条の御息所」と名指され、また上臈(夕顔カ)が歌を吟ずるのを聞いたからというのも、『源氏物語』に見えないところである。さらに詳しく夕顔巻冒頭の本文と比較してみよう。

六条わたりの御忍び歩きのころ、内裏よりまかでたまふ中宿に、大弐の乳母のいたくわづらひて尼になりにけるとぶらはむとて、五条なる家たづねておはしたり。

御車入るべき門は鎖したりければ、人して惟光召させて、待たせたまひけるほど、むつかしげなる大路のさまを見わたしたまへるに、この家のかたはらに、檜垣といふもの新しうして、上は半蔀四五間ばかり上げわたして、簾などもいと白う涼しげなるに、をかしき額つきの透影あまた見えてのぞく。立ちさまよふらむ下つ方思ひやるに、あながちに丈高き心地ぞする。いかなる者の集へるならむと様変りて思さる。

御車もいたくやつしたまへり、前駆も追はせたまはず、誰とか知らむとうちとけたまひて、すこしさしのぞきたまへれば、門は蔀のやうなる押し上げたる、見入れのほどなくものはかなき住まひを、あはれに、いづこかさしてと思ほしなせば、玉の台も同じことなり。

切懸だつ物に、いと青やかなる葛の心地よげに這ひかかれるに、白き花ぞ、おのれひとり笑みの眉ひらけたる。「をちかた人にもの申す」と独りごちたまふを、御随身ついゐて、「かの白く咲けるをなむ、夕顔と申しはべる。花の名は人めきて、かうあやしき垣根になん咲きはべりける」と申す。げにいと小家がちに、むつかしげなるわたりの、この面かの面あやしくうちよろぼひて、むねむねしからぬ軒のつまなどに這ひまつはれたるを、「口惜しの花の契りや、一房折りてまゐれ」とのたまへば、この押し上げたる門に入りて折る。

さすがにされたる遣戸口に、黄なる生絹の単袴長く着なしたる童のをかしげなる出で来てうち招く。白き扇のいたうこがしたるを、「これに置きてまゐらせよ、枝も情なげなめる花を」とて取らせたれば、門あけて惟光朝臣出で来たるして奉らす。（夕顔　一三五―一三七）

「御車入るべき門は鎖したりければ」以下、原文と重なるところは多いが、謡曲では「半蔀」のある家の佇まい、その内側の簾の白さへの言及はない。光源氏と随身との『古今集』の旋頭歌「うちわたす遠方人にもの申すわれ　そのそこに白く咲けるは何の花ぞも」（一〇〇七　読人しらず）を踏まえた優雅なやりとりも『半蔀』では省略されている。

またアイの語りには白い扇に夕顔の歌が書き付けられ、それを見た源氏が返歌することはあるものの、歌の内容は明らかにされていない。(2)

『半蔀』の後場の舞台は、五条の夕顔の宿の跡である。『源氏物語』では、五条は庶民の町として活気をみせていた。そもそも五条に咲く夕顔の花は、源氏の通いどころである六条の高貴な女性の屋敷に咲く朝顔と対照的に描かれていた。『枕草子』「草の花は」の段で「夕顔は、花のかたちもあさがほに似て」(六五段 一二一)とあるように、夕顔と朝顔は形状も似ており、その名から人の顔を連想させ、また咲いてはすぐしぼんでしまうはかなさにおいては一致していた。

しかし違うのは、夕顔が五条のような庶民の町に咲くのに対して、朝顔は輸入植物であり、六条御息所のような高貴な邸の庭に植えられて鑑賞される花という点である。『源氏物語』では夕顔と朝顔の花の対比は、そのまま五条と六条の地名の対比と重なり、土地と植物のイメージの差が響きあって相乗効果を上げている。一方、『半蔀』の後場では、五条あたりに庶民の町の活気はなく、『源氏物語』では涼しげな半蔀を掛けわたした宿も、もはや人気のない荒涼とした破れ屋と化している。もとより六条の地名も朝顔の花も登場しない。

ワキ ありし教へに従つて、五条あたりに来て見れば、げにも昔の在所、さながら宿りも夕顔の、瓢簞屢空し、草顔淵が巷に滋し。
シテ 藜藋深く鎖せり、夕陽のざんせい新たに、窓を穿つて去る。
地謡 しうたんの泉の声、
シテ 雨原憲が枢を湿す。
地謡 さらでも袖を湿すは、廬山の雪の曙。

地謡 窓東に向ふ朗月は、窓東に向ふ朗月は、琴榻に当り、墻上の秋の山、ものすごの夕べや。
地謡 げにものすごき風の音、簀戸の竹垣ありし世の、夢の姿を見せ給へ、菩提を深く弔はん。
シテ 山の端の、心も知らで行く月は、上の空にて絶えし跡の、またいつか逢ふべき。
地謡 山賤の、垣穂荒るとも折々は、
シテ あはれをかけよ撫子の、
地謡 花の姿をまみえなば、
シテ 跡弔ふべきか。
地謡 なかなかに。
シテ さらばと思ひ夕顔の、
地謡 草の半蔀押し開けて、立ち出づる御姿、見るに涙も留まらず。

（半蔀 三四四―三四五）

「草の半蔀押し明けて」以下では、後シテがいよいよ作り物の半蔀の戸を押し上げてワキの前に姿を現し、光源氏との交情を謡い上げる。『源氏物語』で「半蔀」は、夕顔巻だけに登場し、二人のはかない出逢いの契機となった場面の象徴になっていた。その半蔀に「草」の形容がつくのは、歳月がたって草が生い茂り朽ちはてた半蔀、ひいては夕顔の宿全体の荒廃の冷気さえも伝えたかったからにちがいない。『和漢朗詠集』や『新撰朗詠集』の引用とともに、謡曲の「草の半蔀」は、過去から現在への時間の推移の象徴である。

しかも「草の半蔀」は、作り物として能の舞台の上に据えられ、そこをくぐって後シテが登場するように、舞台の演出上、視覚的な効果の高いものでもあった。つまり『半蔀』の作り物は、『源氏物語』の王朝と能の中世の時空を結ぶ回路といえよう。能における作り物は、本来的にシテの身体の換喩になりやすいが、ここでの作り物は、荒れ果てた五条の宿の象徴であり、もはや訪れることもない光源氏への思いをかこつシテの心の表象でもあろう。

三　『源氏物語』の和歌三首の転調

『半蔀』がいかに典拠の『源氏物語』に拠りつつもずらし、語り換えているか、次に和歌の転調の問題から考えていきたい。和歌に限定した場合、先には前場の「光ありと見し夕顔の上露はたそかれ時のそらめなりけり」がいかに謡曲の世界でずらされているかを見た。最初に触れたように、源氏能においてはブリコラージュがその醍醐味であり、謡曲『半蔀』がどのように『源氏物語』の世界を典拠とし、いかに新しい世界を構築しているか、そのドラマトゥルギーをさらに追っていくことにする。

『半蔀』の後場で、シテが思いを述べる時に採られた『源氏物語』の和歌を挙げると、以下の三首である。

(1)帚木巻

(夕顔)山がつの垣ほ荒るともをりをりにあはれはかけよ撫子の露　(帚木　八二)

これは帚木巻の雨夜の品定めで、頭中将の語る「常夏の女」(内気な女)の話で、正妻の圧迫を受けた夕顔が頭中将に詠みかけた歌である。歌意は「山里の賤しい家の垣根は荒れても、何かの折には情けの露をかけて下さい。そこに咲く撫子に」というもので、ここでの「撫子」は頭中将との間の娘(後の玉鬘)を喩えたものだが、『半蔀』ではそれをシテ自身に転じている。詞章では「山賤の、垣穂荒るとも折々は、あはれをかけよ撫子の、花の姿をまみえなば」と、シテ自身を撫子に喩えるかのようで、ワキである僧に五条の住まいは荒れていても、時々は撫子(シテ)に「あはれ」をかけて供養してほしいと願うのである。(3)

(2) 夕顔巻

（夕顔）山の端の心もしらでゆく月はうはのそらにて影や絶えなむ　（夕顔　一六〇）

『源氏物語』では、「山の端の」の歌は、光源氏にどこへとも知らされず連れ出される夕顔の不安感をあらわし、その死の運命を先取りするものであった。『半蔀』の詞章では「山の端の、心も知らで行く月は、上の空にて絶えし跡の、またいつか逢ふべき」と、それが現実になって、夕顔がはかなく命を落としたことが、「絶えし跡の」の詞章で簡潔に述べられている。つまり謡曲の「山の端の、心も知らで行く月」の〈月〉は、夕顔の死の朧化表現であり、その前の詞章で『新撰朗詠集』(下・山家)を踏まえた「窓東に向ふ朗月は、琴榻《きんしつ》に当り、墻上《しゅうじょう》の秋の山、ものすごの夕べや」の、凄絶なまでの月のイメージと響きあっている。謡曲『夕顔』にも月のモチーフが使われているが、それは煩悩の雲をはらす真如の月であり、『半蔀』と対照的である[4]。

　もっともシテの源氏取りの和歌で中核となるのは、序の舞の最後に謡われる光源氏の「折りてこそそれかとも見め」の詠であろう。

地謡　うち渡す、遠方人に問ふとても、それその花と答へずは、つひに知らでもあるべきに、逢ひに扇を手に触るる、契りの程のうれしさ。折々訪ね寄るならば、定めぬ海人のこの宿の、主を誰と白波の、よるべの末を頼まんと、一首を詠じおはします。
地謡　折りてこそ。
［序ノ舞］
シテ　折りてこそ、それかとも見め、たそかれに、
地謡　ほのぼの見えし、花の夕顔、花の夕顔、花の夕顔。　（半蔀　三四六―三四七）

しかも「花の夕顔」は「花の夕顔、花の夕顔」とさらに繰り返されるのである。そもそも源氏能ではシテの女君が代わりに光源氏の歌をうたったり、その所作をすることはある。とはいえ、この場合、夕顔が五条の宿で光源氏に詠みかけた有名な「心あてに」の歌があるにも拘わらず、なぜそれを謡わず、光源氏の歌を謡いながら舞うのか、さらに「花の夕顔」と三度も繰り返すのか、謎は残るのである。

四　シテはなぜ光源氏の歌を謡うのか

その謎は、謡曲の詞章に少なからぬ影響をあたえたとされる連歌寄合と突き合わせると、さらに深まっていく。『源氏物語』の古注釈書としても有名な『花鳥余情』を著した一条兼良の『連珠合璧集』は、『源氏物語』にもとづく連歌の寄合語を集めているが、「夕顔」の項を見てみると、次のようにある。

夕顔トアラバ、

宿　はじとみ　ゑみのまゆひらけたる　遠方人　ざれたる戸口

こがしたる扇　しづが家居

心あてに其かとぞ見るしら露の光そへたる夕がほの花

折てこそそれかともみめたそがれにほの〱見つる花の夕がほ

「はじとみ」をふくめて、傍線を付した箇所が、謡曲『半蔀』の詞章に取り入れられたものである。『連珠合璧集』にも採られた「心あてに其かとぞ見るしら露の光そへたる夕がほの花」の歌が、『半蔀』の詞章に取り入れられていない不思議さがなおさら際立つのである。「折てこそ」の歌が『半蔀』に吸収され、というより謡曲のクライマックスである序の舞の最後にシテが謡う点が対照的であるが、なぜ光源氏の歌なのか。シテを夕顔とする謡曲にあって、やはりそれは最大の謎ではないだろうか。以下その謎解きをするべく、考察を続けていきたい。

その為には『源氏物語』の夕顔と光源氏の贈答歌の解釈について、諸説紛々とする研究史をたどり直す必要もある。二首はよく知られるように、中世の古注釈以来、解釈に大きな揺れがある歌である。

心あてにそれかとぞ見る白露の光そへたる夕顔の花　（夕顔　一四〇）

右の夕顔の歌から見ていくと、直訳すれば「当て推量にそれかと存じます。白露が光を添えて白く輝いている夕顔の花です」という意になるが、「白露の光」を源氏とするか、「夕顔の花」を源氏とするかで、解釈が分かれている。その代表的な四つの説を挙げれば、

（A説）「夕顔」を光源氏の夕方の顔とし、その美しいお顔は光源氏さまでしょうと言い当てた歌。本居宣長説・旧全集・新大系などの通説。その変形として藤井貞和の花盗人を咎める歌という説もある。[5]

（B説）「白露の光」を「それかとぞ見る」と解し、夕顔（私）を輝かせる御方はあなた様、光源氏でしょうと言った歌。『細流抄』・玉上評釈・新編全集の説。

（C説）「白露の光」を「それかとぞ見る」と解し、夕顔（私）を輝かせる御方はあなた様、頭中将でしょうと言った歌。夕顔から見ず知らずの男に歌を詠みかけるはずもないという理由からである。黒須重彦説。

（D説）道行くあなた様（源氏、頭中将などに特定しない）が光を添えた植物の夕顔の花なのでしょうと言った挨拶の歌。清水婦久子説。

となる。[6]

いずれにしても、女から男に詠みかけた異例の歌ゆえに、こうした様々な解釈を誘発したのではないか。『源氏物語』で女からの贈歌は、思わせぶりな誘いかけの歌か、切実な思いを吐露する歌であり、この歌は前者の典型であり、夕顔の遊女性を象っているとされたりもした。(7) その一方で、高貴な花盗人への咎めの歌であるとか、挨拶の歌とされてきた。いずれにしても、夕顔から光源氏に歌を届ける積極性は否めないであろう。(8)

ところで、謡曲『半蔀』でシテがこの歌を謡えば、どのようなイメージになるだろうか。自分の方から光源氏に誘いをかけた女人像になり、二人の関係もシテの誘いによって始まったという印象になる。しかし、シテが光源氏の歌を謡えば、二人の関係はまた違ったイメージになるのではないか。そもそも『源氏物語』の通行の本文では、光源氏の歌は、

寄りてこそそれかとも見めたそかれにほのぼの見つる花の夕顔　（夕顔　一四一）

であり、初句が「折りて」ではなく、「寄りて」になっていた。「寄りて」の場合も「花の夕顔」を源氏とするか夕顔とするのか、「見め」の「め」を勧誘の助動詞ととるか、意志の助動詞ととるかで、解釈が分かれるところである。「花の夕顔」を光源氏、「め」を勧誘ととれば、光源氏が夕顔に対して、相手が自分に寄ってくるように誘う歌となる。一方、夕顔として意志の助動詞ととれば、夕顔に近寄って、どんな存在か見てみましょうの意となろう。

それでは初句が「折りて」の場合、どのような意味になるのか。実は『源氏物語』の別本では陽明本など初句が「折りて」の本文もある。また『源氏大鏡』など中世の源氏梗概書や、先に引用した『連珠合璧集』など連歌寄合など、「折りて」の本文が主流である。(9)「折りて」の場合、「花の夕顔」が夕顔、「め」が意志の助動詞となり、夕顔のようなあなたを手折りたい、つまり自分のものとしたいという、もっと直截な求婚の歌となるのではないか。光源氏

がより積極的に「花を折る」、すなわち夕顔をわがものにするの意味となる以上、「折りて」と「寄りて」、どちらの方が夕顔が愛されている歌になるのか、もはや自明であろう。

要するに謡曲『半蔀』では、光源氏が「遠方人に問ふ」と問いかけ、それにシテは「夕顔の花」と答えた。そこで源氏が「折りてこそ」という直截な求婚の歌をシテに詠みかけた、という展開にしたかったのではないか。その方がよりシテが愛されているという印象になるからである。

地謡 うち渡す、遠方人に問ふとても、それその花と答へずは、つひに知らでもあるべきに、逢ひに扇を手に触るる、契りの程のうれしさ。折々訪ね寄るならば、定めぬ海人のこの宿の、主を誰と白波の、よるべの末を頼まんと、一首を詠じおはします。（半蔀 三四六）

原文では随身が答えるところを、シテが「夕顔の花」と受け身で答える形であり、そこに能動的に歌を扇に書き付けて贈った『源氏物語』の夕顔の面影はないのである。(10)『源氏物語』の原文に従って、シテ夕顔が自分から思わせぶりな歌を詠みかけるのではなく、光源氏が積極的に求愛の歌を詠んだとする方が、愛された夕顔像が際立つであろう。

そもそも夕顔巻では、夕顔の思いはあまり語られることは少なく、わずかに歌によって、その思いが汲み取られる人物であった。夕顔が光源氏をどれだけ愛していたのかも定かではない。しかし、謡曲『半蔀』では、シテが光源氏の歌を謡い、こんなにも愛されたという記憶を抱きしめながら、序の舞を舞うのである。その思いの強さゆえに「花の夕顔」を三度も繰り返し謡うのであろう。その後は、

シテ つひの宿りは、知らせ申しつつ、

地謡 常にはとぶらひ、

シテ おはしませと、

地謡　木綿付の鳥の音、
シテ　鐘もしきりに、
地謡　告げわたる東雲、あさまにもなりぬべし、明けぬ先にと、夕顔の宿り、明けぬ先にと、夕顔の宿りの、また半蔀の、中に入りて、そのまま夢とぞ、なりにける。（半蔀　三四七）

と、シテはワキの僧に「常にはとぶらひ、おはしませと」と自分の供養を願うかに見えるが、いまだ光源氏の愛の思い出に陶酔しているかのようである。シテは愛の記憶を抱きしめて、再び荒れた半蔀の中に戻っていく。その姿は成仏したとはいいがたく、シテの確かな成仏を語る謡曲『夕顔』とも相違するところであろう。極言すれば、『半蔀』ではもはやシテが成仏したか、しないかも問題としてはいないのである。そうした愛の追憶に生き続けるシテ夕顔像を創り上げた点が、『半蔀』のドラマトゥルギーであり、そのためにも「心あてに」の歌ではなく、「折りてこそ」の歌をシテに謡わせたのは、この謡曲の必然であったと思われるのである。

（1）山中玲子「素人作の源氏能――内藤河内守作「夕皃ノ上」と〈半蔀〉〈夕顔〉」（『解釈と鑑賞　別冊　文学史上の『源氏物語』』至文堂、一九九八）。
（2）斉藤昭子氏は「アイ狂言では、前場の内容のみが説明を補いつつ、その後展開する後場の内容には触れられないのが通常」と指摘する（「能《半蔀》における夕顔表象の方法」、原岡文子・河添房江編『源氏物語　煌めくことばの世界』翰林書房、二〇一四）。
（3）「撫子」については、娘の玉鬘と解する説や、光源氏と夕顔の間の子とする説もあるが、謡曲『半蔀』では他に娘の玉鬘に言及した詞章もなく、玉鬘に「あはれ」をかけよとワキに懇願するのも文脈上、腑に落ちないので、ここではシテ自身を喩えたものと解釈する。
（4）河添房江「謡曲『半蔀』のドラマトゥルギー」（『性と文化の源氏物語』筑摩書房、一九九八）。

（5）　藤井貞和「三輪山神話式語りの方法――夕顔巻」（『源氏物語論』岩波書店、二〇〇〇）。
（6）　諸説一覧については、清水婦久子『光源氏と夕顔　身分違いの恋』（新典社新書、二〇〇八）。中野幸一編『源氏物語の鑑賞と基礎知識8　夕顔』（至文堂、二〇〇〇）、高木和子『女から詠む歌　源氏物語の贈答歌』（青簡舎、二〇〇八）など参照。
（7）　夕顔の遊女性については、早くは円地文子氏が『源氏物語私見』（新潮社、一九七四）で唱え、原岡文子氏がそれを継承し、発展させたところである（「遊女・巫女・夕顔――夕顔の巻をめぐって――」『源氏物語　両義の糸』有精堂出版、一九九一）。原岡説に拠れば、白い扇は遊女性を際立てる小道具である。
（8）　だからこそ夕顔が光源氏に詠みかけた歌ではなく、頭中将に詠みかけた歌であるとか、夕顔ではなく、女房たちの合作という説（『岷江入楚』・玉上評釈）も生まれたのであろう。
（9）　光源氏の歌の改変は、初句の「折りて」ばかりでなく、第四句の「見つる」が謡曲では「見えし」に変えられている。これもまた、中世の源氏梗概書や連歌寄合の影響がみられるが、この点については、西村聡「夕顔を手折るということ――〈平部〉ワカ小考――」（『北陸古典研究』4号、一九八九・九）を参照。
（10）　斉藤昭子氏も（2）の論文でその点に注目し、「求愛されて（本歌と違い）自分は答えることを選び、それでこそ二人の逢瀬が始まった、と夕顔自身の恋の物語へ文脈が仕立て直されている。」と指摘している。

第三章　『住吉詣』のドラマトゥルギー——澪標巻のことばへ

一　はじめに

ここでは源氏能の中から『住吉詣』に注目し、『源氏物語』の原文の世界と比較することで、『源氏物語』のことばの世界とはいかなるものであるのか、という本質的な問いに迫っていきたい。本編第一章でも触れたが、源氏能の現行曲の九曲を、夢幻能であるか、現在能であるか、その様式で分類すると以下のようになる。

夢幻能——『半蔀』『夕顔』『野宮』『玉鬘』『浮舟』『源氏供養』『須磨源氏』

現在能——『葵上』『住吉詣』

このように様式で見てみると、源氏能では圧倒的に夢幻能が多いことに気づかされる。夢幻能とは複式夢幻能ともいい、能の前段では、旅の僧などワキが里人と出会い、土地のいわれや、ゆかりの人の消息を問う。里人は、問われるままにいろいろと答えるが、これにワキが興味を覚えたところで、実は自分がその話題の主の霊なのだと告白して消える。後段では、当の霊が現れて、ワキに生前の苦しみや思い出を語りつつ舞い、最後には成仏するというものである。

一方、現在能は登場人物が現実に生きている人間で、時間の経過にしたがって進行していくもので、『葵上』と

『住吉詣』がそれに分類される。もっとも同じ現在能といっても、『葵上』と『住吉詣』では、知名度や上演回数には大きな隔たりがある。『葵上』は上演回数でいえば、源氏能の中でもっとも多い人気曲で、一方の『住吉詣』はもっとも少ないといっても過言ではない。(1)『住吉詣』は稀曲であり、また難曲ということにもなろう。

『住吉詣』は室町末期に成立したとされるが、(2)上演回数がなぜ少ないかについては、いくつか説がある。まずシテをはじめとして十数人もの人物が登場し、それだけ演者の数が必要であることが挙げられる。また華やかといえば華やかだが、『住吉詣』の内容が祝言性に富むので、それにふさわしい場でしか上演されないといった理由も考えられる。さらに謡曲の専門家から見て、音曲の流れや盛り上がりがなく、能としての魅力がさほどないといった指摘もある。あるいはツレの源氏が直面《ひためん》といって、面をつけないで演じるので、シテ明石上とのバランスが難しいという説(3)もある。

『住吉詣』のあらすじを先に示しておけば、次の通りである。なお以下の考察では、『住吉詣』では「明石上(シテ)」とし、『源氏物語』の本文を扱う際には、「明石の君」という呼称を使い分けていくことを予めお断りしておきたい。

　住吉では今をときめく源氏が参詣するというので、神主(ワキ)が舞台に登場し、その参詣を社人に伝え、境内を清めておくように伝える。しばらくすると源氏の一行が車を連ねてやって来る。腹心の惟光(ツレ)をはじめ、多くの随身を従えての参詣である。

　到着した源氏は、霊験あらたかな住吉の神の威光をたたえ、拝殿に詣でる。神主は源氏の諸願が万願成就となった御礼の祝詞を捧げる。神主の祝詞と諸願成就の神慮に感涙した源氏は、神主に杯を賜ろうと宴の席を設ける。随行の童(子方)が立ち上がり、今様を詠じ、舞を舞って座に興を添える。

宴もたけなわとなった頃、明石上(シテ)の船が住吉に漕ぎつける。神域に華やかな貴人の宴席が設けられているのを見た明石上は、侍女(ツレ)を遣わして貴人の素性を尋ねさせる。すると源氏の従者の惟光が現れ、源氏の参詣であることを明かす。

明石上は、やはり縁の深い間柄であったかと嬉しく思うと同時に、源氏に旅やつれした姿を見せるのが恥かしく、せめて難波の潟で祓をしようと入江に船を寄せる。源氏はこれを見て不審に思い、明石上と知る。ここに二人は再会をはたし、酒宴に明石上も加わった。源氏が座興に舞うと、明石上も舞って花を添える。明石上と源氏はしばしの再会を喜び、互いの愛を確かめあい、それぞれの方向へ別れて行くのであった。

二　源氏の道行と『伊勢物語』取り

『源氏物語』の本文と『住吉詣』の詞章を比較して、最初に気がつく相違点は、澪標巻の住吉詣で、源氏の一行が住吉に着くまでの道中が省略されていることである。その年の秋に源氏が御礼参りの住吉詣を思いつくが、その時、殿上人や上達部が我先にお供をしたとだけ簡潔に語られているのである。

その秋、住吉に詣でたまふ。願どもはたしたまふべければ、いかめしき御歩きにて、世の中ゆすりて、上達部、殿上人、我も我もと仕うまつりたまふ。（澪標　三〇二）

ここで道中の地名は省略されて、時の政権担当者である内大臣の住吉詣という公的な威勢が強調されるだけなのである。(4) それは須磨巻で源氏が都から須磨に行くまでの道行が語られないのと、まったく同じ状況である。それに対して、『住吉詣』では源氏の威光も語られるものの、惟光のサシの謡で、多くの地名を織りこんだ長い道行の詞章が続くのである。

惟光　抑もこれは誉れ世に超え威光曇らぬ、光源氏にておはします。さてもこの君頼みをかけし、住吉の神に所願を満てんと、今日思ひ立つ旅衣、薄き日影も白鳥の、鳥羽の恋塚秋の山、過ぐればいとど都の月の、面影隔つる山崎や、関戸の宿も、移り来ぬ。払はぬ塵の芥川、猪名の笹原分け過ぎて、見渡せば、薄霧まがふそなたより、薄霧まがふそなたより、ほの見えそむる村紅葉、これや交野に狩り暮れて春見し花のそれならん。猶行く先は渡邊や、大江の岸に寄る波も、音立ち変へて住吉の、浦わになるも程ぞなき、浦わになるも程ぞなき。(5)　（四三〇）

要するに『住吉詣』は『源氏物語』の本文にはない地名をいくつも入れて道行文を綴っているわけだが、その特徴として『伊勢物語』を意識している点が挙げられる。傍線部がそれであり、たとえば山崎・交野といった地名は『伊勢物語』八二段、いわゆる惟喬親王章段の桜狩りを彷彿とさせるものである。文徳天皇の第一皇子でありながら、母親の身分が低く皇太子になれなかった惟喬親王が、在原業平などと水無瀬の離宮に狩りと花見に赴くという、名高い段である。

むかし、惟喬の親王と申すみこおはしましけり。山崎のあなたに、水無瀬といふ所に、宮ありけり。年ごとの桜の花ざかりには、その宮へなむおはしましける。その時、右の馬の頭なりける人を、常に率ておはしましけり。時世経て久しくなりにければ、その人の名忘れにけり。狩はねむごろにもせで、酒をのみ飲みつつ、やまと歌にかかれりけり。いま狩する交野の渚の家、その院の桜、ことにおもしろし。（以下略）　（一八三―一八四）

特に「交野に狩り暮れて春見し花のそれならん」は、地名の連鎖である域をこえて『伊勢物語』八二段の要約ともいってもよい詞章ではある。その前の「払はぬ塵の芥川」の詞章も、いうまでもなく『伊勢物語』六段の芥河の段を意識したものである。

また住吉という地名も『伊勢物語』には三例みられる。六八段では「むかし、男、和泉の国へいきけり。住吉の郡、住吉の里、住吉の浜をゆくに」とあり、昔男が住吉の浜を詠んだ歌を収めている。さらに一一七段では、帝が住吉に行幸し、「われ見ても久しくなりぬ住吉のきしの姫松いくよ経ぬらむ」という歌を詠むが、その歌に感応して、住吉の神が出現して返歌を詠むのである。この帝の歌も『住吉詣』と無縁ではなく、源氏に随行した童が今様を謡い、舞を神に奉納する段に採られている。

以上のように、謡曲『住吉詣』は『源氏物語』にない道行文の詞章を作るにあたり、『伊勢物語』を意識しているが、それは中近世における『伊勢物語』の権威をものがたると同時に、源氏を色好みの業平に擬す意図があるのかもしれない。そのように観者に『源氏物語』だけでなく、『伊勢物語』をも意識させるところに、『住吉詣』の狙いがあるといえるだろう。能を鑑賞する側は、源氏の一行にあたかも惟喬親王と昔男一行の桜狩りを重ねて思いを馳せていく。また後半の舞の奉納では、源氏に『伊勢物語』の帝のイメージが重ねられて、権威をますかのようである。このように源氏の道行の詞章にみられる『伊勢物語』の引用は、『住吉詣』全段にわたって散見され、本説である『源氏物語』を補完しながら、『住吉詣』のドラマトゥルギーを支えるものとなっているのである。

三　明石上の道行

さて『住吉詣』の道行の特徴は、『伊勢物語』引用にとどまらない。都から住吉まで源氏の道行に重ねて、明石上の明石から住吉までの道行が語られるのであり、その点が興味深い。男女が一緒に道行をするのならば珍しくもないが、男女が別々に道行をして再会をはたすという謡曲は『蟬丸』など、ごく一部にしかない[6]。

明石の君の住吉までの道中は『源氏物語』では省略されているが、『住吉詣』では明石—須磨—難波—津守の浦と、歌枕でもある地名が連鎖されている。

シテ ツレ　明石潟、月待つ方に行く舟の、波静かなる、浦伝ひ。舟出せし、後の山の山颪《おろし》、後の山の山颪、関吹き越えて行く程に、須磨の浦わもいつしかに跡の名残もおしてるや、難波入江に寄するなる、波はさながら白雪の、津守の浦に着きにけり津守の浦に着きにけり。

（住吉詣　四三二）

これらの詞章は観客に明石上の住吉までの船の移動を印象づけるとともに、かつて源氏が都に召還され、明石の地から都に戻った道筋を想起させるものでもあろう。ところで、よくよく考えれば、住吉までの道程で船を使ったのは、明石の君ばかりではない。都の源氏とて、山崎から船で淀川を下り、関戸や渡辺を通って、大江の岸で船を降り、陸路で住吉大社に向かったのである。ところが『住吉詣』の演出では、作り物の車があらかじめ舞台正面に据えられ、源氏一行が登場し、源氏が車に入ったところで、道行の詞章がはじまるため、あたかも源氏一行が都からずっと車で移動してきたかのような錯覚をあたえる。

一方、明石上は舞台の橋掛りに置かれた舟の作り物に、侍女二人と並んだところで道行の詞章がはじまるので、女の船と男の車という道行の差異がくっきりと浮かびあがる。もとより澪標巻の本文でも、明石の君が「舟にて詣でたり。」（澪標　三〇二）とあり、「（源氏の）御車をはるかに見やれば、」（澪標　三〇四）と語られるので、車と船の対照がないわけではないが、能の舞台では作り物の車と舟が置かれるので、その対比性がより強調されるのである。

その対照のドラマトゥルギーを簡単にまとめておけば、

東（都）から車で来る男・源氏の道行（多人数）

西(明石)から船で来る女・明石上の道行(少人数)ということになろうか。さらにこのように整理してみると、この対照は澪標巻をテーマとした近世の源氏絵の構図とそのまま重なっていることにも気づくのである。国宝に指定された俵屋宗達筆の「源氏物語関屋澪標図屛風」(静嘉堂文庫美術館蔵)の澪標図がその典型といえるだろう。

宗達の澪標図は、白砂青松の浜辺に、やはり源氏の乗った牛車が描かれている。左端に住吉大社の反り橋が見えて、絵の画面中央のやや右手には源氏の牛車、さらに右上の沖には明石の君が乗っている船が浮かんでいる。この絵で、源氏の車と明石の君の船はそれほど遠くに配置されているわけではないが、船上の人々が小さく描かれることで、その距離が示されている。(7) おそらく船上の人々の姿は、源氏一行の眼に写る大きさをあらわしているのであろう。

ところで宗達筆の澪標図については、すでに能の『住吉詣』からの影響関係が指摘されている。河野元昭氏によれば、宗達の屛風の関屋図については能の『空蟬』(廃曲)、澪標図については『住吉詣』と関わりがあり、これらの能の構成やイメージが絵の場面選択や画面構成に影響をあたえたという。(8) この屛風は寛永八年(一六三一)九月に醍醐寺が購入したものであるが(『寛永日々記』(9))、醍醐寺は能の中心的存在であり、その点と屛風の制作は関係を有するというのである。

宗達以前の澪標図としては、たとえば土佐光吉の「源氏物語絵色紙帖」(京都国立博物館蔵)、「源氏物語手鑑」(久保惣美術館蔵)の澪標図を見ていると、徒歩で参内する源氏一行が大きく描かれ、船は小さく描かれるものの、源氏の車は描かれてはいない。つまり車に乗った源氏と船中の明石の君という構図ではないのである。(10)

一方、宗達の澪標図よりやや時代の下った源氏絵で、源氏と明石の君の隔たりを車と船の距離や船そのものの大きさで直接的にあらわした屛風もある。寛文九年(一六六九)の狩野探幽「源氏物語賢木澪標図屛風」(出光美術館蔵)がその一つである。この絵では、宗達の絵に比べて船も小さく、車と船の距離もそれなりに確保されている。宗達の澪標図が謡曲『住吉詣』から影響を受けたとすれば、探幽の澪標図は、宗達の影響を受けつつも、澪標巻の本文により忠実な絵画化をめざしたとも考えられる。ともあれ、謡曲『住吉詣』のドラマトゥルギーは、宗達を介して源氏絵の澪標図の流れを変えていったといっても過言ではないのである。

四　人間関係の捨象と身の程意識

話が源氏絵に逸れてしまったが、『住吉詣』の世界にもどると、住吉に到着した明石上は、源氏一行の盛大な参詣を目の当たりにする。この辺りは道行文とは違って、『源氏物語』の本文を強く意識した詞章であり、影響関係が顕著なところでもある。

ツレ　松原の深緑なる木蔭より、花紅葉を散らせる如くなる、色の衣衣数数に、ののしりて詣づる人影は、如何なる人にてあるやらん。
惟光　これは都に光君、過ぎにし須磨の御願はたしに、詣で給ふといさ知らぬ、人もありける不思議さよ。
シテ　あら恥かしや光君と、聞くより胸うち騒ぎつつ、いとど心も上の空の、
惟光　月日こそあれ今日この頃、詣で来んとは、
シテ　白露の、
地謡　玉襷《たまだすき》、かけも離れぬ宿世《すぐせ》とは、かけも離れぬ宿世とは、思ひながらもなかなかに、この有様をよその見る目も恥かしや。さりとては浦波の、帰らば中空に、ならんも憂しやよしさらば、難波の潟に舟とめて、祓

へだに白波の、入江に舟をさし寄する。（住吉詣 四三三―四三四）

傍線部分が澪標巻の本文と照応する詞章であるが、シテ明石上は最初、源氏一行であることに気づかず、惟光との掛け合いで、源氏の参詣であることを知る。そして、「かけも離れぬ宿世とは」と、二人の並々ならぬ宿縁を思うのである。しかし人目も恥ずかしく、かといって明石の地にこのまま帰るのも中途半端で、とりあえず難波の浦で祓だけでもしようと、船を入江に寄せる。

その話の展開を『源氏物語』の本文と比べてみると、言葉の照応はあっても、さまざまな差異があることに気づかされる。澪標巻で明石の君が源氏の一行と知る経緯は、明石の君の供人が誰か尋ねると、この世に源氏の一行と知らないものがいたのかと、下賤の者に嘲笑されながら教えられるのである。明石の君は都にいれば真っ先に知っていたであろうに、いったい前世に何の罪を犯して、よりによって今日住吉に参詣してしまったのかと、ほぞを噛む思いである。明石の君は、「身のほど口惜しうおぼゆ」（澪標 三〇三）と、人並みでない身分の差を痛感することにもなる。『住吉詣』では明石上が惟光との掛け合いで源氏一行と知るのとは、大きな隔たりがあるといえよう。

いったいに『住吉詣』では源氏と明石上の身分差はあったにせよ、それほど強調されるわけではない。ところが、澪標巻ではその身分差がくり返し語られているのである。右近将監や良清といった明石の地で見知った人々が見違えるほど出世したことも、それに引きかえ我が身はと、明石の君を意気消沈させる。

さらに追い討ちをかけたのが、源氏の長男、夕霧の存在である。澪標巻の源氏の一行には、八歳の夕霧が加わっていて、飾り立てられ大事にされているので、その姿に明石の君は衝撃を受けるのである。

大殿腹の若君〔夕霧〕、限りなくかしづき立てて、馬副、童のほどみなつくりあはせて、様変へて装束きわけたり。雲居はるかにめでたく見ゆるにつけても、若君〔明石の姫君〕の数ならぬさまにてものしたまふをいみじと思ふ。

いよいよ御社の方を拝みきこゆ。

国守参りて、御設け、例の大臣などの参りたまふよりは、ことに世になく仕うまつりけむかし。いとはしたなければ、立ちまじり、数ならぬ身のいささかのことせむに、神も見入れ数まへたまふべきにもあらず、帰らむにも中空なり、今日は難波に舟さしとめて、祓をだにせむ、とて漕ぎ渡りぬ。（澪標　三〇四―三〇五）

明石の君は正妻腹の夕霧に引きかえ、自分が産んだ若君（明石の姫君）が、いかに取るに足らぬ存在であることかと痛感し、そして惨めな気持ちのままに、すがる思いで住吉大社を拝むのである。さらに摂津守が、他の大臣以上に源氏に奉仕する姿を目のあたりにした明石の君は、「数ならぬ身」の自覚をいっそう深めていく(11)。つまり登場人物の栄達の点描が、かえって明石の君を苦悩へと追いやっていくのであり(12)、時間が経つにつれ、その痛覚も増幅されていくのである。

ところが、謡曲『住吉詣』では夕霧はおろか、わが子の姫君さえも明石上の意識にのぼることはない。むしろ、さまざまに意識を引き裂く人間関係を排除し、母の感情すら消去することで、謡曲は二人の感動的な愛の再会劇として転生させたのである。そもそも源氏能じたい、人間関係が削ぎ落とされることはしばしばであり、たとえば本編第一章で見た謡曲『野宮』など、その典型的な例である。賢木巻の野宮の場面では、源氏と六条御息所のほかに従者達、神官達、女房達、そして斎宮がその場にいて、それぞれの人物がもつ光源氏や六条御息所への心理的距離が、野宮の段に独特の遠近感と精彩をあたえていた。しかし『野宮』では、『源氏物語』にあった多彩な視点は捨象され、シテ御息所の語りの求心性のなかに回収されている。源氏との感動的な再会が回想されるだけであり、『野宮』はその限りで純化され、完結したドラマとなりえた。

一方、『住吉詣』では、明石上のモノローグではなく、惟光との掛け合いの形である。しかし、そのこともあって、澪標巻のような痛切な身の程意識は消えている。明石の君の身の程意識に追い討ちをかける良清や右近将監、夕霧、若君といった存在をも捨象することで、二人の再会劇の前段階が整えられたのである。

シテが明石の君ではなく明石上とされることも、中世以来の源氏享受の歴史を引き継ぐとはいえ、注意しておく必要がある。『源氏物語』の世界では、明石の君に「上」という妻である敬称が付かないことはよく知られている。しかも明石巻から松風巻までは「明石」「明石の人」とよばれ、「田舎人」ともよばれる、いわば化外の地の人の扱いであった。明石の君が六条院に迎えられようとする少女巻あたりから、ようやく「明石の御方」といわれ、「上」ではないが「御方」という敬称が用いられるのである(13)。

ところが平安末期から中世にいたると、「明石上」の呼称が一般的で、早い例では『物語二百番歌合』の詞書に二箇所「明石上」がみられる(二四一・二五三)(14)。注目すべきは、この「あかしのうへ」以外に明石の君を指す呼称がない点で、そこから明石の君については「あかしのうへ」という呼称を用いるのだという、一種の規範意識さえ読み取れるのである(15)。

注釈書でも『光源氏物語抄』以降は「明石上」であり、源氏の古系図でも九条家本、尊経閣文庫蔵伝為氏筆本、正嘉二年本など、みな「明石上」である。『住吉詣』もそうした流れを受けて、明石上という呼称をシテの名に使っている。中世以降の伝統を踏襲したといえるが、それだけに『源氏物語』に刻まれた源氏との身分差が隠蔽されるというか、緩和される趣である。

謡曲『野宮』をも振り返りつつ、『住吉詣』をみてくると、『源氏物語』の多様な人物関係を削ぎ落とすことで、いかに源氏能のドラマトゥルギーが成り立っているか、という点に改めて注意をよびさまされる。その限りで源氏能は純化され、完結したドラマとなりえたのである。

五　対面する源氏と明石上、その視点

ところで『住吉詣』と澪標巻の大きな違いとして、さらに源氏が明石上との対面を果している点が挙げられる。澪標巻では源氏一行との身分差を痛感した明石の君の船が立ち去り、そのことを後で惟光が源氏の耳に入れて、不憫に思った源氏が消息だけ明石の君に届けるという次第であった。時の内大臣と「田舎人」といわれる明石の君の間では、二人が対面することはおろか、消息でさえ忍んで交わさねばならなかったのである。ところが、『住吉詣』では二人が直接言葉を交わし、盃を交わして、ついには共に舞を舞うという意外な展開になっている。以下、その点について詳しく見ていきたい。

『住吉詣』では明石上が難波の浦で祓をしようと船を入江に寄せると、その船が早速、源氏(ツレ)の目にとまる。

地謡　不思議やな、ありし明石の浦波の、立ちも帰らぬ面影の、それかあらぬか舟影の忍ぶもぢずり誰やらん。

シテ　誰ぞとは、よその調めの中の緒の、その音違はず逢ひ見んの、頼めを早く住吉の、岸に生ふてふ草ならん。

源氏　忘れ草、忘れ草、生ふとだに聞くものならば、そのかね言もあらじかし。

地謡　げになほざりに頼め置く、その一言も今は早や、

源氏　ありし契りの縁あらば、

地謡　やがての逢瀬も程あらじの、心は互ひに、変らぬ影も盃の、度重なれば惟光も、

惟光　傅《めのと》御酌をとりどりの、

地謡　酔に引かるる戯れの舞、面はゆながらも移り舞。　（住吉詣　四三四―四三五）

傍線部の「忍ぶもぢずり誰やらん」は、いうまでもなく『伊勢物語』初段に引かれた源融の歌、「みちのくのしのぶもぢずりたれゆゑに乱れそめにしわれならなくに[16]」を引きつつ、源氏が誰であろうといぶかしむ詞章である。すると明石上は、明石で別れる時に源氏が形見の琴を渡して、この調べが変わらないうちに会おうと言ったのをお忘れですかと咎める。その際、明石上は『古今集』の「道知らば摘みにもゆかむ住の江の岸に生ふてふ恋忘れ草」（巻一一・墨滅歌・一一一一・紀貫之）を用いて源氏に切り返しているのである。

そこで源氏は『伊勢物語』二一段の歌、「忘れ草植うとだに聞くものならば思ひけりとはしりもしなまし」を引きながら、忘れる心があれば、最初からそんな約束はしないのだとなだめている。前にたどり見たように、源氏に源融[17]や『伊勢物語』の昔男の風雅なイメージを重ねるかのようである。

さらに「ありし契りの縁あらば、やがての逢瀬も程あらじ」と以前の約束を忘れないでいてくれれば、ふたたび逢瀬の時も近いであろうと慰めて、二人は盃を交わしていく。酒の酔いが入って源氏が舞うと、明石上も誘われて舞って花を添えるという次第で、『住吉詣』は二人で舞を披露し、互いの愛を確かめ合う再会劇に転じているのである。

それでは、なぜ原文と違って、二人は対面したのであろうか。その理由については、雑誌『観世』の『住吉詣』特集の座談会で、筒井曜子氏がいくつかの説を提示しており、興味深い[18]。筒井氏によれば、住吉明神の霊験、虚構による遊び、梗概書による作能という三つの理由が考えられるという。

そこで、まず梗概書による作能について検討してみると、この点については、すでに小林健二氏が中世源氏梗概書である『源氏大概真秘抄』の存在に注目して言及している[19]。『源氏大概真秘抄』の該当部分を引用すれば、以下のようになる[20]。

さて源氏こかれたるたとう紙に、

身を尽し恋るしるしのうらまてに思ひあひぬる〻にしふかしな、

明石の上、御返事、

数ならてなにはのこともかひなきに何身を尽しおもひそめけん、

此巻を身をつくしといふ也。こゝにて源氏御対面あり。此巻にて明石の姫宮は生れ給ふ也。

右の条では「こゝにて源氏御対面あり」と、たしかに二人が対面をはたしたとあり、小林氏はこのような中世的な解釈が、『住吉詣』を構想する一助となったと分析している。中世源氏梗概書が連歌の寄合とともに広く源氏能に影響をあたえたことは定説となっており、たしかに『住吉詣』の作者がこうした解釈を知っていた可能性も十分に考えられる。もっとも『源氏大概真秘抄』の該当部分は澪標巻のあらすじを詳しく紹介するというより、巻名の由来となった源氏の歌がどのような状況下で詠まれたのか、その経緯を説明するだけの簡潔なものである。『住吉詣』で二人の仲介となった惟光の存在も『源氏大概真秘抄』では語られていないのである。ところが『住吉詣』の詞章をたどっていくと、『源氏大概真秘抄』にはない部分で、澪標巻の本文を直接踏まえたとおぼしき詞章が散見される。たとえば、「河原の、大臣の御例とて、内裏より賜はれる、童随身」や先に引用した「松原の深緑なる木蔭より、花紅葉を散らせる如くなる、色の衣衣数数に」などである。

要するに、『住吉詣』の作者は梗概書だけを見ていたわけではなく、『源氏物語』本文を読んで作能したのであり、二人が本説の世界では対面しなかったことも知っていたはずである。となれば、なぜ対面する形にしたのか、そここそまさに謡曲『住吉詣』のドラマトゥルギーの要諦があるのではないか。二人が対面したのは住吉明神の霊験であることを強調するためであったのか、次にその点について考察をめぐらしてみたい。

『住吉詣』の前半は、源氏の祝詞の所望や、神主の労をねぎらう宴席を詳しく語るなど、澪標巻の本文の簡潔な記述からは逸脱している。澪標巻で宴席はあっても、それは摂津守の側から内大臣である源氏一行を饗応するために設けられたものであった。また惟光と源氏との間で住吉の神慮をめぐって歌の贈答があるものの、源氏と明石の君の間では、住吉の神にまつわる歌の贈答はない。つまり謡曲での源氏の祝詞の所望や、神主の労をねぎらう宴席の部分は、澪標巻の本文にみられないものであり、この能が住吉明神に奉納される演目であったことをうかがわせる。そう考えれば、謡曲の作者の意図として、あるいはその意図は別にしても、二人の対面したことを住吉明神の霊験として解釈することは自然なことであったかもしれない。

その一つの証左として、観世元章による「明和の改正」といわれる明和年間(一七六四―一七七二)の謡曲の大改訂にもふれておきたい。『明和改正謡本』として刊行されたものだが、その中の『住吉詣』では、随所に住吉明神の恩恵が強調されている。特に二人が対面したことについては「偏《ヒトヘ》に神の誓《ヒカ》ひなり」と述べており、住吉の神徳によるという詞章が付け加えられたのである。さらに現行曲では二人は都と明石へと別れていくが、『明和改正謡本』は二人が別れるまでを語らず、再会した喜びにとどめて、「天が下、照らしあかすや、明石の月かげ、光きミの御福《オンコトブキ》も、住吉の神のめぐみなり」と、住吉の神の恩沢を讃えたところで曲を終えている。[21]

明和の大改訂は周囲には不評で、観世元章の没後、数カ月で廃されたという。しかし『明和改正謡本』は、二人の対面を住吉の神慮とした元章の解釈を伝えていて興味ぶかい。それは元章の独断というより、『住吉詣』のもっていた霊験譚の要素や祝言性が強化されたということでもあろう。霊験譚や祝言性からいえば、二人の対面はやはり必要だったのではないか。さらにいえば、対面の後の二人舞(相舞)により、舞台は一段と華やぐのであり、煌びやかな再会劇を演出するためにも、二人の対面は必須だったのであろう。

六　『住吉詣』の終局、二人の別れ

『住吉詣』の現行曲では、二人舞の後、やがて源氏と明石上は静かに別れていくが、その別れの演出にも実は二通りの方法がある。一般的なのは、ツレの源氏が去っていくシテ明石上を見送るパターンで、原文に近いあり方といえる。もうひとつは、逆に明石上が源氏を見送るパターンで、それはそれで趣がある。

前者のパターンを『源氏物語』と対応させながら、少し詳しく見ていくと、二人舞の後、シテの一人舞となる。

シテ　A身をづくし、恋ふるしるしに、ここまでも、

地謡　B廻り、あひける、縁は深しな。

シテ　C数ならで、なにはの事も、かひなきに、なに身をづくし、思ひ初めけん。互ひの心を夕汐満ち来て、

地謡　D入江の田鶴も、声惜しまぬほどあはれなる折から、人目も包まず逢ひ見まほしくは、E思へども、Fはや漕ぎ離れて、G行く袖の露けさも昔に似たる旅衣、H田蓑の島も、遠ざかるままに、名残もうしの、車に召されてのぼれば下るや、稲舟の、舟影もほのぼのと明石の浦わの舟をし思ひの、別れかな。

（住吉詣　四三五—四三六）

シテはA「身をづくし、恋ふるしるしに、ここまでも」と謡う。次に地謡がB「廻り、あひける、縁は深しな」と受け、またシテがC「数ならで、なにはの事も、かひなきに、なに身をづくし、思ひ初めけん。互ひの心を夕汐満ち来て」と謡う。その後、シテは源氏と向き合い、地謡のD「入江の田鶴も、声惜しまぬほどあはれなる折から、人目も包まず逢ひ見まほしくは」のところで源氏にお辞儀をし、E「思へども」で立ち、F「はや漕ぎ離れて」で橋掛りに

向かう。続くG「行く袖の露けさも昔に似たる旅衣」のところで源氏も立ち、H「田蓑の島も、遠ざかるままに」でシテと侍女は幕に入っていく。源氏も柱側に出てシテを見送り、やがて退場する。

これを澪標巻の本文と対応させてみると、以下のようになる。

（源氏）　aみをつくし恋ふるしるしにここまでもbめぐり逢ひけるえには深しな

とてたまへれば、かしこの心知れる下人してやりけり。駒並めてうち過ぎたまふにも心のみ動くに、露ばかりなれど、いとあはれにかたじけなくおぼえてうち泣きぬ。

（明石の君）　c数ならでなにはのこともかひなきになどみをつくし思ひそめけむ

田蓑の島に禊仕うまつる御祓のものにつけて奉る。日暮れ方になりゆく。夕潮満ち来て、d入江の鶴も声惜しまぬほどのあはれなるをりからなればにや、人目もつつまずあひ見まほしくさへe思さる。

（源氏）　g露けさのむかしに似たる旅衣h田蓑の島の名にはかくれず

（澪標　三〇六―三〇七）

源氏の「みをつくし」と明石の君の「数ならで」の贈答歌、その後の源氏の「露けさの」の独詠歌を踏まえて、『住吉詣』の詞章が綴られていることがわかる。そこで注意しなくてはならないのは、澪標巻では源氏が明石の君を慰めようと詠んだ歌が、謡曲ではシテ明石上の再会を喜ぶ詞として転化している点である。

そのことによって、次の明石の君の歌、「数ならでなにはのこともかひなきになどみをつくし思ひそめけむ」の痛切な身の程意識が『住吉詣』では希釈されるかのようである。続く源氏の心情を語ったdも、謡曲では地謡で、明石上の所作の部分に当たるので、明石上の心情を語ったかのように転化している。「人目もつつまずあひ見まほしくさへ思さる」のは源氏ではなく、シテ明石上なのである。謡曲においては、身分意識よりも源氏への思慕の情が強調される趣である。

シテ明石上が、ツレ光源氏を見送る別のパターンについても簡単に見ておこう。澪標巻の源氏の歌が、明石上の再会を喜ぶ詞として転化したのであれば、この段は明石上の心情を中心とした段といえるし、明石上が光源氏を見送るという型は、その再会の喜びと別れの余韻にひたる明石上という造型をより強調するものになるだろう。その限りでは、『源氏物語』の世界からはさらに距離があるのだが、逆に謡曲の詞章の意図にかなった演出となる。いささか皮肉めいた言い方になるが、『源氏物語』の原文の世界から離れれば離れるほど、源氏能の小宇宙は完結するというべきか、完成度の高いものになるのである。

七　おわりに——ふたたび『源氏物語』のことばの世界へ

以上のように『住吉詣』のドラマトゥルギーをたどり、そこから澪標巻の場面を逆照射すると、改めて謡曲と『源氏物語』の世界の距離が思われてくるのである。謡曲では『源氏物語』のみならず『伊勢物語』をも本説として道行の詞章を綴り、人間関係をしぼって、二人の身分差をさほど強調せずに対面させ、旅先での嬉しい再会劇へと再編している。

それに対して、澪標巻ではいかに峻厳に明石の君と源氏の身分差が語られ、それが場面の基調になっていることか。源氏の住吉詣は船上の明石の君の視点から語られているが、その際、明石の君にまったく敬語がつかないことは驚くほど徹底されている。それは明石の君が視点人物であることにも関わってはいるが、源氏をはじめ、それなりの人物が視点人物の場合はいくらか敬語が付いたりもするものである。時の内大臣と「田舎人」である明石の君の身分差は、この住吉詣であらわとなり、二人に苦悩をあたえるように展開していく。

もとより源氏は明石の君と遭遇したことで、対面はできないまでも、いな対面できなかったからこそ愛着を深めて、都に明石の君と姫君を引き取ろうと深く決意する。しかし、住吉詣で歴然とした境遇の差を思い知った明石の君は、容易に応じようとはしないという新たな局面がみちびかれる。二人が再会をはたすには、それから二年の歳月を経なければならなかったのである。

最初に述べたように、『源氏物語』とそれに取材した源氏能の世界は、私たちが想像する以上に異質ではあるが、そうであることが両者の関係を考える上でかならずしもマイナスに作用するわけではない。その相違点こそ、源氏能のドラマトゥルギーを浮き彫りにし、別の小宇宙としてのまとまりを明らかにしてくれる。また逆に、源氏能とは違った『源氏物語』がつむぐ言葉のからくり、さまざまな人間関係を取り込みながら物語を進展させていく、その巧みな手際といったものに気づかせてもくれるのである。

人間の生の流転の相のなかに、連鎖する人間関係を形づくり、かつそれぞれの主題の独自性を際だてていく、それが『源氏物語』のことばの世界のすべてではないにしても、大きな特徴ということはできるだろう。源氏と明石の君ばかりでなく夕霧や明石の姫君、惟光のみならず右近将監や良清など、親子や主従が連鎖する人間模様を分厚く描き出しているのが、澪標巻の世界なのである。

そのように分厚い人間関係は立体的な物語の流れをつくり出し、逆にその多様な関係に繋ぎとめざるをえない個々の生といったものを、より確固たる形で物語にひき据えていく。澪標巻の住吉詣の場面にしても、源氏と明石の君の人生史の忘れがたき一齣として物語に組みこまれている。また、そうであることで長編化する物語の時間のなかに位置づけられるとともに、二人の都での再会に向けて新たな物語を起動しているのである。

(1) 国立能楽堂でこの三十年間に上演記録が残っている数は、『住吉詣』は昭和五十八年(一九八三)九月、平成五年(一九九三)一月、平成十三年(二〇〇一)一月と、わずかに三回であり、『葵上』の二二回、『半蔀』の一七回に比べるといかにも少ない。
(2) 小林健二「作品研究 住吉詣」(『観世』一九九〇・九、『中世劇文学の研究』三弥井書店、二〇〇一に所収)に拠れば、『住吉詣』は室町末期には成立していた能で、その作者としては宮王大夫道三が有力である。
(3) 馬場あき子『源氏物語と能』(婦人画報社、一九九五)九三頁。
(4) 甲斐睦郎「住吉詣」(秋山虔ほか編『講座源氏物語の世界』第四集、有斐閣、一九八〇)。
(5) 『住吉詣』の引用は、野上豊一郎編『解註 謡曲全集』第二巻(中央公論社、一九七一)に拠り頁数を示したが、私に表記を改めた箇所もある。
(6) 山中玲子氏の教示による。
(7) 『週刊朝日百科 絵巻で楽しむ源氏物語五十四帖14 澪標』(二〇一二・三)二頁。稲本万里子氏の解説による。
(8) 河野元昭「宗達と能」(『美術史論叢』一九号、二〇〇三)。河野氏に拠れば、宗達は謡本の制作に関わっており、そのことが源氏絵の制作に影響をあたえたという。
(9) 五十嵐公一「研究資料 三宝院覚定と宗達」(『國華』第一三二九号、二〇〇五・九)。
(10) この差異については、すでに仲町啓子氏が注目していて、詳しい分析がある。氏に拠れば、光吉の澪標図では主要人物はあたかも肖像画のように描かれ、源氏・明石の君ははっきりと尊容を描き出しているのに対して、宗達の絵では主人公たちは舟と車の中に隠れていて、乗り物によって存在が暗示されているにすぎないという。
(11) 明石の君が源氏の身分に比して「数ならぬ身」の自覚をもつことは、よく知られている。『源氏物語』の「数ならぬ身」の二六例中、五例が明石の君に使われており、それは澪標巻で明石の姫君が生まれた直後とこの例が最初となる。
(12) この辺りの分析については、(4)に詳しい。
(13) 東原伸明「源氏物語と〈明石〉の力——外部・龍宮・六条院」(『物語研究』第二集、新時代社、一九八八、『物語文学史の論理 語り・言説・引用』新典社、二〇〇〇に所収)。
(14) 『王朝物語秀歌選(上)』(岩波文庫、一九八七)参照。

(15) 松本大氏の教示による。なお『無名草子』では、「明石上」は見当たらず、「明石」「明石の君」「明石の御方」の呼称しかないのは、『源氏物語』の原文に即したあり方といえる。
(16) 「陸奥」の源融の歌は、『古今集』にも七二四歌として収載されているが(ただし第四句が「乱れむと思ふ」)、『伊勢物語』初段で引かれていることも名高く、こちらをより意識している可能性が高い。謡曲『錦木』の詞章では、融の歌の第四句を「乱れ初めにし」で引いており、新編日本古典文学全集『謡曲集』の頭注でも、『伊勢物語』初段にもとづくとしている。
(17) 融の歌を引歌するのは、『住吉詣』や澪標巻で「河原の大臣の御例をまねびて、童随身を賜りたまひける」(三〇四)と河原の大臣こと源融の先例にならって、源氏が童随身を賜ったとする条とも関わっていよう。
(18) 片山慶次郎・中小路駿逸・筒井曜子「座談会『住吉詣』をめぐって」(『観世』一九九〇・八)。
(19) (2)に同じ。
(20) 引用は稲賀敬二編『中世源氏物語梗概書』(広島中世文芸研究会、一九六五)に拠る。
(21) 中尾薫「明和本における『源氏物語』享受——《住吉詣》の改訂をめぐって——」(『演劇学論叢』八号、二〇〇六・八)。

第三編　近現代における受容と創造

第一章　国民文学としての『源氏物語』　──文体の創造

一　国民文学としてのアイデンティティー

近代における『源氏物語』の受容と創造について分析する際には、まずは国民国家にとって必要な国民文学としてのアイデンティティーが『源氏物語』でいかに求められたかを、ジェンダー分析にからめて論じていく必要があるのではないか。その際、近代の『源氏物語』の評価については、ダブル・スタンダードがあったことを顧みておかねばならない。

『源氏物語』は、日本の国民性の象徴として、あるいはその理解を深めるための国民文学としての価値から、早くから注目されてはいた。明治十年代から四十年代にかけて『源氏物語』の注釈書や梗概書が数多く出版されたのも、そうした注目度を物語っている。博文館の『日本文学全書　第八─一二編　源氏物語』（野口竹次郎編、一八九〇）のほか、一般向きには増田于信『新編紫史』（誠之堂書店、一八八八）のような通俗語訳（文語体）や長連恒『源氏物語梗概』（新潮社、一九〇六)、尾上登良子『頭注源氏物語大意』(大同館、一九一一)などの梗概書が刊行され、読まれていた。大学の講義の記録としては、鈴木弘恭『源氏物語講義』(学習院、一八八四)、飯田武郷『源氏物語講義』(國学院大学、一八八九)、芳賀矢一『国文学史十講』(冨山房、一八九九)、長連恒『源氏物語選釈』(早稲田大学、一九〇三―〇六)があった。女学校用読本としては、鈴木弘恭の『源氏物語講義』を抜抄した『源氏物語抜萃』(一八八八)などもあり、女子教育のテキストになっていた。(1)

しかし、明治期に『源氏物語』を理想の国民文学と見なすにあたっては、『万葉集』(2)や『平家物語』と同様にはいかない二つのアポリアが存在した。端的にいえば、それは内容と文体の問題であり、そのいずれもがジェンダーに関わるのである。前者の内容から見ていけば、当時、相も変わらず、あたかも近世の儒学者のように『源氏物語』を好色乱倫の文学として否定的に捉える傾向も根強かった。(3)明治期以降、西洋の影響を受けた淫風改善の動きがあり、家妻には良妻賢母たるジェンダー規範が求められるという近代的な性道徳観がそこに作用していたのである。

明治十年代において、『源氏物語』についてのまとまった言説で重要なのは、坪内逍遥の『小説神髄』(一八八五―八六)であろう。『源氏物語』が誨淫の書という批判に対して、逍遥は「『源語』のすこぶる猥褻なりしも、また是藤原氏専権以来の文弱の弊のしからしめしものなり。豈たゞ作者を咎むべきやは」(4)と、平安の人情世態をありのままに写した写実小説であるがため情話中心となったという解釈を示している。

逍遥は、小説の水準が文明の水準であり、神話→ローマンス・アレゴリイ(寓意小説)→小説とその進化をたどり、その最も進んだ形態として、勧善懲悪にとらわれずに人情世態をありのままに写し出す模写(写実)小説を位置づけた。『源氏物語』は文学史でいえばローマンスに位置づけられるが、逍遥によれば、模写小説の中でも上流社会の情態を映した現世(世話)物語であり、近代的な小説の先蹤と評価されたのである。そこには本居宣長の「もののあはれ」論の影響も認められる。もっとも逍遥も、「すこぶる猥褻なりしも」と前置きせざるをえないわけで、「儒教的な男女観とヴィクトリア朝の性概念と近代心理学を合わせた」(5)と評されるような、ジェンダー規範に基づく近代的な性道徳観が作用していたのである。

続く明治の国文学者たちも、逍遥を継承するかのように、好色乱倫の文学という批判に対しては、宣長の「もののあはれ」論を持ち出すか、『源氏物語』が平安の社会風俗をさながら写した写実小説だからであるという解釈によって、お茶を濁すほかなかった。それを端的に表しているのが、近代国文学の父といわれる芳賀矢一が一八九九年に刊行した『国文学史十講』であり、芳賀矢一は、宣長説を評価しつつも、第五講「中古文学の二」では、『源氏物語』以前の物語類に触れて、

これ等はよく此時代を代表したものではありますまいが、さう云ふやうな様々な物語に書いてあることは大同小異大方は男女の情話を材料として居ります。つまり腐敗した上流社会の反映に外ならぬ事であります。

と逍遥と同様の言説を展開している。また作者紫式部についても、「此時分の女は品行が乱れて居るのが普通で、平安朝は倫理地に落ちた時代でありましたが」、道長の誘惑を退けているので「貞淑」であると、近世的な紫式部貞女説に回帰している。そして紫の上についても、同様に儒教的なジェンダー規範から「貞淑で、温良で、此時分の女の標準とすべき人であつた」と評価している。

なお芳賀には、明治四十年(一九〇七)に著した『国民性十論』(冨山房)があり、その第四論「草木を愛し、自然を喜ぶ」で、『源氏物語』の自然美について、国民性と結びつけながら、日本人の自然愛好の淵源であるかのように賛美している。『源氏物語』で都合のよい部分だけが国民性を象徴するものとして拾われ、評価されている観があるのである。(6)つまり『源氏物語』が国民国家の国民文学として位置づけられるに際して、そのすべての要素が肯定されたわ

けではなく、取捨選択されて提示されたことを忘れてはならないのである。

さて、芳賀の後継者であった藤岡作太郎の学位論文、『国文学全史　平安朝篇』（一九〇五）も宣長の解釈を高く評価して、

かくして今日に至りては、源氏を論ずるもの、別に諷諭するところあり、寓意ありといふもの、殆どこれなく、概ねこの書が当時の社会を直写せるものにして、不倫不徳の行為を描けるも、時勢の反映に外ならずとす。

と、平安当時の写実小説として、不倫不徳という批判をかわそうとしている。その一方で、「一の理想小説なり」として、「源氏物語の本意は実に婦人の評論にあり」、「著者が理想の婦人として写したるは紫の上にして」とする。宣長を高く評価しつつも、近世の女訓書が理想とした紫の上礼賛に回帰している点では、師の芳賀と軌を一にする。

明治三十年代のこうした動きを受けて、明治四十年代になると、藤井紫影・佐々醒雪・笹川臨風・沼波瓊音の『新釈源氏物語』（一九一一―一四）が登場する。『新釈』の序文では、日露戦争により、日本は武士道の盛んな好戦的な国という印象を世界に与えたが、しかし日本固有の文化は、情の文化、美の文化であり、それを代表するのが『源氏物語』という「国家無上の至宝」であり、国民必読の書と説くのである。(7) 藤岡の主張がいっそう鮮明化されているが、ここでも誨淫の書という批判に対しては、宣長の「もののあはれ」の起源や、逍遥による世界に誇る写実物語・人情小説の起源という論法によって克服しようとしている。

以上のように、『源氏物語』が国民国家の文化的装置になるためには、好色乱倫という非難をいかにかわすか、国文学の側から常に意識され、そこに近代的なジェンダー規範に基づく性道徳観も深く関わっていたのである。

二　文体のジェンダー——与謝野源氏の挑戦

ところで、『源氏物語』が近代に国民性を体現した国民文学として尊敬を集めるためには、内容に関する非難ばかりでなく、その文体の「女々しさ」、女性性の柔弱なイメージに関する批判をかわす必要があった。

中村明香は、創刊されたばかりの『婦女雑誌』(一八九四・二)に次のような『源氏物語』批判の文章を載せている。

そもそも源語は国文の模範とすべきものにあらずして式部は斯文の罪人なり、(中略)取りかへばや、狭衣、さては浜松、風につれなきの類を見よ、句法みるべきか、語勢弱くして筆力乏しく、さながら見にくき女の悩めるが如くにして、之を伊勢はじめ、源語以前の文に比せんと其拙優劣はたしていかにぞ、これ全く源語の顰に倣えるよりの弊なり、(中略)厭ふべく、忌むべく、笑ふべく、歎くべき、無気、無力、優柔懦弱の文を書きつづり、おもへらくこれ源語の文に模するなり、式部が筆に倣へるなりと、竟に之をもて我が国文の本体とさへなすに至れるなり、

『源氏物語』の文体の女性性、ジェンダー区分に関わるこうした非難は、日清戦争前夜の軍国主義の熱気のなかで拍車がかかったわけだが、(8) すでに坪内逍遥の『小説神髄』の中でも、『源氏物語』の柔弱な文体の特徴については言及されていた。『小説神髄』下巻の「文体論」では、小説に使われてきた文体を「雅文体」「俗文体」「雅俗折衷文体」に分類した上で、「雅文体はすなわち倭文なり」とする。柔弱な「雅文体」は、「其質優柔にして閑雅」であるものの、「激切の感情、豪放の挙動」を写し出すことは難しいとする。

さらに『源氏物語』を、「概ね藤原氏が摂政せし文弱婬靡の中古の世に婦人連の手になりたる閑暇の著述に外なら

ねば、その文章の気力なきもまた怪しむには足らざるなり」と気力なき「雅文体」の典型と位置づけている。(9) そして、「仮令紫女の大筆をもてするといふとも、我が文明の情態を彼の純粋なる倭文をもて写しいださむはかたかるべし」と、偉大な紫式部でさえも、その純粋な和文をもって現在の文明の状況を写すことは困難であり、写実小説の文体にも改良が必要だと説くのである。

明治期の国文学史教科書の嚆矢というべき三上参次・高津鍬三郎『日本文学史』(一八九〇)でも、『源氏物語』は写実から理想の域に達した小説と評価されながら、「此種の文体一般の弱点なるが上に、特に婦人の手になりしものなれば、到底之を掩ふこと能はざるべし」と、逍遥と同様に、その文体への不満が開陳されている。

このようにして『源氏物語』が国民文学として一定の評価を受けるためには、内容ばかりでなく、文体の女性性に関する批判もかわす必要があったわけである。とくに明治三十年代後半、日露戦争前後から、軍国主義的な思潮が盛んとなり、武士道が称揚され、女々しい文学として源氏蔑視が高まる時期で、国文学者たちは『源氏物語』の名誉回復に必死だった。文体の女性性への批判も高まるが、その点は、近代初の現代語訳というべき与謝野晶子の『新譯源氏物語』(金尾文淵堂、一九一二―一三、以下『新訳』)が、当時、急速に浸透してきた口語体(言文一致体)を基調に訳されたこととも密接に関わっている。

口語体(言文一致体)の選択は晶子にとっても、果敢な挑戦であった。というのも、それまでの晶子は、歌人としても、物書きとしても、むしろ雅文体(文語体)を駆使していたからである。『源氏物語』の雅文体による訳には、すでに増田于信の『新編紫史』(一八八八―一九〇四)もあり、晶子にとっても、こうした路線を継承する方がはるかに容易であったと推測される。

そもそも晶子と『源氏物語』との出会いは、家業を手伝う傍ら、父親や祖母が読んで蔵にあった『絵入源氏物語』

を十一、二歳から二十歳まで愛読したことに始まる。それゆえか、晶子は近代日本における紫式部の直弟子、あるいは紫式部の生まれ変わりのような自負をもっていたらしい。さらに短歌を詠むようになった晶子にとって、『源氏物語』の世界は詠歌のかけがえのないよりどころとしてあったことは、想像にかたくない。中世以来の「歌人の必読書」としてあった『源氏物語』の価値が、歌人晶子のなかでも早くから反芻されていた(10)。

さて『新訳』の訳業に取りかかる以前の明治四十二年(一九〇九)九月に、小林天眠(政治)から百カ月執筆の『源氏物語』の訳の依頼があり、のちに幻の「源氏物語講義」といわれる仕事であるが、晶子はその執筆を開始している。この仕事は、結果からいえば、大正十二年(一九二三)の関東大震災で灰燼に帰すのである。もっとも晶子が天眠に後から差し替えを頼み、それが果たされぬままに残された草稿が、わずかに一葉だけあり、神野藤昭夫氏により紹介されている(11)。そこから類推すれば、「源氏物語講義」の内容は、雅文体(文語体)による丁寧な注釈と逐語訳から成っていた。つまり、晶子にとって最初の選択は、やはり雅文体(文語体)による源氏訳と推測されるのである。

ところが、晶子は「源氏物語講義」を一年半ほど執筆した後に、金尾文淵堂の主人、金尾種次郎の依頼を受けて、『新訳』の仕事に着手する。『新訳』の刊行にあたっては、『東京朝日新聞』(一九一二年二月十三日、第一面)に広告が出されたが、そこでは「古典の精神をかみわけて言文一致に訳すことは西欧文学の翻訳よりも困難なる大事業」とされ、晶子は「此困難を切抜けて見事に成功した」と褒め称えられている。つまり、晶子にとって馴染んだ雅文体(文語体)ではなく、それは言文一致体という新しい文体へのチャレンジだったのである(12)。

当時、晶子や『明星』(一九〇八年に終刊)グループも、短歌というジャンルと美文の文語体では低迷期を迎えており、その失地挽回の策として、『源氏物語』の言文一致体による現代語訳が試みられたのである(13)。「源氏物語講義」の文語体は和歌や古典を愛好するグループに馴染むものであるに対して、当時、急速に浸透してきた口語体(言文一致体)は、男性知識人を含めて、より広い読者共同体に受容される可能性があったための採用であった。当時、自然主義の男性作家が盛んに言文一致体で小説を発表していた点や、夏目漱石や森鷗外も言文一致体を採用し始めていたことも思い合せられるのである。

言文一致体は、女性的な雅文体に馴染んでいた晶子にとって、少なくとも男装の文体ということは許されるだろう。『新訳』の中巻は、晶子が夫を追って渡欧したため、森鷗外がその校正を一手に引き受けるという、献身的な協力によって刊行に漕ぎ着けた。晶子の訪欧という切羽詰まった理由があったにせよ、晶子が新境地を拓こうとした男装文体である言文一致体であっただけに、森鷗外が校正者として適任であったという事情をそれはよく示しているのではないか。

『新訳』の跋文でも晶子自身、「原著の精神を現代語の楽器に浮き出させようと努めた」「必ずしも原著者の表現法を襲はず、必ずしも逐語訳の法に由らず、原著の精神を我物として訳者の自由訳」を試みたと語っている。『源氏物語』の精神を生かすことに腐心し、原典の女性的な典麗な文体からむしろ離れることで、中村明香のように文章の柔弱さをあげつらう非難をかわそうとしたのである。晶子自身、『源氏物語』を女々しく古めかしい物語ではなく、近代国家の国民が必ず読むべき教養書と捉えていた。

晶子の『新訳』と次の逐語訳である『新新譯源氏物語』（一九三八―三九、以下『新新訳』）、そして谷崎の訳を比べたものでは、英文学者の日高八郎が「（晶子の後の）新新訳源氏にも谷崎源氏にもみられない男性的な彼女の源氏を珍重し敬重したいのである」という批評が、『新訳』の男装文体について的を射た批評といえよう(14)。戦後、中村真一郎氏も、与謝野の『新新訳』の解説で、「与謝野訳の日本語は森鷗外などの系統の現代語で、それは感情的ニュアンスの表白に便利な和文系ではなく、西欧語の論理的思考と漢文の簡潔さとを融合させて作りあげた新しい口語体である。」

と述べているが、[15] それは『新新訳』のみならず、『新訳』についても的を射た評言となっている。なお、ここで与謝野源氏が「小説」とされる理由は、『源氏物語』が女の語り手による語りを建前とするのに対して、語り手を設定せずに、書き手と読み手の関係を、小説の作者と読者の関係に置き換えたことにも由来している。さらに「官吏」「役所」「一夫一妻」「恋愛結婚」など明治以降の造語を織りまぜているのである。[16] つまり晶子にとって、『源氏物語』の近代化とは、その精神は生かしつつも、古風な女語りの文体から距離をおき、あたかも西洋の翻訳小説のように言文一致体で翻訳し、モダンな「小説」としての装いを強化することだった。特に『新訳』は、明治の終わりから大正にかけて刊行されたこともあって、文章も挿絵も自由で都会的で華やかな雰囲気の大正ロマンのまさに先駆けともなったのである。

三　谷崎源氏の雅文体回帰

さて与謝野と並んで、『源氏物語』の初期の現代語訳として定評のある『潤一郎譯源氏物語』(中央公論社、一九三九—四一、以下『旧訳』)を出版した谷崎潤一郎の場合はどうであったか。

同じく中村真一郎氏が、谷崎源氏について「作者自身の陰翳美学によって、現代語で可能なかぎり、原文の曲折を追おうとしており、それは与謝野訳とは正反対の行き方である。つまり、谷崎訳は王朝物語として『源氏物語』を再現しようと努力している」[17] と評したように、その訳文は丁寧語と敬語を駆使した息の長い文章である。文体のジェンダーでいえば、女性的で流麗な雅文体を取り入れ、関西の女語りを意識し、与謝野源氏のアンチテーゼに位置する。

しかし、晶子の『新新訳』とほぼ同時期に刊行された『旧訳』が、なぜ晶子とは逆に口語体(言文一致体)に雅文体を織り交ぜていくのか、また女の語り手を捨てた晶子と逆になぜ関西の女性語りを意識するのか、その理由を探るには、『旧訳』から遡って、谷崎の『文章讀本』(一九三四)の言説を振り返っておく必要がある。

谷崎は『文章讀本』の中で、須磨巻のアーサー・ウェイリーの英訳を引用し、ウェイリー訳を近頃、名訳の誉れがあるというが、英語にするといかに言葉数が多くなるか、英文には原文にない言葉がたくさん補ってあると述べている。そこで谷崎は、ウェイリー訳が右のような長文になる理由について分析し、西洋語の特徴を摂取しすぎた日本の翻訳調の文体、いわゆる「現代口語文体」そのものへの不満をも開陳しているのである。

全然構造を異にする国語の文章に彼等のおしやべりな云ひ方(西洋語)を取り入れることは、酒を盛る器に飯を盛るやうなものであります。然るに現代の人々は深く此の事実に留意しないで、兎角言葉を濫費する癖があります。彼等の書く文章は、孰方かと云ふと、古典文よりは翻訳文の方に近い。小説家、評論家、新聞記者等、文筆を業とする人の文章ほど、尚さう云ふ傾きがある。(18)

そして、そもそも日本語には、西洋語のような確固とした文法がないのであり、そのように「言語学的に全く系統を異にする」「永久に踰《こ》ゆべからざる垣」がある以上、むしろ日本語が西洋語を取り入れすぎた混乱を今日、整理することのほうが急務とまで言い切るのである。

谷崎は『文章讀本』で、日本語の文章が「和文脈」と「漢文脈」に分けられることを指摘している。さらに、それを言い換えて、「朦朧派と明晰派」「流麗派と質実派」「女性派と男性派」、そして手っとり早くいえば、「源氏物語派と非源氏物語派」であるとし、前者に軍配を上げている。そして翻訳体である現代口語文体を改めて、伝統的な語法を復活すれば、日本語の特性が活きてくると力説するのである。

また、女性の社会進出に伴ったジェンダー意識の変化にも眉をひそめる谷崎は、近頃の女子の言葉が男子と区別がないことに不満をもらしている。

男女平等と云ふのは、女を男にしてしまふ意味でない以上、又日本文には作者の性を区別する方法が備はつてゐる以上、女の書く物には女らしい優しさが欲しいのでありまして、(中略)で、さうするのには、女子はなるべく講義体の文体を用ひない方がよいのであります。

さらに、女性は私信や日記はもとより、実用文・感想文・論文・創作にも、女らしい書き方をしたらどうかと提案し、引き合いに『源氏物語』を持ち出すのである。

かの源氏物語は一種の写実小説であるにも拘らず、作者は貴人のことを書く時は地の文に於いても敬語を使つてをりまして、必ずしも科学者的な冷静さを保つてはをりませんが、そのために芸術的価値が減じてもゐず、さすがに女性の手に成つたらしい優雅な気分が出てをります。さうして又、あれが当時の「口でしやべる通りの文体」で書かれてゐることも、一考を要する所であります。

ここでは、まさに逍遥の『小説神髄』の言説を踏まえながら、女性性のジェンダーバイアスのかかった文体を称揚し、その手本が『源氏物語』であると位置づけているのである。

以上のような谷崎の意識をたどる時、彼がめざしたところの『源氏物語』の訳が、ウェイリー訳を規範としないことや、晶子訳のような翻訳調の現代口語文体を規範としないこともおのずと明らかであろう。実際、谷崎の理想とした『源氏物語』の口語訳とは、どのようなものであったのか。『文章讀本』では、『源氏物語』の長い原文のなだらかな調子を失わないことをモットーに、ウェイリー訳の引用で取り上げた須磨巻の一節について試訳を示している。

そこで谷崎は、現代口語文体でも工夫すれば、文章のつなぎ目がぼかされて、原文の流麗さを活かすことができ、長い文章を書くことも、決して不可能ではないというのである。谷崎は続けて、同じ条を、通常の現代口語文体で訳すと、敬語が省かれ、センテンスに主格を入れて、終りを「た」止めにした、輪郭のはっきりした三つのセンテンスになることを指摘している。谷崎は与謝野の名こそ出してはいないが、そうした現代口語文体の訳が、与謝野の『新訳』や『新新訳』の文体に近いことは言わずもがなであろう。谷崎はそれでは『源氏物語』の雅文体の良さは掬えないと批判しているのである。

敬語を省かず、主語を無理に入れず、短文に分解することなく、原文のなだらかな調子を生かすこと、須磨巻の試訳で示したその方針は、そのまま『旧訳』の仕事に受け継がれていく。『文章讀本』を出す前年の一九三三年頃に、谷崎は、中央公論社社長の嶋中雄作からの提案を受け、一九三五年九月から『旧訳』の仕事に取りかかったからである。

谷崎は『文章讀本』で、現代の口語文体には、西洋風な翻訳文体が入り込みすぎ乱れてきており、雅文体、とくに『源氏物語』の切れ目も主語もない、曖昧にぼかされた流麗な文体の格調の高さを再発見し、それを採り入れた新たな口語文体を作り上げることの必要性を説いていた。ここで重要なのは、谷崎が、単に『源氏物語』という古典を当時の口語に移し変えるという発想ではなく、英語のウェイリー訳、あるいは現代口語文体の特徴さながらの与謝野訳を意識しつつも、そこから袂を分かち、みずから理想とする日本語の文体を『旧訳』の中で練り上げ、実現するといった志向をもっていたことである。

『旧訳』の訳文は、諸訳を参照した上で、さらに山田孝雄博士の厳しい校閲を受けている。また戦後の『潤一郎新譯源氏物語』(中央公論社、一九五一―五四)の序で谷崎は、『旧訳』では原文の簡潔さを訳し切れなかったことや、講義口調や翻訳口調が抜け切れていないことも反省している。しかし、それ以前に、ウェイリー訳とも与謝野訳とも違った『旧訳』の必要性や価値を、谷崎自身は自負していたと思われるのである。

谷崎の『旧訳』については、従来、藤壺との穏当でない秘事の記述を時局柄、削除したり朧化を余儀なくされたこと[19]や、山田孝雄の厳しい校閲を受けた経緯が注目されてきた。[20]それはそれで重要な問題ではあるが、谷崎にとって『旧訳』とは、平安という異時空のことばである雅文体から近代日本語を捉え直して、これまでと次元を異にする新たな文体を生み出すための実験的な場であったことを、忘れてはならないだろう。『源氏物語』という著名な古典を文学的に訳出するという意義にとどまらず、それは谷崎にとっての理想の口語文体を体現する営為にほかならなかったのである。[21]

文体のジェンダーでいえば、晶子が、言文一致体と近代小説としての体裁で男装したのに対して、谷崎は関西の女語りを意識した過剰なまでの女装文体を選ぶことで、あるべき日本語の旗手を目指したということなのである。[22]

四　橋本源氏の挑戦

谷崎は戦後、藤壺との秘事をはじめ『旧訳』でカットされた部分を復活させた『新訳』、さらに旧仮名遣いや旧漢字を改めた『新々訳』(『潤一郎新々訳源氏物語』一九六四―六五)を世に問い、国民的作家の地位を確固たるものにしていく。

それに続いたのが、円地文子による現代語訳(一九七二―七三)や、田辺聖子の『新源氏物語』(一九七八―七九)、橋本治による『窯変　源氏物語』一四巻(一九九一―九三。以下『窯変』)、瀬戸内寂聴の平成訳(一九九六―九八)である。逐語訳の完訳である円地訳と瀬戸内訳、自由翻訳ともいうべき田辺訳と橋本訳、それぞれについて語るべきことは多いが、以下、平成の橋本訳と瀬戸内訳を中心に見ていくことにする。

橋本訳は、正編が主人公光源氏による一人称語りであることが特徴だが、そこには二つのレベルの問題が関わっていた。一つは谷崎がこだわったような女の語り手を男性にジェンダーチェンジした点、もう一つは英文翻訳体による華麗な書き言葉の復権をめざした点である。橋本に拠れば、両者は密接に関わっているという。[23]『源氏物語』を王朝物語として訳すのではなく、現代の文学として訳すことを選択し、しかも話し言葉でなく書き言葉で訳すことを選んだ場合は、光源氏を千年前の近代人にするほかなかったのである。文体としては英文翻訳体を選び、「私は」という主語を多く入れ、短文に時に長文を織りまぜ、一定のリズムを作り出そうとした。[24]

橋本自身は訳につまった時は、谷崎源氏を参照したともいうが、『窯変』の文体の選択では、むしろ与謝野源氏が近代の小説として『源氏物語』を訳したスタンスに近いものがある。『源氏物語』を王朝物語としてではなく、現代の小説として甦らそうとした意図は、『窯変　源氏物語』の装画を、王朝風の絵画ではなく、おおくぼひさこによる白黒写真にしたことにも表れている。たとえば桐壺巻の最初の写真は、黒いベールだけをまとった五人の女性のマネキンに囲まれ中心に金髪の幼児が座っている姿である。金髪の幼児が光源氏を、五人の黒衣マネキンが宮中の女性たちを思わせ、『窯変』がまさに〈王朝〉や〈日本〉というレッテルづけを拒んでいることを明らかにする。[25]橋本が日本の王朝小説ではなく、世界文学として『源氏物語』を訳出しようとしたことは、次のような言葉にも表れている。

だから、「装丁はどうしましょう?」と問われて、私は即座に「フランソワーズ・サガンの書いた〝源氏物語〟という小説の翻訳があるとして、その小説にふさわしい装丁」という、とんでもないことを言いました。現代人にとって、源氏物語という小説は、まずそういうものなのではないかと思ったからです。（中略）

「これを映画にするとしたら、まず第一に白黒のフランス映画……」ということを考えた私は、「ああ、光源氏はジェラール・フィリップで」という、とんでもないところから、自分の源氏物語をスタートさせました。[26]

『窯変』は、『源氏物語』を、あたかも白黒のフランス映画であるかのようにイメージするところから始まったという。『窯変』の意義の一つは、光源氏の一人称語りに翻訳の直訳体をあえて選んで、外国の翻訳に対する日本語訳の優位性といったものを転倒した点にある。橋本治には、翻訳の文体のスタイルをむしろ率先してとることによって、『源氏物語』を日本の古典として現代に再生するのではなく、世界文学として現代に再生するという意識があり、その点が異彩を放っている。日本の古典から世界の古典へ、ならばそれにふさわしい翻訳文体へという発想の転換に、新しい現代語訳の可能性の一つが示されていると感じるのは、私一人だろうか。

五　瀬戸内源氏のメディア・ミックス戦略——女の声による朗読

一方、もう一つの平成の訳である瀬戸内源氏は、橋本源氏とはさまざまな意味で対照的である。瀬戸内訳は、瀬戸内自身が中学生の国語力でもわかる訳を目指したと語るように、まずその平易さに第一の特徴がある。十三歳の時、与謝野源氏(おそらく『新訳』であろう)を徳島の女学校の図書館で読破したという瀬戸内は、しかし訳の文体としては、与謝野源氏のような文末が「た」止めの小説文体を採用しなかった。桐壺巻から、むしろ谷崎源氏を継承するかのような丁寧な文体(「です」「ます」「ました」)を採用し、物語を語っている女房の存在を意識させるのである。しかし王朝の物語として訳出するという方向性は同じでも、谷崎のような切れ目のない長文の訳とは違い、瀬戸内訳は短く文章を区切って訳し、改行をほどこし、読みやすさを追求している。(27)とはいえ、原典で語り手の存在を意識させず登場人物の心理に肉薄した部分も、すべて語り手による説明に還元しているために平板化し、かえって語りの現前性や躍動感が削がれたという批判もある。(28)

もっとも、それまでの訳より瀬戸内源氏が傑出していたのは、出版不況といわれた市場への浸透の仕方の巧みさであった。瀬戸内訳の函・表紙・口絵を飾ったのは、国宝の「源氏物語絵巻」の意匠を石踊達哉が現代に華麗な色彩で蘇らせた「いま源氏物語絵巻」ともいうべき装画であり、本じたいも従来の訳本に比べて厚く大きめである。円地訳や田辺訳の『新源氏物語』が小型でシンプルな装丁の廉価版をめざしたのに対し、瀬戸内訳は豪華本で、当初から従来の訳本を圧倒する現代語訳の正典の座を狙って作られたといえる。それは戦前の谷崎の『旧訳』が巻ごとに地模様を変えるという凝った料紙のような紙に刷られ、戦後の『新訳』もそれを継承して地模様や題簽の装丁を前田青邨が担当したという凝り方に通じるものがある。谷崎源氏も繰り返されるイメージ戦略により、『源氏物語』の消費モデルを形成し、大量消費時代を先駆けたとされるが[29]、まさに瀬戸内源氏もその路線を継承し、それを超える形で拡大路線を走ったともいえよう。そもそも谷崎によって『源氏物語』の現代語訳が作家の仕事の集大成となり、国民的な作家になる確実な方途になるという通念が確立したが、瀬戸内源氏の場合は、最初から国民作家の道を目指してなされた訳業であり、その点も谷崎に学んだというべきであろう。

瀬戸内源氏は完成以前から、すでに瀬戸内自身がテレビ・新聞・雑誌とあらゆるメディアに機会を捉えて登場することで、その宣伝に拍車をかけていた。ミリオンセラーとなったのは、さまざまな付加価値をつけ、講演会や展覧会や朗読会といったイベントを精力的に開くことにより、直接販売する機会を作るという、まさにメディア・ミックス戦略により達成された。

そのメディア・ミックス戦略の中でも、予想を超えた聴覚に訴える企画の好評に注目してみたい。銀座の博品館劇場を舞台とした有名女優による瀬戸内訳の朗読会は、一九九九年五月から源氏千年紀に至る連続公演となった。この朗読会は、美しい装いに身を包んだ女優や朗読の専門家が、華やいだ舞台でスポットライトを浴びて朗読するもので、必ずしもラジオからの朗読のような聴覚ばかりでなく、視覚的な美も堪能する企画ではあったが、瀬戸内自身も驚いたように、予想外の好評を博し継続するものになったらしい。この朗読会について、瀬戸内と幸田弘子が種明かしのような座談会もしていて、(30) それに拠れば、現代語訳の前に書かれた『女人源氏物語』はそもそも幸田弘子が朗読できる『源氏物語』をと瀬戸内にリクエストし、澪標巻の六条御息所を中心とした物語が書かれ、好評だったのが切っ掛けであった。瀬戸内訳の女房の語り手の介在を強調した文体も、訳す際にスタッフの若い女性に読ませて、読みにくいところは手直ししたという。まさに音読を意識した、読みやすいテキストとして完成させたわけで、そこに朗読会が開かれる必然性もあったのである。

朗読会に続いて、二〇〇〇年には『オーディオ・ドラマ源氏物語』も発売された。オーディオ・ドラマも、瀬戸内源氏をベースとした脚本だが、朗読のように一つの声で進められていくのではなく、三田佳子が語り手の紫式部となり、登場人物をそれぞれ別の俳優が担当して、『源氏物語』を同時に複数の声によって味わうという企画である。

オーディオ・ドラマの宣伝の謳い文句には、「千年前の物語は、すべて黙読ではなく、声に出して読まれていた。このオーディオ・源氏が、現代の荒々しい世相の中で千年前の優雅な王朝への夢のかけ橋となって、傷つき痛んだ現代の私たちの心の癒しになってくれることを願うばかりである。」とある。そこでは、千年前の物語は音読されていたから、『源氏物語』は音読して耳から聞くことこそ本来の正しい享受のあり方であるという起源を歴史的に透かし見て、現代の朗読やオーディオ・ドラマに転生する正当性を主張しようとしている。さらに、平安の優雅な王朝と現代の荒々しい世相が二項対立的に捉えられ、現代をタイムスリップして心を癒すための媒体として、耳から聴く『源氏物語』の存在価値が唱えられている。

一人の声による朗読を好むか、それとも複数の声によるオーディオ・ドラマを好むか、いずれにしても耳から聴く

『源氏物語』こそ、千年前に戻った本来の由緒正しい享受のあり方であるという言説がそこにある。千年も昔の『源氏物語』の時代でさえも、耳からの享受を保証されていたのは上層の姫君クラスであり、仕える女房層では黙読が主流であったことは、平安物語通の人間ならば誰しも思うところであろう。まして『源氏物語』のような複雑な物語の享受が、成立当時でさえも音読だけによって支えられたことはありえないとは容易に想像がつく。しかし、黙読された可能性は顧みられないままに、「すべて黙読ではなく、声に出して読まれていた」と、女房語りの声の物語である『源氏物語』が幻想され、その復権が唱えられているかのようである。

六　おわりに

以上、述べてきたところを要すれば、『源氏物語』が国民文学として受容される上で、好色乱倫という評価をいかにかわすか、国文学の側から常に意識され、そこには近代的なジェンダー規範にもとづく性道徳観が深く関わっていた。紫式部や紫の上を貞女として理想化する言説もそこに由来している。また『源氏物語』の文体について、「女々しさ」への非難があり、特に日露戦争前後の軍国主義の思潮下で、源氏蔑視が高まり、国文学者たちはその名誉回復に必死だった。近代初の現代語訳である『新訳』で、与謝野晶子がそれまで馴染んだ雅文体ではなく、言文一致体を基調に訳したことも、そのことに密接に関わっている。晶子が狙ったのは、『源氏物語』の精神は生かしつつも、古風な女語りの文体から距離をおいて、西洋の翻訳小説のように言文一致体で翻訳し、モダンな小説としての装いを強化することだった。

一方、谷崎潤一郎の『旧訳』は、女性的で流麗な雅文体を取り入れ、関西の女語りを意識したという点で、与謝野源氏のアンチテーゼに位置する。文体のジェンダーでいえば、晶子が言文一致体と近代小説としての体裁で男装したのに対して、谷崎は過剰なまでの女装文体を選ぶことで、王朝物語を再創造し、理想の日本語を求めたといえる。語りや文体のジェンダーに注目するならば、平成の訳である橋本治の『窯変』や瀬戸内寂聴訳の『源氏物語』もそれぞれに特徴を見せている。橋本は光源氏に近代の男性性を投入し一人称語りをさせ、英文翻訳体による華麗な書き言葉の復権をめざした。『源氏物語』を王朝物語ではなく現代の文学として訳すことを選択し、しかも書き言葉で訳すことを選んだ場合、光源氏を千年前の近代人にするほかなかったのである。

他方、瀬戸内源氏は、橋本源氏とはさまざまな意味で対照的であり、桐壺巻から、むしろ谷崎源氏を継承するかのような女語り、しかし格段に平易な文体を採用し、物語を語っている女房の存在を前景化する。訳す際にスタッフの若い女性に読ませて、読みにくいところは手直しするなど、まさに音読を意識した、読みやすいテキストとしての創作であり、女の声による朗読会が盛んに開かれた所以でもある。(31)

最後に個人的な体験をひとつ記しておきたい。二〇〇八年の源氏千年紀も終わろうとする頃、とある学会で『源氏物語』を特集したシンポジウムがあり、筆者もパネラーの一人として報告する機会を得た。「東アジアの光源氏」と題した報告は、紫式部が男性顔負けの漢籍の教養をもち、夫や父を介して対外関係史にも通じていたという前提で、『源氏物語』と国風文化の再検討を試みたが、近代文学の研究者から谷崎源氏を根拠に、『源氏物語』の女性イメージをもっと強調するべきでは、という意見をいただいた。(32)「国風文化、女性の言葉、女性中心の『源氏物語』の世界観が日本文化の本質ではないかという谷崎の主張に共感する」という主旨であった。筆者はそれを聞きながら、『源氏物語』における近代の一受容相が、『源氏物語』ひいては日本文化の本質にすり替わる瞬間にまさに立ち会ったという思いであった。

成立してから一千年以上も経た難解な原文では読む人口も限られ、いきおい近現代の現代語訳が『源氏物語』のイメージを決定づけて、流通しがちである。『源氏物語』の現代語訳を読む場合、ジェンダー視点からいえば、その訳の選択した文体の戦略とそれぞれの偏差を意識する必要があるだろう。

そもそも与謝野、谷崎、橋本、瀬戸内の現代語訳の比較といえば、従来、表面的な特徴を明らかにすることに関心が注がれがちであった。たとえば長文をどう処理しているか、主語を明確にしているか、敬語をどこまで残すか、和歌をどう訳出するか、といった問題である。しかし、ジェンダー視点を介在させることで、それぞれの訳の創造の戦略や成立した時代の文化的背景までも浮かび上がるのではないか。もとより総花的な考察に終始し、個々の訳については断片的な言及にとどまった感もあるが、残された課題、特に与謝野源氏と谷崎源氏については次章以下にゆずりたい。

(1)　三谷邦明「明治期の源氏物語研究」(『解釈と鑑賞』一九八三・七)。
(2)　品田悦一『万葉集の発明』(新曜社、二〇〇一)。
(3)　小谷野敦「『源氏物語』批判史序説」(『文学』二〇〇三・一)。
(4)　『小説神髄』の引用は、『日本近代文学大系3　坪内逍遥集』(角川書店、一九七四)に拠るが、「すこぶる猥褻なりしも」の条については、初版本の表記に拠る。
(5)　鈴木登美「日本文学と世界文学――『源氏物語』と近代日本」(『講座源氏物語研究11　海外における源氏物語』おうふう、二〇〇八)。
(6)　河添房江『源氏物語時空論』(東京大学出版会、二〇〇五)。
(7)　ゲイ・ローリー「国家アイデンティティーとカノン形成」(『日本近代文学』第71集、二〇〇四・一〇)。
(8)　三田村雅子「〈記憶〉の中の源氏物語(37)いくさの日々に」(『新潮』二〇〇七・九、『記憶の中の源氏物語』新潮社、二〇〇八に所収)。
(9)坪内逍遥の『源氏物語』の文体評はさらに複雑で、平安貴族の通常の俗語によるものであり、当時の言文一致の日常口語で描いたとするものの、文体の範疇としては、柔弱な「雅文体」に属するとするのである。
(10)(5)に同じ。
(11)神野藤昭夫『与謝野晶子の新訳源氏物語』解説(角川書店、二〇〇一)。
(12)関礼子『一葉以後の女性表現　文体・メディア・ジェンダー』(翰林書房、二〇〇三)。
(13)もっとも『新訳』は言文一致体を基調としつつ、それだけでは片づけられないような、多様な文体を駆使しており、その晶子の戦略が、同じく関礼子氏による詳細な分析によって明らかにされている。たとえば『源氏物語』の和歌は、晶子の歌に詠み替えられるばかりでなく、親しみやすい会話文、ストレートな手紙文と婉曲な候文の手紙、五行詩など五つの型に大胆に訳されている。ストレートな手紙文と婉曲な候文の手紙を須磨時代の紫の上が使い分けることで、光源氏との心的距離を巧みに表したことに関氏は注目している。男装文体である言文一致体に軸足を移しつつ、女性ジェンダーの文体として周縁に位置づけられた候文も手放さずに、巧みに訳に嵌め込んだのである。
(14)日高八郎「二つの与謝野源氏」(『図書新聞』一九六三・八・二四)。
(15)中村真一郎『日本文学全集2　源氏物語　下巻』解説(河出書房新社、一九六〇)。
(16)北村結花「『源氏物語』の再生――現代語訳論――」(『文学』一九九二・一)。
(17)(15)に同じ。
(18)『文章讀本』の引用は、『谷崎潤一郎全集』第二一巻(中央公論社、一九六八)に拠る。
(19)小林正明「昭和十三年の『源氏物語』」(『國文学』一九九九・四)。
(20)西野厚志「ボロメオの結び目をほどく――新資料から見る「谷崎源氏」」(『物語研究』六号、二〇〇六・三)。
(21)(6)に同じ。
(22)鈴木登美「モダニズムと大阪の女」(『文学』二〇〇〇・九)。
(23)橋本治他「座談会　物語の論理・〈性〉の論理――『窯変源氏物語』との交感」(『源氏研究』第一号、一九九六・四)。
(24)もっとも『窯変　源氏物語』の続編では、光源氏没後の世界ということもあり、語り手は一転して紫式部となる。これも執筆当初からの予定で、正編の光源氏の語りを、紫式部の語りの劇中劇とする構想である。紫式部の語りは、原文よりも丁寧語をふやした「ございます」調の長文の連鎖である。こうした粘りのある文体の女房語りなど、橋本は文体のジェンダーの上でも実験的で挑発に満ちた試みをくり広げてみせたのである。

(25) 立石和弘「『源氏物語』の現代語訳」(立石和弘・安藤徹編『源氏文化の時空』森話社、二〇〇五)。

(26) 橋本治『源氏供養 上巻』(中央公論社、一九九三)。

(27) 北村結花「「読みやすさ」の衣をまとって——円地文子訳と瀬戸内寂聴訳——」(河添房江編『講座源氏物語研究12 源氏物語の現代語訳と翻訳』おうふう、二〇〇八)。

(28) 三田村雅子「現代語訳」(『源氏物語事典』大和書房、二〇〇二)。

(29) 立石和弘「谷崎潤一郎訳『源氏物語』の出版戦略」(河添房江編『講座源氏物語研究12 源氏物語の現代語訳と翻訳』おうふう、二〇〇八)。

(30) 瀬戸内寂聴・幸田弘子「対談 橋懸りするおんなたち 転生する源氏物語」(『ユリイカ』二〇〇二・二)。

(31) 二〇〇八年の源氏千年紀をことほぐ瀬戸内源氏の朗読会の企画もまさに百花繚乱で、全国規模の展開となった。本場の銀座博品館はもとより、読売新聞大阪主催の「源氏を語るリレー塾」のように毎回のように朗読のプログラムが入るもの、原文と瀬戸内訳の交互の朗読、『女人源氏物語』の朗読、地域の朗読愛好者による草の根的な朗読会、はては瀬戸内源氏の朗読をカルチャー教室で学ぶ講座まで、そのバリエーションも豊富であった。

(32) その詳細は、『国文学 言語と文芸』一二六号(二〇一〇・二)のシンポジウム「源氏物語をめぐって——千年後の今、どう読むか」の記録に譲りたい。

第二章　現代語訳と近代文学
——与謝野晶子と谷崎潤一郎

一　はじめに

前章では、『源氏物語』の近現代の享受について教科書・注釈書・現代語訳を中心に概観したが、本章では、『源氏物語』の近代の訳として定評のある与謝野晶子の『新譯源氏物語』(一九一二—一三、以下『新訳』)と『新新譯源氏物語』(一九三八—三九、以下『新新訳』)、谷崎潤一郎の『潤一郎譯源氏物語』(一九三九—四一、以下『旧訳』)に絞って、同時代の言説空間の拡がりや、国文学研究との関係からより詳しい分析を加えていきたい。それらの現代語訳がいかなる動機でまとめられたかについては、従来の研究に加えて、当時、日本に逆輸入されて世評の高かったウェイリーの英訳(一九二五—三三)を意識せざるをえなかったという、葛藤や抵抗の関係から掘り下げていきたい。また晶子の『新訳』と谷崎の『旧訳』が、言文一致体の時代にあって、新たな文体の生成をめざした点で、いかに意義深いものであったかを明らかにしたい。

それらの三つの訳は、明治から昭和初期にかけて、必ずしも広範な読者を得ていなかった『源氏物語』という難解な古典を、同時代に架橋し、読者層を拡大したという意義にとどまらなかった。晶子にとっても谷崎にとっても、現代語訳という営為は、自分の理想とする文体を編み出すための、まさに実験的な場にほかならなかったのである。また物質文化(material culture)の点からすれば、晶子の『新訳』と谷崎の『旧訳』は、美麗な装丁と挿画により、『源氏物語』の現代のビジュアル化への先駆をなしたという意義もある。

一方、晶子や谷崎に訳を依頼した出版界からいえば、少なくとも谷崎の意図とは微妙にずれながら、『源氏物語』の現代語訳をまさに国民文学として正典化する動きがあった。その意図は『旧訳』の段階で実現したとは断言できないが、それを一つのステップとして、『潤一郎新譯源氏物語』(一九五一—五四、以下『新訳』)、『潤一郎新々訳源氏物語』(一九六四—六五、以下『新々訳』)とさらに訳を重ねる過程で、『源氏物語』を国民文学として正典化し、谷崎を国民作家の位置にまつり上げるのに成功したといえる。晶子の『新新訳』も同様に、戦後は河出書房新社の文学全集に収められ、現代語訳を原文以上に正典化するのに一役買った。円地文子や瀬戸内寂聴のように、『源氏物語』の現代語訳が作家の仕事の集大成となり、国民的な作家になる確実な道であるという今日の通念はそのようにして構築されたが、その起源をここでは晶子の『新訳』からたどり見ることにしたい。なお内容上、前章と重複する部分があることを予めお断りしておく。

二 晶子の『新訳』の戦略

まずは与謝野晶子がいかにして『源氏物語』の最初の現代語訳者としての名誉を得るに至ったのか、その過程を明らかにしていきたい。そもそも晶子は、自分と『源氏物語』との浅からぬ関わりについて、「讀書、蟲干、藏書」の中で、次のように告白している。

紫式部は私の十一二歳の時からの恩師である。私は廿歳までの間に「源氏物語」を幾回通読したか知れぬ。それ程までに紫式部の文学は私を引き付けた。全く独学であつたから、私は中に人を介せずに紫式部と唯二人相対して、この女流文豪の口づから「源氏物語」を授かつた気がしてゐる。(1)

しばしば引用される有名な文章であるが、晶子は、家業を手伝う傍ら、父親や祖母が読んで蔵にあった『源氏物語』を、十一、二歳から二十歳まで愛読したらしい。それ故か、晶子は近代日本における紫式部の直弟子、あるいは紫式部の生まれ変わりのような自負をいだくに至ったのである。

さらに短歌を詠むようになった晶子にとって、詠歌のかけがえのない拠り所、典拠として『源氏物語』の世界があったことは、想像に難くない。晶子が『源氏物語』からいかに歌心を養い詠歌したか、源氏引用ともいうべきその短歌の諸相については、先学の研究に詳しい。(2)ともかくも歌人として出発した晶子にとって、最初、『源氏物語』は、ハルオ・シラネのいうところの作者的カノン(散文や詩歌を書くためのモデルを与えるテクスト)(3)として重く位置したことを強調しておきたい。中世以来の「歌人の必読書」としてあった『源氏物語』の価値が、歌人晶子のなかでも反復されていたのである。

やがて晶子は、『新訳』と『新新訳』という二つの現代語訳を後世に残すことになるが、しかしその仕事は、むしろ『源氏物語』を読者的カノン(道徳的、宗教的、社会的ないし政治的な教育を主な目的として読まれたテクスト)として世に押し出す営為にほかならなかった。

晶子はそのほかにも講義や講演、小説や評論など生涯にわたり、多岐にわたって『源氏物語』についての啓蒙活動を行っている。その活動は二つの訳の成立に緊密に関わるので、ここで晶子の源氏学の流れを簡単な年譜により概観しておきたい。

明治三七年(一九〇四)五月―九月　新詩社での源氏物語の講義(『明星』の社告より)。

明治四〇年(一九〇七)六月―九月 閨秀文学会での講義(成美女学校)。
明治四二年(一九〇九)四月 毎週二回 自宅での源氏物語の講義。
九月 小林天眠(政治)より、百カ月執筆の「源氏物語」の訳の依頼があり、承諾。毎月二〇円(のちに五〇円)の原稿料を受け取る。「源氏物語講義」執筆の開始。
明治四四年(一九一一)一月 金尾文淵堂の社主金尾種次郎より依頼を受け、新訳の執筆にとりかかる。
一〇月 小説「源氏玉かづら」をPR誌『三越』に発表。
一一月 鉄幹、渡欧。
明治四五年(一九一二)(晶子三四歳)
一月 小説「源氏関屋」を『スバル』に発表。
二月 『新訳』上巻(金尾文淵堂)刊行。
五月 「『源氏物語』に現れたる人々」(『新潮』)。
晶子、鉄幹を追って渡欧。
六月 晶子、『新訳』をロダンとレニエに見せる。
『新訳』中巻(金尾文淵堂)刊行。
九月 帰国の途につく。
大正二年(一九一三) 八月 『新訳』下巻の一、刊行。
一一月 『新訳』下巻の二、刊行。
大正五年(一九一六) 七月 『新訳紫式部日記・新訳和泉式部日記』(金尾文淵堂)刊行。

大正一一年(一九二二)一月　「源氏物語礼讃」(翌年、歌帖に仕立て頒布)。

大正一二年(一九二三)一〇月　関東大震災で「源氏物語講義」の原稿、数千枚を失う。

大正一四年(一九二五)一〇月　夫寛・正宗敦夫との共編で『日本古典文学全集』を刊行開始。

大正一五年(一九二六)二月　『新訳』(二冊)の豪華本を大燈閣より刊行。

　　　　　　　　　　四月　『新訳』(二冊)の新装本を金尾文淵堂より刊行。

昭和三年(一九二八)　一―二月　「紫式部新考(上)(下)」(『太陽』)。

昭和七年(一九三二)　二月　『源氏物語　中』(「現代語訳　国文学全集」五)。

　　　　　　　　　　この頃より、『新新訳』の志をいだく。

昭和一三年(一九三八)一〇月　『新新訳』(六巻)(金尾文淵堂)の刊行はじまる。

昭和一四年(一九三九)九月　『新新訳』(六巻)の刊行完了。

　　　　　　　　　　一〇月　完成祝賀会が開かれる。

昭和一七年(一九四二)五月　逝去。(4)


まずは、『新訳』から見ていきたいが、この年譜で言えば、晶子はすでに明治三十七年(一九〇四)から新詩社で、明治四十年(一九〇七)の閨秀文学会(成美女学校)、そして明治四十二年(一九〇九)の自宅と、三度の『源氏物語』の講義を経験していた。この時の晶子や夫与謝野鉄幹の他の講義題目から類推すれば、(5)これらの講義では明らかに、短歌を詠むための教養書として『源氏物語』を紹介していたことになろう。つまり、どちらかといえば、作者的カノンとしての講義であったことを確認しておきたい。

また明治四十二年九月には小林天眠より、百カ月執筆の『源氏物語』の訳の依頼があり、のちに幻の「源氏物語講義」といわれる仕事であるが、その執筆を開始している。天眠との間で、この仕事を注釈にするか講義にするか問題になったが、結局のところ晶子の意向で、これまでの三回の講義の経験をそのまま活かす形での「源氏物語講義」となったのである。この段階でも、晶子の執筆は、作者的カノンとして『源氏物語』の存在を知らしめるという仕事の延長としてあったというべきであろう。

さて、晶子は天眠から、月に二〇円もの原稿料の前払いを受けて、「源氏物語講義」を一年半ほど執筆した後、金尾文淵堂の主人、金尾種次郎の依頼を受けて、『新譯源氏物語』の仕事に手を染めることになる。二股をかけるように、晶子がなぜ同時進行で、二つの源氏訳を進めたか、もとより家計を支え、夫鉄幹の欧州行きの旅費を作るという、差し迫った経済的理由が大きいと従来されてきた。しかし、また「源氏物語講義」は、文語体（いわゆる雅文折衷体）による注釈と逐語訳であり、(6)『新訳』は、言文一致体の抄訳(7)という相違が、晶子をして別の仕事と認識させたという説がある。たしかに『新訳』の後書きで、「必ずしも原著者の表現法を襲はず、必ずしも逐語訳の法に由らず」とあるのは、晶子の偽らざる心境であろうが、また天眠をはじめ講義の仕事を知る人々への釈明の言葉と受け取れないこともない。

「源氏物語講義」の文語体と『新訳』の言文一致体という文体の相違は、私も重要であると考えるが、それは作者的カノン、読者的カノンのどちらに力点をおいて、『源氏物語』を押し出すか、その立場の相違をものがたっているように思われる。つまり、「講義」においては当初、作者的カノンとしての『源氏物語』に力点が置かれたのに対し、『新訳』ではより広く読者的カノンとして『源氏物語』を押し出そうとしているのである。

ここで誤解なきように言い添えれば、もとより『新訳』も、源氏取りの短歌のように、『源氏物語』を作者的カノンとした産物ではあった。『新訳』上巻と同じ年の一月に出した小説「源氏関屋」（『スバル』）は、実は『新訳』の関屋巻とほとんど同文で、出来上がった訳文を先に発表したものであった。つまり近代の紫式部である晶子は『新訳』を『源氏物語』の自在な翻訳小説として出版しつつも、結果といえば、『源氏物語』が読者的カノンとして普及することを願っていたといえよう。なぜなら「源氏物語講義」の文語体は和歌や古典を愛好するグループに馴染むものに対して、言文一致体であれば、男性を含めて、より広い読者共同体にアピールできる効果があるからである。

『新訳』の刊行にあたっては、『東京朝日新聞』明治四十五年(一九一二)二月十三日の第一面に広告があったことが、最近、関礼子氏によって紹介されている。(8) そこでは「古典の精神をかみわけて言文一致に訳すことは西欧文学の翻訳よりも困難なる大事業」であり、晶子は「此困難を切抜けて見事に成功した」と褒め称えられている。関氏によれば、当時の晶子、そして『明星』(明治四十一年に終刊)じたいも、短歌というジャンルと美文の文語体という文体で低迷期を迎えており、失地挽回の策として、『源氏物語』の言文一致体による現代語訳が試みられたというのである。

言文一致体を関氏自身も、中性的文体と言ったり、男性的文体といったり、揺れがみられるが、少なくとも晶子にとって男装の文体ということは許されよう。『新訳』の中巻は、晶子が夫を追って渡欧したため、森鷗外がその校正を一手に引き受けるという、献身的な協力によって刊行に漕ぎ着けた。つまり晶子の訪欧という切羽詰った理由があったにせよ、晶子が新境地を拓こうとした男装文体である言文一致体であっただけに、森鷗外が校正者として適任であったという事情をよく理解できる。中村真一郎氏は戦後、『新新訳』の解説で、「与謝野訳の日本語は森鷗外などの系統の現代語で、それは感情的ニュアンスの表白に便利な和文系ではなく、西欧語の論理的思考と漢文の簡潔さとを融合させて作りあげた新しい口語体である」(9) と述べているが、それは『新訳』の時点から言い得るのである。

もっとも、『新訳』は言文一致体を基調としつつ、それだけでは片づけられないような、多様な文体を駆使しており、その晶子の戦略が、同じく関氏による詳細な分析によって明らかになった。たとえば『源氏物語』の和歌は、晶子の歌に詠み替えられるばかりでなく、親しみやすい会話文、ストレートな手紙、婉曲な候文の手紙、五行詩など五つのパターンに大胆に訳されている。この『新訳』での和歌の翻訳も、『源氏物語』を作者的カノンとして世に広めるには適当ではない、大胆な訳し方であるといえよう。『源氏物語』を詠歌のための作者的カノンとして押し出すのならば、原歌のまま記すか、「源氏物語講義」のように注記をつけたり逐語訳するのが相応しいからである。『新訳』の執筆動機について、これまではその経済的理由にだけ光があてられがちであったが、晶子にとって、『新訳』は様々な文体生成を試みる場であると同時に、読者的カノンとして『源氏物語』を世に押し出そうとする転機となった仕事として、独自な意義をもつのである。

さて『新訳』上巻は、森鷗外や上田敏の序文を華々しく巻頭に掲げ、また中巻は森鷗外が校正を一手に引き受けるなど、明治の文豪たちの協力を得て刊行された。しかし、当時の古典研究者との連携となると、そこには谷崎の『旧訳』のような国文学者の協力などは見られないし、また晶子が近代国文学の成果を吸収しつつ、『新訳』の仕事を進めたという形跡もない。その点は『新訳』の後書きの「自分が源氏物語に対する在来の註釈本の総てに敬意を有つて居ないのは云ふまでもない。中にも湖月抄の如きは寧ろ原著を誤る杜撰の書だと思つて居る」に明らかである。

もっとも、「源氏物語講義」の仕事を引き受けた晶子が小林天眠に宛てた手紙では、「式部と私との間にはあらゆる注釈書の著者もなく候。只今本居宣長のみ私はみとめ居り候」(明治四十二年九月)とあるように、本居宣長だけは評価していたようである。明治三十年代には本居宣長全集が刊行され、村岡典嗣の研究もあり、遡れば、猪熊夏樹が『湖月抄』に宣長の『源氏物語玉の小櫛』を増補した『訂正増註源氏物語湖月抄』(一八九〇—九一)を刊行していた。晶子も自身の講義の準備などでそれを見る機会があったのかもしれない。もっとも、数ある註釈者のなかで、本居宣長だけを評価していたというのは、意味深長である。というのも、そこに『源氏物語』が近代に抱えるアポリアがすき見え、かつ、そこから晶子が比較的自由であったというスタンスも見えてくるからである。

三　近代国民国家の正典としてのアポリア

ここで近代の『源氏物語』評価について、ダブル・スタンダードがあったことを顧みておかねばならない。日本の国民性を明らかにする、いわゆる国民文学としての古典の価値から、『源氏物語』は早くから注目されてはいた。しかし一方で、近世の儒学者のように、好色乱倫の文学として相変わらず否定的に捉える傾向も根強かったのである。[10] この好色乱倫の文学という批判に対して、明治の国文学者たちは、本居宣長の「もののあはれ」論を持ち出すか、芳賀矢一のように、[11]『源氏物語』が平安の社会風俗を移した写実小説であるがゆえに情話中心となったという、抜け道のような解釈によって、お茶を濁すほかなかったのである。

明治四十年代になると、晶子の『新訳』と前後して、国文学者による『源氏物語』の初の口語訳である藤井紫影・佐々醒雪・笹川臨風・沼波瓊音の『新釈源氏物語』(一九一一―一四)が登場する。『新釈源氏物語』の序文を丹念に読み解いたゲイ・ローリー氏は、『源氏物語』を「新国家」の大衆読者の教化の道具とせんとする意図を明らかにしている。[12] 一方、この序文でも、好色乱倫という批評に対しては、「もののあはれ」の起源や、世界に誇る写実物語・人情小説の起源という論法により、相も変らず克服しようとしているのである。このように、国文学の側から『源氏物語』を国民性を象徴し、その理解を深めるためのカノン・テキストとして押し出す際には、好色乱倫という非難をいかにかわすかが常に意識されて、写実小説という評価は、その抜け道となっていたのである。

さて晶子自身は、源氏評価のダブル・スタンダード、そのアポリアをどう意識し、またどのように克服しようとしていたのか。先の小林天眠に宛てた手紙で、本居宣長だけを評価したという点からすれば、源氏と藤壺との「もののまぎれ」の関係を宣長流の「もののあはれ」の解釈によって克服しようとしていたのかもしれない。

そして興味ぶかいのは、『湖月抄』の遺産も近代国文学の成果も認めようとしなかった晶子が、藤岡作太郎の『国文学全史　平安朝篇』(東京開成館、一九〇五)だけには心酔しその書評まで載せている(『明星』一九〇五・一一)ことである。[13]その書評はまず、「今の世の和文家国文家と云はるゝ学者達」への批判にはじまり、しかし藤岡作太郎の新著、『国文学全史』は例外で、「この書の第一に尊きは、著者がおのれ生れ給ひし国の世々の思想と趣味とに至り深くおはすること」であると激賞する。もちろん、「世々の歌あげつらひ給ふあたりなど、わきていみじと覚ゆ」ともあるので、この書評を『明星』に載せたのは、古典和歌を学ぶための教養書としての価値からではあろう。

しかし、晶子が「著者がおのれ生れ給ひし国の世々の思想と趣味とに至り深くおはすること」と「思想」と「趣味」の二点から、『国文学全史　平安朝篇』を評価していることは興味ぶかい。[14]後年の女学生向きの講演(「女子と修養」)でも、晶子は、「わが国の思想や趣味を学ぶ」ための必読文献として、まずは『源氏物語』を挙げていることを忘れてならない。晶子にとって、「おのれ生れ給ひし国の世々の思想と趣味」を知ることが肝要であり、晶子の源氏賛美と藤岡の『国文学全史　平安朝篇』への賛美は一筋に繋がるものなのである。さらにいえば、『国文学全史　平安朝篇』も、宣長の解釈を高く評価している点、写実から理想の域に達した小説とする点、光源氏や紫の上を理想的な人物とする点など、晶子の源氏観とよく似通っている。

とはいえ、この当時の晶子の源氏観をもっとも鮮明に表しているのは、上巻が刊行された明治四十五年(一九一二)の五月に「新潮」に発表した評論「『源氏物語』に現はれたる人々」[15]ではないだろうか。この評論については従来、注目された形跡がないが、まず、その冒頭で「『源氏物語』の作者は非常な勤王家である。あの大部の一巻を挙げて、皇室の為めにあれだけの気を吐いたのは、頼山陽が『日本外史』に依つて燃ゆるが如き勤王の志を述べたよりも、遥かに健気な振舞ひであると思ふ」とまで断言している。ここには、『源氏物語』を不敬の文学とする発想は微塵もなく、勤皇の書と褒めそやしている。また、「『源氏物語』に依つて、其の時代の人情とか風俗とか云ふやうなものを考へて見る――之れは誰れでも云ふことだ。敢て珍らしいことではないが、私も思つたまゝを少しく云つて見る。」からは、人情と写実の物語の見方を継承することがうかがわれる。なお好色という評価については、評論の最後に当時の恋や結婚の実態に触れ、「それで、大変な好色と云ふのではないが、さう云ふ結婚をする結果、自分の性質《せいしつ》に合つた女に出逢はないので、これは何うか、あれは何うかと試して歩くやうになつて、自然と幾人の女にも出遭ふやうになるのだ」と弁護している。この評論によって、『源氏物語』を好色・不敬とする儒教的な評価に対して、いかに晶子が否定的な思いを抱いていたかが判明するであろう。

四　晶子の『新訳』の反響

晶子の『新訳』は、本居宣長や藤岡作太郎をわずかな例外として、『湖月抄』の遺産も近代国文学の成果も認めない地平から、みずからの感性を元に、言文一致体という男装文体に候文など多様な文体を織り交ぜるという実験的な試みをしながら、忠実な現代語訳というより、『源氏物語』の自由自在な翻訳小説をめざしたものであった。

経済的理由によるやっつけ仕事と否定的に取りなされることも多い『新訳』の意義は、当時の文体の流通や、近代国文学が押し出そうとした国民文学としての『源氏物語』のイメージとの交差から読み解くことができる。それはまた、晶子にとって、作者的カノンであった『源氏物語』を言文一致体という男装文体を基調とすることで、読者的カノンとしても、普及していこうとする試みであった。晶子の『新訳』と後の『新新訳』、そして谷崎の訳を比べたものでは、英文学者の日高八郎が「新新訳源氏にも谷崎源氏にもみられない男性的な彼女の源氏を珍重し敬重したいのである」という批評が、『新訳』の男装文体について的を射た批評といえるだろう。(16)

実際、『新訳』は、好評をもって受け入れられ、金尾種次郎の回想に拠れば、上流階級をはじめ、至るところで愛読され再版、三版と版を重ねたという。また、縮刷版の見返し裏のところに、「賜天覧賜台覧」とあるように、大正三年（一九一四）十二月に天皇・皇后（新間氏の説によれば、これは明治天皇・昭憲皇太后）に献上されたことも記されている。(17)もとよりこれは、出版元の自画自賛の面をふくむので、額面通りは受け取れないが、おおむね好評であったことは否定できないであろう。

物質文化との関わりでいえば、その好評の理由の一つに、『新訳』の挿絵が、『明星』でも絵を発表していた洋画家の中澤弘光が担当したことも挙げられる。それまでの源氏の装画といえば、梶田半古のような日本画家が担当するのが当り前だったが、(18)「中澤画伯の華麗典雅とりどりなる源氏絵巻五十四帖」と広告でも謳われたように、中澤弘光は、晶子の原稿や原文も参照しながら、和洋折衷の明るい画風によって、新境地を拓こうとしたのである。表紙の絵は、秋の石山で、中秋名月を見ながら本を持って立ち、湖を見晴らしている紫式部であった。パリで晶子が上巻二巻をロダンに謹呈したところ、その中澤画伯の挿画がロダンの感動を誘い、『新訳』の仏語訳を願ったことも、晶子にとっては名誉なことであった。

とはいえ、『新訳』の存在によって、『源氏物語』のテクストそのものが広く読まれるようになったのか、あるいは『新訳』が『源氏物語』の現代語訳のカノンの位置を手に入れたのか、そうした目論見に関していえば、いまだ達成されなかったというべきであろう。すでに時代も、『新訳』刊行の二年前に藤岡作太郎は死去し、同じ年に大逆事件が起こり、翌年の判決と刑の執行、明治天皇の死去、乃木希典の殉死と、軍国主義の足音が近づき、明治のよき時代は終焉を迎えたのである。序文で壮大希有な理想をとなえた『新釈源氏物語』にしても、明治四十四年(一九一一)に、第一巻(桐壺―花宴)が出た後、大正三年(一九一四)の第二巻(葵―澪標)の後が続かなかったのも、その作業が時代に対応しないものであり、明治期の源氏批評の終焉を象徴する出来事であったともいえよう。(19)

大正六年(一九一七)九月に『太陽』に発表した晶子の「伝統主義に満足しない理由」で、「国民の修養としては古事記の研究も結構である。それと同時に私は日本の伝統文学の中に燦然として大きく光つて居る源氏物語の思想に就て、明治以来まだ精細な研究と批評とを試みる人の無いのを遺憾とするものである」と書いている。『源氏物語』がいまだ国民の修養の書(国民文学)になりえない点を嘆くと同時に、その時期、書き進めていた自己の「源氏物語講義」が、その「精細な研究と批評」を目指すものという、ひそかな自負が込められているのであろう。(20)

しかし、そこにいくつかの不幸が折り重なって襲う。まずは、小林天眠が大正七年(一九一八)天佑社の旗揚げの記念出版として、晶子の「源氏物語講義」の出版を志していたが、間に合わなかった。さらに大正九年(一九二〇)の経済大恐慌のため天佑社は二百万近い損失を受け、晶子のいうところの「まことにおきのどくなること」となり、小林天眠も出版業から足を洗う結果となった。正編までは完成していた源氏講義の原稿出版の目処も立たなくなり、いたずらに家蔵する羽目になった。さらに、難を避けるために、その頃、晶子が奉職していた文化学院の事務所にその一千枚の原稿を置いたところ、関東大震災の火災で焼失するという不幸が追い討ちをかける。気丈な晶子もさすがにその時ばかりは慟哭したと伝えられる。

五　晶子の『新新訳』の成立事情と反響

「源氏物語講義」の原稿、一千枚が焼失した際は、もう筆を執る気力も残っていないと失意の底に沈んだ晶子が、なぜ昭和に入って、ふたたび『新新訳』の訳業にとりかかることになったのか。その理由について考えてみたい。一つには、『新新訳』の「あとがき」にあるように、『新訳』で森鷗外や上田敏の序文をもらい、中澤弘光の挿画で飾られながら、自分としては粗雑で不本意なところのある訳であったことを恥じる意識が、講義焼失の失意の時期を過ぎて、日増しに強くなっていったからなのであろう。[21]

それに加えて、昭和に入っても晶子は、『源氏物語』が読まれていないことを嘆いている。晶子は、「近日の感想」(『横濱貿易新報』一九三四・三・一八)[22]で、「古来の日本文化の再検討が徹底的であつて欲しい」と述べて、その検討材料として、『源氏物語』をはじめとする古典文学の通読から始める必要があることを説いている。それらの研究を専門学者の仕事のように思うのは間違いであり、国民が本格的教養として心がけてほしいというのである。すでに昭和七年(一九三二)から『新新訳』の作業をはじめて二年、晶子の『源氏物語』の訳業が、自身のいうところの国民の本格的教養のための書、そして日本文化の再検討の有力資料たらんことを目指したものであったことは、言うまでもない。『新新訳』の仕事でも、読者的カノンとしての『源氏物語』の重さが顧みられているのである。

その一方で、アーサー・ウェイリーの英訳(一九二五―三三)が日本に逆輸入され、文壇や知識階級などでは原作以上の高い評価を得ることになるという、晶子にとっては不測の事態も起こっていた。ウェイリー訳については、発表当初は国内でも褒貶相半ばしたが、それを熱狂的に迎え入れたものとして、正宗白鳥の激賞が名高い。正宗白鳥は、

「我ながら不思議に堪へないのは、ウエレー氏の"The Tale of Genji"が面白くって、紫式部の『源氏物語』が相変らず左程面白く思われないことである。」といい、「翻訳も侮り難いもので、死せるが如き原作を活き返らせることもあるものだと、私は感じた」とする(23)。そのようにウェイリー訳の評価は次第に浸透し、後年、ウェイリー訳の世界的な評価が日本で『源氏物語』の価値を再発見させることになる。一例を挙げれば、ウェイリー訳の評価が一九三八年に小学校の国定教科書に『源氏物語』が採用される一助となったのである(24)。

ここで注目しておきたいのは昭和七年(一九三二)頃から『新新訳』の執筆に取りかかった晶子が、翌年の「最近の感想」(『横濱貿易新報』一九三三・一二・一七)で、ウェイリー訳の評判に言及した箇所である。

> 翻訳文学と云ふものは原作その物でなくて、原作を他の国語で模写した別種の創作である。国語を異にして書く以上、たとへ同じ作者が書いたにせよ、原作と同一のものが出来ない事は云ふまでもない。さうであるから英国のウエレエの訳した源氏物語を近頃読んで、それが面白く書かれてゐるからと云つて、初めて原作の源氏物語が解《わか》つたやうに云ふ人のあるのは大変な間違ひである。文学は意味だけを読むものでなくて特種な言語に即して読むものであるから、紫式部の言語の美を離れて源氏物語は存在しない。

そもそも晶子に、ウェイリーの英訳を読みこなせるような英語力があって、直接にその英訳を読めたかどうかは疑わしい。これはむしろ当時のウェイリー訳への世評、特に正宗白鳥が前年にウェイリーの英訳を絶賛したことへの批判なのではないか。晶子の反発は、ウェイリー訳によって『源氏物語』が近代読者の読むべきカノンとして甦ったかのように批評されたことから引き起こされたといえる。

さらにいえば、この一節で、外国語の翻訳では『源氏物語』本来の価値は伝えられず、だからこそ日本語の現代語訳が必要であるという言説が正当化されている。やや皮肉な見方をすれば、ここでの晶子は、『源氏物語』の卓越性と、それを支える日本語という国語の卓越性、そこから自身の『新新訳』の正当性という言説に陥っている。

それにしても英国にとどまらず、欧州各国に、そして日本へと越境したウェイリー訳への反発や対抗意識が、『新訳』が成立する契機の一つであったことは動かしがたい。少なくとも晶子は海外のウェイリー訳と自身の口語訳を異質なものと捉えており、その対抗意識が『新訳』とは面目を一新した『新新訳』の出版に繋がったといえる。『新新訳』には、『新訳』の未熟さを正しながら、ウェイリー訳の世評を超える日本の口語訳を完成させたいという晶子の熱い意思が漲っていたのである。(25)

しかし、晶子による『新新訳』が出版ジャーナリズムにおいて、どの程度、商業的成功を収めたかどうか、『新訳』と比較しても寂しいものだったようである。晶子は小林天眠宛の手紙に、「私も立春の頃より床をはなれ申し、金尾の続稿に筆をつけ居り候が、何分ともあわれなる金尾の状態に候えば、広告も十分に出来ぬ運命となり居り候へども、それは死後にでも売れ申すべしと期し居り候」としたためている。娘の森藤子も、「ちょうどその時分、谷崎潤一郎さんの源氏訳も本になって、その方は出版社も一流なだけに、派手な新聞広告が何回となく人目を引いていた。一方は朝日と毎日にやっと一回づつ、小さな広告をのせるのが精一ぱいという有様だったから、私は谷崎源氏の広告が母の目にふれるたび、気の毒で仕方がなかった。」と述懐し、(26)次男の秀も、「母の源氏物語は一千部も売れなかったと思う」と述べている。(27)昭和十四年(一九三九)十月に『新新訳』が完成した際に、上野静養軒で盛大な完成祝賀会が開かれているのは、金尾文淵堂のせめて祝賀会は華やかにという気遣いからだった。晶子の訳が商業的に成功をおさめるのは、後述するように戦後、河出書房新社の全集のドル箱になってからである。

一方、『新新訳』の翌年から刊行の始まった谷崎の『旧訳』こと『潤一郎譯源氏物語』(中央公論社、一九三九—四一)は、昭和天皇にも献上され、派手な新聞広告の効果もあって、最初の月から一七、八万部の部数が出たという。(28)刊行当初から圧倒的な人気を誇っていた谷崎の『旧訳』はいかにして成立したのか、次にその経緯を明らかにしていきたい。

六　谷崎潤一郎とウェイリー訳

与謝野源氏と並んで、初期の現代語訳として定評のある『旧訳』であるが、その序によれば、昭和八年（一九三三）頃に中央公論社の嶋中社長の提案を受け、昭和九年（一九三四）の末からその心積りをし、昭和十年（一九三五）九月から実際、筆を取り始めたという。谷崎は誤訳を招かないために校閲者を望み、その任に国語国文学の権威である山田孝雄があたった。嶋中社長の勧めにより、山田孝雄の協力を得たことは、秘事の削除にかかわることにもなった。谷崎の「あの頃のこと（山田孝雄追悼）」（『谷崎潤一郎全集』第二三巻）によれば、昭和十年の春、初めて仙台の山田宅に挨拶に行った際に、山田孝雄は、『源氏物語』の構想の中には、現代に移植するに穏当でない箇所があるとして、「臣下たる者が皇后と密通」「密通に依つて生れた子が天皇の位に即いてゐる」「臣下たる者が太政天皇に準ずる地位にのぼつてゐる」という三か条を削除することを条件に、校閲を引き受けたというのである。[29]テキストには山田孝雄の勧めもあり『湖月抄』を使用し、注釈書は『岷江入楚』を使用した点、諸訳を参照した点なども、晶子と大きく異なっている。晶子の『新新訳』の刊行がはじまる一カ月前の昭和十三年（一九三八）九月に第一稿が完成し、『東京朝日新聞』の社会面にそれが報じられるほどの話題となった。

晶子の『新新訳』が地味で落ち着いた装丁であったのに対し、谷崎の『旧訳』は、表紙の色や紙質が異なる普及本と限定本が発行された。普及本でも、有職模様を漉き入れた緑色の表紙、中は特製和紙で狩野派の流れを汲む当代きっての日本画家の長野草風（一八八五―一九四九）の絵をオレンジ色の地模様に刷り、それも巻ごとに変えるという凝り方であった。しかも贅沢な装丁にもかかわらず、当時の「円本」ブームに合わせて定価を一円に抑えて、発行部数を伸ばしたのである。また限定本では本を納める桐箱も作られ、特別な漆塗りの箱もあつらえられたという凝り方であった。[30]

さらに、ウェイリー訳との関係でいえば、正宗白鳥のジョイス評や自作の評も読んでいた谷崎は、晶子が反発した白鳥のウェイリー評も当然読んだであろう。彼自身はウェイリー訳をどのように意識していたであろうか。そもそも谷崎は、ウェイリー訳の反響しか知らなかった晶子とは違って、英文のウェイリー訳そのものを読んでいたことは、『旧訳』に先立つ『文章讀本』（中央公論社、一九三四）や「源氏物語の現代語譯について」（『中央公論』一九三八・二）でも明らかである。

英語や仏語が読めるばかりか、翻訳家としての仕事もある谷崎について、最近では「言葉の境界を越えた異なる世界の存在に成り代わりたい」欲望をもって、西洋や中国の異国のみならず、関西やいにしえの王朝文学など異なる言語の世界を憧憬し、彷徨した作家として再評価する機運もある。[31]『文章讀本』でも、須磨巻の一節のウェイリー訳を引用し、それに括弧書きで口語訳をつけたのは、翻訳家としての谷崎の面目躍如たるところであろう。

There was Suma. It might not be such a bad place to choose. There had indeed once been some houses there; but it was now a long way to the nearest village and the coast wore a very deserted aspect. Apart from a few fishermen's huts there was not anywhere a sign of life. This did not matter, for a thickly populated, noisy place was not at all what he wanted; but even Suma was a terribly long way from the Capital, and the prospect of being separated from all those whose society he liked best was not at all inviting. His life hitherto had been

one long series of disasters. As for the future, it did not bear thinking of!
(須磨と云ふ所があつた。それは住むのにさう悪い場所でないかも知れなかつた。寔にそこには嘗て若干の人家があつたこともあるのである、が、今は最も近い村からも遠く隔たつてゐて、その海岸は非常にさびれた光景を呈してゐた。ほんの僅かな漁夫の小屋の外には、何処も人煙の跡を絶つてゐた。それは差支へのないことであつた、なぜなら、多く人家のたてこんだ騒々しい場所は、決して彼の欲するところではなかつたのであるから。が、その須磨さへも都からは恐ろしく遠い道のりなのであつた。さうして彼が最も好んだ社交界の人々の総べてと別れることになるのは、決して有難いものではなかつた。彼のこれまでの生涯は不幸の数々の一つの長い連続であつた。行く末のことについては、心に思ふさへ堪へ難かつた！)(32)

しかし、谷崎がウェイリー訳を一つの規範として、みずからの『旧訳』を練り上げたかといえば、話はまた別である。「源氏物語の現代語譯について」では、ウェイリー訳は、刺激を受け奮発心を起こさせるために読むものであって、「非常に誤訳が多いのでさういふ点では余り助けにならない」と言及している。『文章讀本』でも、上記のような引用に続いて、ウェイリー訳を近頃、名訳の誉れがあるというが、英語にするといかに言葉数が多くなるかをいい、英文には原文にない言葉が沢山補ってあると述べている。さらに谷崎は、ウェイリー訳が右のような長文になる理由について分析し、文法のしっかりした西洋語の特徴を摂取しすぎた日本の翻訳調の文体、いわゆる「現代口語文体」への不満をも開陳しているのである。

西洋の言葉は、支那の言葉と同じやうに動詞が先に来て、次に目的格が来る。又テンスの規則があつて、時間的に細かい区別をつけることが出来、前の動作と後の動作とがはつきり見分けられる。又、関係代名詞と云ふ重宝な品詞があつて、混雑を起すことなしに、一つのセンテンスに他のセンテンスを幾らでも繋げて行くことが出来る。その他、単数複数、性の差別等、いろ〳〵な文法上の規定がある。さう云ふ構造なればこそ、多くの語彙を積み重ねても意味が通じるのでありますが、全然構造を異にする国語の文章に彼等のおしやべりな云ひ方を取り入れることは、酒を盛る器に飯を盛るやうなものであります。然るに現代の人々は深く此の事実に留意しないで、兎角言葉を濫費する癖があります。彼らの書く文章は、孰方かと云ふと、古典文よりは翻訳文の方に近い。小説家、評論家、新聞記者等、文筆を業とする人の文章ほど、尚さう云ふ傾きがある。

『文章讀本』では、異国の言語に通じつつも、日本語の現在に深く思いを巡らす谷崎ならではの、以下のような見解も示されていた。

われ〳〵は、古典の研究と併せて欧米の言語文章を研究し、その長所を取り入れられるだけは取り入れた方がよいことは、申すまでもありません。しかしながら茲に考ふべきことは、言語学的に全く系統を異にする二つの国の文章の間には、永久に踰《こ》ゆべからざる垣がある、されば、折角の長所もその垣を踰えて持つて来ると、長所が最早長所としての役目をせず、却つて此方の固有の国語の機能をまで破壊してしまふことがある、と云ふ一事であります。

そもそも日本語には、西洋語のような確固とした文法がないのであり、そのように「言語学的に全く系統を異にする」「永久に踰《こ》ゆべからざる垣」がある以上、むしろ日本語が西洋語を取り入れ過ぎた混乱を今日、整理することの方が急務とまで言い切るのである。

こうした見識は、『文章讀本』から遡ること五年前の「現代口語文の欠点について」(『改造』一九二九・一一、『全集』第二一巻に所収)でも示され、「現代口語文体」が日本語の持つ特有の美点と長所をことごとく殺してしまったと、谷崎は断罪している。(33) その一方で、平安朝の昔から徳川時代まで、西洋の真似の流行らない時代は、詩や小説の文章には主格を置かないのが普通であったとし、『源氏物語』の主格のない文体にも注目しているのである。

以上のような谷崎の意識を辿る時、彼が目指すところの『源氏物語』の口語訳が、ウェイリー訳はもとより、晶子訳のような翻訳調の言文一致体を規範としないこともおのずと明らかであろう。それでは谷崎の理想とした『源氏物語』の口語訳とは、どのようなものであったのか。『文章讀本』「三　文章の要素」の中では、『源氏物語』の長い原文のなだらかな調子を失わないことをモットーに、ウェイリー訳の引用で取り上げた須磨巻の一節について試訳を示しているのである。

あの須磨と云ふ所は、昔は人のすみかなどもあつたけれども、今は人里を離れた、物凄い土地になつてゐて、海人《あま》の家さへ稀であるとは聞くものゝ、人家のたてこんだ、取り散らした住まひも面白くない。さうかと云つて都を遠く離れるのも、心細いやうな気がするなどときまりが悪いほどいろ〳〵にお迷ひになる。何かにつけて、来し方行く末のことゞもをお案じになると、悲しいことばかりである。

右のように訳すと、文章の繋ぎ目がぼかされて、原文の流麗さを活かすことができるから、現代口語文体をもって長い文章を書くことも、決して不可能ではないというのである。谷崎は続けて、同じ条を現代口語文体で訳すと、敬語が省かれ、センテンスに主格を入れて、終りを「た」止めにした、輪郭のはっきりした三つのセンテンスになることを指摘している。

あの須磨と云ふ所は、昔は人のすみかなどもあつたけれども、今は人里を離れた、物凄い土地になつてゐて、海人の家さへ稀であると云ふ話であるが、人家のたてこんだ、取り散らした住まひも面白くなかつた。しかし源氏の君は、都を遠く離れるのも心細いやうな気がするので、きまりが悪いほどいろ〳〵に迷つた。彼は何かにつけて、来し方行く末のことを思ふと、悲しいことばかりであつた。

こうした現代口語文体の訳は、与謝野晶子の『新訳』の文体に通じるものがある。谷崎は晶子の名こそ出してはいないが、現代口語文体では『源氏物語』の雅文体の良さを掬えないと批判しているのではないか。(34)敬語を省かず、主語を無理に入れず、短文に分解することなく、原文のなだらかな調子を活かすこと、須磨巻の試訳で示したその方針は、そのまま『旧訳』の仕事に受け継がれていく。『旧訳』で重要なのは、谷崎が、単に『源氏物語』という古典を当時の口語に移し変えるという発想ではなく、英語のウェイリー訳、あるいは現代口語文体の特徴さながらの与謝野訳を意識しつつも、そこから袂を分かち、みずから理想とする日本語の文体を『旧訳』の中で練り上げ、実現するといった志向をもっていたことである。(35)

谷崎の『旧訳』については、従来、藤壺との穏当でない秘事の記述を時局柄、削除したり朧化を余儀なくされた点や、山田孝雄の厳しい校閲を受けた経緯が注目されがちであった。それはそれで重要な問題ではあるが、谷崎にとって『旧訳』とは、平安という異時空のことばである雅文体から近代日本語を捉え直して、これまでと次元を異にする新たな文体を生み出すための実験的な場であったことは、忘れてはならないだろう。『源氏物語』という著名な古典を文学的に訳出するという意義にとどまらず、それは谷崎にとって、成功したかはともあれ、理想の口語文体を体現する営為にほかならなかったのである。文体のジェンダーでいえば、晶子の男装文体が読者的カノンをめざしたのに対し、谷崎は女装文体を選ぶことで、あるべき日本語の旗手を目指したということになろう。(36)

七　終わりに

『旧訳』の文体は『文章讀本』から照らし返せば、西洋語を取り入れすぎた日本の口語文体への警鐘であったが、

『旧訳』の序においては、原文の文学的香気を毀損しないで現代文に書き直そうとした、『源氏物語』の文学的翻訳であることが強調されている。さらに、谷崎は序の終わりを次のように結んでいる。

> 顧れば、足かけ四年前に私が筆を執り始めた頃とは、社会の状勢が著しく変り、今や我が国は上下協力して東亜再建の事業に邁進しつゝある。かう云ふ時代に、われ〳〵が敢て世界に誇るに足ると信じるところの、われ〳〵の偉大なる古典文学の結晶を改めて現代に紹介することになつたのも、何かの機縁であるかも知れない。

つまり、訳業を開始した当初には、そうした意識は希薄であったが、時節柄、日本文化の高揚に寄与する古典文学を紹介する仕事として、自己の訳業を位置づけることもできると、いささか控え目ではあるが述べているわけである。

また、谷崎に『源氏物語』の現代語訳を懇請した中央公論社社長の嶋中雄作は、「源氏物語の刊行に方つて」(『中央公論』一九三九・一)で、この出版が現代の人達ばかりでなく、後世の日本国民に必ず喜んでもらえるものであり、「源氏物語が日本最初のそして最大の文学であり、日本文化の最も誇らしき金字塔である以上、昭和に復活した「谷崎源氏」も、また永へに日本文化の華として燦たるその光を後世に垂れるであろう」とする。さらに、今後もこうした「意義ある文化的国宝的出版を重ねて行きたい」と述べて、「正に国家は非常にして多事である。剣を執つて戦場に馳駆することを得ない吾等は、せめては赤誠を以て我国文化の進展に必死の奉公を効さなければならないと思ふのである」と結んでいる。

ここでは、谷崎源氏が時節柄、自国文化の進展に資するものであるという理由づけが語られつつ、一方では、現在そして後世の国民のための国宝的出版であるという自負もうかがわれる。嶋中が目論んだのは、世界の十大文学の一つでありながら味読する人が少ない『源氏物語』を、現代語訳によって国民の読者的カノンとすることであり、その訳者である谷崎を国民作家の座に祀り上げることであった。[37] はたして、『旧訳』に続く『新訳』『新々訳』と三度の訳業の過程で、谷崎は国民作家の地位を確固たるものにしていく。

また与謝野晶子の『新新訳』も、戦後、河出書房の『日本国民文学全集』の第三・四巻（一九五五）に収載されるなど、国民文学の一つとして広く享受されていく。『新新訳』は、戦後に日本社の日本文庫、三笠書房の『世界文学選書』や三笠文庫、角川文庫に収載されたが、出版界でもっとも成功を収めたのは、河出書房新社の全集シリーズで、『日本国民文学全集』、『ワイン版日本文学全集』、『国民の文学』、『豪華版日本文学全集』、『カラー版日本文学全集』、『カラー版現代語訳日本の古典』、など繰り返し刊行されている。[38] 特に『カラー版日本文学全集』の第一回の配本に晶子の『新新訳』が入ると、上巻だけで四〇万部が売れる新記録を作ったという。[39]

戦後の訳である円地文子『源氏物語』一〇巻（新潮社、一九七二―七三）、田辺聖子『新源氏物語』五巻（新潮社、一九七八―七九）、そして平成の口語訳である瀬戸内寂聴『源氏物語』一〇巻（講談社、一九九六―九八）も、難解な古典を現代へ橋渡ししたにとどまらない。『源氏物語』の現代語訳を正典化し、訳者を国民作家として不動の位置に押し上げる著作であったといいうる。円地文子や瀬戸内寂聴のように、『源氏物語』の現代語訳が作家の仕事の集大成となり、国民的な作家になるための確実な方途であるという今日の通念はそのようにして構築されたのである。

（1）『光る雲』（一九二八初出、『定本　與謝野晶子全集』第一九巻、講談社、一九八一）所収。晶子の『源氏物語』への造詣については、新間進一「与謝野晶子と「源氏物語」」（『源氏物語とその影響』武蔵野書院、一九七八）、市川千尋『与謝野晶子と源氏物語』国研出版、一九九八）などを参照。

（2）わか紫十五の君は紅梅のやうに紅して夜も寝たまひぬ（『明星』一九〇五・一二）―若紫
ゆきありく若葉の中の庭つくりよき紅の袍きせましを（『明星』一九〇八・八）―若紫
わが二十初瀬の御寺のゆく春の石だたみ踏みものを思へる（『スバル』一九〇九・一〇）―玉鬘

さくらちる若紫の姫君と云ふ人きたるここちするかな(『二六新報』一九一二・三・二一)─若紫
市川千尋『与謝野晶子と源氏物語』(国研出版、一九九八)、逸見久美「与謝野晶子の『源氏物語』口語訳について」(『国学院雑誌』一九九三・一)参照。

(3) ハルオ・シラネ「カリキュラムの歴史的変遷と競合するカノン」(ハルオ・シラネ、鈴木登美編『創造された古典』新曜社、一九九九)。もとより一つの作品が作者的カノンと読者的カノンの両面を兼ねそなえることはしばしばだが、ここではどちらにより比重があるかで使い分けている。

(4) 尾崎左永子「晶子と古典」(上田博・富村俊造編『与謝野晶子を学ぶ人のために』世界思想社、一九九五)を参照。

(5) 閨秀文学会では、「一般女子に文学上の知識趣味を修めしめ、兼ねて女流文学者を養成する目的」で晶子は、源氏、新古今、作歌法などを担当した。自宅の講義では晶子は、「源氏物語講演」と「新派和歌講演」「会員の短歌選評」(寛と共同)を担当したという。逸見久美『評伝・与謝野鉄幹・晶子』(八木書店、一九七五)参照。

(6) 神野藤昭夫氏の解説(『与謝野晶子の新訳源氏物語』角川書店、二〇〇一)が、「幻の源氏物語講義」の一枚を紹介し、『新訳』と「源氏物語講義」を別の仕事と捉えている。

れづれましていかにと云々。』唯さへ淋しき山荘に居て、愛する子に別れたる人の此頃の悲みはいかばかりならんと、さる心持になり居給ふ時は苦みをも源氏は胸に覚え居給へど、毎日予ねてよりの理想の如くに姫を教育なし行き給ふことは、相愛の人と共にある上に更に幸福の集り来りし感のなさるることなるべしと云ふなり。○いかにぞや云々。』かうなし居れどこれが善きことか悪しきことか解らず、世間より批の打たるる恐れなく、この妻の子として何故生れ来らざりしやと残念に源氏は思ひ給ふとなり。○暫時は人人もとめて云々。』姫は初めの間こそ母或は祖母を見られぬより泣きなどもし給ひしかど、大躰に於て性質のよき子なれば。夫人によく

(7) 金尾文淵堂の主人、金尾種次郎の回想(「晶子夫人と源氏物語」『読書と文献』一九四三・八)に拠れば、最初、千頁の約束であったので抄訳されていたのが、読者の要望により次第に全訳に近いものとなったという。

(8) 関礼子『一葉以後の女性表現　文体・メディア・ジェンダー』(翰林書房、二〇〇三)。以下、関説の引用はこの書に拠る。

(9) 『日本文学全集2　源氏物語　下巻』解説(河出書房新社、一九六〇)。

(10) 小谷野敦「『源氏物語』批判史序説」(『文学』二〇〇三・一)。

(11) 芳賀矢一が明治三十二年(一八九九)に刊行した『国文学史十講』の第五講「中古文学の二」では、『源氏』やそれ以前の物語類に触れて「これ等はよく此時代を代表したものではありますまいが、さう云ふやうな様々な物語に書いてあることは大同小異大方は男女の情話を材料として居ります。つまり腐敗した上流社会の反映に外ならぬ事であります」と述べている。一方、芳賀矢一は、一九〇七年(明治四十)に著した『国民性十論』(冨山房)の第四論「草木を愛し、自然を喜ぶ」では、『源氏物語』の自然について、国民性と結びつけながら賛美している。つまり『源氏物語』で都合のよい部分が国民性を象徴するものとして拾われ、評価されている(河添房江「源氏物語の自然——カノンからの離陸——」『岩波講座文学7　つくられた自然』岩波書店、二〇〇三)。

(12) ゲイ・ローリー「国家アイデンティティーとカノン形成」(『日本近代文学』第71集、二〇〇四・一〇)。

(13) 関礼子、(8)の前掲書四〇—四一頁。

(14) 当時の「趣味」の語義について、『日本大辞典　言泉』(落合直文著、芳賀矢一改修、一九二一)に参照すれば、「趣味」は、「一　人の感興を惹起すべきもの。おもしろみ。おむもき。あぢはひ。雅致。風韻(ふうゐん)。二　美を鑑賞する力。三　ある物に対して、興味を感ずること。」となる。

(15) 『與謝野晶子評論著作集』第17巻(龍渓書舎、二〇〇二)による。

(16) 日高八郎「二つの与謝野源氏」(『図書新聞』一九六三・八・二四)。

(17) 金尾種次郎「晶子夫人と源氏物語」(『読書と文献』一九四三・八)。

(18) 『名画で読む源氏物語　梶田半古・近代日本画の魅力』(大修館書店、一九九六)参照。

(19) 秋山虔「大正期の源氏物語研究」(『解釈と鑑賞』一九八三・七)参照。

(20) 『新訳』の完成の後は、「源氏物語講義」もいつしか『源氏物語』を読者的カノンとする布教の書となっていったものと思われる。

(21) また同じく、「あとがき」に拠れば、晶子が『新新訳』を志したのは、昭和十四年を遡ること七年前、昭和七年の秋である。晶子は狭心症の家系で、この年の八月十七日、旅先から帰京し、心臓を病んで、静養している。また十月十三日、異母姉の輝が享年六十一で逝去し、『冬柏』に挽歌を寄せている。晶子は自分の死をも意識しながら、晩年のライフワークとして、『源氏物語』の再訳を志したのではないか。

(22)『與謝野晶子評論著作集』第21巻(龍渓書舎、二〇〇二)による。
(23)正宗白鳥「文藝時評――英譯『源氏物語』」(『改造』一九三三・九、『正宗白鳥全集』第二三巻、福武書店、一九八四)。
(24)安藤徹「源氏帝国主義の功罪」(『叢書　想像する平安文学1　〈平安文学〉というイデオロギー』勉誠出版、一九九九)。それが「物のまぎれ」の「不敬」問題となって国定教科書削除騒ぎが起きることにもなるのである。有働裕『「源氏物語」と戦争　戦時下の教育と古典文学』(インパクト出版会、二〇〇二)参照。
(25)河添房江「「眠れる森の美女」の四半世紀――世界で源氏はどう読まれてきたか――」(『ユリイカ』二〇〇二・二)、同「世界文学としての源氏物語――翻訳と現代語訳の相関――」(『異文化理解の視座』東京大学出版会、二〇〇三)。
(26)森藤子『みだれ髪』(ルック社、一九六七)。
(27)一九六八年の尾崎記念館講演より。
(28)杉森久英『大政翼賛会前後』(文芸春秋、一九八八)。
(29)一方、晶子の『新新訳』の方は、金尾文淵堂という目立たない出版元の故か、刊行当時、桐壺巻の冒頭「いづれの御時にか」の「どの天皇様の時代であったか」の「天皇様」だけを金尾文淵堂の方で遠慮して削っただけにとどまった。
(30)伊吹和子「「谷崎源氏」と呼ばれるもの」(秋山虔・室伏信助編『源氏物語の鑑賞と基礎知識29　花散里』至文堂、二〇〇三)。戦後の『潤一郎新譯源氏物語』(いわゆる『新訳』)もそれを継承して地模様や題簽の装丁を前田青邨が担当したという凝り方に通じるものがある。
(31)野崎歓『谷崎潤一郎と異国の言語』(人文書院、二〇〇三)。
(32)『文章讀本』の引用は、『谷崎潤一郎全集』第二一巻(中央公論社、一九六八)に拠る。
(33)芳賀綏「「文章読本」と日本語観・文章観」(荒正人編『谷崎潤一郎研究』八木書店、一九七二)。
(34)晶子の『新訳』の文体が、いかに翻訳文体ともいうべきものであったかは、中村真一郎氏が指摘するように、生島遼一氏がこの文体を用いて仏のアンリ二世の治世を舞台とした『クレーヴの奥方』(ラファイエット夫人、一六七八)を岩波文庫に翻訳して成功を収めたことに端的にうかがわれる。
(35)戦後の『新訳』(『潤一郎新譯源氏物語』中央公論社、一九五一―五四)の序では、『旧訳』では原文の簡潔さを訳し切れなかったことや、講義口調や翻訳口調が抜け切れていないことも反省している。しかし、それ以前に、ウェイリー訳とも与謝野訳とも違った『旧訳』の必要性や価値を、谷崎自身は自負していたと思われるのである。
(36)　鈴木登美「モダニズムと大阪の女」(『文学』二〇〇〇・九)。
(37)　一九三五年前後は、近代のリアリズム小説が解体の危機に瀕し、ジョイスやプルーストやジッドなどの影響を受けて、新しい小説形式が模索された時期でもあり、谷崎源氏は時宜にかなったものという説もあるが、仮にそのように享受されたにしても、それは、ここで語られた嶋中の意図とは必ずしも重なってはいない。千葉俊二「文学史の鮮やかな一断面」(『すばる』二〇〇三・九)参照。
(38)　田村早智「与謝野晶子訳「源氏物語」書誌(稿)」(『鶴見大学紀要　第1部』三二号、一九九五・三)。
(39)　『東京新聞』一九六七年三月二日。

第三章　翻訳と現代語訳の異文化交流 ——世界文学へ

一　はじめに

現在、『源氏物語』は二十数カ国の言語に翻訳され、世界文学の一つとして流通している。末松謙澄の先駆的な抄訳、アーサー・ウェイリーの英訳を契機に、半世紀後のサイデンステッカーの英訳、平成のロイヤル・タイラーとデニス・ウォッシュバーンの英訳、あるいはドイツ語訳、フランス語訳、ロシア語訳、複数の中国語訳と韓国語訳、アラビア語訳、イタリア語訳、オランダ語訳、クロアチア語訳、スペイン語訳、タミル語訳、チェコ語訳、トルコ語訳、ヒンディー語訳、フィンランド語訳が完成、もしくは進行中である。(1)

日本語の現代語訳についても、近代の与謝野晶子の『新訳』を嚆矢として、同じく『新新訳』、戦前から戦後にかけて谷崎潤一郎の三つの訳、戦後の円地文子、田辺聖子、平成の橋本治、また瀬戸内寂聴があることは前章までに言及した通りである。その後も大塚ひかり、林望、角田光代の現代語訳が続いている。

しかし一つの翻訳や現代語訳が完成する際に、『源氏物語』のような古典では、原典や辞書との対話だけで世に出るわけではなかった。そこには先行する種々の翻訳や現代語訳との対話や葛藤をふくめた相互交流もぬきがたく重要な契機としてあった。二十世紀初頭の英国で『源氏物語』を英訳したウェイリーは何をテキストとし、他のいかなる注釈や訳を参照したのか。あるいは次に英訳を出版したサイデンステッカーが参照した翻訳や現代語訳とは、何であったのか。

ところで、本章では外国の言語に訳されたものを翻訳、国内で日本語に訳されたものを現代語訳とひとまず定義するが、このように定義するのは、いささか二分法的な発想であるかもしれない。例えばサイデンステッカーも、海外の翻訳と国内の現代語訳の壁をさほど感じなかった一人であった。英語と日本語という言語こそ違え、それは同様にトランスレイトされた限りにおいて、翻訳の範疇で捉えるべきものであり、サイデンステッカーもそうした土俵に立ちながら、彼はウェイリー訳や与謝野源氏や谷崎源氏の優劣を論じた感がある。

しかし、サイデンステッカーが与謝野訳や谷崎訳に抱いた思いと、与謝野晶子や谷崎潤一郎が言語の違うウェイリー訳に対した思いとは、また次元を異にしていよう。与謝野や谷崎にとって、言語の異なる翻訳とは、あくまで原典やその日本語訳の〈外部〉に位置するものであった。私たちが平成の瀬戸内訳を翻訳と呼ぶのに躊躇するのと同じような感覚を、与謝野や谷崎も共有していたのである。

与謝野や谷崎がウェイリー訳をいかに意識したのか、またサイデンステッカーが与謝野訳や谷崎訳をいかに意識したのか、翻訳と現代語訳がそれぞれの母語の共同体で享受されるばかりでなく、いわば国境を越え、言葉の壁を越えて享受されることで呼びおこされる興味深い現象である。そこには欧米の翻訳と日本の現代語訳の相互交渉があり、まさに東西の異文化交流の様相さえ呈している。

先行する翻訳と現代語訳が国境を越えて流通し、新たな訳者を刺激し、時には反発をも抱えこむことで、新しい翻訳や現代語訳がダイナミックに生成されていく局面をみていくことは、源氏研究の重要なテーマとなりうるのではないか。そのような視点から、ここでは『源氏物語』の翻訳や現代語訳に言及していきたい。

二　繰り返される英訳の歴史

『源氏物語』を最初に国外に紹介したのは末松謙澄であり、ロンドンの外交官時代に世界初の英訳を行なっている。一八八二年(明治十五)、ロンドンのトルプナー社から出された『ペルシャと日本の文学』に収められたもので、前半の十七帖の抄訳ではあるが、当時の英国のオリエンタリズムに連動した訳と評されることも多い。末松訳については、ほとんど反響を呼ばなかったと、かつては否定的な評価が下されがちであったが、(2)近年では川勝麻里氏やマイケル・エメリック氏らにより見直しの機運が高まっている。(3)

しかし『源氏物語』が世界文学として流通するにあたっては、やはりウェイリー訳の存在の大きさを抜きにして語ることはできないであろう。一九二五年から一九三三年にかけてロンドンで刊行されたこの英訳は、ドナルド・キーンによれば、ウェイリーの詩人としての感性と、翻訳者としての天才的才能が発揮された格調高い名訳ということになる。(4)ちょうどこの時期は、イギリスでプルーストの『失われた時を求めて』や、スタンダールの『赤と黒』『パルムの僧院』、また『戦争と平和』、『カラマーゾフの兄弟』など、各国の文学が翻訳され、世にもてはやされていた時期であり、『源氏物語』も同時期に翻訳され、まさにそれらと同格の世界文学の傑作としての評価を得たのである。

ウェイリーの訳は、さらにスウェーデン語訳、フランス語訳、オランダ語訳、ドイツ語訳、イタリア語訳、ハンガリー語訳に重訳されて、一九二〇―一九四〇年代の欧州で、日本文学としては唯一ベストセラーになったという。中国文学の模倣として顧みられなかった日本文学の中から、『源氏物語』は一挙に世界文学の仲間入りをはたしたのである。言葉を換えれば、ウェイリー訳の反響は、それが『源氏物語』の翻訳の動かしがたい規範となり、カノンにまで定まったことを意味した。末松訳が及ばなかった点であり、後続する翻訳がウェイリー訳を大きく意識せざるをえなかった状況を作り出していくのである。

ところで、ウェイリー訳は何をテキストとし、いかなる注釈書を参照して訳されたのか。ウェイリーの交友関係なども詳しく調べて、詳細な伝記をまとめた宮本昭三郎氏は、翻訳の初期は『湖月抄』や『源氏物語玉の小櫛』だけを参照し、第五巻以降は金子元臣『定本源氏物語新解』(明治書院)が加わった程度であったと述べている。(5) しかし最近では、ウェイリーは学究肌で、『全訳王朝文学叢書』など当時入手可能な『源氏物語』の現代語訳も参照したとする緑川真知子氏の論証も出て、ウェイリー神話にも再検討が加えられたことは興味ぶかい。(6)

一方、続くサイデンステッカーの場合はどうか。サイデンステッカーは、岩波旧大系の山岸訳と玉上評釈といった国文学者の現代語訳を参照したばかりか、谷崎潤一郎のいわゆる『旧訳』(『潤一郎譯源氏物語』中央公論社、一九三九—四一、以下、同様に略す)や『新々訳』(『潤一郎新々訳源氏物語』中央公論社、一九六四—六五)、与謝野晶子の『新新訳』(『新新譯源氏物語』金尾文淵堂、一九三八—三九)もかなり丁寧に参照したという。しかも、そうした行為は、必ずしも意味不明な箇所を訳出するために部分部分で参照したという次元にとどまらなかった。

そもそもサイデンステッカーは、先行するウェイリーが天才であるといわれ、その翻訳が芸術的で傑作と評されることに、きわめて批判的であり、様々な側面から異を唱えている。具体的にいえば、翻訳の原則が首尾一貫していないこと、故意に意訳が多いこと、鈴虫巻など思い切った削除があること、大がかりな潤色が原作の様子をすっかり変えていること等である。(7) 欠点の羅列は、むしろウェイリー訳がいかに不動の規範であり、カノンとして世界に流通しているかを照らし返している感もある。十四歳でウェイリー訳を読み、日本文学研究を志したサイデンステッカーではあるが、あたかも精神的に父親殺しをするかのような論調なのである。

そこからサイデンステッカーは、『源氏物語』に忠実な英訳が求められるとするのだが、その際、ウェイリー訳と谷崎訳と与謝野訳を比較しながら、自身がどのような翻訳を目指すのか、その文学的な質についてまで指針を求めたという。その結果、得た結論は、与謝野の『新新訳』が敬語を削り、日常的な動詞を使うことで逆説的に文学的になったとし、それが良心的な英訳者の求めるものに最も接近しているとする。さらにウェイリー訳がいかに原典から離れた翻案であるかを強調した後、自身は谷崎よりも与謝野のような訳を良しとすることを述べて、「要するに、紫式部は今なお忠実な英訳者を待っている。その訳者は、与謝野晶子のように自由であってもよいが、忠実でなければならない」と結んでいる(8)。

以上のようなサイデンステッカーの見解は、ウェイリー訳への反発を基としてではあるが、翻訳者にとって先行する現代語訳が、日本語と母語という壁をそれほど意識せずに、同じ価値軸の上で捉えられ、大きな指針になりうる場合があるという機微を明らかにする。

また歴史は繰り返されるというべきか、英訳が新たに作られる場合、先行する英訳への批判と超克の関係によって成立することは、ロイヤル・タイラーの英訳の場合も同様といえよう。タイラーは、読者に原文の姿を伝える「演出意図」について、次のように述べている(9)。

翻訳者として、読者に原文の味を知ってもらい、原文の姿をみてもらいたいという気持ちがあるわけだが、まずその味、その姿とは何物なのかを決めなければならない。それが「演出意図」だ。可能性は無数にある。私の心のなかにあるその「意図」は言葉では表しにくいところもあるが、ほぼ次の五つの点が挙げられる。それは、①光源氏やほかの作中人物にたいして基本的に好意をもつこと、②彼らの品位を察して、それを崩さないこと、③俗にいわれる「もののあわれ」「王朝の雅」などのイメージにとらわれないで、彼らを肉体的に生きている人間とみること、④著者の慎重な筆致を重んじること、⑤読者の便宜のために、『源氏物語』の英訳を原文より読みやすくしないこと。

特に①・④・⑤には、サイデンステッカーの英訳を意識し、それを乗り越えようとする意図が感じられる。サイデンステッカーが好色な光源氏に否定的であったのに対して、タイラーは光源氏とそのエロスを肯定的に訳すことを心がけたという。さらにいえば、サイデンステッカー訳で評価の低い和歌についても、タイラーはイタリック体にして訳に工夫を凝らした。

タイラー訳は全般に、地の文と心内語が融合する原文の文体を活かして、心内語の直接話法(現在形)と語りの間接話法(過去形)が連続し、自在に変化する英訳であることに、その特徴がある。[10] 日本の現代語訳でいえば、谷崎源氏のような息の長い緩急自在の文体である。それはタイラーがサイデンステッカーとは違い、日本の研究者と共同研究を重ねて、自由間接話法に近いといわれる『源氏物語』の文体の特徴を重視したためであろう。その分、一つの文章が長く、主語が分かりにくく、英語として曖昧で難解と評されることもある。もっともタイラー自身も、『源氏物語』の文体の難解さは、作家の特有のスタイルなので、あえて読みやすい文体に翻訳する必要はないとまで言い切っている。

三 シフェール訳と新訳のプロジェクト

先行する訳が規範化され、時にカノンとなるがゆえに、後発の翻訳なり現代語訳が、明確な批判意識をもって、別の文体を選択するという機微は、じつは『源氏物語』のフランス語訳においてもみられる現象である。フランスにおいては、キク・ヤマタによるウェイリー訳の重訳(桐壺―葵、一九二八)が先行するものの、[11]『源氏物語』の完訳は、日本学の研究者によるルネ・シフェールにより成し遂げられた(上巻一九七七、下巻一九八八)。

ルネ・シフェールの訳は、現代のフランス語による逐語訳ではなく、十七世紀のルイ十四世に仕えたサン・シモン公爵の回想録の文体を採用したものである。シフェール自身が語るところによれば、サン・シモンの回想録での「王様に仕える名誉を持たない者を無視する特権意識は、京の宮廷に仕える人々の意識に似ている」[12]からであるという。『源氏物語』の翻訳に当たっては、翻訳者たちが自国の往時の文体を採用することがあり、ルイ十四世の太陽王の時代を『源氏物語』の世界に重ねたシフェール訳は、その典型ともいえよう。翻訳者たちが、どの時代のどの文体を選択するかについて考察することは、逆にその翻訳者が自国の文学をどのように捉えているのかを浮き彫りにすることにもなる。翻訳者がイメージする『源氏物語』の文体の特徴と、翻訳者によって選択された自国の文体の出会ったところに、翻訳の文体が創出されるからである。[13]

しかし、宮廷文学の文体を模し、ルイ十四世の王朝風の雰囲気を取り入れたシフェール訳は回りくどく、現代の読者には読みにくいとされ、その古風な文体は評価の分かれるところでもある。それが第二のフランス語訳のプロジェクトが立ち上げられた理由の一つともなっている。

現在、進行中の新訳のプロジェクトは、イナルコの日本研究センターの源氏グループによるもので、二〇〇八年に桐壺巻を刊行している。新訳の特徴については、エステル・レジェリー＝ボエール氏がまとめているので、詳しくはそちらに譲りたいが、以下シフェール訳との違いに絞って、いくつか要点を示しておく。[14]

まずは、新訳が主要な古注釈、玉上評釈、全集、集成などを参照している点。原文で誰の動作か言葉かわからない場合は、シフェール訳とは違って人名を付け足している。シフェール訳のように意識的に十七―十八世紀の表現は使わないが、あまりに現代的・日常的・通俗的な言葉はさけて、格調を崩さないようにする。シフェール訳では和歌の掛詞を一つの意味だけ選んで翻訳するが、新訳では二つの意味の重なりをスラッシュを使って表している。シフェール訳では注は書かれずに終わったが、新訳では脚注を入れて、引用された和歌や漢詩、内裏の建物や公卿の役割など平安文化に関する説明も入れている、などである。しかし、学問的な要求と文学的な要求に答える新訳であるために翻訳のペースが遅く、完成するのにさらに九十年以上かかるという。

四 ロシア語訳

それでは、ロシア語訳を行なったタチアーナ・デリューシーナの場合はどうであったのか。サイデンステッカーの『西洋の源氏 日本の源氏』と同様に、デリューシーナにもまた、『源氏物語』のエッセイと翻訳の時期の日記を綴った『タチアーナの源氏日記』[15]がある。

それに拠れば、デリューシーナは、一九七六年に『源氏物語』のロシア語訳に取りかかり、一九八〇年に下訳を完成させた。最初はどんなに苦しくても他の現代語訳や英訳を見ずに訳し切るという方法を採り、それはデリューシーナ自身が紫式部と自分との間に誰も入り込ませたくなかったからだと説明している。その後、谷崎訳、与謝野訳、円地文子訳、ウェイリー訳、サイデンステッカー訳などを参照して書き改め、一九八四年に原稿を出版社に渡したという。ただし実際に出版されたのは、一九九一年から一九九三年にかけてであった。中華人民共和国で豊子愷の中国語訳も訳してから十年以上たって出版されたように、共産圏の場合は、『源氏物語』の翻訳があまり歓迎されずに、なかなか出版に至らないという経緯があるようだ。

さてデリューシーナは、『源氏物語』を訳する営為は自分が本を著述するより、はるかに大変なことであったと述べている。「著者に導かれて、訳者は著者が一度たどった道を一歩一歩、一句一句たどって行くのだ。」という評言は、あたかも演奏家が、モーツァルトに成り切り、モーツァルトを追体験しながら演奏するという作業に似たようなものだが、まさにそのような産みの苦しみを味わうことによって、ロシア語訳は誕生したわけである。

その苦しみは結局のところ、『源氏物語』の翻訳に関わったサイデンステッカーやシフェールなどが、それぞれに感じたところであるし、また日本で現代語訳した人々が、例えば、円地文子が『源氏物語私見』(新潮社、一九七四)、田辺聖子が『源氏紙風船』(新潮社、一九八一)、橋本治が『源氏供養　上・下』(中央公論社、一九九三―九四)のように、現代語訳を終えた後に自らの源氏観や訳する苦労などを語った本を出版していることからも窺われよう。『源氏物語』を訳するという営為は、そのような本を書きたくなる契機として、現代語訳、翻訳を問わず存在している。そして、そこにこそ『源氏物語』を時空を超えて甦らせる難しさと魅力、奥深さといったものが露呈していると思われる。

ところで、『タチアーナの源氏日記』に表れている源氏観とはいかなるものであったか。

『源氏物語』に描かれている感情には、古典小説やロマン主義の散文のような誇張はなく、ごくありふれた人間的な感情が、取るに足りないような日常的なニュアンスや展開の中で描かれている。身振りや心の動きや物思いといった演劇性ではなく、現実のような正確さ――これはおそらくこの小説における最も素晴らしい点であろうし、だからこそ新しい時代の文学に近いと言える。

(「『源氏物語』の人間感情」)

それは心理小説としての『源氏物語』が否定されたというより、その新しい捉え直しの結果ともいえよう。このデリューシーナの源氏観は、サイデンステッカーとルネ・シフェールの対照的な心理解釈の中間に位置するものかもしれない。サイデンステッカーは『源氏物語』がプルーストと比較されることについて、西洋文学に対応する作品はないとして、否定的な見解を示している。一方、ルネ・シフェールは、『源氏物語』に現代性を感じつつも、心理分析の詳細さと執拗さに辟易としたという。それは『源氏物語』をプルーストに比するような西欧の批評の伝統をルネ・シフェールが背負いつつ、みずからの源氏観を培っているからだと思われる。

またデリューシーナは、

『源氏物語』で驚きなのは、自然と人とのまったき融合の感覚だ。紫式部（ここでも彼女はおそらくあの時代のほかの著者たちと変わりあるまい）は自然を決して独自の価値あるものとして、つまり西欧文学におけるあのお定まりの描写の仕方では描かない。自然が彼女の関心をとらえるのは、それが人の感情の投影である場合に限られる。『源氏物語』における時空間は、あたかもその時、その立場で語られている人物の内的世界の延長のようだ。

（「『源氏物語』に見る、驚くべき自然と人間の融合」）

としている。このようなデリューシーナの源氏観は、『源氏物語』の自然と人事の融合について国内の源氏研究の到達点とまさに対応しているともいえるだろう。(16) デリューシーナが述べるところの自然と人間の一体感、それは、デリューシーナ自身がモスクワの郊外で自然と共生するなかで、鋭敏に研ぎ澄まされた感性から手繰りよせられたものかもしれない。いずれにしても、デリューシーナは女性の翻訳者ゆえであろうか、『源氏物語』の作者への一体感がより強固なのである。

五　中国語訳と韓国語訳

さて、デリューシーナ訳は、十九世紀後半のロシア文学の文体を採用することによって、『源氏物語』の雰囲気を伝えることに成功したといわれる。同様のことは、台湾で中国語訳を行なったもう一人の女性翻訳者、林文月の翻訳（一九七四―七八）にも当てはまる。林文月は、翻訳に際して中国語のどのような文体を選ぶかということについて、次のように述べる。

「桐壺」の巻を翻訳し始めた当初、私は少しのためらいもなく中国の現代語――白話文で冒頭の数行を書いた。けれども、数日後もう一度その訳文を読み返した時、それが典麗な紫式部の「ことば」の感じと非常に異っていることに気がつき、古文――文語体で書き直してみた。しかし、古文では典雅な雰囲気は捉え得たものの、原書と対照してみると、愈々やわらかな「ことば」よりほど遠く、実に硬く乾いて見える。（中略）古文はピアノのキーをポンポンと打ち鳴らした音楽の効果になり易く、これは綿々とした平安朝文学の「ことば」のバイオリンの感じとは全然違う。そこで私はやはり最初の白話文で源氏物語の翻訳を続けることに決定した。これは同じくピアノでバイオリンの調子を弾き表わすにしても、できるだけ柔和に弾きたかったからなのだ。[17]

要するに、最初、現代語の白話文で書いてみたものの、典麗な紫式部の「ことば」の感覚と違っていることに気づき、文語体の古文で書き改めてみた。しかし、それで典雅さは出ても、乾いたピアノのような音色で、原作のバイオリンの感じとは全然違うと感じた。結局、ピアノでバイオリンの調子を弾き表わすにしても、できるだけ柔和に弾くために、最初の白話文に戻ったというのである。

しかも、林文月は、その白話文の中に、古文の語彙や文法を少し取り入れて、「遠い昔の優雅な雰囲気」を醸し出すように工夫をこらしたという。林によれば、「源氏物語という小説は、異国の遠い昔の小説であることを意識」させるものであり、そういった雰囲気を出すためにこのような工夫をしたし、敬語に関しても、原文通りに訳せなくても、ある程度までは残したという。現代の白話文を選択しながらも、そこに古語や古文法、敬語を取り入れて、昔の雰囲気を出したというところに、彼女の源氏観――異国の遠い昔の小説であるという認識――を汲み取ることができるのである。

一九八〇年には中華人民共和国で作家で詩人、画家でもあった豊子愷の全訳が、約十五年の歳月を経て、刊行の運びとなった。この中国語訳は、そもそも一九六一年から四年の歳月を経ての完訳であったが、その半年後に文化大革命が始まり、出版が遅れたのである。日本への留学体験がある豊子愷は、『源氏物語』を初めて読んだ際に、登場人物の多さ、話の筋の不思議さ、文章に含みの多いことから、『紅楼夢』を連想したというが、これは中国の読者に広く共通する感想らしい。豊子愷が翻訳の際に注目したのは、日本の四季の自然美や、そこに引用される『白氏文集』や『史記』等であり、その訳は自然描写が登場人物の多様な心理を寓意する景情一致の文体をみごとに捉えているといわれる。

豊子愷の訳は、全般として分かりやすい白話文に、時に「四六駢儷体」の古典用語を思わせる用法を適度に取り入れ、『源氏物語』に通う古典的ムードを漂わせているともされる。(18) 林文月の訳より古語的ともいわれるが、明清の時代の白話小説のように読めてありがたいという指摘もある。(19) なお豊子愷訳と林文月訳の特徴と差異については、張龍妹氏が丁寧に分析しているので、詳しくはそちらに譲りたい。(20)

また豊子愷が日本で最初に読んだのは、与謝野晶子の『新新訳』であるが、翻訳する際の参考テキストとしては、谷崎潤一郎の訳が、最も理解しやすく、古文に忠実、紫式部の風格を失っていないと自身で述べている。その他に六つの古注釈や佐成謙太郎『対訳源氏物語』も参照して翻訳に臨んだということである。(21)

豊子愷による中国語訳の後も、殷志俊訳（一九九六）、梁春訳（二〇〇二）、姚継中訳（二〇〇六）、鄭民欽訳（二〇〇六）が続いて出版された。しかし、殷志俊訳は豊子愷訳を現代語に書き直したもの、梁春訳は殷志俊訳を基に作られたものとされるなど、[22]いずれも豊子愷訳を超える評価は得ていないようである。その後の動きとしては、源氏物語千年紀の二〇〇八年に、彭飛を中心とするチームで田辺聖子『新源氏物語』が中国語訳されている。

韓国では、一九七五年にすでに柳呈の翻訳が出ているが、与謝野晶子の『新新訳』の影響をたぶんに受けているとされるが、詩人である柳呈が李王朝時代の時調の形式で和歌を訳したところに、見るべきものがあるという。[23]解題では、折口信夫の色好み観の影響が顕著なこと、六条御息所を家に祟る霊とし、「家門」「鬼神」「怨鬼」に関心の深い自国の文化に通うものとして注目している点などに、特徴を見出すことができる。[24]柳呈に続いて、一九九九年には、第二の韓国語訳である田溶新の訳が刊行された。もっとも、小学館の旧全集の現代語訳を重訳したもので、簡単な序文の他に解説もなく、そこから田溶新の源氏観を直接うかがうことはできないという。[25]柳呈訳と田溶新訳の特徴と差異についても、金鍾徳氏が丁寧に分析しているので、詳しくはそちらに譲りたい。[26]

最近の動きでは、金蘭周より瀬戸内寂聴の訳が韓国語訳(二〇〇七)されて、田辺訳の中国語訳と共に、『源氏物語』の現代語訳そのものがカノン化する現象として興味ぶかい。また東北大学大学院で学んだ李美淑による韓国語訳も二〇一四年より刊行中である。

＊

ところで、翻訳者による源氏観に注目することは、越境する世界文学としての『源氏物語』の評価を知る上でも大切な指標となる。サイデンステッカーやデリューシーナのように、翻訳者が翻訳の苦労話やその源氏観を一冊の書物にまとめたくなるのも、『源氏物語』ならではの現象である。彼らの源氏観は、多様であり個別的でありながら、またある種の共通性、普遍性もそなえていた。

ウェイリー訳からの半世紀は、概ねオリエンタリズムから東洋の果てに生まれた古物語、「眠れる森の美女」[27]であり、異教の文学であり、心理小説として近現代にも通じる普遍性や新しさもあると評価されてきた。しかし、サイデンステッカーやデリューシーナなど、その後の四半世紀は、景情一致の文体など、西欧文学にない特徴がよりクローズアップされる傾向にある。また、自国の中にある風俗や習慣に似て理解しやすい、といったアジア圏での共感もあった。こうした源氏観の変遷は、国境を超えて、作品の有する多面的な価値を照らし返し、国内の読者、研究者にとっても刺激的、示唆的である。それは『源氏物語』に限らず、翻訳という存在が互いにその文化を映し出す鏡にほかならないからである。

六　終わりに

かつての『源氏物語』の翻訳や現代語訳の研究といえば、それぞれの訳の特徴を指摘することに主たる関心が注がれてきたように思われる。たとえば長文をどのように処理しているか、主語を明確にしているか、和歌をどう訳すか、敬語をどのように反映させるか、つまり表現の細部をどのように訳したかである。

しかし、ここでの関心はそのような比較ではなく、時代を超え、空間を超えて、現代に再＝生産される翻訳や現代語訳が、他の訳をどう意識していたか、その相互の対話や影響関係、あるいは抑圧や葛藤の関係であった。さらにいえば、そこから浮かび上がる翻訳者たちの源氏観、世界文学としての『源氏物語』のイメージの拡大であった。

時代を遡って、サイデンステッカーが俎上に載せて比較した与謝野晶子の『新新訳』と谷崎潤一郎の『旧訳』も、前章で詳しく述べたように、日本でのウェイリー訳の反響をある意味で意識し、それに反発しながら完成したものであった。初期の現代語訳である晶子の『新新訳』や谷崎の『旧訳』は、ウェイリー訳の名声を〈外部〉として、その抵抗の力学を一つの核としながら成し遂げられたともいえるのである。

現代でいえば、平成の瀬戸内訳は、与謝野訳・谷崎訳・円地訳の三種の現代語訳や、全集をはじめとする注釈書類の訳といったものを編集者がすべて整理して、その資料を瀬戸内寂聴に渡し、それらとはできるだけ異なる形で訳すという条件を付けられて口語訳されたという。現代の翻訳や現代語訳をめぐる象徴的なエピソードであろうが、差異化や葛藤や抵抗をふくめて、先行する翻訳や現代語訳とさまざまな関係を切り結びながら、訳の文体も生成されるのであり、それは源氏研究の一つのテーマとも成りうるのではないか。そこに異文化交流や、世界文学としての『源氏物語』と日本文学としての『源氏物語』の揺らぎさえも垣間見られるのである。

今日の『源氏物語』の翻訳や現代語訳についての研究テーマは、どのような歴史的文化的な背景から成立したのか、訳者の意図、訳者の源氏観、装丁や挿絵などをふくめた出版戦略、また後代への受容の様相など、一段と広がりを見せている。こうした研究テーマの拡張は、現代語訳の研究で先行していたが、いまやウェイリー訳や末松訳、その他の翻訳などでも広くみられ(28)、今後も活性化するであろう。

かつて海外の日本文学研究は、翻訳と注釈がその中心であったが、今やインターネットの発達や電子データベースの整備、国際会議や国際共同研究の展開によって、『源氏物語』の新しい研究情報もリアルタイムで海外に流れ、また逆に海外での研究や批評が日本の源氏研究を活性化している現況もある(29)。そうした時代にあって、翻訳や現代語訳、並びにその研究の重要性は減るどころか、むしろ増しているのであり、国境を超えた『源氏物語』享受を支えている。従来の国文学の枠組みでは、翻訳や現代語訳そのものへの研究はさほど重要視されてこなかったが、国際化のなかでの源氏研究、ひいては日本文学研究という視点から重要な課題として定着した感もある。

そこから世界文学としての『源氏物語』のイメージの拡がりと日本文学としての『源氏物語』の揺らぎが、時代の文化状況の中でいかに透き見え、今後どのように展開していくのか。翻訳や現代語訳のみならず、内外の研究者の対話や交流の行方を含めて注目される時代が到来したともいえよう。

（1） 伊藤鉄也氏の「海外源氏情報」のサイト(http://genjiito.org/)では、『源氏物語』翻訳史として、一八八二年の末松の英訳から、最新の二〇一六年の朴光華のハングル訳の夕顔巻まで、各国の翻訳情報を計二九〇件、挙げている。その他、このサイトでは、『源氏物語』や平安文学の翻訳や国際会議、国際共同研究に関する諸情報やオンライン・ジャーナル(「海外平安文学研究ジャーナル」vol. 1.0〜6.0)が提供されており有益である。

（2） 末松の英訳を否定的に捉えるものに、ドナルド・キーン「西欧人の源氏物語の観賞」(『文学』一九五四・二)、サイデンステッカー『西洋の源氏　日本の源氏』(笠間書院、一九八四)。

（3） 川勝麻里『明治から昭和における『源氏物語』の受容』(和泉書院、二〇〇八)、マイケル・エメリック「末松謙澄と世界文学としての『源氏物語』――あるロマンスの歴史――」(石川日出志・日向一雄・吉村武彦編『交響する古代』東京堂出版、二〇一一)他。

（4） ドナルド・キーン『日本文学のなかへ』(文芸春秋、一九七九)。

（5） 宮本昭三郎『源氏物語に魅せられた男――アーサー・ウェイリー伝』(新潮選書、一九九三)。

（6） 緑川真知子「ウェイリー書き入れ本『源氏物語』についての覚え書き」(『源氏物語と王朝世界――中古文学論攷　第二〇号』武蔵野書院、二〇〇〇、後に『『源氏物語』英訳についての研究』武蔵野書院、二〇一〇に所収)。

（7） サイデンステッカー「名訳の虚像と実像――ウェイリー訳『源氏物語』再考」、同「『源氏物語』の翻訳――西洋と日本」(『西洋の源氏　日本の源氏』笠間書院、一九八四)。

（8） サイデンステッカー「『源氏物語』の翻訳――西洋と日本」(『西洋の源氏　日本の源氏』笠間書院、一九八四)。

（9） ロイヤル・タイラー「ただいま翻訳中――三つ目の英訳『源氏物語』」(芳賀徹編『翻訳と日本文化』山川出版社、二〇〇〇)。

(10) 緑川真知子「新英訳『源氏物語』について――その特徴と他英訳『源氏物語』との相違――」(『中古文学』第七〇号、二〇〇二・一一)。
(11) このフランス語訳については、エステル・レジェリー＝ボエール「フランスにおける『源氏物語』の受容」(『お茶の水女子大学比較日本学教育研究センター研究年報』第5号、二〇〇九・三)、常田槙子「ヤマタ・キクによる仏訳『源氏物語』――ウェイリー訳との対比からみえる独自性――」(『平安朝文学研究』一九号、二〇一一・三)をはじめ一連の研究がある。
(12) ルネ・シフェール「フランス人から見た源氏物語」(『開館十五周年記念講演会記録集』多摩市立図書館、一九八九・七、『批評集成　源氏物語　四』ゆまに書房、一九九九に所収)。
(13) 例えば、デリューシーナのロシア語訳は、十九世紀後半のエカチェリーナ二世の時代の文体を採用することで、『源氏物語』の雰囲気を伝えることに成功したといわれる。
(14) エステル・レジェリー＝ボエール、(11)の論文。
(15) 『タチアーナの源氏日記　紫式部と過ごした歳月』(TBSブリタニカ、一九九六)。
(16) 河添房江「『源氏物語』の自然」(『源氏物語時空論』東京大学出版会、二〇〇五)。
(17) 林文月「源氏物語の中国語訳について」(『源氏物語の探究　第七輯』風間書房、一九八二)。
(18) 胡秀敏「源氏物語の心理描写――豊子愷訳に見る自然・引歌・心中思惟――」(『詞林』二八号、二〇〇〇・一〇)。
(19) 張龍妹「中国における源氏物語の翻訳と研究――翻訳テキストによる研究の可能性――」(伊井春樹編『海外における源氏物語の世界』風間書房、二〇〇四)。
(20) 張龍妹「豊子愷と林文月の中国語訳について」(河添房江編『講座源氏物語研究12　源氏物語の現代語訳と翻訳』おうふう、二〇〇八)。
(21) 笹生美貴子「『源氏物語』の翻訳により開かれる世界――豊子愷訳『源氏物語』を中心に――」(『物語研究』第七号、二〇〇七・三)。
(22) 張龍妹「中国における源氏物語の翻訳と研究――翻訳テキストによる研究の可能性――」(伊井春樹編『海外における源氏物語の世界』風間書房、二〇〇四)。最近のものでは、呉川「『源氏物語』における和歌の対訳研究――「桐壺」の中国語訳を中心に――」(『日本大学大学院総合社会情報研究科紀要』№9、二〇〇九)がそれぞれの訳の特徴に言及し、また中国語訳についての先行研究を列挙しているので有益である。
(23)　金鍾徳「韓国における源氏物語研究」(『源氏物語講座9　近代の享受と海外との交流』勉誠社、一九九二)。
(24)　日向一雅「朝鮮語訳「源氏物語」について」(『物語　その転生と再生』有精堂出版、一九九四)。
(25)　金鍾徳「韓国における近年の源氏物語研究」(『解釈と鑑賞』二〇〇〇・一二)。
(26)　金鍾徳「柳呈と田溶新の韓国語訳について」(河添房江編『講座源氏物語研究12　源氏物語の現代語訳と翻訳』おうふう、二〇〇八)。
(27)　「眠れる森の美女」の比喩こそ、半世紀前にアーサー・ウェイリーが、『源氏物語』を英国に押し出す際のキャッチ・コピーにほかならなかった。ウェイリーが英訳の第一巻の扉に載せたのは、シャルル・ペロー『眠れる森の美女』の第一声、〝あなたでしたの、王子さま」と彼女は言った。「ずいぶん長くお待ちになりましたのね」〟であった。
(28)　翻訳の分野でいえば、(3)や(6)など。特に比較文学ではなく、国文学プロパーの側から、緑川真知子氏が『『源氏物語』英訳についての研究』(武蔵野書院、二〇一〇)を上梓し、紫式部学術賞を受賞したことは、翻訳が源氏研究の確固たる研究領域に根づいたことを証す快挙といえよう。(1)のオンライン・ジャーナル(「海外平安文学研究ジャーナル」vol.1.0〜6.0)、『平安文学の古注釈と受容　第三集』(武蔵野書院、二〇一一)なども注目される。
(29)　『源氏物語』に関する国際会議の記録も挙げれば枚挙に暇もないが、例えばイナルコを中心とした新仏訳の源氏グループが毎年三月に開催する源氏シンポジウムの記録は、青簡舎から三冊刊行されており、注目される。『源氏物語の透明さと不透明さ』(二〇〇九)、『物語の言語　時代を超えて』(二〇一三)、『源氏物語とポエジー』(二〇一五)。

初出一覧

序　二つの越境――異文化接触とメディア変奏
　書き下ろし

第Ⅰ部　東アジア世界のなかの平安物語

第一編　威信財としての唐物

第一章　『竹取物語』と東アジア世界――難題求婚譚を中心に
原題　「『竹取物語』と東アジア世界」（永井和子編『源氏物語へ源氏物語から　中古文学研究24の証言』笠間書院、二〇〇七）。
第二章　『うつほ物語』の異国意識と唐物――「高麗」「唐土」「波斯国」
原題　「『うつほ物語』の異国意識と唐物」（『国語と国文学』二〇〇九・五）。
第三章　『枕草子』の唐物賛美――一条朝の文学と東アジア
原題　「一条朝の文学と東アジア――唐物から見た『枕草子』――」（仁平道明編『平安文学と隣接諸学5　王朝文学と東アジアの宮廷文学』竹林舎、二〇〇八）。

第二編　『源氏物語』の和漢意識

第一章　高麗人観相の場面――東アジア世界の主人公
原題　「国風文化の再検討――モノ・人・情報から見た高麗人観相の場面――」（日向一雅・仁平道明編『源氏物語の始発――桐壺巻論集』竹林舎、二〇〇六）。「桐壺巻のホスピタリティ――高麗人対面の場面から」（『季刊ｉｉｃｈｉｋｏ』一〇〇号、二〇〇八・一〇）の一部を吸収し加筆した。

第二章　唐物派の女君と和漢意識──明石の君を起点として
原題「唐物派の女君と和漢意識──明石の君を起点として──」(原岡文子・河添房江編『源氏物語　煌めくことばの世界Ⅱ』翰林書房、二〇一八)。

第三章　梅枝巻の天皇──嵯峨朝・仁明朝と対外関係
原題「梅枝巻の文化的権威と対外関係──嵯峨朝・仁明朝と『源氏物語』」(仁平道明編『源氏物語と東アジア』新典社、二〇一〇)。

第四章　和漢並立から和漢融和へ──文化的指導者としての光源氏
原題「唐物をめぐる文化史──『源氏物語』の和漢の位相──」(『文学・語学』第二〇四号、二〇一二・一一)。「平安物語の唐物をめぐる文化史──『源氏物語』と『うつほ物語』の比較から──」(『専修大学人文科学研究所月報』第二七二号、二〇一四・九)の一部を吸収し加筆した。

第三編　異国憧憬の変容

第一章　平安物語における異国意識の再編──『源氏物語』から平安後期物語へ
原題「平安物語と異国意識──『竹取物語』『うつほ物語』『源氏物語』を中心に──」(小山利彦・河添房江・陣野英則編『王朝文学と東ユーラシア文化』武蔵野書院、二〇一五)の後半部を基に、平安後期物語について増補した。

第二章　『栄花物語』の唐物と異国意識──相対化される「唐土」
原題「『栄花物語』と唐物」(加藤静子・桜井宏徳編『王朝歴史物語史の構想と展望』新典社、二〇一五)。

第三章　平家一族と唐物──中世へ
原題「平家一族と唐物」(『東京学芸大学紀要　人文社会科学系Ⅰ』第六一集、二〇一〇・一)。

第Ⅱ部　『源氏物語』のメディア変奏

第一編　源氏絵の図像学

第一章　「源氏物語絵巻」と『源氏物語』――時間の重層化と多義的な解釈

原題「復元模写から読み解く「源氏物語絵巻」と『源氏物語』――「夕霧」「御法」「東屋(二)」を中心に――」(『国語と国文学』二〇〇六・六)。「「源氏物語絵巻」と物語の《記憶》をめぐる断章」(三田村雅子・河添房江編『描かれた源氏物語』翰林書房、二〇〇六)の一部を吸収し修正した。今回の収録に当たって初出の図版は割愛した。

第二章　「橋姫」の段の多層的時間――抜書的手法と連想のメカニズム

原題「「橋姫」の段の多層的時間――物語の《記憶》をめぐって――」(『文学　隔月刊』二〇〇六・九)。上原作和・陣野英則編『テーマで読む源氏物語論3　歴史・文化との交差／語り手・書き手・作者』(勉誠出版、二〇〇九)に再録。今回の収録に当たって初出の図版は割愛した。

第三章　「源氏物語絵巻」の色彩表象――暖色・寒色・モノクローム

原題「王朝の襲――絵巻の復元模写から読み解く『源氏物語』――」(『國文学』二〇〇六・二)。今回の収録に当たって初出の図版は割愛した。

第四章　源氏絵に描かれた衣装――図様主義から原文主義へ

原題「源氏絵に描かれた衣装」(『比較日本学教育研究部門研究年報』(お茶の水女子大学)第一四号、二〇一八・三)。

第五章　源氏絵に描かれた唐物――異国意識の推移

原題「源氏絵に描かれた唐物――院政期から近世まで――」(河添房江編『古代文学の時空』翰林書房、二〇一三)。

第二編　源氏能への転位

第一章　『葵上』と『野宮』のドラマトゥルギー――葵巻・賢木巻からの反照

「『源氏物語』と源氏能のドラマトゥルギー――謡曲「葵上」と「野宮」」(源氏物語千年紀委員会編『源氏物語国際フォーラム集成』二〇〇九)、「源氏物語と源氏能のドラマトゥルギー――謡曲「野宮」との比較」(寺田澄江・藤原克己・高田祐彦編『二〇〇八年パリ・シンポジウム　源氏物語の透明さと不透明さ』青簡舎、二〇〇九)を合わせて成稿した。
第二章　『半蔀』のドラマトゥルギー——夕顔巻からの転調
二〇一七年六月十日に上演された国立能楽堂での普及公演「半蔀」の解説を基に、書き下ろした。
第三章　『住吉詣』のドラマトゥルギー——澪標巻のことばへ
原題「源氏能『住吉詣』のドラマトゥルギー——澪標巻のことばへ——」(原岡文子・河添房江編『源氏物語　煌めくことばの世界』翰林書房、二〇一四)。

第三編　近現代における受容と創造

第一章　国民文学としての『源氏物語』——文体の創造
原題「近現代における『源氏物語』の受容と創造」(竹村和子・義江明子編『ジェンダー史叢書3　思想と文化』明石書店、二〇一〇)。
第二章　現代語訳と近代文学——与謝野晶子と谷崎潤一郎
原題「現代語訳と近代文学——与謝野晶子と谷崎潤一郎の場合——」(河添房江編『講座源氏物語研究12　源氏物語の現代語訳と翻訳』おうふう、二〇〇八)。
第三章　翻訳と現代語訳の異文化交流——世界文学へ
原題「『源氏物語』の翻訳と現代語訳の異文化交流」(『文学・語学』第二一八号、二〇一七・三)。「世界文学としての源氏物語——翻訳と現代語訳の相関」(小島孝之・小松親次郎編『異文化理解の視座　世界からみた日本、日本からみた世界』東京大学出版会、二〇〇三)の一部を吸収し加筆した。

＊特に断らないものについても、必要に応じて加筆修正を加えた。

あとがき

本書は、私にとって二〇〇五年の『源氏物語時空論』に続く論文集となる。『源氏物語時空論』では、東アジア世界の文学という発想から、古代の『源氏物語』、そして現代に至るまでの享受・研究を歴史的に位置づける視点に立って、物語表現に目を凝らそうとした。本書もその問題意識を継続し、発展させたものである。

本書の一つの核は、従来の国風文化論に対する違和感であり、唐物に注目することによって、国風文化の時代の産物といわれる平安物語群がどのように異化されるかをたどり見ることにあった。王朝文学を国風文化論の呪縛から解き放ちつつ、東アジア規模でのモノ・人・情報の流れから見つめ直したいと考えた。しかし分析を進めるにつれて、唐物が異文化の〈漢〉の象徴であり威信財であることを追うばかりでなく、〈和〉の文化創造の糧となることや、その〈漢〉と〈和〉の均衡を物語史の中に追究し、さらには異国意識の変容までも見とどけたいという思いに転じていった。そうした視点は二〇一四年に『唐物の文化史』という岩波新書をまとめる過程で、上代から近世の唐物史の流れを追いながら生まれてきた問題意識ではあった。

さらに二〇一七年の中古文学会春季大会で、シンポジウム「平安文学における〈漢〉の受容――その日本化の様相」のコーディネーターを務めたことで、その思いはいっそう深まった。唐物の受容相を丁寧に見ていくことからも、〈漢〉から〈和〉の文化が再創造されることや、〈漢〉と〈和〉の融合や相克の中で平安文化が成熟していく諸相が確かめられるのではないか。そして日本に取り込まれた〈漢〉のイメージも一様ではなく、変遷していくことが確認できるのではないか。

もとより唐物の〈和〉への受容相や、一時代前の唐物が好まれる傾向などは、まだまだ考察の途上であるが、平安物語や平安文化の枠にとどまらず、日本文化論全般に関わるものとして、今後も関心を持ち続けていきたい。また最近の歴史学では、国風文化論が再び脚光を浴びて再検討される動きもあり、その動向も注視していきたい。国風文化論の一部では、唐物が単なる消費財や舶来品信仰と捉えられて、文化創造の糧と見なされない状況もあり、その点も是正する必要性を感じる。

本書の第Ⅱ部では『源氏物語』の享受史を扱い、絵画や謡曲、現代語訳や翻訳など、『源氏物語』がメディア転換しながら、後世にいかに息づいているのかを明らかにしたいと分析を重ねた。特に平成の復元模写の完成でより鮮明となった絵巻の時間の多層性や、源氏絵の歴史的変遷、源氏能の原作とは違う作劇法などに注目した論考を収めた。こうしたテーマに目覚めるにあたっては、一九九六年から十年間、三田村雅子氏・松井健児氏と雑誌『源氏研究』を共同編集したこと、また内外の学会で発表の機会を与えられたことが大きく、その一部は『源氏物語時空論』にも収載している。もっとも『源氏物語時空論』の時点では、こうしたテーマは周縁領域の研究という印象が強かったようにも思う。

しかし現在、特に現代語訳や翻訳・翻案など、学会のシンポジウムや雑誌特集のメイン・テーマとして取り上げられることも多く、隔世の感がある。二〇一八年の中古文学会春季大会のシンポジウム「これからの中古文学研究をひらくために」では、後半のミニ・シンポジウムの題目が「時空を越える中古文学」であった。『源氏物語』が中心ではないが、後代の改作・注釈・翻案・翻訳といった享受のあり方が問われたことは、中古文学研究の今後の動向を考える上でも、きわめて示唆的であったと思われる。というのも、人文諸学の危機的状況にあって研究主体が従来の研究領域やメソッドを越えていかねばならない側面と、そもそも『源氏物語』をはじめ中古文学そのものが、ジャンルう二つの側面がシンポジウムに立ち現れていたからである。

と時間と空間の垣根をしたたかに越境し、ジャンル変換やメディア変奏されていく文学であり、そこに注目するとい

『源氏物語越境論』という本書の題名の由来についても、少し記しておきたい。そもそも題名の最初の候補は、『源氏物語——内と外との往還』というものであった。唐物や異国意識と享受史という、なかなか繋がらない内容を括りとる、いわば苦肉の策であったが、それを「越境」という言葉に変えて、ある種の筋道をつけ、整合性を与えてくれたのは、本書の編集の労を取ってくださった吉田裕氏である。

唐物を「越境したモノ」と捉えて、『源氏物語』の享受史を時空を越境するジャンルやメディアの転換と見なすことで、一見散漫にみえる私の研究の関心が、逸脱した対象で繋がっていることを見事に言い当てられた思いがしたのである。また、そう捉えることによって、一つ一つの論文の有機的な繋がりが見えてきて、それぞれに新たな生命が吹き込まれたようで、論文集をまとめる前向きな気持ちに導かれていった。『源氏物語越境論』とは、ある意味で僭越な題名ではあるが、『源氏物語時空論』とも対になるような素敵なタイトルを付けてくださった吉田氏には、篤く御礼を申し上げたい。

そして吉田氏に本書の編集者として関わっていただいた喜びは、それにとどまらない。恩師の鈴木日出男先生が岩波書店から出版された『連想の文体』は、吉田氏の担当によるもので、それこそ目次や装幀など、ひそかに本書のお手本とするものだったからである。そもそも今回、論文集をまとめるに当たり、遅ればせながら泉下の二人の恩師、秋山虔先生と鈴木日出男先生に捧げたいという思いを抑え切れなかった。脇道に逸れてばかりの不肖の弟子であったけれども、二人の偉大な研究上の父に本書を捧げることをお許しいただきたい。

本書の校正や索引の作成にあたっては、勤務校の源氏・萬葉両ゼミ員の協力を得たことも記しておきたい。さらに両ゼミ員と歴代のOBたち、その若い世代の発想から折につけ刺戟を受けて、柔らかな思考をうながされてきたことに、心より感謝の意を表したい。

二〇一八年十月吉日

河添房江

新日本古典文学大系17
竹取物語 伊勢物語
堀内秀晃 秋山虔 校注
A5判三八二頁
本体四二〇〇円

連想の文体 王朝文学史序説
鈴木日出男
A5判三六四頁
本体九〇〇〇円

古代文学の世界像
多田一臣
A5判四三四頁
本体一一〇〇〇円

読解講義 日本文学の表現機構
安藤宏 高田祐彦 渡部泰明
A5判二四八頁
本体三五〇〇円

源氏物語再考
―長編化の方法と物語の深化―
高木和子
A5判四四八頁
本体一〇〇〇〇円

岩波書店刊

定価は表示価格に消費税が加算されます
2018年12月現在

河添房江

1953年生まれ.
1977年東京大学文学部卒業.
1985年同大学院人文科学系研究科博士課程単位取得退学. 博士(文学).
現在, 東京学芸大学教育学部教授. 一橋大学大学院言語社会研究科連携教授.
著書に,『源氏物語の喩と王権』(有精堂, 1992年),『源氏物語表現史』(翰林書房, 1998年),『性と文化の源氏物語』(筑摩書房, 1998年),『源氏物語時空論』(東京大学出版会, 2005年),『源氏物語と東アジア世界』(NHKブックス, 2007年),『光源氏が愛した王朝ブランド品』(角川選書, 2008年),『唐物の文化史 舶来品からみた日本』(岩波新書, 2014年).

源氏物語越境論――唐物表象と物語享受の諸相

2018年12月7日 第1刷発行

著 者 河添房江《かわぞえふさえ》

発行者 岡本 厚

発行所 株式会社 岩波書店
〒101-8002 東京都千代田区一ツ橋2-5-5
電話案内 03-5210-4000
http://www.iwanami.co.jp/

印刷・精興社 製本・牧製本

© Fusae Kawazoe 2018
ISBN 978-4-00-061306-4 Printed in Japan

索　引

1. この索引は，人名・書名の索引である.
2. 配列は現代日本語の発音による五十音順である.
3. 人名は作中人物を除いた．書名は『源氏物語』を除き，また近世以前のものに限った.
4. 同一の意味を示す類似表現をまとめたため，本文の表記と若干異なるものがある.
5. 書名には「源氏物語絵巻」など源氏絵の名称も含めた.

人名索引

あ 行

か 行

さ 行

た 行

な 行

は 行

ま 行

や 行

ら 行

わ 行

書名索引

あ 行

か 行

さ 行

た 行

な 行

は 行

ま 行

や 行

ら 行

わ 行